미국 여자
2

수잔 최 장편소설 | 유정화 옮김

문학세계사

옮긴이 · 유정화
1963년 출생. 서강대 영문과를 졸업하고, 미국 캘리포니아 올로니 칼리지,
얼바인 밸리 칼리지에서 문예창작코스를 수학했다.
여러 출판사에서 편집자 생활을 하였으며, 지금은 전문 번역자로 활동하고 있다.
옮긴책에 『100년 후』, 『20세기 컬렉션 디자인』, 『힐러리의 선택』,
『아이들의 별 푸른 행성』, 『크리스마스 캐럴』,
『오스카 와일드의 어린이를 위한 동화』 등 다수가 있다.

미국 여자 · 2
수잔 최 장편소설

•

초판 1쇄 발행일   2005년 5월 25일

•

옮긴이 · 유정화
펴낸이 · 김종해
펴낸곳 · 문학세계사

•

주소 · 서울시 마포구 신수동 345-5(121-110)
대표전화 · 702-1800
팩시밀리 · 702-0084
이메일 · mail@msp21.co.kr www.msp21.co.kr
출판등록 · 제21-108호(1979.5.16)
값 9,000원

ISBN 89-7075-336-2   03840
ISBN 89-7075-334-6   (세트)

ⓒ문학세계사, 2005

American Woman

A Novel

SUSAN CHOI

AMERICAN WOMAN
by
SUSAN CHOI

Copyright ⓒ2003 by Susan Choi
Korean Translation Copyright ⓒ 2005 by Munhak Segye-Sa Publishing Co., Ltd.
Korean edition is published by arrangement with Susan Choi c/o
Burnes & Clegg, Inc. through Shin Won Agency Co., Korea.

이 책의 한국어판 저작권은 신원 에이전시를 통해
Susan Choi와의 독점계약으로 문학세계사에 있습니다.
신저작권법에 의해 한국내에서 보호를 받는 저작물이므로
무단전재 및 복제를 금합니다.

— For Pete Wells —

4

프레이저가 도착하기 전날 밤 그들은 집필 도구를 담은 상자를 후안과 이본느가 쓰는 침대 밑에 숨겼다. 일이 거의 진척되지 않은 상태라는 걸 훤히 보이는 데다 두지 않아야 한다는 걸, 즉 증거를 남겨두지 않거나 최소한 증거가 부족하도록 만들어야 한다는 걸 확실히 터득했던 것이다. 프레이저가 다음날 농가에 도착하자 그들은 그와 함께 아름드리 단풍나무 아래 앉아 회의를 열었다. 제니는 그들의 모습을 언덕 높이 올라가 짐짓 책을 읽는 척하면서 살펴보았다. 회의 분위기는 화기애애하고 차분해 보였다. 모두가 일어서고 두 여자와 후안이 농가 쪽으로 어슬렁거리며 걸어가는 것으로 회의는 끝이 났다. 그녀도 언덕 아래로 내려가기 시작했다. 프레이저가 언덕을 내려오는 제니를 보고는 그녀 쪽으로 걸어 올라왔다. 그의 표정은 노골적으로 화를 드러내지는 않았으나 냉소적이었다. 입술 한쪽 끝이 위로 살짝 치켜올라가 보였다.

"그러니까 저 사람들 지금까지 아무것도 안 했더군." 제니 쪽으로 다가오며 프레이저가 말했다.

"저 사람들 지금 무언가 하고 있어, 롭. 마침내 그 일에 전념하게 된 것 같아. 자신들이 어떻게 느끼는지 그걸 설명할 수 있는 기회를 가졌다는 게 얼마나 굉장한 일인지에 대해 이야기를 해."

"저들이 그게 얼마나 굉장한 일인지, 내 돈을 다 쏟아붓는 기회를 얻은 게 얼마나 대단한 일인지에 대해서 얘길 해?" 이렇게 내뱉자마자 프레이저는 후회하는 듯했다. "후안은 내게 자기들이 모든 걸 테이프에 담았다고 말하면서 정작 그 내용은 들려주지도 않아. 심지어 보지도 못하게 한단 말이지. 그의 말로는 녹음 작업이 완전히 끝날 때까지 다른 정보나 의견이 끼어들어 혼돈을 일으키는 걸 원치 않는다는 거야. 이거야말로 개소리고 허풍 아냐?"

"그들은 정말 녹음 작업을 하고 있어. 내가 들어서 알아."

"그렇다면 무슨 말을 하고 있지? 내가 참고로 할 만한 무슨 말이라도 해봐, 제니. 나도 마음 좀 놓고 지내자구, 염병할."

그녀가 머뭇거렸다. "낱낱의 단어들이 들리는 건 아냐. 언제나 문을 닫아두고 녹음을 하니까. 내가 자기들 말을 엿들으면 그들은 그만둬 버려."

프레이저는 눈을 부릅뜨더니 실망한 표정이 되었다. 그리고는 실소했다. "자긴 너무 관대하군. 어쩌면 우리는 세상에 둘도 없는 종류의 인간인지 모르겠어. 난 그들이 원하는 총을 가져다주었어. 이 거래에서 내 몫의 책임을 다하려고 애썼단 말이야." 두 사람이 서 있는 언덕 아래로 농가의 뒷문이 벌컥 열렸고 이본느가 몸을 밖으로 내밀었다.

"뭐 먹고 싶어요? 참치 샌드위치예요, 아님 치즈 샌드위치?"

서로 점심으로 무얼 먹을지 고함으로 이야기를 주고받은 뒤 요란하게 문을 닫기 전에 이본느가 덧붙였다. "하나만 할래요?"
"저 사람들이 당신을 총기 애호가로 변하게 만들었다는 식으로 말하지 마."
"아니, 그런 말은 아니지. 난 그저 저들이 그 이상을 기대할까 두렵다는 얘기야."
제니는 이 말에는 아무런 대꾸를 할 수가 없었다. 그녀는 프레이저가 눈을 부릅뜨고 맞은편 언덕을 응시하는 모습을 바라보았다. 관자놀이의 혈관이 경련을 일으켰고 부드러운 대머리는 땀에 젖어 빛났다. 프레이저는 두상이 특이하게 생긴 데다가 눈썹 바로 위에는 선반처럼 편평한 뼈가 있어서 평소에 짓는 표정에 따라 네안데르탈인을 닮거나 아니면 매서운 눈초리로 뚫어지게 바라보는 천재의 표정을 닮거나 했다. 그녀는 지금 이 순간 그가 어떤 표정을 더 마음에 들어할지 단언할 수 없었다. 그의 턱은 앞으로 튀어나와 있고 끊임없이 실룩거리며 경련을 일으켜서 깊은 수심에 잠긴 마음과는 어긋났다. 그녀는 자신도 맥박이 빨라지고 있는 걸 느낄 수 있었다. 그녀는 그동안 적절한 순간이 오기를 기대했었다. 하지만 진작부터 그런 순간이란 절대로 오지 않으리라는 걸 알고 있었다. 그녀가 들고 있는 책은 하나의 계략일 뿐이었다. 자신의 편지를 감추기 위한 계략. 그녀는 그동안 윌리엄에게 보내는 편지를 처음부터 다시 썼다. 지금 자신이 어디에 있는지를 설명하는 일이 예전보다 더 자유로워진 건 결코 아니었으나 어쨌든 다시 편지를 썼다. 게다가 오래 소식이 끊겼다고 그가 느낄 터이므로 사정을 설명해주어야 했다. 그래도 불현듯 기발한 생각이 하나 떠오르긴 했다. 그들에게서 타자기를 빌려 편지를 펜으로 쓰지 않고 타자기로 치기로 한 것이었다. 그녀는 연인에게 보내는 편지를 베껴 써 주겠느냐고 프레이저에게 물어보고 싶지는 않았다. 그런 굴욕은 아직까지 모면하고 싶었으므로.

머릿속에 떠도는 생각들, 작은 것이나마 밝고 좋은 생각을 떠올려 보려고 애쓰는 그녀의 마음을 감지하기라도 한 것처럼 프레이저가 말했다. "적어도 장소는 아름답군." 멀리 벌들이 윙윙대는 다사로운 언덕배기를 바라보며 그가 한숨을 지었다.

"롭. 당신에게 할 말이 있어. 부탁할 것도 있고." 제니가 말했다.

십 분 후, 그녀는 후안과 이본느, 그리고 폴린과 함께 부엌에 서 있었다. 프레이저의 자동차가 요란한 굉음 소리를 내며 언덕을 내려가고 있었다. "저 사람 샌드위치 안 먹겠대요?" 이본느가 물었다.

"예." 제니가 대답했다.

"좋아, 엿 먹으라 그래." 후안이 말했다. "내가 저자의 빌어먹을 좆 같은 샌드위치를 먹어주지. 지긋지긋한 사기꾼 새끼."

제니는 자기 몫으로 만들어놓은 샌드위치를 맛도 느끼지 못한 채 씹어 먹었다. 프레이저는 그녀가 데이너와의 사이에 생긴 일을 말해주자 노발대발 화를 냈다. 데이너와 전화 통화를 한 뒤 며칠 동안 제니는 샌디가 경찰의 추적을 따돌리기 위해 데이너의 이름을 발설했을 거라는 예감이 점점 더 강하게 들었었다. 제니가 데이너 앞으로 테이프를 우송한 줄도 모르고 샌디는 그래도 친구들 중에 데이너가 가장 접촉이 없어서 위험하지 않을 거라고 생각했을 것 같았다. 샌디는 아무리 겁에 질렸다 하더라도 프레이저의 이름은 절대 누설하지 않았을 것이다. 후안과 이본느, 폴린을 프레이저에게 소개한 사람이 바로 샌디 자신이었으니까. 그런데 프레이저는 "네가 그 우라질 테이프를 발송했다는 게 난 아직도 믿어지지 않아! 그들이 인내심을 갖고 기다리기만 했어도, 그게 우리 책의 첫장으로 들어갈 수 있었을 텐데. 우리가 독점권을 가질 수 있었을 거야. 내가 몇 주일 전에 편집자에게 전화를 걸 수도 있었을 테고……"라는 말만 했다.

이런 순간에 그에게 편지를 건넨 것은 그녀가 예상했던 것보다 훨씬 더 나쁜 반응을 불러일으켰다. 하지만 더 이상 망설일 시간이 없었다. "당신은 백방으로 아는 사람들이 많으니까, 당신이 멕시코에 사는 누군가에게 이 편질 부쳐준다면, 아마도, 그 사람이 다시 이걸 부쳐줄 수 있을 테고……."

프레이저는 제니가 건넨 편지를 손바닥에 올려놓고는 자꾸만 뒤집어서 보고 또 보았다. 마치 안의 내용을 들여다보기라도 하는 것처럼. "두껍군." 그가 중얼거렸다. "데이너가 이 편지들을 다시 베껴주지 않았나?"

"난 편지를 타자기로 쳤어."

"오, 놀라운걸. 네가 쓴 타자기가 누구 건지 알아맞춰 볼까?" 그는 눈을 질끈 감고 꿈쩍도 하지 않은 채 한동안 서 있었다. 마치 그녀에게는 들리지 않는 어떤 소리를 듣고 있기라도 하는 듯이. 그녀는 그의 턱에 경련이 일어나는 걸, 목울대의 맥박이 세차게 뛰는 걸 보았다. "최선을 다해보지." 드디어 그가 입을 뗐다. "그러나 이건 내 여러 걱정거리 중에 첫번째는 아니야."

그녀의 얼굴이 화끈 달아올랐다. "난 당신 걱정거리 중에 가장 첫번째로 신경 써달라고 부탁하진 않았어. 만일 나대로 방법이 있었더라면 당신에게 이걸 해달라는 부탁은 절대로 하지 않았을 거야."

"그러고 싶지 않았을 거란 건 나도 알지." 프레이저는 타고 온 자동차에 올라타더니 차문을 쾅, 소리나게 닫았다. 그리고는 시동을 켰다. 자동차의 창문이 내려져 있었다. 그래서 그녀는 차 쪽으로 다가가서 프레이저가 조수석에 던져놓은 편지를 바라보았다. "내가 처리할 거라니까!" 그가 말했다.

차가 진동을 일으키자 편지가 흔들렸다. 바람이 아까부터 불기 시작했는데 비가 올 징조 같았다. "창문 밖으로 편지가 날아가겠어." 그녀가 말했다.

프레이저는 조수석 앞의 글로브 박스를 열고는 뒤죽박죽 섞여 있는 지도책들 사이에 편지를 던져 넣었다. 그리고는 글로브 박스를 탁, 소리가 나게 다시 닫았다. "이제 됐어?" 그가 소리를 질렀다.

"형편없는 총 한 자루는 정확히 우리가 합의한 바가 아니지." 후안이 말하고 있었다. "흠, 우리 모두 조금쯤 미흡해 보입니다." 후안은 점잖을 빼고 빈정대는 투로 프레이저가 한 말을 흉내냈다. 그리고 나서는 말투를 바꾸었다. "탁자 위를 깨끗이 치워봐. 이 물건을 들여다보자구."

그 총은 총신이 짤막하고 끝이 뭉툭한 스미스 & 웨슨 회전식 연발권총이었다. 총은 경찰이 차고 다니는 스타일의 독특한 가죽 권총집에 들어 있었다. 후안은 권총을 말끔하게 닦고 티셔츠로 바깥 부분을 반들반들하게 광을 낸 다음 내려놓았다. 그러면서 총에 대해 설명했다. 탁자 위에 놓인 권총에서 까만 광택이 났다. 후안은 어느새 권총집을 차고 있었다. 저 홀로 모든 이의 관심의 초점이 된 권총은 마치 영혼이 깃들어 있는 듯했다. 똬리를 틀듯 몸을 사리고 고요히 앉아서 깊은 생각에 잠겨 있는 것 같았다. 마음만 먹는다면 갑자기 튀어나올 것 같기도 했다. BB총(0.18인치 탄환용 공기총: 옮긴이), 우툴두툴한 가짜 나무결에다 가늘고 까만 주둥이, 퓨퓨, 하고 작게 소리나는 그들이 만든 공기총과는 전혀 다른 총 같았다. 이 연발권총에 비한다면 BB총은 벽난로 집기에 지나지 않았다. 총은 자그마하고 반짝거리는 금속 눈으로 뚫어질 듯 되쏘아보고 있었다.

밖에는 어느새 비가 내리기 시작했다. 밧줄처럼 굵은 빗방울이 떨어졌다. 만물에 배어 있던 색깔이 빗물에 씻겨서 빠져 나가는 것 같았다. 바람은 채찍을 갈기듯 나무들을 세차게 때렸다. 제니는 문가로 가서 그들을 등지고 선 채 밖을 응시했다. 세차게 내리는 비는 방충망 틈으로도 스며들어 시야를 뿌옇게 만들었다. 프레이저와 이야기를 나누는 동안 줄곧 그녀는 자신의 편지에 대한 염려와 그가 어떻게 반응할지에 대한 불안감에 휩싸여 있었으므로 그가 그들에게 총을 한 자루 가져다주었다고 했던 말은 건성으로 들었다. 그들은 처음부터 총에 대한 이야기를 해왔었다. 그래서 언젠가 총이 나타날지 모른다는 자각은 늘 하고 있었으나 총에 대한 관념적인 생각과 실제로 총이 있다는 것은 전혀 달랐다. 그녀의 등뒤로, 단련된 세 사람들, 직접 톱으로 켜서 엽총을 만들었던 저 사람들도 이 총이 끌어당기는 자력 때문에 말을 잃었다. 이제 권총집을 차게 된 후안이 그걸 벗어던지는 경우를 그녀로서는 상상할 수 없었다. 후안 자신도 그런 상황을 상상할 수 없으리라는 걸 이내 알게 되었다. 지금 이 순간부터 그는 늘 권총집을 차게 될 것이었다. 마치 그 전에는 발가벗고 지내기라도 했던 것처럼.

폭우는 좀처럼 누그러질 기미를 보이지 않았다. 비에 젖은 땅에서 솟아오르는 비옥하고 짙은 흙냄새는 파도처럼 부엌 안으로 밀려 들어와 총과 기묘하게 짝을 이루었다. 이본느가 불쑥 말했다. "도저히 참을 수가 없어. 저걸 느껴봐야겠다구!" 탁자에서 풀쩍 뛰어내린 그녀는 제니를 밀어젖히며 문 밖으로 뛰쳐나갔다. 그러자 폴린도 총을 에워싸고 있던 자리에서 물러섰다. 제니는 이본느를 뒤따르고 싶다는 생각을 했다. 그러나 폴린이 뒷문 가로 다가서자 두 사람은 말없이 이본느가 비명을 지르며 풀밭 위를 달리는 모습을 지켜보았다. 그녀는 몸을 돌려 폴린의 얼굴을 쳐다보았다. 폴린도 그녀의 얼굴을 마주보았다. 폴린은 딱히 무슨 이야기를 하고 싶은 표정도, 무심한 표정도 아니었다. 냉정하지도, 그렇다고 다정하지도 않은 얼굴로 그녀를 잠깐 쳐다보더니 다시금 바깥으로 눈길을 돌렸다. 폴린에게는 제니가 느끼는 두려움은 없어 보였다. 결국, 폴린도 자신의 동료들과 마찬가지로 재무장을 집요하게 주장해 왔으니까. 비를 머금은 바람이 폴린의 머리카락을 살짝 날리자 관자놀이가 드러났다. 잠시 후에 이본느가 철버덕거리면서 계단의 디딤대 위로 되돌아왔다. 두 사람은 아무런 말없이 뒤로 물러나서 이본느가 안으로 들어가도록 길을 터주었다. "추워." 이본느가 헐떡거렸다.

오로지 후안의 관심만이 단 한순간도 총에서 벗어날 줄 몰랐다. 그는 티셔츠가 몸에 착 달라붙어서 젖가슴이 선명하게 보이는 이본느를 올려다보지 않았다. "총 한 자루, 총 한 자루로 대체 뭘 할 수 있다는 거야, 염병할!" 그가 언짢은 투로 말했다. "오, 그래, 원하는 건 뭐든 할 수 있다구? 그냥 안으로 들어갔다가 잽싸게 나오는 일밖에는 아무것도 할 수가 없어. 궁지에 몰리는 날엔 죽은 목숨이야. 나머지 동지들은 아무도 무기를 갖고 있지 않으니 속수무책이지. 그러나 사내들이 총 한 자루를 들고 은행을 털었다는 얘기 들어봤지? 총이 아예 없는 경우도 더러 있더라구. 주머니 속에 손을 넣어 총 모양을 만들어 보이는 거야. 그러면 멍청한 치들은 그게 총이라고 철석같이 믿지. 총 한 자루라. 이봐." 후안이 큰 소리로 폴린과 제니를 불렀다. 이본느는 이미 옷을 갈아입으려고 거실에서 나간 뒤였다. 그러니까 후안은 자기 얘기를 듣고 있는 사람이 아무도 없다는 걸 이미 알고 있었던 것이다. "총 한 자루로 항공기 납치도 할 수 있지. 기내는 총 한 자루가 백 자루만한 위력을 발휘하는 장소거든. 항공기를 납치하러 쿠바로 가라. 내가 알던 몇몇 동지들은 그걸 한 번 실행하기도 했어."

"누군데요?" 폴린이 결국 묻고 말았다.

"네가 오기 전이었지, 공주님. 동부에 살던, 내가 알던 친구가 다른 두 명의 출국을 도왔어. 다우 케미컬 공장을 폭파시킨 것이 그들이라고 나는 생각해. 내 친구는 뉴욕에서 마이애미로 가는 비행기가 하바나로 납치되는 사건은 늘상 벌어지는 일인데도 한 번도 보도된 적은 없다는 얘길 들었다는군. 항공사들이 항공기 납치가 우라질 정도로 쉽다는 걸 보여주기 싫어했다는 거야. 정부 측에서도 얼마나 많은 사람들이 늘상 쿠바로 가고 싶어하는지 보여주는 걸 원치 않았고. 그 내막을 잘 아는 신문들과 이들은 죄다 한통속이지. 내 친구가 도서관에 갔었는데 아니나다를까, 보도 가치가 적은 신문들 뒷면에는 성공한 비행기 납치사건을 보도한 뉴스 통신사들의 짧은 보도기사들이 빼곡하더래. 반면에 보도 가치가 높은 신문 일면에는 항공기 납치범들이 납치에 실패한 한두 건의 기사가 실려 있었는데, 그 이유라는 게 대체로 납치범들이 너무 멍청해서 무기도 들지 않고 납치를 시도했기 때문이라는 거야. 그것뿐만이 아니야. 이 친구는, 항공사에서는 조종사들에게 납치범들이 원하는 대로 따르라고 말하고 있다는 사실도 알아냈지. 승객들이 목숨을 잃을까봐 두려워서란 거야. 그래서 다들 쿠바에 갈 수 있다는 사실을 공공연히 떠벌이려고 하지 않는 거야. 그냥 총을 들이밀기만 하면 쿠바로 가는 건 기본적으로 식은 죽 먹기라는데." 예전의 일을 떠올리자 후안의 불쾌했던 기분이 한결 풀어진 것 같았다. "한동안 이 생각은 안 하고 있었군."

"그들이 총을 제작했어요?" 폴린이 물었다.

"누가?"

"그 남자들. 다우 케미컬 공장을 폭파한 사람들."

"젠장. 당연히 직접 제작했지. 내 친구가 그들을 공항까지 태워다주고 집으로 돌아와 해방운동에서 제공하는 뉴스를 들어보니까 간밤에 어떤 항공기인지는 모르겠지만 틀림없이 항공기 하나가 하바나로 '선회했다'는 소식이 나왔다는 거야. 정보는 전신으로 파악해야 해. 그 다음날 《뉴욕 타임스》에 그 사건이 실리지 않은 건 물론이야. 나도 처음에는 친구 말을 믿지 않았어. 하지만 그가 일러준 대로 내가 직접 조사해 보니 그 모든 게 진실이었어. 일 년이면 열 건에서 스무 건의 하바나행 항공기 납치사건이 발생하지만 사람들은 거기에 대해 한 마디도 듣지 못하는 거야."

"그 일이 언제였죠?" 제니가 물었다.

"사, 오 년 전. 요즘은 좀 덜해졌지만 크게 변하지 않았을 거라고 난 확신해요. 사람들을 저지할 안전하고 확실한 방법이 없으니까 말이지요. 저들이 뭘 할 수 있겠어요? 승객들이 비행기에 오르기 전에 여행가방을 죄다 풀어보게 만들 수 있겠어요? 승객들 면도기 주머니를 샅샅이 뒤져볼까요? 그들이 기대할 수 있는 거라곤 고작 그런 생각을 하는 사람 수가 좀더 적어지기를 바라는 것뿐일 겁니다."

"거기에 대해 많은 걸 알고 있군요." 제니가 말했다.

"그 당시 나는 이런 생각을 했어요. 혹시 동지들이 그런 식으로 내 도움을 필요로 한다면 기꺼이 그들을 도와야 마땅하다고. 내가 그들 가운데 한 사람, 도움이 필요한 입장이 되리라는 생각은 한 번도 해본 적이 없어요."

"우린 절대로 항공기를 납치할 수 없을 거예요." 폴린이 비 오는 바깥을 응시하며 말했다.

"왜 안 되지, 공주님? 그보다 훌륭한 장기 계획이라도 있다는 건가?"

"난 모르겠어요. 그런 계획을 생각해내는 건 당신 일 아닌가요?" 폴린이 대답했다.

폴린이 무슨 말을 했는지 제니가 미처 깨닫기도 전에 후안은 탁자 위에 올려놓은 총을 낚아채듯 집어 들더니 폴린을 겨누었다. "그 좆 같은 주둥아리 어떻게 된 거 아냐? 폴린?"

"그만둬요." 제니가 작은 목소리로 말했다. 목 위로 털이 곤두서며 오싹 소름이 끼쳐왔다.

"장전되지 않은 총이에요. 조금 전에 후안이 깨끗이 비운 걸요." 폴린이 이렇게 말했지만 그들은 여전히 꼼짝도 하지 않았다.

"뭐 하고 있는 거야?" 이본느가 들어오며 물었다.

"항공기 납치라고 아는지 모르겠군. '전부 꼼짝 마!' 이게 바로 납치라는 거야."

이본느는 재미있다고 생각한 모양이었다. "선생님, 칵테일 한 잔 하시겠어요?" 그녀가 덧붙였다. "땅콩 한 봉지는 어떨까요? 담배 피우고 싶으시죠? 제 엉덩이를 살짝 꼬집어 보세요, 납치범 양반. 전 스튜어디스예요, 아시죠?"

총을 들지 않은 손으로 후안은 식탁 의자들을 홱 잡아당겨 앞쪽으로 돌리더니 일렬로 늘어놓았다. "좋아, 공주님." 후안이 말했다. "공주님이 용감한 승객이 되는 거야. 온순하고 세상 물정 모르는 데다 고지식해 보이지만 사실은 녹색 베레모의 특전대원 같은 존재. 어디 날 한번 진압해 보시지."

"아니, 사양하겠어요." 폴린이 말했다.

"좋아. 넌 아마도 겁에 질려서 도저히 입을 닥치지 못하고 비명을 질러대는 한심한 계집이겠지. '오, 안 돼요! 우리는 어떡하죠?'" 후안이 침울한 표정을 지어 보였다.

폴린은 대꾸를 하지 않고 잠자코 자신에게 겨누어진 총구만 뚫어질 듯 바라보고 있었다.

"어쩌면 당신이야말로 용감한 승객이겠군." 후안은 문득 깨달았다는 듯이 몸을 돌려 총구를 제니에게 들이댔다. 장전이 되었든 아니든 총구가 자신을 향해 겨누어지자 그녀의 겨드랑이가 축축하게 젖어들었다. 비가 내린 탓에 기온이 떨어졌다. 제니에게는 스치는 바람이 가을바람처럼 서늘하게 느껴졌다. 바람이 스치고 가자 단박에 살갗 위로 소름이 돋았다. 마치 명령에 복종이라도 하듯이.

"내가 조종사가 되는 게 어떨까요." 제니가 말했다. "내게 겨눈 총을 거두시죠, 선생. 내가 당신을 하바나로 데려다 드리겠소."

"당신이 나를 제압해서 그 돼지들에게 넘기지 않을 거라는 걸 어떻게 알지?"

"그럴 만한 가치가 없소. 누가 다치는 위험을 무릅쓰느니 차라리 선생과 함께하는 쪽을 택하겠소."

후안은 총을 겨누었던 팔을 아래로 내려뜨리더니 총을 탁자 위로 던졌다. 요란하게 덜커덕거리는 소리가 났다. 그러자 제니는 안도감이 밀물처럼 밀려오는 걸 느꼈다. 마치 신경안정제가 자신의 핏속으로 들어간 것 같았다. "이걸 잊지 마." 후안이 폴린에게 말했다. "도망치고 은신하는 게 영원히 내 스타일은 아니라는 거."

그날은 비가 그치지 않았다. 그래도 세차게 퍼붓던 빗줄기가 흩뿌리는 실비로 약해지기는 했다. 후안은 이 문간 저 문간을 뛰어 들어갔다 뛰어 나오면서 권총집에서 권총을 잽싸게 빼내는 동작을 쉴새없이 반복했다. 어느새 땅거미가 지고 있었다. 폴린과 이본느는 저녁 식사 준비를 시작했다. 이 집이 이렇게 좁아 보이긴 처음이었다. 그날 밤 폴린이 수프를 가져다준 후로 제니는 가끔씩 이상하게 극도로 긴장된 기분에 사로잡혔다. 그것은 친숙한 순간에 뒤따르는 감정이었다. 마치 그들이 나눈 대화가 매듭짓지 않은 채로 남겨진 것 같았다. 그걸 느끼면서도 피하고 있는 것 같았다. 폴린은 그녀의 질문을 저지했었지만 나중에 신문 기사들을 들고 왔다. 그리고 그것은 마치 하나의 초대처럼 다가왔다. 마치 그 주제가 완전히 매듭지어진 것이 아닌 것처럼. 후안이 코웃음을 치면서 폴린에게 총을 겨누었을 때 그것이 그가 늘 보여온 거드름의 새로운 행태일 뿐이란 걸 알고는 있었지만 그 순간 그녀는 이 세 도주자들을 단단히 묶어주었던 결속력이 느슨해진 것처럼 느껴졌다. 한순간 폴린은 완전히 내쫓겼고 이본느마저도 보잘것없어 보였다. 이 세 사람 각자가 홀로 떨어져 나온 듯이 보였다. 제니가 자신의 처지에 대해 한결같이 느껴온 것과 같은 외로움이 느껴졌다. 그녀는 혹시 저 총이, 세 사람을 무장한 동지로서 묶어준 바로 그 물건이 실제로는 정반대되는 작용을 그들에게 하고 있는 것이 아닐까 하는 의혹이 일었다. 그래서 그녀는 또다시 폴린의 얼굴을 흘깃 쳐다보았다.

그녀의 표정에서 순간적으로 스쳐 지나가는 어떤 메시지를 읽어내려고. 폴린은 얼굴이 빨갛게 달아올라 있었다. 분노나 두려움, 혹은 당혹감 때문이었을까? 아니면 이 모든 감정이 뒤섞인 것이었을까? 하지만 자신이 제니와 짧게나마 동맹관계라고, 둘이 함께 총구가 겨누어진 불리한 입장에 놓였다고 느끼게 되었더라도 폴린은 절대로 그런 느낌을 입밖에 내지 않을 것이다.

그들이 저녁식사를 하는 동안 마침내 비가 그쳤다. 모두들 침묵했다. 네 사람 모두 식탁 쪽으로 몸을 기울인 자세로 식사를 했으며 후안은 여전히 권총을 꽂은 권총집을 찬 상태였다. 그녀는 그걸 홱 벗겨내고 싶었다. 저녁식사를 끝낸 뒤 후안은 앞으로 책을 쓰는 작업을 하겠다고 선언했다. 후안과 이본느, 폴린은 마시다 만 맥주를 들고 거실로 들어갔다. 거실로 들어간 뒤에는 문을 당겨 닫았다. 제니는 위층으로 올라가서 일기책을 앞에 두고 앉았으나 일기를 쓸 수가 없었다. 펜 뚜껑을 연 채로 팽팽하게 긴장된 상태 그대로 앉아 펼쳐진 일기장을 내려다보고만 있었다. 집안의 공기가 갑갑해서 욕지기가 날 것만 같았다. 폭우가 가져다준 상쾌한 순간은 사라진 지 오래였다. 아름드리 단풍나무 잎들에서 물방울 떨어지는 소리가 들렸다. 잠시 후에 그들의 음성이 들려왔다. 기분이 냉정하게 돌아서기는 했으나 놀랍지는 않았다. 그들이 문을 닫고 거실에 들어간 지 벌써 반 시간쯤 되었다. 논쟁의 수위는 계속 올라갔고, 정상을 향해 치달으면서부터는 보다 자잘한 잔물결로 오르내리고 있었다. 그들이 하는 말을 분간해서 들을 수는 없었다. 그녀는 펜 뚜껑을 도로 닫은 후 펜을 일기장 안에 끼워놓고 겉장을 닫았다. 그리고는 방문 쪽으로 걸어갔다. 논쟁이 일어난 저들의 정상에는 나무나 바람 때문에 찢겨진 구름들이 보였고 폭풍우가 곧 몰아닥칠 것만 같았다. 그녀는 커다란 집기가 바닥에 내동댕이쳐지면서 번갯불이 번쩍하는 것처럼 요란한 소리를 들었다. 아니, 그녀는 내동댕이쳐진 그것이 집기가 아니라 사람의 몸이라는 걸 깨달았다. 누군가 비명을 질렀다. 그녀는 자신의 침실 방문을 벌컥 열어제치고 폴린을 보러 부리나케 달려갔다. 난간 아래로 돌진하듯 내달려간 그녀의 눈에 폴린이 들어왔다. 얼굴에 선연한 손바닥 자국이 나 있었다. "난 상관없어, 상관없단 말야!" 폴린이 소리를 지르며 부엌으로 달려 들어가더니 뒷문을 지나 밖으로 나가버렸다. 이본느는 거실 안에서 서성거렸다. 후안이 계단 발치에서 제니의 앞을 가로막았다. "우리 일에 개입하지 말아요, 제니." 그가 말했다.

"당신, 날 건드리지 마!" 제니가 고함을 치면서 후안을 홱 밀어젖혔다.

제니는 어둠 속에서 폴린의 모습을 식별할 수가 없었다. 하지만 헛간 문들이 끼익, 하면서 힘겹게 열리는 소리를 들었다. 그리고 잠시 후에 헛간에 불이, 알전구만 달린 불이 들어왔다. 그녀는 폴린이 썩어가는 건초더미 위에 앉아 있는 것을 보았다. 폴린은 야윈 두 손을 뼈만 앙상한 무릎 사이에 끼우고 큰 소리로 흐느껴 울었다. 제니를 보자 그녀는 벌떡 일어섰다.

"날 혼자 내버려둬요. 혼자 있게 해달란 말예요!"

"무슨 일이에요? 왜 후안이 당신을 때린 거죠?"

"난 그게 함정이란 걸 알아. 당신에게 말하지 않을래. 자아재정립 때처럼 '후안의 지도력에 대해 네가 진짜로 생각하는 바를 우리에게 얘기해봐, 네 솔직한 의견을 진짜로 듣고 싶어.' 그래서 내 의견을 말했더니 다들 날더러 복종하지 않고 반항한다고 했어요. 홍, 꺼져버려! 꺼져버려! 썩 꺼져버리란 말예욧!"

"아니죠, 내가 그런 게 아니잖아요. 폴린." 제니는 자신의 귓속에서 피가 들끓는 소리를 들었다. 폴린은 분별력이 없는 흉포한 야생동물처럼 보였다. 내뱉는 말은 단지 본능적인 방어수단일 뿐 위협에 대해 맨발톱을 드러내고 잔뜩 몸을 웅크린 모습이었다. 제니는 윌리엄과 함께 떠났던 어느 여행길이 떠올랐다. 그들은 1번 간선도로를 타고 몇 킬로미터를 계속 위쪽으로 달렸다. 멘도치노를 지나서 갑자기 간선도로로 해안선이 끼어들어온 지점까지 쉬지 않고 올라갔다. 해안선을 따라 둘러쳐진 산맥 때문에 뚫고 지나갈 수 없어서 이렇게 만들어 놓은 것이었다. 써레질된 가파르고 축축한 흙먼지 길을 지나야만 다다르는 로스트 코스트(Lost Coast)의 어귀에는 〈폐쇄. 길이 끝나는 지점. 더 이상 가지 마시오〉라고 씌어진 팻말이 세워져 있었다. 그들이 좁은 산길을 지나서 몇 인치쯤 아래로 내려가자 발밑으로 바다가 입을 벌리고 하품을 하는 모습이 보였다. 타고 온 자동차 바퀴 밑에 깔린 자갈돌 위로 바닷물이 소나기처럼 흘러내렸다. 그들은 해안으로 밀려드는 파도를 뚫고 회색 고래가 미사일처럼 불쑥 솟아오르는 광경을 보았다. 해변에서 불과 몇 미터 떨어진 가까운 거리였다. 길게 이어진 산맥을 끼고 흐르는 강이 마지막으로 만곡을 이루는 지점에는 산맥에서 떨어져나온 암석 조각들과 쓰러진 거목들, 그리고 바다로 흘러가던 갈색의 고운 모래들이 모여들어 삼각주를 이루고 있었다. 그들은 산길을 터벅터벅 걸어서 편평하게 펼쳐진 야생 목초지까지 올라갔다. 목초지에서는 바다의 파도가 대포 소리처럼 거칠게 울려 퍼졌고 바다사자 강치가 날카롭게 짖는 소리만 들렸다. 아래쪽으로는 계절이 바뀌어 이동하는 고래들의 웅장한 행렬이 검은 형태로 보였다. 다시 캠프장으로 돌아와 보니 야영 천

막 사이에 자그마한 황금빛 스라소니가 보였다. 쪼그리고 앉은 소담한 스라소니는 꼬리가 도르르 말렸고 뾰족한 귀는 위로 솟아 있었다. 인상적인 두 눈으로 그들을 빤히 쳐다보았다. "정말 아름다워." 윌리엄이 앞으로 다가서며 속삭였다. "안돼." 그녀가 그를 말렸다. "바보같이 굴지 마."

"폴린." 제니가 떨리는 음성으로 불렀다. "폴린."

"왜 나는 선택을 해야만 하는 거죠?" 폴린이 그녀를 보며 악을 썼다. "날 선택하게 만들지 말아요!"

"어이, 막내 자매, 어이, 그러지 마." 후안이 그들 뒤에서 이렇게 말하고 있었다.

"폴린을 혼자 있게 놔둬요." 제니가 말했다. 그러나 후안은 성큼성큼 다가와서 폴린을 붙잡았다. 그러자 폴린은 그에게 달려들어 미친 듯이 할퀴었다. 하지만 그것은 그에게서 벗어나려는 몸부림이 아니라 그를 붙들어두고픈 몸짓이었다.

이본느도 어느새 헛간에 들어와 있었다. "오, 폴리." 그녀가 말했다.

"나를 선택하게 만들지 마." 폴린이 흐느껴 울었다.

"물론 그렇게 안 해. 뭘 선택한다는 거야? 당신이 폴린에게 무슨 헛소리를 지껄인 거요, 제니?"

"아무 말도 안 했어요." 제니가 말했다. 그 말밖에는 아무것도 입 밖으로 나오지 않았다. 그녀는 그저 말 못하는 벙어리가 된 것처럼 서서 세 사람이 마치 한몸처럼 묶인 채로 괴상한 경주를 벌이듯이 서로가 서로에게 엉켜드는 모습을 지켜보았다. 그들은 그렇게 서로 얽혀서 비틀거리며 헛간에서 나갔다.

"내가 반드시 해야 할 일은 우선 블록을 하나 세운 다음 총을 그 위에 올리는 거야." 다음날 저녁 식사 도중에 후안이 말했다. "너랑 이본느는 엽총으로 사격하는 요령을 배웠지만 권총은 전혀 다른 괴물이지." 그는 폴린에게 차근차근 설명했다. "너는 몸집이 작지만 권총으로 철저하게 대응한다면 발길질을 당한다 해도 쓰러지지 않을 수 있어. 기억 나? 이 총은 뭐랄까." 이렇게 말하면서 후안은 팔을 쭉 펴고 사격 자세를 흉내냈다. 그의 힘찬 팔이 비호같이 뒤로 움직였다. "네가 이미 엽총으로 터득한 정확성을 갖기란 힘들 거야. 좌절감을 맛볼 테고."

"난 양손으로 잡을 수 있어요." 폴린이 총을 잡으려고 손을 뻗쳤다. 후안은 그런 그녀를 저지했다. 그 순간 제니는 폴린의 얼굴에 짜증의 불꽃이 튀는 것을 보았다.

"사격 연습장이라면 그래도 무방하지." 후안이 말했다. "그러나 비행 중에는 안돼."

마침내, 후안의 감정은 누그러졌다. 그들은 몇 차례 블록을 세우지 않고 사격 연습을 했다. 제니는 그들 뒤를 따라 헛간으로 들어가 문가에 서서 지켜보았다. 어떻게 되어가는지 보자는 생각이었던 것이다. 저것은 위장된 연극일까? 총을 다루는 폴린의 진지한 표정은? 아니면 사과의 표시일까? 무슨 짓을 했었는지는 모르겠지만 전날 밤 후안의 분노를 자초했던 행동에 대한 사과일까? 집을 나서기 전에 폴린은 잠깐 침실 안으로 사라졌었다. 그동안 후안은 쓰레기를 뒤져서 그들이 먹고 버린 빈 수프 깡통을 찾았다. 이제 그 깡통들이 헛간을 가득 채웠고 오래된 커피 가루, 시금털털한 와인, 그리고 젖은 담배꽁초에서 나오는 강한 악취도 헛간에 가득 찼다. "같이 할래요?" 후안이 제니에게 상냥하게 물었다. "당신은 사격 솜씨가 좋을 게 틀림없어요. 동양 사람들은 한결같이 뛰어난 조준 능력을 지녔으니까. 그들은 선천적으로 사격의 명수들이지요. 수영이나 골프 같은 정확성이 필요한 스포츠에 능한 사람들이야. 훌륭한 양궁 선수들이고…….”

"난 지금까지 살아오면서 한 번도 총을 만져본 적이 없어요." 제니가 냉담하게 반응했다.

"오, 난 그 말 믿지 않습니다." 후안이 말했다. 그는 깡통을 하나씩 들어서 X자형 톱질 받침대 위에 올려놓았다. "저걸 맞추고 싶어지면 말만 하세요. 알겠지요? 쏴볼래요?" 언제나 후안의 말을 누구보다 열심히 듣는 이본느가 키득키득 웃음을 터뜨렸다.

하지만 일단 총을 잡자 이본느의 표정은 진지하게 바뀌었다. 짐짓 엄숙해 보이기까지 했다. 턱이 오그라들어 주름이 생겼고 아랫입술은 살짝 앞으로 튀어나왔다. 반면 몸의 다른 부위들은 하나로 융합되어 바닥에 녹아내린 것 같았다. 뻣뻣하게 긴장된 무릎의 근육 덩어리가 번갈아 움직였다. 이본느는 헛간의 뒤쪽 벽을 몇 차례 찌르고 난 다음 마지막으로 총을 쏘았다. 깡통 하나가 고통스러운 소리를 내며 공중으로 날아갔다. 그러자 균형을 이루게 쌓아놓았던 나머지 깡통들도 허물어져 바닥에 뒹굴었다.

"잘했어!" 후안이 소리쳤다. 이본느가 씨익 웃었다.

폴린은 자기 차례가 되자 주머니에서 두루마리 화장지 한 뭉치를 꺼내어 작은 공 모양으로 뭉쳤다. 그걸 본 후안이 불같이 화를 냈다.

"너 지금 뭐 하는 거야? 그 휴지는 대체 뭐에 쓰려고?"

"귀마개."

"세상에! 깨는구만. 이본느, 귀마개래."

"내 귀가 엉망이 되어버린 건 다들 알잖아요! 아직도 이명이 들릴 때가 있단 말예요—."

"돼지들이 문앞에 와 있다!" 후안이 실행에 들어갔다. "좋아. 나도 귀마개를 하지 뭐."

폴린은 화를 내며 동그란 휴지 뭉치를 바닥에 던져버리고 총의 손잡이를 자그마한 양손으로 감쌌다. 그녀의 포즈는 도를 지나친 것 같았다. 바닥에 디딘 두 발의 폭이 너무 넓게 벌어져 있었고 좁은 어깨도 귀 쪽으로 으쓱 들려 있었다.

"잠깐만." 후안이 진지하게 저지하며 그녀 뒤로 발걸음을 옮겼다. "어깨를 낮춰봐. 넌 약한 체구의 결함을 보강해야만 해. 팔에다 힘을 주고 제대로 구멍에 끼워넣어 봐."

폴린은 문제를 일으킬 만큼 형편없지는 않았다. 그러나 뒷걸음질치다가 심하게 넘어졌을 때도 양팔을 그대로 뻣뻣하게 뻗친 자세를 풀지 않은 건 순전히 고집 때문인 듯했다. 첫 사격을 하고 나자 간신히 버텼던 두 팔이 마구 떨렸다. 그러자 예상 밖으로 그녀는 한 손으로 사격을 시도했다. 그녀가 쏜 탄환은 천장으로 날아갔다. 그때까지 모두 날아가 버리지 않았더라면 소스라치게 놀란 비둘기들이 마치 화산이 폭발하듯 솟아올랐을 것이다. "후아!" 후안이 바닥을 치며 외쳤다. "아이고 빌어먹을! 그 물건 이리 내봐!"

제니는 마침내 그들을 떠나서 집안으로 되돌아왔다. 침대에 누워서도 탕, 탕 하는 총소리가 들렸다. 그 소리를 들으며 잠 속으로 빠져들었음에 분명했다. 다음날 아침 그녀는 세 사람 모두 부엌에 있는 것을 보았다. 메모판에 짤막한 메모를 써서 폴린과 얘기를 주고받고 있었다. "폴린이 귀먹었어요?" 제니가 공포에 질린 표정으로 폴린을 쳐다보며 물었다. 폴린은 뒤를 돌아보더니 인상을 찌푸렸다. 그녀는 펜을

집어들고 이렇게 썼다. 〈제니, 써줘야만 되겠어요.〉
"어머나, 이를 어째!" 제니가 소리를 질렀다.
"시간이 흐르면 괜찮아질 텐데요, 뭘." 후안이 어깨를 으쓱하며 거들었다. "귀가 민감해서 그래요. 전에도 이런 일이 있었지만 나중에는 괜찮아졌거든요." 폴린은 후안을 성마른 표정으로 바라보고 있었다. 그리고는 단호하게 메모판을 손가락으로 가리켰다. "아, 미안, 공주님." 후안이 웃었다. 그는 종이에다 이렇게 썼다. 네가 얼마나 예민한 공주님인지 얘기한 거야. 폴린이 그를 탁, 때렸다. 하지만 얼굴에는 미소가 떠올랐다. 갑자기 귀가 들리지 않게 되자 폴린은 겁에 질린 것일까? 제니는 분명 초록색 반점이 어리는 폴린의 눈동자 깊은 곳에 자리한 두려움을 보았지만 동료들이 응석을 받아주고 애지중지해 주는 데서 느끼는 즐거움이 그 두려움을 거두어가기에 충분한 것 같았다. 그날 내내 후안과 이본느, 폴린은 쪽지를 주고받으면서 키득거리고 서로를 툭툭 치면서 보냈다. 아니면 쪽지를 읽어보다가 짐짓 짜증난다는 듯이 갈기갈기 찢기도 했다. 제니로서는 그들이 의도적으로 폴린의 귀를 들리지 않게 만든 게 아닐까 하는 생각이 들 정도였다. 그래야 자기들끼리 비밀을 나누는 게임을 보란 듯이 공공연하게 할 수 있을 테니까. 의도였든 아니든 간에 제니만을 배제시킨 놀이를.

그날 밤 저녁 무렵이 되자 폴린의 청력이 돌아오기 시작했다. 그러자 이번에는 새로운 게임이 시작되었다. 폴린이 있는 자리에서 후안과 이본느가 서로에게 무슨 말을 하는 거였다. 그런데 평상시와 다름없는 어조로. 그러면 폴린이 "뭐라고?"라고 고함을 질렀다. 혹은 사소한 일조차 고함으로 고지하는 거였다. 가령, 저녁에는 마카로니를 먹고 싶어! 같은 식으로.

제니는 폴린이 더 이상 단순히 납치당한 희생자가 아니게 되었을 때, 그렇지만 아직은 동료가 된 것도 아니었던 그 중간 시기에 지금 자신이 느끼기 시작하는 것 같은 이런 기분이 아니었을까 궁금해졌다. 무리들 속에 만족스럽게 어울리지도 못하고 그렇다고 해서 완전히 방관자도 아닌 느낌. 그들은 폴린의 귀가 들리지 않는 동안 웃으며 그녀에게 메모판과 연필을 내밀었다. 공공연하게 제니를 배제시키는 행위는 아무것도 하지 않았다. 하지만 그녀로서는 그들 세 사람 모두에게 하고 싶은 말이 아무것도 없었다. 그리고 그것이 바로 게임의 핵심이었다. 즉 그들 세 사람은 하나라는 것. 다음날 폴린은 정상으로 돌아왔고 그들은 책 쓰는 작업을 하기로 결정했다. 이제 제니는 의도적으로 엿들으려고 애써 보았으나 그들이 왜 싸웠는지 그 이유를 하나도 알아낼 수가 없었다. 그러나 이 프로젝트가 왜 그렇게 시간을 오래 끄는지에 대한 여러 이유 중 적어도 하나를 확실히 알게 되었다. 그들은 기본적인 토대를 이루는 여러 전제들의 윤곽을 미리 잡지 않고서는 맨 첫 진술을 구성할 수 없는 것 같았다. 그리고 모든 전제들마다 발생 가능한 모든 의혹을 벗어나 확증할 수 있는 논거가 필수적이었다. "평화로운 베트남을 침략한 미제국주의"라고 이본느가 시작하자 "잠깐만." 하며 후안이 말허리를 잘랐다. "우린 프랑스가 베트남에 먼저 갔다는 사실을 잊어선 안돼." "그러니까 베트남이 평화로웠다고 말할 수 없다는 거야?" "그런 게 아니지. 세계 패권 국가들이 갈색 피부를 가진 민족들을 약탈하기 위해 비밀리에 서로 결탁하는 방식이라는 거지. 우리가 프랑스와 은밀히 결탁한 방식." "우리가 프랑스와 몰래 결탁한 거예요?" 폴린이 물었다. 이런 식으로 작업이 진행되었다. 한도 끝도 없이. 그들의 세계관의 토대는 빠르게 과거 속으로 가라앉았다. 즉 전쟁에 대한 비난은 불가불 케네디 행정부의 외교정책에 대한 면밀한 조사의 필요성으로 연결되었고, 제2차 세계대전을 본뜬 제국주의적 의도 아래 국경이 재배치되는 상황에 대한 비난으로 이어졌다. 이는 다시 근대의 민족국가 탄생에 대한 오랜 숙고를 필요로 하는 것이었다. 기꺼이 선동적인 방화범이 되었거나 사실 무근의 무책임한 발언들이 난무하던 나날들은 이미 사라져버렸다. 그리고 과거에 스쳐 지나간 흔적들까지 죄다 들춰내어 비판하면 할수록 현재에 들이는 노력의 크기는 작아져만 갔다.

그날 오후 그들이 여전히 작업 중일 때 제니는 언덕을 힘겹게 올라오는 자동차 소리를 들었다. 위층에 있던 그녀가 부엌으로 내려왔고 그들 세 사람도 거실에서 나왔다. 후안이 말했다. "염병할, 프레이저는 뭣 때문에 벌써 오는 거야? 두 주일 더 주겠다고 자기 입으로 말해 놓고는." 제니는 창밖을 내다보았다. 그런데 프레이저의 찌그러진 쿠페(문이 두 개 달린 승용차 : 옮긴이)가 아니라 문이 네 개 달린 푸른색 세단 자동차가 차도의 마지막 커브를 돌아 나오는 것이 보였다.

"프레이저가 아니에요." 제니는 자신도 모르게 이렇게 말했다. "그가 새 차를 구입한 게 아니라면." 그녀는 이 승용차 안에 탄 사람을 어렴풋하게도 볼 수 없었으나 모르는 누군가라는 걸 감지했다.

"이층으로 가." 후안이 폴린에게 말했다.

금발머리에 건장한 몸과 붉은 혈색의 백인 남자, 사십대 중반쯤 되어 보이는 한 사내가 농가의 뒷문 쪽으로 걸어오고 있었다. 한가로운 모습이었다. 폴린이 쿵쿵거리며 마지막 계단을 밟고 오르는 소리가 계단 꼭대기에서 들렸다. 제니와 후안, 이본느는 입상처럼 꼼짝하지 않고 그대로 서 있었다. 사내는 이 농가를 잘 아는 것처럼 보였다. 낯선 사람이었다면 농가의 앞쪽으로 가서 거실로 통하는 문으로 들어오려고 했을 것이다. 그 문을 거의 사용하지 않는다는 사실을 몰랐을 테니까. 창문 밖으로 보이던 그의 모습이 시야에서 사라졌다가 곧바로 문가에 다시 나타났다. "안녕하세요." 그가 활달하게 인사했다. "이렇게 불쑥 찾아와서 미안합니다." 세 사람은 적당한 대답을 찾지 못해 한 마디도 못했다. 사내는 방충망 문을 살며시 열었다. "난 봅입니다. 이 농가의 주인이죠. 어디 있습니까? 디어드르였던가요? 제가 이름 외는 데는 젬병이라서요. 잠시 당신이 디어드르일 거라고 생각했었는데." 그가 이본느를 보며 한 마디 더 덧붙였다.

그들 중 아무도 이본느가 디어드르가 맞는지 아닌지 알지 못했다. "봅." 후안이 그가 소개한 대로 이름을 불렀다. 제니는 살갗 위로 무언가 스멀스멀 기어가는 듯 소름이 끼쳐 올랐다. 이 사내가 경찰처럼 보이는 것은 자신의 강박중이라는 걸 알았지만 후안에게는 이 사람이 어떻게 보였던 것일까? 후안은 굼뜬 시선을 그에게 던졌다. 마치 악어가 파리를 쫓을 때의 표정 같았다. "당신이 디어드르 남편 되나요?" 사내는 이렇게 말하며 후안의 뻣뻣한 손을 잡고 악수를 했다. 순간 제니는 상황을 파악했다. 이본느도 파악한 게 분명했다.

"나는 디어드르의 여동생이에요." 이본느가 대담하게 또박또박 말했다. "그리고 이이는 제 남편 조지, 그리고 이 사람은 우리 친구 주디랍니다."

"모두 휴가를 잘 보내고 계십니까? 저랑 아내는 이 지역에서 자랐습니다. 그래서 좀더 자주 여기 와보고 싶어하지요. 디어드르가 아이들과 함께 여기서 여름 내내 지내고 싶어하는 줄 알았습니다."

"맞아요. 그런데 언니는 아이들을 데리고 이틀 동안 저희 어머니 댁에 다니러 갔답니다." 이본느가 말했다. "어머니는 펜실베이니아에 사세요." 그리고는 장황하게 한 마디 덧붙였다. "필라델피아죠."

　제니는 겨드랑이에 배어들던 땀방울이 축축한 길을 내며 옆구리 쪽으로 흘러가는 걸 느꼈다. 이 사내는 제니와는 아주 짧게 악수를 하고 나서 다시금 이본느를 물끄러미 바라보았다. 후안은 여전히 사내를 뚫어질 듯 주시하고 있었지만 사내는 그런 후안에게 예의상 살짝 시선을 주었을 뿐이었다. "실례합니다." 제니는 중얼거리듯 이렇게 말하고는 부엌에서 조용히 빠져나왔다. 거실에는 재떨이들과 씻지 않은 채로 나뒹구는 와인 잔들, 빈 포테이토칩 봉지들, 신문더미들, 그리고 후안이 화분으로 만든 바벨처럼 정체를 알 수 없는 파편더미들이 뒤죽박죽 어질러져 있었다. 그들은 그동안 이 집이 누군가의 소유물이라는 식의 생각은 전혀 하지 않은 채 지내왔다. 자신들이 여기서 나가는 그 순간 땅속으로 꺼져 사라져버릴 공간처럼 여겨왔다. 이제 그녀의 눈앞에는 몇 달을 거쳐오면서 훼손된 이 집의 모습이 펼쳐져 있었다. 소파에는 와인을 엎질러서 생긴 검붉은 얼룩이 묻었고 카페트는 담뱃재와 먼지와 때가 묻어 시커멓게 변했다. 방구석에는 걷어찬 맥주병들이 보였고 헛간도 아니었건만 사격용 블록 위에 총이 얹어져 있었고 총을 쏴서 생긴 무수한 구멍 자국들이 보였다. 목초지의 풀들도 타원형으로 그려진 코스를 따라 짓밟혀서 납작하게 누워버렸다. 후안은 큼직한 글씨로 〈전쟁의 코드〉란 타이틀 아래 세부 목록을 만들어 벽에다 테이프로 붙여 놓았었다. 제니는 그것을 떼내어 구깃구깃 공처럼 둥글게 뭉쳤다. 그때 나머지 사람들이 부엌에서 나왔다. 봅은 문간에서 걸음을 멈추었다. 제니는 그가 몸을 돌리기 전에 재빨리 거실 안을 들여다보는 것을 눈치챘다. 그가 말했다. "디어드르가 내게 건네준 번호로 전화를 했더니 받지 않더군요. 내가 잘못 받아 적었는지 모르겠습니다. 전화번호 안 가지고 있죠?"

"네." 이본느가 대답했다. "이사한 지 얼마 안 됐거든요."

"중요한 건 아닙니다. 내 집을 빌려 쓰는 사람들 전화번호를 알고 있었으면 한 것뿐이니까." 이렇게 말하며 봅은 헛기침을 했다. 그가 거실 쪽에서 몸을 돌렸다. 그동안 후안과 이본느는 그 뒤를 바싹 따라 다녔다. 이제 세 사람은 계단 발치에 난 거실과 부엌 사이의 작은 연결 복도에 몰려 있었다. 제니는 그 뒤에서 서성거렸다. 봅의 등을 얇은 갈색 바람막이 재킷이 감싸고 있었다. 그의 등을 바라보던 제니는 양손으로 이 재킷을 힘껏 쳐서 그를 집 밖으로 날려버리고 싶어졌다. 후안은 한결같이 봅을 뚫어져라 쳐다보고 있었다. 마치 잘게 썰어 먹어야 할 스테이크를 쳐다보듯이. 불현듯 그녀는 깨달았다. 굉장한 충동을 후안이 지금 억누르고 있다는 사실을. 후안은 이 사내를 살해할 수도 있었다. 정말로 죽일 수도 있었다. "디어드르에게 전할 말이 있나요?" 이본느가 봅을 부엌으로 이끌며 물었다. 그러나 봅은 선선히 그녀를 따라가지 않았다. 그 대신 계단 위를 올려다보았다.

"내가 알아야 할 게 있습니까?" 그가 물었다. "지붕이 새나요? 배관 상태는 괜찮은지요?"

"괜찮아요." 이본느의 음성이 다소 날카롭게 들렸다.

마침내 그는 이본느의 뒤를 따라 부엌으로 들어왔다. "휴가를 즐기는 사람을 방해하기는 싫지만 디어드르에게 열쇠를 우편으로 보낼 때는 주소도 꼭 적어달라고 전해 주겠습니까? 보증금을 돌려주려면 필요해서요. 어찌된 셈인지 그녀에게서 주소를 받은 적이 없네요."

"언니가 너무 정신이 없어서요. 이사도 하고……."

드디어 그가 집 밖으로 나왔다. 그리고 세 사람은 바리케이트라도 친 것처럼 문가에 늘어섰다. 제니는 대개의 사람들이 신용거래를 한다는 걸 기억하려고 애썼다. 집주인은 자신이 본 광경 때문에 애초에 집을 세놓은 걸 후회할 것이고 어쩌면 보증금을 전부 되돌려주지 않을지도 모른다. 그녀는 사람을 믿지 못하는 것은 우리 같은 사람들이다, 라고 생각했다. 그녀는 보통 사람들에게 불신감을 불어넣으려고 노력하며 그녀 생애의 여러 해를 보냈었다. 지도자들이 여러분을 잘못된 길로 이끌고 있습니다, 그녀는 이렇게 말했을지 모른다. 당신이 낸 세금을 엉뚱한 데다 허비하고 여러분 자녀들을 죽이고 있어요. 낯모르는 외국 아이들이 아니라 바로 여러분 자녀들을 말입니다. 그녀의 말에 귀 기울이는 사람은 거의 없었다. 그런데 이제 그녀는 저 완강하고 본능적인 신뢰에 의지하고 있었다. 그런데 이 사내는 여전히 떠나기를 망설이며 풀밭 위에 서서 꾸물거렸다. "저건 당신 차인가요?" 비틀을 가리키며 그가 물었다.

"그래요." 이본느의 대답.

"소음기를 갈아야겠네요?" 그가 무릎 위에 두 손을 올린 채로 자동차를 보려고 몸을 구부렸다. 그리고는 다시 구부렸던 몸을 펴면서 말했다. "혹시, 혹시 내가 저 들판을 잠시 걸어도 방해가 되지 않을까요? 여기 와본 지 오래되어서요. 배관이나 뭐 자잘한 거 살펴보려고 들르기는 하지만 한가롭게 걸어보지는 못했답니다." 이렇게 말하고 난 그는 분명 그들 모두의 얼굴에서 무언가를 읽어낸 게 틀림없었다. 그의 얼굴이 갑자기 창백해졌다. "다시 생각해 보니 시간이 없군요." 그가 말을 바꾸며 적당히 얼버무렸다. "여러분들이 모두 나 때문에 성가시게 방해 받으려고 이 집을 빌린 건 아닐 텐데요."

"괜찮아요." 이본느가 말했다. 제니는 후안이 이본느의 옆구리를 꼬집는 걸 보았다. 그러자 이본느가 손바닥으로 그를 찰싹 때리며 밀쳐냈다. "그렇게 하세요. 여긴 당신 집인데요, 뭘."

"아닙니다. 아니, 괜찮습니다. 여하튼 아내가 시내에서 기다리고 있거든요." 그는 재킷의 지퍼를 올리고 나서 쭈뼛거리면서 열쇠를 꺼내 들었다. 의심, 혹은 그보다 훨씬 두려운 감정이 그의 소맷자락을 잡아당긴 것 같았다. 하지만 그는 자신을 잡아당기는 그 기분에서 홀가분하게 빠져나왔다. "아이들이 좋은 여름을 보내는군요." 차에 올라타며 그가 말했다.

폴린이 먼지를 뒤집어쓴 채 아래층으로 돌진하듯 내려왔다. "당신 침대 밑에 들어가 있었어요." 그녀가 제니에게 말했다. "그 사람 갔어요, 그렇죠? 간 거죠?"

"지금은." 후안이 말했다.

후안은 이상할 정도로 명징하고 차분해 보였다. 실제로 위기에 맞닥뜨리자 균형을 잃은 허풍과 일촉즉발의 성미, 으스대던 자기과시적 태도는 사라졌다. 후안의 지시에 따라 그들은 담요와 옷가지, 그리고 식품을 균등하게 네 개의 꾸러미로 나누어 묶은 뒤에 전에 전투 훈련을 하는 동안 이용했던 나무와 암석들 사이에 파묻었다. "내가 이런 말을 하게 될 줄은 몰랐군." 후안이 말했다. "어쨌거나 돼지들이 여기 들이닥치면 도망가도록 해. 영양놈들처럼 이 지점까지 잽싸게 달려오라구. 와서는 이 비축물을 그러쥐고 쥐도 새도 모르게 숲속으로 사라져버려." 두 자루의 BB 소총과 권총 한 자루. 비축된 무기는 따로 없었다. 프레이저 덕분이었지만 그 때문에 이들에게는 달아나는 것 외에는 다른 선택의 여지가 없었다. "우린 살아남을 거야." 온 길을 되짚어 돌아오면서 후안이 말했다. 폴린이 분명 두려움을 느꼈을 텐데도 제니의 눈에는 그녀가 기쁨으로 한껏 들뜬 것처럼 보였다. 후안은 결국 살아남기 위해 노력해도 무방하다고 말하고 말았다.

집안으로 들어온 그들은 부지런히 흐트러진 집필 도구들 속에서 실제로 쓴 원고들을 가려냈다. 지금으로서는 그들이 작업한 것이 손때 묻은 종이 몇 장과 절반쯤 녹음한 테이프 한 개뿐인 게 다행인 것 같았다. 쓴 원고는 주머니 크기의 꾸러미 속에 밀어 넣었다. 그 꾸러미를 쓰레기 비닐봉지로 싸고 또 쌌다. 그리고는 다시 숲으로 갔고 후안이 총을 묻었듯이 꾸러미도 땅 속에 묻었다.

그리고 나서 그들은 만장일치로 제니가 자동차를 몰고 시내로 가서 프레이저에게 즉시 전화를 해야 한다는 데 합의했다. 후안이 말했다. "봅이라는 친구, 그자는 전혀 의심하지 않을지도 몰라. 십중팔구는 그럴 테지. 그러면 우린 무사한 거고. 열에 하나는 의심을 샀을 테고 그럼 우린 죽은 목숨이지. 내가 같이 가겠소." 후안이 제니에게 말했다. "큰 도시로 갑시다. 가게도 보고. 그런데 나에게 캐물을 생각일랑 하지 마시오."

후안과 제니가 떠난 후, 폴린과 이본느는 총 한 자루와 마지막 남은 와인 한 병만 갖고 겁에 질려 있었다. "당신이 화가 나 있다는 거 압니다." 그들이 차를 몰고 떠나게 되자 후안이 심드렁하게 내뱉었다. 마치 두 사람이 줄곧 자동차를 타고 달리고 있었던 것 같은 태도였다. 전국에 지명 수배된 도망자 신세가 된 뒤 처음으로 변장도 하지 않고 벌건 대낮에 자동차에 올라탔는데도 후안은 당황하거나 동요하는 기색이 없었다. "폴린과 관련된 일로 화가 나 있다는 거 알아요. 그래서 우리만의 시간을 갖고 얘기할 수 있게 되어 기쁩니다. 그동안 당신과 얘기를 나누고 싶었거든요. 제기랄." 창밖을 내다보며 그가 욕설을 덧붙였다. "여기가 아름다운 땅이란 거 압니까? 이렇게 아름다운 땅을 바라보면 이 나라가 얼마나 욕지기나고 엉망진창인지 잊어버릴 지경이란 말입니다. 어쨌든 알아두시오. 이본느와 나에게 있어서 폴린은 친누이요 친자매라는 걸. 그거 알지요? 폴린은 우리 가족입니다. 그리고 우리는 투쟁합니다. 우리 가족 모두가 투쟁하는 겁니다. 난 당신은 그게 어떤 건지 알 거라고 생각해요."

"알아요." 그녀가 대답했다. 그의 입을 다물게 하려고 건성으로 한 대답이나 마찬가지였다.

몬티첼로로 가는 자동차 도로는 그동안 변한 게 없었다. 그러나 기어를 바꿀 때마다 번번이 그녀는 깜짝깜짝 놀랐다. 편두통을 앓는 사람이 신호등이 바뀔 때마다 흠칫 놀라듯이. 후안은 바람이 부는 쪽으로 고개를 돌린 채 계속 말을 했다. 늦은 오후의 햇살에 반사된 그의 안경이 모스 부호처럼 보였다. 물 흐르듯 끊임없이 이어지는 그의 얘기를 바람이 낚아채 가기도 했다. 그의 어머니에 대한 얘기…… 어머니가 이런 언덕을 보았더라면 몹시 좋아했을 것이다. 어머니는 평생을 일리노이의 편평한 들판을 바라보면서 살았다. 그래서 주름진 땅을 보면 늘 흥분하곤 했다. 그가 아이였을 때 어머니와 함께 들판을 자동차로 지나가곤 했었는데, 그 들판이 어디인지, 어쩌다가 달리게 되었는지는 도통 모르겠지만, 들판의 움푹 들어간 곳에 거대한 나무가 한 그루 자라고 있었다. 농부가 그 움푹 들어간 자리를 없애버리려고 나무를 뽑아버리는 수고를 했는데도 그 자리는 없어지지 않고 그대로 남았다. 쟁기 같은 게 걸려 넘어지는 일이 생겼다. 그래서 나무를 자라는 그대로 놔두기로 했다. 그것은 변함없이 늘 똑같았던 들판에 오아시스를 만들었다. 초목이 자라나는 깊고 오목한 자리. 어머니에게는 그것이 가슴 설레는 기쁨을 안겨주었다. "아, 내 나무!" 어머니는 지날 때마다 이렇게 말하곤 했다. 열두 명의 동지들의 부모 스물네 분을 통틀어 그들에 대해 자랑스럽다고 말한 이는 오직 그의 어머니뿐이었다는 사실을 제니가 아는지 후안은 물었다. 《시카고 트리뷴》의 기자가 추적하여 그의 어머니를 찾아냈는데, 어머니는 그들이 택한 방법은 이해할 수 없지만 그들의 신념은 이해한다고 말했단다. 그리고 그들이 자랑스럽다고도 말했단다. "그게 어머니 말씀이었어요. 어머니는 가난하게 자랐어요. 그래요, 우리 어머닌 가난했어요." 이렇게 말한 뒤 후안은 뭔가에 마음을 빼앗긴 듯 갑자기 멍한 표정이 되었다.

제니는 몬티첼로의 메인 스트리트 끝자락에 세워진 공중전화 부스로 들어가 프레이저에게 전화를 걸었다. "내가 다시 걸게. 늘 걸던 데지?" 프레이저가 말했다. 몸을 돌려 목을 길게 빼고 그녀는 자동차를 세워둔 쪽을 바라보았다. 후안의 모습이 보이지 않았다. 햇살이 그녀의 자동차 앞유리에 부딪혀 눈부시게 빛났다. 후안은 차 안에서 반사되는 햇볕에 몸을 숨긴 채 얌전히 기다리고 있는 걸까? 그녀는 그가 차 안에 없다는 확신이 들었다. "시간이 없어." 그녀가 프레이저에게 말했다. "빨리 오라는 말을 하려고 전화하는 거야. 오늘밤이 어떨까? 좋아? 끊을게."

"잠깐만, 잠깐 기다려. 우유 사러 가야 해. 오 분이면 돼."

"기다릴 수 없어. 그냥 오란 말야. 오면 그때 얘기해."

"도대체 뭐야—누가 병이라도 난 거야?" 그제서야 놀랐는지 프레이저의 목소리가 떨렸다. 그는 이런 느낌을 한 번도 가져본 적이 없었으리라는 걸 그녀는 깨달았다. 위험에 가까이 있다는 느낌. 위험이 보이자 그는 딱딱하게 굳어졌다. 프레이저가 구원자 역할을 하고자 하는 욕망은 진심이었다. 그러나 이것은 전적으로 좋은 운이 부추긴 욕망이었다. 그는 항상 이례적일 만큼 운이 좋아서 자신에게 해가 되지 않을까 몸을 사리거나 신중할 필요가 없었다. 그는 지금까지 한 번도 자기희생이 따르는 투쟁과, 비열하지만 자기를 지키고자 하는 후퇴 사이에서 양자택일을 해야 하는 상황에 놓여 본 적이 없는 사람이었다. 그는 늘 충성심에 불탔지만 그녀는 늘 그마저도 배신할지 모른다는 두려움 때문에 괴로웠다. 그는 한 번도 문제가 생길 거라는 예상을 한 적이 없었다. 그래서 아마도 문제가 생기면 그걸 버텨나갈 훈련이 안 되어 있을 것이다. 아마도, 문제가 자기 앞에 닥치면 목숨을 부지하기 위해 달아날 것이다. 문제가 생기면 그녀보다 자신을 더 불리하고 위태롭게 만들지는 않을 것이다. 그의 불안한 목소리를 듣자 그녀는 자신의 안전이 걱정되고 두려워졌다. 그래서 그가 겁에 질려 달아나지 않고 달려오도록 만들 수 있는 바로 그 말을 꺼냈다. "그들은 아직 한 자도 쓰지 않았어."

"개자식! 알았어. 오늘 밤에 가도록 해볼게."

전화 부스를 나오면서 그녀는 후안이 차를 세워둔 곳으로 돌아오는 것을 보았다. 얼굴에는 기분 좋은 미소가 떠올라 있었다. 마치 메인 스트리트에서 눈길을 끌 만한 근사한 장식 걸개라도 보아둔 것 같았다. 벌써 다섯시가 가까워졌다. 아직까지 영업을 하고 있는 몇 안 되는 가게들도 이제 곧 밤이 되면 문을 닫을 것이었다. 보도는 사람 흔적이 보이지 않아 황량했다. 낚시용품을 파는 가게와 재봉용 물품을 파는 싱어 스토어, 메이택 가전제품 수리점, 미국 독립기념일 행사를 위한 윈도우 디스플레이가 그대로 남아 있는 싸구려 잡화점 등이 영업을 하고 있었다. 7월 4일 독립기념일을 까맣게 잊어버리고 지냈다는 사실을 그녀는 새삼 깨달았다. 도대체 몇 주가 지난 것일까? 7주, 아님 8주? "당신이 뭘 하고 있었는지 알고 싶지도 않아요." 그녀가 후안에게 말했다. "프레이저에게 전화를 했으니 여기서 떠나죠."

"금방 왔잖아요! 그러지 말아요, 응? 십 분만. 그리고 돈 가진 거 조금만 줘요."

"뭐하게요?"

"살 물건들이 있어요. 내가 캐묻지 말라고 하지 않았던가요?"

"십 분이에요." 결국 그녀가 물러서고 말았다.

"그리고 돈도 줘야죠, 제니." 그녀가 이십 달러를 건네주자 후안은 알랑거리는 목소리로 졸랐다. "좀 더 줘요, 제발." 프레이저의 돈을 손에 받아들고 후안은 휘파람을 불면서 인도 쪽으로 성큼성큼 걸어갔다.

그녀는 모퉁이에 세워진 주차규정 팻말을 자세히 보았다. 그리고는 자동차 시동을 끄고 열쇠를 뽑았다. 뽑아든 열쇠를 무심결에 으스러질 듯 쥐고 있다가 한참 후 땀에 젖은 금속 냄새를 맡고서야 그녀는 자신이 무얼 하고 있었는지를, 그리고 열쇠가 무릎 위에 떨어졌다는 걸 알아챘다. 작고 귀여운 손이야! 윌리엄은 자주 이렇게 말하곤 했다. 손은 작은데 행동은 대범해. 그녀는 폭발물에 철사를 감는 일을 아주 능숙하게 해냈다. 민첩했고 두려움도 주저함도 없었다. 윌리엄에게서 요령을 금방 터득하고 나서는 그녀가 해놓은 일을 그가 굳이 점검할 필요가 없을 정도였다. 아무튼 그녀는 폭발물을 한데 결합할 때 한치의 의혹도 품지 않았다. 그녀는 일본에서 고향 미국으로 돌아오던 때가 떠올랐다. 영어를 오랫동안 쓰지도 듣지도 않은 터라 운율을 타는 노랫가락처럼 마음을 편안하게 해주던 익숙하고 흔한 영어 표현들은 기억 속에서 전부 지워지고 말았다. 그런데 뜬금없이 맥 빠지고 부정한 말들이 기억 속에 떠올랐다. 다른 사람을 혼내줘라, 만일 처음에 실패한다면, 힘으로는 정의를 이룰 수 없다 등등의 말들이. 그녀는 이국처럼 느껴지는 고향 나라에 오면서 이런 말들이 초등학교 때 운 나쁜 날 팔뚝에 예방주사를 맞는 방식으로 배운 교훈이라는 게 퍼뜩 떠올랐다. 발목까지 올라오는 짧은 양말을 신고 피터팬 블라우스를 입고 체육관에 줄을 서서 주사를 맞았었다. 왁살스럽게 블라우스의 소맷자락을 겨드랑이까지 걷어올리고 나면 손바닥으로 찰싹 팔뚝을 때려 기를 꺾은 다음 주사 바늘을 찔렀었다. 어릴 때 예방주사를 찌르듯이 주입된 가르침은 자란 후에는 진정으로 믿을 수가 없게 된다. 힘으로는 정의를 이룰 수 없다는 이 말은 무감각해질 만큼 상투적인 문구로 그 위력을 잃어버렸으나 놀랄 만큼 엄청난 진실이 담긴 말이었다. 생각으로는 믿을지도 모르지만 몸으로 그걸 받아들이기는 어렵다. 힘은 자연스러워 보이는 위력을 지니고 있다. 그리고 우리의 뱃속에서 궤양처럼 살고 있다. 그러므로 무찌르고 승리하리라는 은밀한 확신이 마음속에 깃들기는 아주 쉽다. 그러나 '그 힘'을 정교한 도구로 활용하는 것은 오직 사람들뿐이다. 전쟁을 일으키는 자, 돈을 소유한 자들이 그 힘이다. 이것이 지금까지 그녀를 앞으로 밀고 온 믿음이었다. 폭발물을 조립하는 방법을 배우는 동안 그녀는 이 믿음을 추동력으로 삼았다. 종교개혁자들이 스스로 성서를 부여잡았을 때도 이런 기분이었을지 모른다고 생각하면서. 폭탄이 본래부터 선한 것이 아니라 사악한 것이라는 점만 빼면 같은 입장일 거라고 생각하면서. 그녀와 윌리엄이 폭탄을 설치하는 일에 착수한 것은 정부의 폭력이라는 진정한 악을 폭로하기 위해서 였지 폭력 정부와 무관한 이들에게 폭력을 권장하려는 의도가 아니었다. 그런데 얼마 지나지 않아 그들이 디디고 선 지반이 기울어지기 시작했다. 아니, 어쩌면 그 지반을 기울게 만든 건 바로 그들 자신이었으리라. 힘의 조건과 방식을 취해 싸웠던 게 잘못이었으리라. 힘의 조건과 방식을 완전히 배제하고 거부하지 않은 게 잘못이었으리라. 작은 손. 그때의 기억을 떠올리자 무엇 때문인지 그녀는 움츠러들었다. 싸구려 잡화점에서 후안이 겨드랑이에 불룩한 자루를 끼고 나왔다. 그리고는 마고 모던패션이라는 간판이 붙은 가게로 들어갔다. 그녀는 담뱃불을 붙이고는 미친 듯이 피워댔다. 담뱃불의 열기와 연기 때문에 머리가 어질어질해졌다. 후안이 다시 가게 밖으로 모습을 나타낼 때까지 그녀는 두 개비를 더 빨았다. "당신 사이즈가 뭡니까?" 자동차 유리쪽으로 다가서며 후안이 물었다. "긴 치마 사이즈요, 바지 사이즈 말고."

"몰라요."

"당연히 아는 거 아니오? 사이즈는 숫자로 되어 있는 거죠? 가령 이 본느는 10인데, 당신은 그보다 더 작으니까."

"4나 6쯤 되겠죠. 왜 묻죠?"

"난 4라고 생각했어요. 당신과 폴린은 얼추 같은 사이즈지."

가게 안으로 들어갔던 후안은 아까보다 훨씬 더 빨리 나왔다. 쇼핑백을 두 개 들고서. 그녀는 후안이 차문을 미처 닫기도 전에 자동차 시동을 켜고는 끼익, 하고 날카로운 소리를 내며 모퉁이를 빠져 나왔다.

"잠깐! 이쪽으로 돌아요." 후안이 말했다.

"왜요?"

"돌아보고 싶단 말이오! 제발, 제니!"

메인 스트리트를 벗어나서 자동차는 인도 위를 덜컹거리며 달렸다. 고목 뿌리가 묻힌 지점을 지날 때는 자동차가 위로 들려 올라가기도 했다. 몬티첼로에 예쁘고 오래된 집들이 있다는 건 뜻밖이었다. 넓은 잔디밭 뒤쪽으로 자리잡은 집들은 낡기는 했으나 웅장했다. 거리는 조용했고 뒷마당에서 노는 아이들 소리만 들려올 뿐이었다. 그녀는 속도를 줄이고 한 블록씩 구경하며 천천히 차를 몰았다. 메인 스트리트에서 멀찍이 벗어나자 집들의 크기는 더 작아졌고 보수 상태도 더 나빴지만 마당에 자라는 푸르고 싱싱한 초목들은 더 무성했다. "뭘 샀어요?" 제니가 물었다.

"나중에 농가로 가보면 알게 됩니다."

"돈을 다 쓴 건 아니겠죠, 그렇죠?"

"프레이저가 준 돈은 걱정 말아요. 우린 이제 그 작자 돈 그리 오래 필요로 하지 않을 테니까."

"무슨 뜻이죠?"

"변화의 시기가 왔다는 뜻이지요. 우리가 누구라는 걸 그동안 잊고 지내왔지만, 이제는 다시 우리의 존재를 기억해내기 시작했다는 뜻이고, 더 이상 남의 나라 동물원에서 쇼를 하지 않겠다는 뜻입니다."

"무슨 말을 하는 건지 모르겠군요." 그녀가 짜증을 냈다. 그들은 수목들이 방치된 채로 제멋대로 자라서 건물들을 완전히 제압해 버린 시내의 한 지역으로 들어섰다. 나무들 사이로 자그마한 오두막집들이 보였다. 벌레들이 잉잉거리는 소리가 커다란 곤충들이 윙윙거리는 소리만큼이나 크게 들려왔다. 풍경은 마치 기분 좋은 늪지대 같아서 그들은 보트 위에 앉아 한가롭게 떠다니는 듯한 기분이 들었다. 햇살과 그늘 사이를 번갈아가며 어슬렁어슬렁 차를 몰다가 곱슬머리를 요란하게 부풀린 낯익은 모습이 시야에 들어왔다.

"오, 이런." 그녀가 말했다.

"뭐요?"

"저 아이. 전에 만난 적이 있어요."

제니는 한손으로 옆얼굴을 가렸다.

"저애 알아요?"

"몰라요." 그녀는 표나지 않게 차의 속도를 올려보려고 했다. 그러나 거리에 자동차라곤 이 차 한 대뿐이어서 이미 토머스의 눈에 띄고 말았다. "이봐요." 토머스가 차 쪽으로 다가오며 말했다. "베트남에서-안-온-사람, 앨리스."

그녀는 차의 속도를 줄이다가 잠시 후에는 차를 세웠다. "안녕!" 그녀가 겨우 인사를 했다. 가슴이 왈랑거렸다. 차에서 떨어져 달라는 신호를 저애에게 보낼 수 있었으면 좋을 텐데, 하는 생각이 들었다. 토머스는 주머니에 빗을 꽂고 다니는 건 여전했으나 이번에는 빗을 꺼내지 않았다. 어쩐지 예전보다 나이가 들어 보였다. 그녀를 마주한 그의 얼굴이 아주 살짝 굳어지는 것을 그녀는 알아챘다. 전에는 없었던 방어벽이 생긴 것이다. 그녀는 그를 보러 한 번도 온 적이 없었으므로.

"어떻게 지내요?" 토머스가 애써 자연스러운 태도를 보이며 물었다.

"잘 지냈어." 그녀가 해명하려고 했다. "내 일이……."

"아, 괜찮아요. 이 사람은 남자친구가 틀림없겠죠. 내가 사귀자고 다가가지 않은 게 잘한 일이네요. 맞죠? 안녕하쇼?" 헤어 스타일이 흐트러지지 않도록 조심하면서 토머스가 차 안으로 몸을 기울였다. 그리고 제니를 지나쳐 손을 내밀었다. "잘 지내요?"

"괜찮아." 후안이 내민 손을 잡으며 말했다. 제니는 무뚝뚝하게 무시하는 말이 나올 줄 알고 마음을 다잡고 있었다. 그러나 후안은 오히려 "이름이 뭐지, 형제. 난 조지야. 자네가 이 사람을 아는 것 같은데."

"앨리스 알아요. 난 토머스예요." 그가 말했다.

"뭐하고 있어?" 후안이 물었다.

"그냥 걷는 중이에요."

"차에 올라타."

"조지." 제니가 제지했다.

"타라구." 후안은 아랑곳하지 않았다. "우리랑 같이 달리지 뭐."

토머스를 태우고 다시 차를 움직이면서 제니는 혹시 후안이 사람들 눈에 띄기를 갈망하는 게 아닐까 하는 의구심이 들기 시작했다. 그녀는 당황한 나머지 어디로 가고 있는지 길이 제대로 보이지 않을 지경이었다. 반면에 후안은 몸을 틀어 뒷좌석으로 고개를 돌리고는 쾌활하게 말했다. 대체로 이런 말들이었다. "넌 백인들이 죄다 똑같이 생겼다고 생각하지? 분명 넌 나를 전에 봤을 거야. 아니, 나처럼 생긴 녀석들 백만 명쯤 봤을걸." 토머스가 웃었다. "그런데 자네, 어디 사나?" 후안이 물었다.

"바로 거기. 자동차 태워준 데요." 토머스가 대답했다.

"나중에 뭐 할 계획이라도 있어?"

"비번날이에요." 토머스가 대답했다. "이 동네에서는 할 만한 게 하나도 없어요. 일하는 게 차라리 나을 정도라니까요."

"사나이라면 그래서는 안 되지. 필히 인민을 위해 일해야 하는 거야. 너와 같은 사람들을 위해서 말이지."

"우리 같은 사람들은 식품점 주인이 아닌 걸요." 토머스가 익살을 떨었다.

"아니지, 내가 말하고자 하는 바는 그게 아니야." 후안은 집요했다.

제니는 차를 돌려 토머스를 태웠던 블록으로 되돌아갔다. "네 집이 어디지, 토머스?" 제니가 물었다. 그녀의 목소리가 너무 날카로웠던 것 같았다. 후안이 끼어들었다.

"내가 너한테 비밀을 하나 일러줄까?" 후안이 말했다. "내 이름은 조지가 아니란다. 우리 여자친구 이름도 앨리스가 아니지. 그러니까 너에게는 아직 기회가 있는 거야." 그와 토머스가 함께 웃었다. 후안은 계속 말을 이어갔다. "우린 팔짱을 끼고 지내는 오누이 사이라고나 할까. 그녀가 내 일을 거들어주고 있거든."

"앨리스가 누군가를 도와주고 있다는 느낌은 들었어요." 토머스는 참신하고 활기찬, 예전의 개방적인 모습으로 다시 돌아와 있었다. "엄청나게 많은 식품들을 사더라구요."

"맞아. 너도 날 좀 도와줄래, 잠깐만?"

"조지!" 그녀가 소리쳤다.

"물론이죠." 토머스가 대답했다. "당연히 도와드려야죠."

"완전히 머리가 돌아버린 거야? 그앨 보내줘!" 그녀가 말했다.

"좋은 걸요, 앨리스." 토머스가 아주 상냥하게 말했다. 그리고 그녀의 진짜 이름으로서 앨리스가 완벽하다고 생각하는 듯이 간단한 몸짓을 해보였다. 그걸 보자 제니는 울음을 터뜨리고 싶은 지경이었다.

"그를 보내줘." 그녀가 후안을 채근했다.

"잠깐이면 돼." 후안이 말했다.

그들은 메인 스트리트로 되돌아왔다. 온 길을 고스란히 되밟아온 것이다. 토머스는 콜라를 마시고 싶어 했다. 제니는 우중충하고 초라한 간이식당 앞에다 차를 세우고 토머스가 식당 안으로 들어갈 때까지 기다렸다. 근처 은행의 편평한 벽면과 우람한 석조 기둥들이 마치 표정 없는 묘지처럼 무시무시해 보였다. 애초에는 눈길을 끌만큼 당당한 위용을 자랑하는 빌딩으로 세워졌을 텐데 어찌된 셈인지 눈에 잘 띄지 않았다. 이미 다섯시가 지나 있었다. 은행이 문을 닫은 지도 두 시간이 넘었다. 토머스가 돌아오자 후안이 물었다. "저게 이 읍내에서 유일한 은행인가?"

"그런 거 같은데요." 토머스가 빨대를 벗기며 대답했다.

"흑인들이 드나드는 은행인가? 아니면 백인들만 오는 은행인가?"

"잘 모르겠어요." 토머스는 후룩후룩 소리를 내며 콜라를 한 모금 마시더니 눈썹을 치켜올렸다. "어, 이거 심각하게 들리네요."

"그냥 궁금한 것뿐이야. 이 근처에 다른 은행은 없는 거야? 네가 일한다는 그 식품점 근처에는 없어?"

"모튼 씨는 여기 와서 입금해요. 가게 근처에 은행이 있다면 왜 굳이 여기까지 오겠어요?"

"모튼 씨라는 사람이 네 주인이냐?"

"그 사람이야말로 사나이죠." 토머스가 놀리듯이 말했다. "아, 아니. 좋은 사람이에요."

"흑인 소유의 가게에서 일하는 게 더 좋을 거야."

"아예 일을 안 하는 게 더 좋은 거죠."

대화는 이제 막바지로 접어들고 있었다. 그들이 희롱조로 말을 주거니받거니 하는 동안 제니는 작정하고 토머스가 사는 거리 쪽으로 자동차를 돌렸다. 그런데 둘 중 아무도 이의를 제기하지는 않았다. 토머스의 집 앞에 다다르자 후안이 차 밖으로 나왔다. "집까지 데려다줄게." 그가 말했다.

"다시 보게 되었으면 좋겠어요, 앨리스." 토머스가 말했다. "지난번에 편하게 다시 만나 어울리자고 했던 말 잊지 말아요."

두 사람은 흐느적거리며 풀밭 위를 걸어갔다. 후안이 엉겁결에 토머스의 걸음걸이를 흉내냈다. 여기까지 오는 동안 후안이 토머스가 몇 살인지, 아직 학교는 다니는지, 형제자매는 있는지 물어보며 시시껄렁한 잡담을 열심히 늘어놓는 동안 제니의 가슴은 두려움으로 오그라드는 것만 같았다. 그녀는 해 그림자가 드리운 데다 관목숲으로 가려졌어도 현관으로 들어서는 그들의 뒷모습을 흐릿하게나마 볼 수 있었다.

후안이 잰걸음으로 다시 풀밭 위로 모습을 드러낸 것은 그로부터 몇 분이 더 흐른 뒤였다. 얼굴이 상기되었고 기분은 한껏 들떠 보였다. "야! 쟤, 진짜 똑똑한 녀석인걸."

그녀는 기어를 거칠게 넣었다. "흑인 아이가 똑똑하다고 그렇게 놀란 것처럼 굴지 말아요."

"아니, 무슨 헛소리요? 난 백인 아이가 똑똑하면 놀랍니다."

이제야 겨우 그녀 뜻대로 농가로 되돌아갈 수 있게 되었다. 농가가 자리잡은 언덕 아래에 다다르자 해가 막 넘어가고 있었다. 자동차는 언덕 위를 올라가기 시작했다. 황금빛 석양은 자동차 그림자를 풀밭 위에 길게 늘어뜨렸다. 그러므로 멀리서 보면 지는 햇살이 반사된 언덕배기 위로 길고 검은 점 하나가 천천히 움직이는 것처럼 생각되었을지 몰랐다. 후안은 지금까지 있었던 일들을 장황하게 주절거리거나 골똘한 생각에 잠기거나 했다. "우리가 나무들과 다른 데는 그만한 이유가 있어요." 그가 논평하듯 말했다. "나무들은 평생 동안 한 자리에서 꼼짝 않고 서 있지만 사람들은 움직여야만 합니다. 그렇지 않으면 두뇌가 썩어가기 시작하는 거요." 자동차가 언덕 꼭대기에 도착하자 이본느와 폴린이 뒷문에서 뛰쳐나왔다. 그들의 모습을 보자 적이 안심한 기색이었다. "가끔씩은, 어디로 가야 하는지 확신이 서지 않을 때면 그저 흐르는 대로 맡겨두면 됩니다." 후안이 말했다. "그러면 알게 되지요. 알게 된다구요."

후안의 평온하고 차분한 태도는 다음날에도 손상되지 않고 고스란히 유지되었다. 그렇지만 다른 동료들은 후안의 이런 기분을 더불어 나누지 못하는 듯 보였다. 이본느와 폴린은 아침나절 내내 부엌의 식탁 주위를 왔다갔다 했고 처음 붙인 담뱃불이 아직 타고 있는데도 또다른 담배에 불을 붙이면서 커튼을 들추고 창밖을 유심히 내다보거나 뒷문을 요란하게 열어젖히고는 단풍나무의 우람한 몸통 뒤로 길게 내리막길을 이루고 있는 언덕을 응시했다. 오전 아홉시가 지났고 열시로 접어들었다. 그리고 열한시가 지나 어느덧 정오가 되었다. 제니는 책을 읽는 척하며 간신히 의자에 그대로 앉아 있었다. 후안은 그녀의 맞은편에서 다리를 올린 채 흡족한 얼굴로 『내 눈의 피』를 뒤적였다. "화급한 일이라고 말했습니까?" 그가 물었다. 하지만 그렇게 묻는 목소리에는 화급한 기색이 전혀 묻어 있지 않았다.

그녀는 대답하기 전에 잠깐 그의 얼굴을 빤히 쳐다보았다. "여러분들이 아직 책 원고를 한 자도 쓰지 않았다고 말했어요."

이 말을 듣자 후안은 껄껄 웃음을 터뜨렸고, 이 뜻밖의 반응에 제니는 놀랐다. "잘했습니다, 자매님! 그렇게 말했다니 그자가 서둘러 나타나겠군."

한시가 지났을 때 자동차 엔진 소리가 들렸다. 프레이저의 낯익은 갈색 쿠페가 힘겹게 긴 언덕길을 올라오고 있는 모습이 보였다. 쿠페를 주차시킨 뒤 프레이저는 한참 동안 뜸을 들이는 듯했다. 자동차 문을 홱 열어젖히고 그들 앞으로 다가오기 전에 뒷좌석 쪽으로 몸을 틀어 돌렸다. 제니는 후안이 권총을 차고 있다는 걸 깨달았다. 권총은 권총집에 꽂혀 있었다. "뭐하는 거죠?" 그녀가 물었다. 그러나 그때는 이미 프레이저가 그들에게 다가선 후였다. 프레이저는 총을 외면하고 긴장된 미소를 흘리며 후안에게 인사했다. "듣자하니 작가들을 괴롭히는 못된 망령 같은 슬럼프에 빠지셨다고?" 프레이저가 말했다. "글을 쓴다는 건 내게도 쉽지 않지요……."

"그래요? 그런데 당신에게는 봅이라는 이름을 가진 돼지들이 느닷없이 찾아오는 일도 없지 않습니까?"

이 말에 프레이저는 갑자기 걸음을 우뚝 멈추었다. "봅이라는 이름의 돼지들이라고?"

"봅이라는 이름의 돼지들이지요." 후안이 프레이저의 말을 되씹었다. "그게 집필 의지를 확 꺾어버린 건 틀림없지요. 그걸 안전보장 위반이라고 하나요? 나쁜 거지요. 우리가 이곳에 있는 동안 절대로 일어나지 않을 거라고 당신이 우리에게 장담하고 확신시켰던 그런 사안을 위반한 거라고 할까요."

"봅은 집주인이오." 프레이저가 새삼 깨달았다는 듯이 말했다. "여하튼 당신들은 집주인이 따로 있다는 걸 알잖소. 내가 벌써 오래 전에 그 말을 해줬을 텐데. 그 사람이 폴린은 못 봤겠지, 그렇소? 다른 사람들도 자연스럽게 행동했겠고. 그래요?"

"그게 마치 우리 잘못인 양 굴지 마시오! 난 봅이란 주인이 우리가 여기 있는 동안에 불쑥 찾아올 거라는 말은 들은 기억이 없습니다. 당신, 우리 거처를 당장 옮겨줘야겠어요. 여기보다 더 나은 장소로."

"거처를 옮겨달라고? 거처를 옮길 만한 돈이 내겐 없소. 이 집도 선불을 내고 빌린 데다 싸게 얻은 것도 아니란 말이오. 당신들은 그 책을 끝내주어야만 합니다. 이런 제기랄! 잠깐만 기다려요, 잠깐만……."
프레이저는 타고 온 자동차를 세워둔 곳으로 되돌아갔다. 지금까지는 후안이 프레이저를 가지고 노는 듯했다. 프레이저가 봅의 방문을 가볍게 넘기려고 안간힘을 쓰는 모양새를 즐기는 것처럼 보였다. 이제 곧 자신이 틀렸다는 걸 프레이저가 인식하게 될 순간이 올 테고, 그렇게 되면 그들을 달래고 진정시키려는 소모전과 다름없는 시도가 시작될 것이다. 권력의 균형은 주욱 후안 쪽으로 기울어져갈 것이다…… 프레이저는 자동차 뒷좌석의 오른쪽 문을 열었다. 그런데 갑자기 그가 누군가를 일으켜 세워 차 밖으로 데리고 나오는 모습이 보였다. "앨런, 괜찮아?" 프레이저가 물었다. 앨런이라 불린 사람은 호리호리한 청년이었다. 목울대가 크고 다리와 팔이 긴 이 청년은 겁이 많고 소심해 보였다. 경주용 반바지와 티셔츠, 그리고 재킷 차림이었고 눈에는 눈가리개가 씌워져 있었다. 무엇보다 눈가리개를 하고 있다는 사실이 그의 다른 외양보다 더 낯설고 놀랍고 두렵게 다가왔다. 프레이저가 그의 눈가리개를 천천히 벗겨주었다. 앨런은 눈을 껌벅거리며 귀밑 관자놀이를 문질렀다. 그리고 나서야 그들을 바라보았다. 폴린을 보자 그의 눈이 조금 커졌다.

"우와! 이거 장난은 아니겠죠?" 그가 말했다.

폴린이 얼굴을 붉혔다. 그러더니 갑자기 몸을 돌려 집 안으로 뛰어 들어갔다. 폴린이 계단을 올라가는 발자국 소리가 그들의 귀에 들렸다. 위층 제니의 침실 문이 쾅 닫히는 소리도 들렸다. 자신이 몸을 감추면 이 청년이 자신이 누구인지 알아본 그 순간을 지워버릴 수 있기라도 한 것처럼. 그게 아니라면 이 청년의 존재를 지워버릴 수 있기라도 한 것처럼. "오, 이런!" 비로소 상황을 실감한 제니가 입을 열었다. "세상에, 롭. 난 이렇게 하라고 말하진 않았어! 난 그저 당신에게 당장 와달라고 했을 뿐이잖아. 이런 짓을 하라곤 안했잖아."

"도대체 이 사람은 누구요?" 후안이 프레이저와 앨런을 번갈아 보며 소리를 질렀다.

프레이저는 여전히 앨런의 팔을 잡고 있었다. 그가 도망치지 못하게 붙들고 있기라도 한 것처럼. "이 사람은 앨런이오." 프레이저는 앨런이라는 이름에 지나칠 정도로 힘을 주어 말했다. 마치 아이들에게 또박또박 설명을 해주는 투였다. 이렇게 소개하는 게 그가 의도했던 방식이 아닌 것만은 틀림없었다. "앨런은 아주 가까운 지인이오. 여러분을 도와줄 대필작가라오, 후안." 너무나 놀라 휘둥그레진 눈으로 할 말을 잃은 후안을 보며 프레이저는 이렇게 덧붙였다. 부드럽게, 확고하게 자신의 입지를 다시 찾으면서. "대단하지 않소? 앨런은 내가 해고당한 그 대학에서 코치로 일할 때 가르친 학생이었다오. 아주 탁월한 작가지요. 내가 두 권의 스포츠 활동가 책을 펴낼 때 조수로 일해 주었어요. 놀랄 정도로 일을 잘하는 친구입니다. 달리기 주자이기도 하고요. 후안, 당신처럼 말이지요. 경이적인 일꾼이라오. 사려 깊고 똑똑하지요. 이 친구에게 지불하는 돈은 내 주머니에서 나오는 거요. 우린 이 작업을 진척시킬 필요가 있으니까. 여러분에게 말한 바 있는 그 편집자가 점점 더 조바심을 치고 있어요."

앨런은 프레이저가 자신을 소개하는 것을 마치 구덩이에 내던져지기 직전의 사람처럼 견뎌냈다. 그들의 눈길을 피해 고개를 떨군 채 긴장으로 잔뜩 움츠러든 모습이었다. "롭, 내게 당신의 생각을 미리 얘기했어야지." 제니가 프레이저에게 말했다. "당신 입으로 절대로 외부인을 여기 데려오지 않겠다고 말했잖아."

"당신한테 내가 언제? 내가 말하기도 전에 전화를 끊어버린 건 당신이야. 제니, 잊지 않았겠지?"

후안은 원래의 자기 목소리를 되찾았다. "우리의 보안문제를 의논하려고 당신에게 와달라는 요청을 한 겁니다. 그런데 대필작가를 데려와요?"

"이것 봐요, 후안. 당신이 요청하기 전에, 당신 말대로, 이건 내가 당신에게 요청한 거요. 책을 쓴다는 목적을 위해서 말이오. 보안에 대한 여러분의 우려도 차차 의논할 겁니다……." 후안이 돌연 권총집에서 권총을 빼들더니 안전장치를 풀고 프레이저에게 총구를 겨냥했다. "이런!" 프레이저가 말했다. "이러지 마시오. 그건 염병할 장난감이 아니니까."

"나도 동감이외다. 장난감이 절대 아니라는 건. 물론 아주 심각하고 귀중한 물건이지요. 우리가 이런 물건들을 아주 많이 갖고 있었던 게 그리 옛날 일은 아니지 않습니까? 권총 한 자루와 수많은 라이플 소총들이 있었지요. 몇몇 총들은 우리가 직접 맞춤 제작도 했고. 그러자면 공이나 품이 아주 많이 들어요."

"그건 별개의 문제요. 내가 여러분들의 나머지 무기들을 오늘 가지고 오지 않았다고 한다면 그건 내가 오늘 여기 일찌감치 불러 온 것과 연관이 있는지도 모를 일이잖소."

"이봐, 내 말허리 자르지 말아. 지금 장전된 총 들고 있는 게 안 보이나? 당신은 입을 닥치고 내 말이나 잠자코 들으란 말야." 후안은 응낙을 기다리며 잠깐 동안 가만히 있었으나 프레이저는 묵묵히 후안을 뚫어질 듯 쳐다보기만 했다. "몇 달 전으로 생각을 돌려보란 말이지. 당신은 우리 이야기를 팔아 한몫 챙기는 대신 우리에게 안전을 제공하기로 했지. 길을 떠나려면 우리가 지니고 있던 총기들을 죄다 포기해야 한다고 당신이 말했어. 하지만 그것도 일시적인 거고 그렇게 하는 건 단지 우리가 보다 안전하게 떠나기 위해서라고 했지."

"내가 염려하는 건 오로지 여러분의 안전이오, 후안."

"그렇다면 왜 우리들이 무기를 소지하지 못하게 하는 거지? 도대체 무슨 농간을 부리는 거냐구? 무장한 혁명주의자들, 그게 바로 우리의 실체요. 그것이 당신이 원하는 그 개똥 같은 멍청한 책의 요점이란 말이오."

"개똥 같은 내 책이라구?"

"그래, 개똥 같은 당신 책이지! 그건 단지 우리의 활동을 횡령하기 위한 당신의 방식일 뿐이야. 책이란 건 마땅히 무언가를 해야 할 때 당신처럼 말만 떠벌리는 야바위꾼에게 어울리는 거지."

"저는 차에서 기다리겠어요." 앨런이 말했다.

"움직이지 마." 후안이 말했다. 이제 총부리는 앨런에게로 겨누어졌다. 앨런은 가다 말고 그 자리에 얼어붙었다.

제니는 프레이저의 얼굴이 공포로 하얗게 질리는 것을 보았다. 그가 머릿속으로 어떤 계산을 하고 있는지 훤히 보이는 것 같았다. 침착하게 진정시킬 것인가, 아니면 정면으로 맞설 것인가를 재고 있을 그의 머릿속이. 침착하게, 그녀는 생각했다. 침착하게……"이제 그만하자구." 프레이저가 말했다. "얼간이 같은 행동을 그만두게 되었을 때, 그때 내게 전화를 주시오. 서둘러, 앨런. 당신 어쩌려고 그래? 앨런을 쏘기라도 할 참인가?"

"입 닥쳐, 롭!" 제니가 격렬하게 소리쳤다. 하지만 후안이 어느새 앨런에게 덤벼든 뒤였다. 그는 앨런의 멱살을 잡고 총구를 그의 턱 바로 아래 연약한 부위에 밀어 넣었다.

"아, 아." 공포에 질려 꼴록거리는 소리가 앨런의 목구멍에서 새어 나왔다.

이제 프레이저는 눈에 보일 만큼 겁에 질린 표정이 되었다. 거드름을 피우면서 농가의 안팎을 드나들고, 언덕배기를 오르내리면서 이곳에서 산다는 게 어떤 건지 전혀 알지 못한 채 자신에게 돈이 들어올 날만 기다려온 그가 당연한 보복을 받은 것이다. 제니는 재빨리 프레이저가 자동차를 세워둔 곳으로 걸어갔다. 그러자 후안이 그 자리에서 꿈쩍도 하지 않은 채로 물었다. "뭘 하는 거요, 제니?"

"뭘 좀 확인해 보려고요."

"후안……." 프레이저가 말했다.

그러나 후안은 프레이저를 무시하고 앨런에게 말하고 있었다. "네가 혹여라도 돼지들에게 우리가 있는 곳을 발설하면 무슨 일이 생길지 알겠어? 네가 우리 모두를 봤다는 거?"

"절대 발설하지 않겠어요." 앨런이 숨을 헐떡거렸다.

"그러는 날에는 널 찾아내어 죽이고 말겠어." 후안이 말했다. "너같이 부잣집 아들을 처치하는 일은 내게 아무런 거리낌이 없으니까."

"앤 부자가 아니오!" 프레이저가 소리쳤다. "앨런은 트랙경주 선수로 장학금을 받아 학교를 마쳤단 말이오!" 제니는 프레이저의 갈색 쿠페로 다가가 조수석 창문 안쪽으로 몸을 기울였다. 그리고는 글로브 박스를 홱 잡아당겼다. 그녀가 윌리엄에게 쓴 편지가 그 안에 그대로 있었다. 그녀는 편지를 꺼내들고 뚫어질 듯 쳐다보았다. "제발 그러지

마." 프레이저가 말했다. 한 가닥 남은 마지막 희망의 끈이 그 위에 툭, 하고 떨어졌다. "내가 정신이 없어서 깜박 잊어버렸어. 알아? 어쩌자고 그 물건을 내 자동차 글로브 박스에 던져 넣게 만든 거야?"

후안이 앨런을 밀어붙였다. 그러자 앨런이 프레이저의 자동차 쪽으로 넘어졌다. 그와 같은 방향에 서 있다가 제니는 쓰러지는 그의 몸을 잽싸게 피해야만 했다. 승용차 안으로 뛰어들어간 앨런은 뒷좌석에 납작 엎드렸다. 필경 프레이저가 차를 몰아 언덕을 올라오는 동안에도 이렇게 납작하게 엎드리고 있었으리라. 후안은 더 이상 앨런에게 신경 쓰지 않았다. 이제 총구는 다시금 프레이저에게 겨누어졌던 것이다.

"돈 내놔." 후안이 말했다.

"돈? 얼마나 더 달라는 건가?"

이본느가 프레이저의 주머니를 모두 뒤졌다. 그리고는 그의 지갑을 꺼내들었다. "10달러야." 그녀가 후안에게 말했다.

"이 개자식." 후안이 말했다. "우리 총을 가지고 다시 와. 그리고 우리가 지낼 새로운 장소도 물색해 놓고 우리가 쓸 돈도 가지고 오란 말이야. 그래야 네 그 멍청한 책을 얻을 수 있을 테니까."

"자네, 지금 실수하고 있는 거야." 프레이저가 자동차 쪽으로 황급히 걸어가면서 말했다. 운전석에 앉자 조금 안전하다는 기분이 들었는지 그가 소리를 질렀다. "제니, 그 편지 이리 내."

편지는 따뜻하고 보송보송했다. 인쇄체로 꼼꼼하게 찍힌 감옥 주소가 어찌된 일인지 그녀에게는 한심하게 다가왔다. 이제 그녀는 이 편지를 도저히 프레이저에게 다시 줄 수가 없었다. 내 사랑. 모두가 허세처럼, 소용없는 헛소리를 지껄인 것처럼 느껴졌다. 당신은 내 답장을 너무나 오랫동안 받지 못했을 거야. 그렇지만 별다른 이유가 있는 건 아니야. 당신을 사랑해, 아주 많이. 그녀는 두 눈에 눈물이 가득 차오르는 걸 느꼈다. "싫어." 그녀가 말했다. 그러나 프레이저는 그녀의 목소리를 듣지 못했는지도 몰랐다. 총이 발사되었다. 빵! 후안이 허공을 향해 총 한 발을 날렸던 것이다. 프레이저는 액셀러레이터를 짓이기듯 밟았다. 잔디 뗏장 큰 덩어리가 공중으로 날아올랐다.

"눈가리개를 다시 씌워!" 후안이 떠나는 자동차의 뒤꽁무니에 대고 소리를 질렀다.

* * *

제니는 자신이 얼마나 오랫동안 위층 침대에 누워 있었는지 알 수가 없었다. 시트를 뒤집어쓰고 몸을 잔뜩 웅크리고 더운 열기는 까맣게 잊어버린 채로. 뜯지 않은 봉투는 나이트 스탠드 위에 놓여 있었다. 아래층에서 높고 낮은 그들의 음성이 들려왔다. 물 흐르는 소리, 물 잠그는 소리도 들렸다. 그녀는 눈을 질끈 감고 잠 속으로 빠져들기를 기도했다. 그러나 그녀의 몸은 갈수록 편안한 휴식이나 깊은 수면과는 멀어져서 신경이 팽팽하게 곤두서는 듯했다. 베개 위에 머리를 무겁게 내려놓았다는 것조차 느껴지지 않았다. 머리는 머리카락 한 올의 폭만큼 허공에 붕 떠 있는 것 같았고, 그 무게를 감당하느라 목으로 통증이 느껴졌다. 늑골에는 꼼짝 못하도록 띠라도 친친 감긴 것만 같았다. 두려움일 거라고, 그녀는 생각했다. 비록 그녀는 윌리엄에게 자신이 어디에 있는지, 무얼 하고 있는지에 대해 한 번도 말해준 적이 없긴 했지만 보내지 않은 채로 자신에게 되돌아온 편지는 새로운 위험에 노출되었다는 기분이 들게 했다. 마치 그 누구에게도 말하지 않고 산속 깊이 발을 들여놓았다가 이제서야 자신이 길을 잃어버렸다는 사실을 깨달은 것 같은 기분이었다. 이제 그 누구도 그녀를 찾으러 와야 한다는 걸 모를 것이다.

그녀는 자동차가 출발하는 소리를 들었다. 뒷문 쪽에서 나는 발자국 소리와 시끄럽게 논쟁을 벌이는 소리도 들었다. 하지만 그녀는 그 모든 걸 모른 체하고 있었다. 그러나 결국 창문 쪽으로 다가갔다. 비틀을 몰고 나가는지 보기 위해서였다.

아래층으로 내려온 그녀는 폴린이 거실 창가에 서서 트랜지스터 라디오를 가슴에 꽉 끌어안고 밖을 내다보고 있는 것을 보았다. 라디오에서는 쉿쉿, 하는 잡음이 들렸다. "난 사람들 눈에 너무 잘 띄어요." 폴린이 말했다. "그들은 날 데려가고 싶어하지 않았어요." 폴린은 라디오 안테나를 흔들어보다가 다이얼을 매만졌다. 아까보다 그다지 채널이 잘 잡히지 않자 다시금 라디오를 가슴에 꽉 끌어안았다.

"그들이 어딜 가는데요?"

"읍내에요. 지형을 훑어보려고."

"왜요? 뭘 하려고?"

폴린은 머리를 흔들었다. 그녀는 알고 있는 게 분명했지만 말하지 않을 작정이었다. "후안이 나중에 당신에게 말해줄 거예요." 폴린이 말했다.

몬티첼로에서 돌아왔을 때 후안은 산 물건들을 숨겨 두었지만 이제 제니는 그 물건들이 무엇인지 알게 되었다. 목욕탕이나 후안과 이본느가 지내는 침실에서 로레알 머리 염색약 상자와 빗, 솔빗, 가위, 아이라이너, 립스틱, 파우더, 에이스 붕대, 남녀 공용 독서용 안경, 베개솜 등을 보았던 것이다. 잡화점에서 이 모든 걸 구입한 게 분명했다. 어딘가에 감추어 두었던 이 물건들이 이제 밖으로 나와 바닥 여기저기에 어지럽게 흩어져 있었다. 헝클어진 더블 침대 위에는 둘둘 만 드레스 두 벌도 보였다. 드레스는 모두 보수적인 스타일이었다. 레이스 소매가 달려 있고 다트 주름까지 잡혀 있어 새침한 여자애들이 입을 법한 지나치게 깔끔한 형태였다. 하나는 분홍색이었고 또다른 하나는 노랑색이었으며 둘 다 4 사이즈였다. 폴린은 제니가 손끝으로 침대를 매만지는 걸 지켜보았지만 그녀를 말리려는 그 어떤 말도 하지 않았다. 침실은 땀과 먼지, 그리고 섹스가 범벅이 되어 악취를 풍겼다. 옷가지들은 더러웠고 재떨이에는 담배와 재가 넘쳐났으며 빈 병들과 음식 부스러기가 담긴 접시들, 컵들이 오래되어 향이 날아가 버린 와인을 넣은 가죽 주머니들과 함께 죽 늘어서 있었다. 이 모든 것들이 바닥에 빽빽하게 놓여 있어서 발걸음을 떼어 놓으려면 물건들을 옆으로 밀쳐내야 할 정도였다. 침실을 나온 제니는 욕실로 들어갔다. 욕실은 온통 머리카락 투성이였다. 거실로 되돌아온 제니를 보자 폴린이 불쑥 한 마디 내뱉었다. "그들이 잘하는 거겠죠? 그렇죠?"

"모르겠어요." 잠깐 뜸을 들여 제니가 대답했다. "그 사람들이 뭘 하고 있는지 난 모르니까."

"화내지 말아요, 제니. 후안이 통솔하는 사람이라서 그래요. 그가 직접 자신이 뭘 하고 있는지 당신에게 말해줄 거예요. 가지 말아요!" 폴린이 소리쳤다.

"하지만 당신은 내게 도대체 무슨 일이 벌어지고 있는지 말해주지 않잖아요!"

"그래도 여기 그대로 머물러야 해요. 날 혼자 내버려두지 말아요. 뭣 좀 들을 음악이라도 없을까요?" 폴린이 들고 있던 라디오를 쑥 내밀었다. "나랑 낱말 맞추기 해요. 메꾸지 않고 빈 칸 그대로 둔 걸 찾았거든요. 내가 일부러 풀지 않고 남겨둔 거예요."

후안과 이본느는 거의 두 시간 동안이나 돌아오지 않았다. 언덕을 올라오는 비틀의 소리를 들었을 때 제니와 폴린은 동시에 벌떡 일어섰다. 제니는 뒷문으로 돌진하듯 달려 나가다가 갑자기 우뚝 멈추어 섰다. 이본느가 얼굴에 화장을 하고 머리에 꼭 맞는 모자를 쓴 데다 다리의 털을 깎고 얇은 청색 드레스를 입은 모습으로 걸어오고 있었다. 그러나 정작 제니가 소스라치게 놀란 것은 후안의 변신 때문이었다. 게릴라처럼 길렀던 짙은 턱수염은 가뭇없이 사라졌고 그 자리에 둥그스름한 뺨과 턱선의 갈라진 틈이 선명하게 드러나 있었다. 게다가 머리도 짧게 자른 모습이었다. 귀 위로 깔끔하게 떨어진 헤어 스타일이었고 밖으로 드러난 귀는 민첩하고 기민한 느낌이 도드라졌다. 셔츠는 바지 안으로 넣었고 벨트를 맸다. 마치 농작물 작황을 연구 조사하러 다니는 중서부 대학생 같은 차림이었다. 거리에서 지나쳤더라면 제니도 후안이라는 걸 알아보지 못했을지 몰랐다.

"어이, 괜찮은가요?" 후안이 그녀 옆을 지나치며 말했다. "우린 아주 말쑥하게 차려 입었습니다."

이본느는 신고 있던 샌들을 벗었다. "샌들 신는 건 끔찍한 일이야." 이렇게 말하며 그녀는 문까지 남은 길을 맨발로 걸어갔다.

"어디 갔었어요?"

"시내에요." 후안이 짧게 대답했다. "이봐, 공주님. 그렇게 놀라자빠진 표정 짓지 말라구." 폴린은 두 팔을 벌려 그를 안았다. 이본느가 쾌활한 미소를 지으며 다가오자 폴린은 그녀에게도 달려가서 안았다.

"차 열쇠를 이리 줘요." 제니가 후안에게 나직하게 말했다.

"나중에요." 후안이 대답했다. 그녀의 얼굴을 보자 그는 "너무 그러지 마쇼. 우린 그저 시골길 드라이브를 좀 즐겼을 뿐이니까." 했다.

그녀 뒤에서 이본느는 아직도 폴린을 껴안고 있었다. "너도 우리랑 같이 구경했으면 좋았을 텐데. 네가 좋아할 선물을 가져왔어." 그 선물이란 폴린이 커버 사진으로 실린 《뉴스위크》 한 부였다. 그녀의 얼굴 사진 밑에 씌어진 지명수배라는 글자는 줄을 그어 지워졌고 그 대신에 실종이라는 글자가 들어가 있었다. "굉장하지 않아?" 이본느가 비명처럼 소리를 지르며 요란을 떨었다. 폴린은 받아든 신문을 뚫어질 듯 바라보았다.

그날 밤 저녁 식사 후에 후안은 회의를 소집했다. "이 보상은 그가 책으로 얻게 될 보상보다 더 커요. 내가 장담하지." 후안이 말했다. "그리고 그는 책으로 벌게 될 돈을 나눌 필요가 없소. 전부 다 가질 수가 있는 거요."

"그 사람은 그걸 하려 들지 않을 거예요." 제니가 말했고 거의 동시에 이본느가 입을 열었다. "그는 범인에게 은신처를 제공했다는 이유로 체포되고 말 거야." 그러나 이본느의 이 말은 제니가 의도했던 말은 아니었다.

"허튼소리 집어치워." 후안이 반박하고 나섰다. "범인을 은닉했다는 건 증명하기 힘든 데다 그자는 영악하잖아. 자신에게 유리한 거래를 하게 될 거야. 이건 그자에게도 솔깃한 제의가 될 게 틀림없어." 저녁식사를 하는 내내 작은 라디오는 A.M. 뉴스 방송에 주파수가 맞추어져 있었다. 아무 방송이라도 주파수가 맞춰지는 데다 틀어놓았던 것이다. 후안이 일장 연설을 끝낸 뒤에 모두 입을 다물었는데도 라디오에서 계속 새어나오는 윙윙거리고 쉿쉿대는 잡음이 제니의 머리를 긁어대는 것 같았다. "어쨌거나, 이 우라질 회의를 시작해 보자고." 후안이 말했다. 제니는 엄지손가락으로 눈썹 위를 문질렀다. 그리고는 짜증스러운 손길로 라디오를 찰칵, 소리나게 꺼버렸다. 고개를 들자 모든 사람의 시선이 그녀에게로 쏠린 게 느껴졌다.

"미안해요. 소리가 신경에 거슬려서요." 제니가 사과했다.

잠시 후에 후안이 말했다.

"여봐요, 우리 회의를 시작하고 있거든요."

"들었어요."

"당신은 여기서 나가줘야겠습니다." 후안이 자신의 말뜻을 분명하게 밝혔다.

그 말을 듣고도 제니가 그 뜻을 이해하기까지는 잠깐의 시간이 걸렸다. "알았어요." 그녀가 어색하게 몸을 일으키며 말했다.

제니는 그날 밤 잠을 설쳤다. 다음날 아침이 되어서도 그녀는 일어나지 않고 침대 시트로 몸을 친친 감고는 쏟아져 들어오는 햇빛을 피하려고 애쓰며 누워 있었다. 그때 폴린이 방으로 들어오면서 방문을 살짝 두드렸다. 폴린은 이상하게 행복해 보였다.

"내려와 봐요." 그녀가 미소를 지으며 말했다.

아래층에 내려오니 후안도 잠을 제대로 못 이룬 듯 보였다. 자기 나름의 계산을 끝내고 흥분한 그의 눈빛이 빛났다. 그는 둘둘 만 메모지 한 뭉치를 펼치고 있었다. "제니, 커피 있어요. 마실래요? 당신도 알겠지만 우린 회의를 해야만 했습니다. 투표도 해야 했고요. 그런데 투표 결과가 당신에게 유리하게 나왔군요. 우리 모두 당신에게 표를 던졌으니까. 당신에게 자리를 피해달라고 해서 우리를 미워했다는 거 압니다." 양쪽 끝을 단단히 그러쥔 메모지를 문에 대고 편 다음 후안은 무언가를 그 위에 휘갈겨 썼다.

"난 미워하지 않아요. 단지 자동차 열쇠를 돌려받고 싶을 뿐이에요." 제니가 말했다.

"이 상황에서는 우리가 당신에 대해 책임감을 느끼기 때문에 앞으로는 당신이 모르는 비밀이 그렇게 많지 않을 겁니다." 후안은 그녀가 말을 가로막아도 아랑곳하지 않고 자기 말을 계속했다. "계획이 다 세워지기 전에는 당신에게 까놓고 말할 수가 없었어요. 내 머릿속에는 이미 실행의 방법과 그 이유가 확고하게 정립된 상태입니다. 이제는 괜찮아요. 당신이 묻는 질문에 대답해 줄 수 있고 당신의 반대를 감당할 자신도 있어요. 당신이 여러 가지 반대 의견을 보일 거라는 거 난 알고 있으니까요. 내일 모레 일요일날 우리는 토머스라는 아이가 일하는 식품가게를 털 겁니다. 걔를 데려가는 건 아니니까 그렇게 눈알이 튀어나올 듯이 놀랄 필요는 없어요. 그앤 이 일을 전혀 모르는 데다가 그애에게 털끝만큼도 해를 끼치지 않을 테니까. 그 아이 보스가 메인 스트리트에 있는 은행의 비밀 금고에다 입금을 해요. 혼자서 입금하는 데다 아주 작은 사내지요. 이본느와 내가 어제 그를 눈여겨 봐뒀습니다. 우리가 접근하면 그 보스라는 사내는 돈을 바로 넘겨줄 겁니다. 그러면 우리는 여기서 빠져나갈 수가 있게 되는 거요."

놀란 그녀가 말을 하기까지는 잠깐 시간이 걸렸다. "안 돼요!" 그녀가 외쳤다.

"안 된다고 말하기 전에 일단 들어봐요."

"안 돼요! 이게 당신이 말한 그 대단한 계획이란 건가요? 정말 정신 나간 거 아녜요?"

"당신이 좋아라 하며 달려들 류의 일이 아니란 건 압니다." 후안이 멈추지 않고 계속 말을 이어갔다. 그녀의 반대에 조금도 놀라워하는 눈치가 아니었다. "당신은 파괴시킨다 해도 항상 교체할 수 있는, 말하자면 연방정부 같은 데서 소유한 재산을 폭파시키기 좋아하지요. 당신은 스스로에게 도덕적으로 우월감을 가져다주는 일을 좋아하지요. 그러나 그런 일들을 한다 해도 달라지는 건 아무것도 없습니다. 당신 애인을 감옥에 처넣어 끝장내는 걸 빼면 말입니다."

"멍청하게 굴지 말아요."

"나는 다만 당신이 가끔은 그 도덕적으로 우월한 자리에서 내려와야 한다고 말하는 거예요, 제니. 지금 우리의 최고 목적은 생존이라고요. 선택의 여지가 별로 없단 말입니다. 그리고 우린 당신처럼 몰래 챙겨 둔 현금도 없고요."

제니는 얼굴이 화끈거렸다. 곁눈으로 그녀는 폴린의 눈이 살짝 커지는 걸 보았다. 그녀는 폴린이 제니의 사생활을 침해했다는 데 놀란 것인지, 아니면 자신 또한 그 행위에 가담하긴 했지만 후안이 그걸 말해 버린 데 놀란 것인지 궁금해졌다.

"당신에게 있는 232달러랑 어, 뭐더라." 후안이 들고 있던 종이들을 면밀히 검토했다. "얼마간의 잔돈들. 화내지 말아요, 제니. 우리가 당신의 보잘것없는 소지품들을 뒤졌습니다. 그건 아주 오래 전의 일이고 당신이 누군지 알 필요가 있어서 한 일일 뿐이니까."

"빌어먹을, 후안!"

"제니." 후안은 손을 내밀며 당혹스러운 표정으로 그녀를 쳐다보았다. "우린 이 계획을 세울 때 당신을 위한 자리를 남겨두었어요. 당신에게 무언가 보상하고 싶어서요. 그리고 그 책으로는 당신 할당을 절대 못 얻게 될 테니까. 난 당신이 왜 여기 있는지 압니다. 그 점에 대해 당신에게 나쁜 감정은 없어요. 우리가 그렇듯이 당신도 살아남아야 했을 테니까. 어젯밤에 우리 세 사람은 획득한 돈의 4분의 1을 당신에게 주기로 의견을 모았어요. 물론 작업을 계획하는 일은 모두 우리가 하고 있지만 말이지요. 책으로 벌어들일지도 모를 만큼 큰 돈은 안 될 겁니다. 그러나 그걸로 우리들이 당분간은 지낼 수 있을 테지요."

폴린은 이본느와 마찬가지로 긴장했다기보다는 오히려 당당한 표정으로 제니를 쳐다보고 있었다. 그들은 정말로 그녀의 감정이 누그러지리라고 기대한 듯했다. 그리고 다만 누그러진 데서 그치지 않고 그들의 열정적인 태도에 감화를 받으리라 기대한 듯했다. 자신들이 후안의 열정에 영향을 받았듯이. 그게 아니라면 그들이 행했던 다른 모든 행위들처럼 이런 생각이란 그들 중 누구도 혼자서는 버틸 수가 없는 소규모적 집단 광기, 그 불온한 연금술이 낳은 산물인지도 몰랐다. "아니오." 제니가 말했다. "안 해요. 난 어리석은 무장 강도짓은 저지르지 않겠어요, 후안." 제니가 폴린과 이본느를 바라보았다. 그들은 정말로 놀란 것 같았다.

"그렇다면 당신은 떠나." 후안이 갑자기 퉁명스럽게 내뱉었다.

"오, 후안." 이본느가 끼어들었다. "너무 사납게 굴지 마."

"제니가 우리와 함께 그 일을 하겠다면 여기 남는 거고, 하지 않겠다면 떠야지! 넌 이 여자를 목격자로 우리 곁에 남겨둬야 한다고 생각하는 거야?"

"난 기꺼이 가겠어요." 그녀는 자신도 모르게 이렇게 말했다. "지금 가겠어요."

후안은 잠깐 머뭇거렸다. 그리고는 이내 열쇠 꾸러미를 그녀에게 던져주었다. 그녀는 한 손을 들어올렸다. 열쇠 꾸러미가 손바닥 위로 철컥 소리를 내며 떨어졌다. 후안과 이본느, 그리고 폴린의 여섯 눈동자가 돌연 야릇하고 흐릿하게 변했다. 이들은 제니가 거실에서 나와 계단 발치를 성큼성큼 지나서 부엌에 들어간 뒤 따뜻한 커피 한 잔을 들고 뒷문으로 나가는 모습을 뚫어질 듯 응시했다. 후안은 갑자기 격분한 탓에 바보처럼 그녀에게 열쇠를 던져주었을 것이다. 그제서야 자신이 무슨 짓을 했는지 실감할 것이다. 불같이 화를 내며 문을 박차고 뛰쳐나와 얼굴을 붉히며 주저앉고 말 것이다. 그녀는 시내로 자동차를 몰고 나가 프레이저에게 전화를 넣으면 그만이었다. 이제부터는 프레이저의 문제인 것이다. 그녀는 모든 일들이 그의 예상을 빗나가 반대되는 결과를 빚고 있다는 데 기쁨 이상의 감정을 느꼈다. 잔디밭을 가로질러 자동차가 세워진 곳으로 가면서 들리는 뒷문 여닫는 소리가 이상하게도 한가롭게 들려왔다. 그녀는 비틀의 운전석에 털썩 앉아 열쇠를 꽂고 시동을 걸었다. 아무 소리도 나지 않았다. 기침 소리 같은 불연음조차 새어나오지 않았다. 액셀러레이터를 몇 차례 밟아보아도 여전히 아무런 반응이 없었다. 어느새 세 사람은 한꺼번에 뒷문으로 뛰어나와 멀찌감치 떨어진 자리에서 지켜보고 서 있었다. 폴린은 뒤쪽 계단 위에 서, 이본느는 그보다 몇 발자국 가까이 서서 제니의 결정을 인정할 수 없다는 듯 매서운 눈길로 쏘아보았다. 그렇다고는 해도 아직은 꽤 멀리 떨어진 자리에 머물러 있었다. 이본느는 지금 이 순간이 후안의 리더십, 스스로 결단을 내리고자 했던 그의 갈망에 닥친 위기임을 감지한 듯했다. 후안은 어느새 운전석 창문 옆에 다가와 있었다. 거기 서서 제니가 열쇠를 돌리고 마지막으로 전력을 다해 액셀러레이터를 짓밟는 모습을 지켜보았다. "비켜줄래요?" 제니가 그에게 차갑게 말했다.

그는 더할 수 없이 정중한 태도를 보이며 옆으로 비켜났다. 그러자 제니는 문을 거칠게 열어젖히고는 밖으로 다시 나왔다. 보닛을 확 들어올린 후 엔진을 유심히 살펴보았다. 후안도 다가와서 엔진을 열심히 들여다보았다. 점화 플러그 전선 가운데 하나가 사라지고 없었다. "난 정말로 위험을 무릅쓰고 해보자는 건데 당신은 우리 계획을 거부하는군요." 후안이 생각에 잠긴 표정으로 말했다. "점화장치를 쇼트시키면 자동차 시동을 걸 수 있어요. 그렇지 않아요, 제니? 당연히 당신은 그렇게 할 수 있지요. 당신은 뭐든 할 수 있으니까. 우리가 당신에게 계획의 내막을 밝힌 이상 당신을 억지로 밀어붙일 수는 없겠지요. 그러나 난 정말 당신이 안 하고 싶다고 말할 줄은 생각지도 못했습니다. 뜻밖입니다. 그러니 당혹스럽고 속상한다는 걸 인정할 수밖에 없네요. 내 계획이 네 사람이 가담해야만 최선이라고 말하는 게 아닙니다. 우린 셋이어도 그 일을 해낼 수 있어요. 더 멋지게 해내지 못할 건 확실하겠지요. 그래도 어쨌거나 우린 할 겁니다. 난 당신이 우리가 도움을 주고자 하는 인민들보다 오히려 그 가게를 소유한 돼지에게 더 동정을 느끼는 것 같아서 마음이 상할 뿐입니다. 그 인민들! 당신 동포들, 제3세계 사람들……."

"내가 정말 떠날 수 있는 때가 언제죠?" 그녀는 더 이상은 참고 들을 수 없다는 듯 후안의 말을 가로막았다. 후안의 용기를 북돋우는 동지애적인 아우라가 램프 빛이 꺼지듯 한순간에 사라져 버렸다.

"당신이 우리 계획에 방해가 되지 않을 때."

"그럼 그게 언젠가요?"

"내가 그때라고 말할 때요! 내 예상으로는 우리가 일을 끝낸 뒤 여길 뜨고 나면 당신은 시내로 걸어 들어갈 수 있을 거요. 거기서 버스 정류장이나 뭐 그런 걸 찾아보시든지."

"난 지금 당장이라도 걸어서 시내까지 갈 수 있어요."

"하지만 내가 당신을 막을 거요." 후안이 말했다. 그 어조가 너무나 명쾌해서 그녀는 그가 지금 자신을 협박하고 있음을 좀 지난 후에야 깨달았다. 그는 권총집에 권총을 꽂고 있었다. 이제 권총은 그의 일부가 되어서 그녀는 권총이 거기 있다는 사실을 종종 잊어버릴 정도였다. 그녀의 눈길이 권총 위에 가서 멎자 후안이 빙그레 웃었다. 그녀가 무얼 보고 있는지 눈치챘던 것이다. 그리고 그녀가 무얼 깨달았는지도 알아챘던 것이다. "곰곰 생각해 봐요." 후안이 제안했다.

"생각해 볼 필요 없어요." 제니가 중얼거렸다.

"누가 압니까? 어쩌면 생각해 볼 필요가 있을지도. 왜냐하면 여긴……." 후안은 그들 머리 위로 햇빛에 반사되어 어른어른 빛나는 단풍나무와 그 너머로 보이는 가파른 언덕길, 헛간과 숲, 한 뼘 남짓한 물이 말라버린 연못, 그리고 여름날을 손짓으로 가리켰다. 그녀는 깨달았다. "여긴 끝났으니까." 후안이 말을 맺었다.

그녀는 방바닥에 앉아서 윌리엄에게서 온 편지들을 뒤적이고 있었다. 그때 비틀의 시동이 걸리는 소리가 들렸다. 그녀는 곧바로 창가로 다가갔다. 후안과 이본느가 차를 타고 떠나는 게 보였다. 두 사람 모두 선글라스를 썼고 담배를 피우고 있었다. 양쪽 창문을 내리고서 후안은 왼쪽 팔꿈치를, 이본느는 오른쪽 팔꿈치를 밖으로 내밀었다. 그들과 자동차가 자족적인 하나의 실체를 이룬 것처럼 보였다.

그녀는 다시 편지들을 놓아둔 곳으로 돌아와 앉았다. 하지만 태연히 그 편지들을 들춰볼 수가 없었다. 그녀는 이 편지들의 부피를 줄일 방법을 찾아볼 요량이었지만 두꺼운 편지 꾸러미를 한 장씩 한 장씩 읽어가노라니 어떤 걸 골라내야 할지 몰랐다. 간간이 옛날 자신의 별명이 적힌 하얀 봉투들과 데이너의 깔끔한 필체 위에 오래된 우편사서함이 찍힌 봉투들이 눈에 띄었다. 하지만 이것들마저도 그녀는 버릴 수가 없었다. 대부분의 편지들은 오래 전에 폐기했으므로 지금 남아 있는, 얼마 안 되는 이 편지들이 마치 과거가 깃든 귀한 공예품처럼 여겨졌다. 어쨌거나 이것들을 없애더라도 짐의 부피가 줄어들지는 않았을 것이다. 그녀는 편지 꾸러미들을 제자리에 가져다놓고는 끈으로 다시 묶었다. 그리고 가만히 벽을 바라보았다. 폴린이 위층으로 올라오는 소리가 들렸다.

"짐을 싸고 있군요." 폴린이 문턱에 서서 말했다. 마치 제니가 닭을 도살하거나 피가 엉겨붙은 어떤 어려운 일을 해내는 걸 보기라도 한 듯한 말투였다.

"그냥 생각하고 있었을 뿐이에요. 걱정 말아요. 나는 짐을 금방 싸니까."

"그게 무슨 뜻이죠?"

"아무 뜻도 없어요." 언쟁을 하고픈 기분이 아니었다. 그녀는 삼끈의 끝부분으로 편지 다발을 감고 또 감았다. 그녀는 버스에 올라탄 자신의 모습, 더플백을 머리 위 선반에다, 아코디언 파일은 무릎 위에다 올려놓은 자신의 모습을 떠올려보려고 애를 썼다. 하지만 그런 광경은 바깥에서만 볼 수 있을 뿐이었다. 마치 영화의 한 장면을 보듯이. 티끌과 잔모래가 덮인 창문에 자신의 머리가 검고 희미하게 어렸다.

폴린은 문턱에서 꼼짝 않고 서 있었다. 손에 든 담배에도 여전히 불을 붙이지 않았다. 그녀는 결단을 내리지 못하는 것처럼 보였다. 발길을 돌려 떠나야 하는 건지 아닌지 판단이 서지 않는 모습이었다. "당신은 지금 실수를 하고 있는 거예요." 폴린이 마침내 입을 열었다.

"그 문제에 대해선 얘기하지 말았으면 해요."

"당신은 아무 데도 갈 데가 없잖아요. 후안이 말한 것처럼 당신은 자신만 옳다고 믿는 독선적인 견해를 고수하고 있는 거예요. 이제 뭘 하려구요? 의지할 사람이라도 있나요? 우린 강도행위가 원칙적으로는 나쁘지만 사람을 해치는 것도 아니고 우리 모두에게 도움이 될 거라고 결론을 내렸어요. 어쨌거나 그건 그 사람 돈도 아닌 거잖아요. 그가 사업으로 벌어들인 이익이란 순전히 그 근방에 사는 흑인들, 그 가게밖에는 달리 물건을 살 만한 곳이 없는 사람들에게서 나온 거죠. 흑인들은 대출을 받아 자기 가게를 열 수도 없는 사람들이에요. 은행이란 너무나 인종차별적인 데니까. 그러니까 그 사람 돈을 뺏는 건 훔치는 게 아니란 말예요. 그자도 인종차별주의 덕에 이익을 취한 거니까."

제니는 후안에게서 나왔음에 분명한 이런 분석이, 아무리 그럴싸한 발언이라 하더라도 후안의 분석을 거치게 되면 너무나 진부하게 들리는 게 신기하기까지 했다. "그건 아마도 사실이겠지요." 그녀가 수긍했다. "그렇더라도 내 전과 기록에 무장 강도를 덧붙일 만한 의미는 될 수 없어요."

"당신이 정부 건물을 날려버린 건 어떤 근거로 정당화된 거죠? 그것도 법에 위배되기는 마찬가지잖아요. 정부 재산을 파괴한 행위니까."

"그건 달랐어요."

"왜죠?"

"그건 전쟁을 종식시키려는 시도였으니까요. 이런 일과는 완전히 스케일이 다른 거예요, 폴린. 수천만 명의 베트남 사람 목숨과 수천 명의 미국 청년들 목숨이 한 무리의 정신이상자들의 안녕과는 결코 같지 않아요."

"그러니까 우리가 바로 그 정신이상자들이라는 거군요."

"잘 모르겠어요." 제니는 잠시 뜸을 들인 후 대답했다.

"그게 바로 우리의 실체라면 당신도 우리와 같은 거예요! 당신은 스스로를 성자라고 생각하죠. 스스로에 대한 자부심이 너무 강한 거 아닐까요." 제니는 이런 말을 전에도 들은 적이 있었다. 언제, 어디서 들었는지는 잘 생각이 나지 않았다. 그러나 그녀에겐 그렇다고 말할 기회가 주어지지 않았다. 폴린이 이미 침실문을 쾅, 닫고는 아래층으로 가버렸기 때문이다.

화가 나서 분별없이 내뱉은 모욕적인 언사였다는 건 알았지만 자신이 너무 자부심이 강한 게 아니냐는 폴린의 말은 그날 아침 내내 제니의 신경을 건드렸다. 그녀의 아버지는 언제나 아버지 스스로 명명한 그녀의 도덕적 절대주의에 분개했었다. 그리고 언젠가 그녀가 정치적 활동이라는 허울을 쓴 프레이저의 자기 홍보 행위를 비판하고 나서자 그는 이렇게 되받아쳤었다. "적어도 난 스스로의 욕망에 대해 착각하거나 현혹되지는 않아. 난 내가 이타적이면서 동시에 이기적이라는 걸 알고 있으니까. 자기야, 우린 모두가 그래. 우린 인간일 뿐이니까." 그녀가 윌리엄의 모습 가운데 제일 사랑하는 것들 중 하나를 꼽으라면 그것은 지칠 줄 모르는 완벽주의였다. 그는 철저한 자료조사를 하고 난 뒤에야 공격 목표를 선택했다. 충분하고 확실한 근거를 바탕으로 표적 대상을 옹호하거나 방어해줄 가능성이 있는 존재들을 모조리 분쇄한 뒤에, 이사회나 임원회의 면면, 각료의 전체 후보자 명부, 재정상태와 기금, 세계적으로 유해한, 그리고 이로운 활동 내용 등등을 치밀하게 조사하는 노력이 반드시 선행되었다. 그런데 이렇게 철저하고 치밀한 노력들마저도 허영심이었을까? 만일 그렇다면 그녀 또한 강한 허영심 때문에 무익한 일에 매달려왔다는 뜻이리라. 그녀는 한 번도 프레이저처럼 명확하게 규정을 내릴 수 없는 대중적인 영예를 탐해 본 적이 없었다. 친밀한 동료들끼리 만든 서클 안에서도 그녀는 늘 대부분의 공적을 윌리엄에게 돌려야 마음이 홀가분해지곤 했었다. 그러나 그녀는 알았다. 지금은 그것이 이상스럽게도 당혹스럽고 부끄러운 기분이 들게 하지만, 자신이 도덕적으로 완벽한 존재가 되기를 갈망해왔다는 것을. 그것은 자기 부정도, 허영심도 아니었다. 아니 어쩌면 두 가지 모두였으리라.

그래도 여전히 이 모든 것이 무장 강도 행위와는 전혀 무관하다고 확신했다. 무장 강도짓은 그냥 잘못이었다. 그리고 잘못이라고 말한다고 자본주의 체제를 옹호하는 것은 아니었다. 후안이 어떻게 자기주장을 집요하게 펼친다고 해도 그 계획은 잘못된 일이었다. 우선, 무장 강도 행위는 자본주의 체제를 바꾸는 데 아무런 도움이 못되었다. 또 다른 이유를 들자면—그러나 후안은 논쟁에 별로 흥미가 없었다. "이건 이론이 아니라 실천입니다." 제니 옆을 스쳐 지나가며 후안이 말했다. 후안과 이본느가 탄 비틀은 그들이 어디에 갔다오든지 나갔다가 돌아오면 늘 세워두었던 자리를 스쳐 지나갔다. 그 자리가 아닌 헛간 뒤켠에 주차되었다. 그녀가 그쪽으로 올라가고 있을 즈음에는 이미 그들은 내려오고 있었다. 그리고 점화 플러그를 잇는 전선을 또다시 엔진에서 뽑아 어딘가에 숨겨놓은 뒤라는 걸 그녀는 알았다. 그날 오후에 후안과 이본느, 그리고 폴린은 헛간에 들어가서 예행연습을 했다. 헛간 문들이 휙 닫히기가 무섭게 그녀는 먼저 집안부터 뒤지기 시작했다. 뒤편 계단 밑을 찾아보았고 화장실 수조 속과 악취 나는 매트리스 밑이나 시트가 구겨진 침대 밑도 들여다보았다. 폴린의 침대 매트리스를 들어올리자 그 밑면에 아주 오래전에 그녀가 쥐구멍을 막은 테이프가 보였다. 커피 캔의 뚜껑을 벗겨내고 커피 가루를 헤집어 보기도 했다. 사격연습하는 소리가 들리자 그녀는 자신이 비틀을 세워둔 곳으로 다가가서 엔진을 다시한번 살펴본다 해도 그들이 들을 수 없을 거라는 것을 알았다. 완충장치의 안쪽을 죽 더듬어보았고 자동차 바퀴의 움푹 들어간 부분과 차문도 만져보았다. 그런데 그녀는 점점 더 전선을 그냥 후안이 몸에 지니고 있는 게 틀림없다는 확신이 들었다. 총과 마찬가지로 전선도 어디를 가더라도 늘 지니고 다닐 거라는 생각이 들었다.

  그녀는 프레이저를 생각했다. 뉴욕의 소파에 벌렁 드러누워 울리지 않는 전화기를 뚫어질 듯 쏘아보고 있을 그의 모습이 그려졌다. 그는 사과하는 전화가 걸려 오기를 바랄 것이었다. 그는 언제나 필요한 존재가 되기를 기대하는 사람이었다. 그녀는 프레이저가 자신이 더는 가치 없는 존재라는 걸 깨닫게 되기를 간절히 바랐다. 이를 뿌드득 갈며 패배한 자의 미소를 미리 연습해본 뒤에 다시 그 언덕 위로 자동차를 몰고 오기를 바랐다. 그러나 그 또한 자만심이 너무 컸다. 너무나 오만한 나머지 자신이 돌보아온 도주자들이 스스로 계획을 세울 수 있다는 생각이 떠오르지 않았다. 그리고 자신이 돕고 있는데도 불구하고 꾸민 계획이 아니라 자신이 돕고 있기 때문에 꾸민 계획이라는 걸 절대로 상상할 수가 없었다. 이것이 그들의 활동을 행복하게 만들어주는 큰 이유라는 걸 그녀는 알았다. 스스로 감독하고 지배하는 데서 오는 기쁨을 다시 발견한 행복. 물론 그들은 너무나 자부심이 강한 사람들이어서 언제까지나 프레이저의 감독과 보호 아래 머물 수는 없었다. 딕과 헬렌을 떠날 때의 그녀도 그런 기분이었다. 그들과 같이 지내는 게 넌더리가 났던 데다가 프레이저가 자신을 타협하게 만들지나 않을까 두려웠던 것이다. 그러나 그 모든 것을 떠나서 의존적으로 산다는 게 지겨웠다. 그녀는 누구에게 기대 산다는 게 싫었다. 후안과 이본느, 그리고 폴린도 꼭 그때의 그녀만큼 의존적인 생활이 싫었던 것이다. 만일 그들의 계획이 세상을 개조하는 것이라면 그들 자신도 개조할 수 있어야 했다. 그녀는 그것을 너무나 잘 헤아렸다. 적어도 그녀가 아직도 공감할 수 있는 한 가지가 바로 그 점이었다.

그날 밤, 저녁 식탁에 앉은 그들은 장황하게 낙관론을 펼쳤다. 후안이 말했다. "바로 이곳을 우리 요원 양성소로 재건할 수 있다는 확신이 들어. 내가 저지른 실수라면 그걸 깨닫는 데 너무 오랜 시간이 걸렸다는 점이지. 그 아이, 토머스를 생각해봐. 그앤 블랙파워(Black Power, 백인사회로의 융화를 거부하고 백인의 권력기구에 적극적으로 대항, 투쟁하여 흑인의 권력을 획득하려는 흑인운동의 슬로건 : 옮긴이)라는 말은 들어본 적도 없을 거야. 그앤 화약통처럼 언제 터질지 모를 위험물질 같단 말이지."

"그앨 가만 내버려두는 편이 신상에 좋을 거예요." 제니가 말했다.

"난 시골생활을 좋아하게 됐어." 후안은 제니의 말은 들은 척도 하지 않은 채 계속 말을 이어갔다. "우리 본부를 여기 세우는 게 이제는 내게도 상상 가능한 일이 된 거야."

"임대사업을 위해 델러웨어 강변에 낚시 캠프장을 만든다." 이본느가 다른 사람들이 식사를 하는 동안 적어놓은 내용을 읽어주었다. "낚시 캠프장—그거 좋지. 그거 찬성. 우리가 먹을 음식들을 직접 낚아올 릴 수도 있을 테니까." 그리고 나서 이본느는 고개를 들어 제니를 쳐다보았다. "어때요, 자매님? 맘에 들지 않아요? 자연 속에 깃드는 거 자매님이 무지 좋아하잖아요."

오직 폴린만 아무 말도 하지 않았다. 줄곧 앞에 놓인 그릇에만 시선을 박고 앉아 있었다. 저녁식사가 끝난 후에 제니는 자기 방으로 돌아와 창가에 앉았다. 지난 여름 동안 창문턱에 일렬로 죽 늘어놓은 물건들을 다시금 꼼꼼하게 들여다보았다. 그 물건들은 산책 나갔다가 눈에 띈, 도저히 주머니 속에 찔러 넣지 않고는 못 배길 만큼 탐났던 것들이었다. 그런데 다시 찾아가 보면 어김없이 처음 보았을 때보다 줄어들어 보였다. 살짝 부서졌거나 보푸라기가 생기거나 먼지가 쌓여 있었다. 가시로 뒤덮인 밤 껍질 한 개, 크림이 흘러내리는 혓바닥처럼 생긴 부드럽고 하얀 까치발 주형틀 같은 것들이었다. 옮겨오면서 손상을 입지 않은 유일한 것은 붉은가슴울새 알 껍질이었다. 이 알 껍질은 그녀가 언덕을 내려오는 내내 손가락을 오므린 채로 들고 왔었다. 누군가가, 저녁식사 시간과 그녀가 계단을 지나 침실로 올라가는 시간 사이에 그 4사이즈 드레스 가운데 하나인 분홍빛 드레스를 그녀 침실 손잡이에 걸어놓았다. 새알의 푸르스름한 빛에 비하면 분홍 색조는 오렌지 빛깔이 얼룩처럼 섞인, 더럽고 저급스러운 색깔이었다. 누가 그랬는지는 모르지만 그러느라 들인 노력, 드레스와 의상을 갖춰 입은 시대극, 정성들인 분장과 시나리오, 그리고 멋진 결말에 대한 기대를 동원해서 그녀를 유혹하려는 노력을 생각하자 그녀는 웃음이 나올 뻔했다. 그 모든 게 부질없는 짓이었다. 그녀는 울음이 터질 것만 같았다. 아래층에서 자지러질 듯 요란한 웃음 소리와 발자국 소리가 들려왔다. 술을 마시고 취한 게 분명했다. 그들의 침실문이 쾅, 하고 닫혔다. 그러나 잠시 후에 누군가 계단을 올라오는 소리가 들렸다. 폴린이 문가에 나타났다. "아직 안 자는군요."

"당신도 그렇네요. 난 벌써 자러 간 줄 알았어요."

"두 사람은 아까 자러 갔어요. 당신과 얘기 좀 하고 싶어서요."

이제 폴린의 표정은 훨씬 더 단호해 보였다. 제니는 그녀가 사격연습을 할 때의 자세를 떠올렸다. 다리를 쩍 벌리고 어깨를 엉거주춤 들어올린 모습을. "폴린, 내 마음은 정해졌어요."

"그냥 당신에게 말하고 싶은 게 있어서요. 우리를 이끌었던 옛날 리더 얘기예요. 우리 동지들이 죽기 전, 언젠가 그가 이렇게 말했죠. 약할 때는 강해지기 위해 싸워야만 한다고. 그런데 유혹을 없애버려도 약해진 마음에서 헤어날 수 있어요. 만족스럽고 이기적인 생활로 되돌아가고픈 유혹 같은 거 말이죠. 나도 그런 유혹을 느꼈더랬어요. 내 동지들은 지속적인 활동을 위해 돈이 필요했고 난 그 유혹이란 걸 버려야 했어요. 그래서 그들과 함께 은행을 털었던 거예요."

잠자코 있던 제니가 입을 열었다. "내게 당신이 이미 저지른 범죄에 대해서 말하지 말아요."

"하지만 더 있는 걸요. 그것 말고도 말하고 싶은 게 있어요. 나로 하여금 그들을 돕도록 만드는 것 말예요. 인민을 돕자는 것. 왜냐하면 그게 아니라면 우린 정말 지속할 수가 없으니까요. 물론 그건 이상적인 상황은 못 되죠. 돈이란 사악한 거라서 좋은 방법으로 그걸 얻을 수는 없어요. 돈은 필요악이기도 하지요. 혁명이 모든 것을 바꾸어 놓을 때까지는요. 그때까지, 우리에게는 돈이 필요해요. 돈을 얻는 데 좋은 방법은 없어요. 또 돈을 얻는 데 나쁜 방법이란 것도 없고요. 우리에겐 오직 돈을 구해야 한다는 당위만 있을 뿐이죠. 그게 다예요."

"마치 후안이 말하는 것처럼 들리네요."

"난 어째서 당신을 이해시킬 수 없는 걸까요?"

"그게 당신 일은 아니니까요."

"아니에요, 그건 내 일이에요. 내가 맡은 일이라구요." 폴린은 갑자기 바닥에 털썩 주저앉더니 문 쪽으로 몸을 기댔다.

제니가 위층으로 올라왔을 때도 방안은 서늘했었다. 그런데 이제 차가운 밤공기가 스며들어 몸이 떨려올 정도였다. 폴린은 엄지손톱을 격렬하게 물어뜯었지만 다시 몸을 안쪽으로 돌렸다. 제니는 일어나서 창문을 닫았다. 그녀는 그들이 이 농가에 온 이후로 창문을 닫은 게 이때가 처음이라는 걸 새삼스럽게 깨달았다. 그녀는 이들 네 사람이 지금까지도 이곳에 남게 될 줄은 상상도 하지 못했었다는 생각을 했다. 단풍나무 잎들이 빨갛게 물들고 낙엽송 잎들이 노랗게 물들고 넉넉하고 풍요로운 계절이 메말랐던 작은 연못을 다시 채우고 시간이 흘러 그 위로 얇고 투명한 살얼음이 낄 때까지 남아 있게 되리라곤 꿈에도 몰랐었다. 그들은 늘 여름이 끝날 즈음이면 여기를 떠나는 걸로 여기고 있었다. 가을이 다가오고 있었지만 양말이라도 챙겨놓은 사람은 그들 중 아무도 없었다. 가지고 있던 양말들을 죄다 손목을 강화하는 운동 도구로 써버렸던 것이다.

그녀는 담뱃불을 붙여서 말없이 폴린에게 내밀었다. 폴린은 별다른 토를 달지 않고 그걸 받아들더니 굶주린 듯 빨았다. 바로 그 순간, 지난 몇 달 동안의 생활에서 외로움이란 건 존재하지 않았다는 부정할 수 없는 자각이 그녀를 압도했다. 물론 그녀는 이제 그 생활이 끝나가려고 하는 때에 그 맛을 보게 된 것이다.

"당신을 그만 괴롭힐래요." 이렇게 말하고 폴린은 다시 아래층으로 내려갔다.

다음날, 마침내 그녀는 소지품을 다 쌌다. 청바지와 티셔츠, 추울 때 입는 낡은 가죽 재킷, 속옷과 몇 권뿐인 페이퍼백 책들, 그동안 모아온 도구들, 너무나 소중해서 두고 갈 수 없는 것들, 가령 와일드무어에서 일할 때 오래 전에 그곳에서 일했던 일꾼이 버리고 간 초승달처럼 생긴 큰 스패너와 드릴 같은 연장들, 그리고 두 해 넘게 써온 일기장과 윌리엄에게서 온 편지들. 짐을 다 싸고 난 그녀는 더플백과 아코디언 파일로는 그 짐을 다 넣어 갈 수 없다는 걸 깨달았다. 그녀는 하나를 들어올렸다. 그리고 나머지 하나를 들어올리다가 넘어질 뻔했다. 더플백이 다른 것이었다면, 등에 메는 배낭 같은 것이었거나 아코디언 파일에 손잡이가 달려 있었더라면 사정이 달랐을 것이다. 그녀는 드디어 더플백을 어깨 위에 걸치고는 조심스럽게 한 발자국을 뗐다. 일단 더플백을 메고 걷는 데 익숙해지자 이번에는 아코디언 파일을 겨드랑이에 껴보려고 했다. 잰 걸음으로 계단을 올라온 후안이 그녀의 침실 문턱에 서서 냉랭한 눈길을 던졌다. 그는 오늘 내내 그녀를 논쟁이나 논박으로 자극하거나 몰아붙이지도, 동료로서 설득하지도, 혹은 짐짓 무관심을 가장하지도 않았다. 오히려 적대적이고 하찮게 여기는 태도를 보였을 뿐이었다. 이미 자신의 대단한 제안을 일축했으므로 이제 그녀에게 아무런 흥미도 관심도 없으며 관계도 끝났다는 듯한 태도였다. "우리는 예행연습을 하고 싶은데 헛간으로는 가지 않으렵니다. 헛간에서 연습하면 당신이 집안을 또다시 뒤지고 다닐 테니까."

"그러니까 내가 떠나겠어요."

"그 가방 내려놔요. 아직까진 당신 마음대로 여길 뜰 수 없어요."

"난 그저 이 짐들을 어떻게 하면 잘 들고 갈 수 있을지 보고 있을 뿐이에요."

"헛소리 집어치워요. 가방 내려놓으라니까."

"난 아무도 몰래 빠져나가려는 게 아니에요, 후안." 그녀가 잘라 말했다.

"내려놔요."

그녀는 메고 있던 더플백을 바닥에 툭 떨어뜨렸다. 그 충격으로 방 안이 흔들렸다. "지긋지긋한 자식." 그녀는 어깨로 그를 밀치고 밖으로 나갔다. 갑자기 눈알이 튀어나올 것만 같은 기분이 들었다.

바깥은 늦여름 날씨였다. 맑고 따뜻했지만 산들바람이 시원하게 불어와 생기가 넘쳤다. 거대한 구름 덩어리들이 지나가는 하늘은 광활해 보였다. 그녀는 가파르지만 가장 빠른 지름길을 택해 숲으로 올라갔다. 그러나 너럭바위와 나무가 울창한 곳으로 접어들자 어쩔 수 없이 속도를 줄여야 했다. 그녀는 장애물이 있는 곳을 골라서 걸어갔다. 전에 폴린이 점찍어두었던, 바위가 갈라진 답사지점에 가까워졌다. 아니 그 지점일 거라고 생각했다. 이제는 그곳이 어디인지 정확하게 식별할 수가 없었다. 그녀는 쉬지 않고 계속 걸었다. 오르막길이나 내리막길로 접어들지 않고 꾸준히 언덕의 측면을 가로질러 나아갔다. 걷다 보니 맨 꼭대기에 펼쳐진 목초지에 너른 공터가 나타났다. 이곳에서 바라보면 농가는 풀밭 뒤에 버려진 장난감 같았다. 언덕배기에는 제멋대로 자라나는 박주가리와 미역취, 추운 곳에서도 잘 견디는 풀들이 뒤덮여 있었다. 이름을 알 수 없는 풀들, 바람결에 날아다니다가 아무데서나 뿌리를 내리는 풀들, 그리고 특별한 자리가 필요하지도 않은 풀들. 그녀는 아버지를 떠올렸다. 아버지는 언제나 버려진 나무 조각으로 의자를 만드는 법, 아니면 씨를 뿌려 식용 식물을 기르는 법을 가르쳐주려고 애를 썼었다. 어쩌면 그것은 딸에게 포로수용소 생활을 설명하는 아버지 나름의 방식이었는지도 몰랐다. 아버지는 그녀가 포로수용소에 대해 물어보면 언제나 들은 척도 하지 않았다. 그러나 어쩌면 그녀가 아버지와 같이 살았던 그 세월 동안 내내 아버지는 그녀에게 그 얘기를 들려주고 있었는지도 몰랐다. 이게 말안장을 집으로 삼는 방법이다, 올이 굵은 삼베 주머니로 침대는 이렇게 만들지, 작은 가방에다 짐을 싸는 요령은 이렇단다, 물론 아직까지는 그렇게 멀리 떠날 일이……. 제니는 한 쌍의 늙은 개처럼 그녀를 기다리는 더플백과 아코디언 파일을 떠올렸다. 그 짐들은 너무나도 보잘것없이 작았는데도 여전히 부피가 너무 컸다. 아버지에게서 제대로 배우지 못했던 것이다. 그녀의 눈에서 눈물이 흐르고 있었다. 눈물이 흐르는 걸 외면하기로 작정했지만 간밤에 잠을 설친 탓에 눈이 타는 듯이 아픈 건 어쩔 수 없었다. 그녀는 그것도 제대로 배우지 못했던 것이다. 아버지는 그녀가 어느 장소, 어떤 환경에서나 잠들 수 있기를 바랐었다. 땅 위에서도 자동차 뒷자리에서도. 버스 터미널 대합실의 의자에 걸터앉아서도.

그녀는 눈을 감고 벌레들이 가득한 풀밭에 몸을 살며시 뉘였다. 잠시 후에는 눈물도 거두었다. 태양이 구름에 가려졌다가 나타났다가 하면서 얼굴 위에 스며드는 온기의 자리가 옮겨가고 있다는 게 느껴졌다. 얼마간 시간이 흐른 뒤에 그녀는 뒷문이 쾅, 하고 닫히는 소리를 들었다. 요란한 그 소리가 바람결에 실려 그녀의 귓가에 울렸다. 몸을 일으켜 풀밭에 앉았을 때 후안과 이본느의 아주 자그만 형체가 움직이는 모습이 눈에 들어왔다. 풀밭 위를 걸어서 헛간에 반쯤 다다르자 그들은 잠깐 걸음을 멈추었다. 그리고는 서로 갈라졌다. 이본느는 땅바닥에 털썩 주저앉더니 윗몸 일으키기를 시작했다. 백 번쯤 한 다음에는 고요하게 시선을 한곳에 고정시키고는 고개와 몸을 까딱까딱 움직이며 숨을 헐떡거렸다. 마치 요가 수행자 같았다. 이본느는 그동안 그들이 지나치게 방종한 태도로 음식을 대했다는 판단을 했고, 음식의 양을 이미 절반으로 줄여 먹고 있었다. 이제는 껌 한쪽까지도 반으로 잘라 먹을 정도로 철저해졌다. 후안은 걸음을 멈추지 않고 헛간 쪽으로 계속 걸어갔다. 잠시 후에 제니는 빵빵, 하는 총소리를 들었다.

다음 순간 눈을 떴을 때 그녀는 자신의 얼굴 위로 그림자가 드리워져 있었다는 걸 깨달았다. 이상할 만큼 길게 느껴지는 시간 속에 그대로 몸을 맡기고 누워 있었던 게 틀림없었다. 폴린이 그녀 곁에 서 있었다. 제니는 팔꿈치로 받치며 일어나 앉았다. "잠을 깨우고 싶진 않았는데." 폴린이 말했다.

"괜찮아요."

폴린은 더는 아무 말도 하지 않은 채 그대로 서 있었다. "담배 줘요?" 침묵을 깨려고 제니가 물었다. 폴린이 고개를 끄덕이며 풀밭에 앉았다. 그리고 몸을 앞으로 기울여 불을 붙이고는 담배를 피우기 시작했다. 아무 말 없이.

매 한 마리가 그들 머리 위를 천천히 선회하고 있었다. 제니는 그 매를 물끄러미 바라보았다. 배를 탄 기분으로. 파도에 밀려 아래위로, 좌우로 흔들리는 배 위에서 토하지 않기 위해 수평선을 바라보는 기분으로. 자신은 저 멀리, 자신이 머물고 있는 떠들썩한 소동에서 멀찍이 벗어나서 잔잔하고 평온한 상태로 있다고 애써 믿으면서. 담배를 다 피운 폴린은 운동화 바닥으로 꽁초를 문질러 불을 껐다. 예전에 사탕무 색깔로 물들였던 폴린의 머리카락은 이제 너무 많이 자라서 두피에서부터 1인치쯤 갈색 머리카락이 보였다. 그녀의 두피는 마치 갓 태어나 눈도 제대로 뜨지 못하는 젖먹이동물의 보드라운 털을 보는 것마냥 신기하고 연약한 느낌을 주었다. 바람이 불자 폴린의 머리카락이 위로 치솟았고 연한 갈색 머리카락의 뿌리가 흐릿해졌다. 폴린은 이리저리 호주머니를 뒤지더니 자기가 피우던 담배 개비들과 종이 성냥을 꺼냈다. 종이 성냥은 그들이 처음 여기에 왔을 때 제니가 펀데일 외곽의 주유소에서 들고 온 것이었다. 주유소 종업원이 자동차 밑에 들어가 있는 동안 주유소 사무실에 놓여 있던 마분지 종이 성냥들이 든 큼직한 박스를 통째로 몰래 집어왔었다. 쓰는 성냥이 너무 빨리 떨어졌기 때문이었다. 스토브를 켤 때도 담배를 피울 때도 성냥은 필요했다. 그런데 그들이 담배를 피우는 곳이 늘상 바깥이었으므로, 그리고 밖에는 자주 바람이 불었으므로 담배 한 개비에 불을 붙이자면 많은 성냥을 써 없애는 게 예사였다. 그런데 후안은 예외였다. 그는 판지에서 성냥을 굳이 뜯어내지 않고서도 손 하나로 성냥불을 붙일 수 있는 요령이 있었다. 성냥을 뒤로 꺾어놓고는 엄지손가락을 빠르게 움직여서 불을 붙이면 특유의 지지직, 소리가 나면서 담뱃불이 붙었다. 언젠가 제니는 폴린이 부엌에 혼자 남아 후안의 솜씨를 그대로 따라 연습하는 걸 보았다. 성냥을 한 개씩 차례로 꺾으며 흉내내 보다가 급기야 종이 성냥 전체가 심하게 구부러진 포크처럼 바깥쪽으로 벌어져 버렸다. 성냥 끝에 달린 유황마저 죄다 부스러져 버렸다. 제니는 폴린의 엄지손가락도 욱신거렸을 거라고 생각했다. 폴린은 지금은 그 기술을 흉내내려 하지 않았다. 제니에게 답례하듯 담배 한 개비를 건네던 폴린의 손이 갑자기 떨려왔다. 떨리는 손으로 그녀는 종이 성냥 하나를 뜯어내어 두 사람의 담뱃불을 붙여보려고 안간힘을 썼다. 그러나 바라던 대로 되지 않았다. 제니는 폴린에게서 종이 성냥을 받아들었다. "폴린, 무슨 일이죠?" 제니가 물었다. 산들바람의 결이 한층 강해졌다. 바람결에 실려 빵, 빵 하고 총 쏘는 소리가 다시 제니의 귀에 들려왔다. 아주 잠깐 동안.

"제발 이 일을 우리와 함께 해줘요." 폴린이 말했다. "전날 밤에 내가 했던 말 기억하세요? 유혹을 없애기 위해 내가 뭘 했는지에 대한 얘기 말예요. 그건 단지 내가 과거로 되돌아갈 수 없다는 걸 확실히 해두기 위해서였어요. 날 앞으로 나아가게 해주진 못했지요. 그들에게 나도 잘 할 수 있다는 걸, 그저 애송이가 아니라는 걸 입증해주지는 못했단 말이에요."

"무슨 말인지 모르겠어요."

"당신이 떠나지 않도록 설득하는 게 내 임무예요. 당신을 모병하는 일요. 우리가 언제까지나 세 명의 병력으로 있으리란 생각은 당신도 하지 않았겠죠?" 폴린이 탐색하듯 제니를 쳐다보며 잠시 말을 멈추었다. "이것이 나 혼자 하도록 부여받은 최초의 과제예요. 아무런 도움 없이 나 혼자 해야 해요. 그리고 그들은 내가 스스로를 포기하지 않을 거라는 걸 알아요."

"무슨 뜻이죠?"

"내 말은 저 사람들이 내가 자신을 저버리지 않으리란 걸 안다는 뜻이에요. 그는 날 죽일 수 있겠지만요." 폴린이 얼굴을 붉혔다. 이렇게 끔찍한 말을 털어놓고도 기이할 정도로 의기양양했다. "난 그런 걸 당신에게 말하지 않는 걸로 되어 있죠. 당신도 내가 그런 말을 당신에게 해서는 안 된다는 거 알잖아요. 하지만 당신은 절대로 그들에게 말하지 않을 거니까."

"말 안 할 거예요." 제니가 말을 받았다. 그녀는 갑자기 자신이 땀을 비오듯 흘리고 있다는 걸 깨달았다. 그녀는 폴린의 얼굴에 선연했던 손바닥 자국을 생각했다. 헛간에서 폴린이 그녀에게 악을 쓰던 일도. 그녀는 조금 전까지 머리 위를 빙빙 돌던 그 매 한 마리가 유성처럼 풀밭 위로 떨어지는 것을 보았다. 한순간 언덕배기가 예전의 그 언덕으로 돌아와 있었다. 잠시 후 매는 아무것도 물지 않은 채로 다시 공중으로 날아올랐다.

"그가 당신에게 원하는 건 단지 바퀴 달 차를 현장까지 운전하는 일이에요." 폴린이 이렇게 덧붙였다. 제니는 여전히 매가 갑자기 내려왔다가 날아간 뒤 텅 비어버린 잔디밭의 한 곳을 응시하고 있었다. '난 결정했어……' 라고 사람들이 말했을 때 그 말은 무슨 뜻이었을까? 그들은 정말로 결정을 했던 걸까? 새로 산 흰 가방을 제자리에 가져다놓고 황급히 그 자리를 떴던 일, 그것은 결정에 따른 행동이었다. 그러나 정작 그렇게 하겠다고 결정했던 시간과 장소는 기억나지 않았다. "내가 현장까지 바퀴 달 차를 몰게 되면, 후안이 당신을 간섭하지 않고 내버려 둬야 해요." 이 말은 사실 질문이었으나 내뱉고 나니 단정적인 하나의 진술처럼 들렸다. 그렇게 말하는 자신의 목소리가 스스로에게도 아득하게 들렸다. "그러고 나면 어떻게 되는 거죠?" 그녀가 뒤늦게 질문을 던졌다. 그러나 폴린은 이미 몸을 일으켜 세운 후였다.

"그는 지금 헛간에 있어요. 우리가 A 계획안에 따를 수 있는지 알고 싶을 거예요."

제니는 폴린을 따라 언덕을 내려갔다. 서둘러 걸어가는 폴린의 모습은 자못 진지해 보이기까지 했다. 헛간에서 후안은 재장전을 위해 잠깐 쉬는 중이었다. 총을 다루는 그의 태도는 열정적이고 엄숙했다. 그런 모습, 자신의 추종자가 다가오고 있는데도 완전히 무언가에 몰두한 어린아이인 척하는 그의 모습을 보자 제니는 살갗 위로 뾰족한 가시 같은 증오가 솟아오르는 걸 느꼈다. 그는 무표정한 얼굴로 폴린을 올려다보았다. 그러나 그녀가 일깨운 사실이 깊은 명상에서 그를 끌어냈다. "제니가 가담하고 싶어해요." 폴린이 공포했다. "지금까지 제니와 그 문제로 이야기를 했어요."

후안은 소스라치게 놀란 듯했다. 폴린이 제니를 설득하지 못하리라 짐작했었던 게 분명했다. 어쩌면 폴린이 설득하는 데 실패하기를 바라기까지 한 것 같았다. 그러나 이내 그는 스스로의 자부심을 안전하게 지켜야 한다는 생각을 떠올렸다. 그는 제니 쪽으로 고개를 돌리며 아량을 베풀듯 말했다. "내가 제안을 거둬들이지 않은 게 다행이군요. 이제부터 뒤처진 바를 부지런히 따라잡아야 할 겁니다. 저녁식사 하기 전에 예행연습을 하지요."

제니는 활보하듯 헛간을 나왔다. 목구멍으로 쓴맛이 올라왔다. 몇 분이 지난 뒤 폴린이 나타나자 제니는 그녀를 살짝 옆으로 불렀다. 후안의 사격연습이 다시 시작되고 있었다.

"이 일이 끝나면 당신은 저들을 떠나야만 해요." 그녀는 이 순간을 입증할 증표라도, 영수증이나 아니면 종이라도 있어서 폴린이 결정했음을 표시해 두었으면 좋겠다는 생각이 들었다.

폴린은 좀 망설이는 듯했다. "좋아요." 그녀가 마침내 대답했다.

"안녕하세요, 모튼 씨." 이본느가 큰 소리로 불렀다.

그리고 나서 그녀는 그를 향해 서둘러 다가갈 것이다. 마고 모던패

선에서 산 얇은 푸른색 드레스 차림에 얇은 외투를 팔에 걸치고서. "잘 지내요, 날 기억 못하나요? 샌드라예요. 집에 다니러 왔어요." 그녀는 코트를 걸친 팔로 그의 등을 살짝 감싸고 아무것도 들지 않은 빈손으로는 그의 팔을 잡을 것이다.

그는 작고 주름진 눈을 반짝 빛내며 이렇게 말할 것이다. "샌드라라고?" 그의 등쪽으로 딱딱한 무언가가 닿는 느낌이 들 것이다.

이본느가 그를 상냥하게 채근한다. "계속 걸어요. 샌드라 스미스 몰라요? 계산대에서 일했었는데. 나 약혼했어요."

"기억이 안 나는데……" 목을 쥔 듯한 음성으로 그가 말한다. 두려움, 그러나 저항은 아니다.

"총이에요." 이본느가 말한다. "당신이 나와 같이 걸어만 준다면 이 총을 쓰지 않을 거예요. 여기서 돌아가요, 좋죠?"

그들은 메인 스트리트를 지난다. 아직도 은행까지는 반 블록이 남아 있다. 돌아서 옆길을 따라 내려가면 뒤쪽 주차장으로 이어진다. 옆길에는 인적이 없고 텅 비어 있다. 창문도 없고 일요일에는 영업을 하지 않는 가게로 연결된 옆문만 몇 군데 보일 뿐이다. 후안이 거기 서 있다. "이 사람이 내 약혼자예요." 이본느가 말한다. "이 사람에게 그 가방을 건네줄래요?"

후안이 손을 내민다. 따뜻한 미소를 지으며. 예행연습은 채 1분이 걸리지 않는다. 주차장에 세워진 차들을 벗어나 자동차 한 대가 그들 쪽으로 다가온다. 폴린이 운전대를 잡고 있다. 거기서 몇 킬로미터 떨어진 곳, 두번째 차 안에서는 제니가 기다리고 있다.

"좋아!" 후안이 말했다. "이제 우리는 차를 몰고 차분하게……."

새벽 네시가 지나자 이본느와 후안이 차를 몰고 펀데일로 들어가서 눈에 잘 띄지 않는 평범한 세단을 고른 뒤 점화 장치를 쇼트시켜서 시동을 걸었다. 두 대의 자동차가 동트기 전에 덜컥거리며 언덕 위로 다시 올라왔다. 폴린이 세단을 몰았는데, 어찌나 운전대를 세게 움켜쥐었던지 주먹이 파랗게 변해 있었다. "헛간까지 자동차를 몰고 갔다가 다시 돌아와. 그리고 시동은 끄지 말아." 후안이 말했다. 자동차가 속력을 내며 언덕을 굴러 내려갔다. "캘리포니아 여자답군." 지켜보던 후안이 말했다. "아직도 운전을 할 수 있을지 확신이 안 선다고 하더니만. 운전하는 법을 영영 잊어버린 것처럼 굴더니."

열시에 제니는 풀들이 웃자란 강으로 이어지는 낚시터에 비틀을 세워두고 차 안에 앉아 있었다. 강물이 바싹 말라버려 색 바랜 둥그스름한 돌무더기들만 보였다. 이따금씩 태양이 구름을 벗어나면 돌무더기 사이에서 햇볕이 반사되어 반짝 빛이 났다. 나무들 사이로 보트를 물에 띄우는 진수대, 여기저기 깨지고 균열이 생겨 허물어져가는 경사로가 보였다. 그녀는 청바지와 티셔츠를 입고 운동화를 신은 차림새였다. 분홍 드레스를 입는 걸 거절했던 것이다. 찌무룩한 날씨였다. 간간이 비도 흩뿌렸다. 일요일의 메인 스트리트라서 더욱 좋았다. "안녕하세요, 모튼 씨." 이본느가 소리쳐 부른다. 모튼이란 사람이 백인을 직원으로 채용하지 않는 것 같다는 생각이 뒤늦게 그들 머릿속에 떠올랐다. 이 말은 그가 전에도 백인 직원을 한 번도 고용하지 않았다는 뜻이 될까? 그녀가 서둘러 그를 향해 간다. 드레스 차림에 코트를 두른 팔로 그의 등을 살짝 감싼다.

제니는 흰색 가방과 초록색 드레스를 생각했다. 몇 년 전 그날의 일이 어찌된 일인지 오늘 일어난 일보다 더 실감나게 떠오른다. 그녀는 마악 교회에 다녀온 소녀 같다. 섬세한 초록색 드레스에 흰색 장식을 두른 하얀 구두, 깨끗한 흰 장갑, 그리고 여기에 어울리는 하얀 가방. 화창한 평일 한낮에 로비의 엘리베이터 입구에 차분하게 앉아서 기다리다가 나중에 들어왔던 길을 되짚어 밖으로 나온다. 아마 경호원은 자신의 마음 저 깊은 곳에서 일어나는 잔물결을 감지하리라. 그녀는 이제 가방을 들고 있지 않다. 그런데 로비는 사람들로 북적댄다. 스무 명의 사람들이 매분마다 지나간다. 그는 자신이 감지한 게 무엇인지 알지 못한다. 어쩌면 자신이 감지했었다는 사실조차 알지 못한다. 그녀는 집으로 가는 버스를 탄다. 마치 몽유병자처럼, 공중에 붕 떠 있는 것처럼, 혹은 마약에 취한 것처럼. 아무것도 보이지 않는다. 안전을 위해 이렇게 넋을 잃고 최면에 걸린 듯 멍한 기분을 떨쳐 보려고 몸을 흔들어 보지만 떨칠 수가 없다. 허공에 둥둥 떠 있는 기분으로 탐 밀너의 아파트에 들어간다. 아파트에서 그룹을 다시 편성한 이들이 지켜본다. 그녀는 윌리엄과 탐뿐만 아니라 마이크 소사와 탐이 새로 사귄 여자친구—그녀는 여전히 데이트 상대이다—로레인이 거기 모여 자신을 기다리고 있다는 걸 알게 된다. 그녀의 얼굴을 쳐다보고 윌리엄은 그녀가 그 일을 제대로 해냈다는 걸 안다. 당연히 가방은 사라지고 없다. 누군가의 입에서 무슨 말이 나오기 전에, 여전히 망연자실한 표정으로 다들 그녀를 바라보고 있을 때, 그녀와 윌리엄은 서로를 향해 곧장 다가가 필사적으로 입술을 포갠다. 그러자 긴장이, 완전히 깨지지는 않았으나 조마조마한 웃음과 훈계조의 말 때문에 잠시 흔들린다. "오, 그러지 말아. 포르노는 나중에 찍으라구."

　탐 밀너의 새 여자친구—그는 이때부터 일 년도 더 지나고 나서야 수줍음을 많이 타고 충직하고 예민하며 열정적인 샌디를 만나게 될 것이다—는 그들을 위해 파티를 준비했다고 밝힌다. 채식주의자들을 위한 칠리 소스가 스토브 위에서 끓고 있고 샐러드가 담긴 그릇은 냉장고에 들어 있다. 그녀는 모여 있는 다채로운 사람들에게 음식을 담을 종이 접시와 포크와 냅킨을 꺼내놓으라고 일러주고 있다. 그리고 사람들을 옥상으로 이끌고 간다. 그들이 탐의 옥상을 파티 장소로 삼은 이유는 그 빌딩이 보이기 때문이다. 옥상에는 마치 해변에서 하루를 보내는 것처럼 정원용 의자들이 놓여 있고 맥주 냉각기가 준비되어 있다. 제니가 이 여자, 로레인이 여기 있는 게 상당히 불편하다는 걸—그냥 불편할 뿐만 아니라 화가 난다는 걸—얼굴에 드러내는 것은 지금뿐이다. 윌리엄이 뒤에서 제니를 두 팔로 감싸안는다. 그런데 그녀가 어깨를 움츠리며 뿌리친다. 그녀는 탐을 나무랄 수가 없다. 아니, 자신이 짜증이 난다는 걸 드러낼 수조차 없다. 그래서 그녀는 윌리엄에게 화를 내는 것이다. "뭐야?" 윌리엄이 속삭인다. 경고의 표시가 담긴 말투이다. 오늘밤을 망치지 마.

"아무것도 아냐." 제니가 대답한다. "그래도 난 긴장된단 말이야."

"사랑해." 그가 말한다. 그녀가 자기와 눈을 맞출 때까지 단호하게 기다리고 있다.

그녀는 이런 형식적인 연습이 싫다. 자신이 정말로 의도한 게 무엇인지, 정말로 느끼는 것, 필요한 것, 갈망하는 것이 무엇인지에 대해서는 이런 말로 표현하기가 힘들다. 그녀에게는 이런 말들이 담장처럼 느껴진다. 가까이 다가오지 못하도록 작고 하얀 말뚝을 줄지어 박아놓은 것 같다. 다른 말들을 비껴가게 만드는 형식적인 문구, 그 말의 뜻과 긴밀하게 결속된 참된 말들을 피하게 만드는 판에 박힌 상투어. 그러나 윌리엄은 그런 솔직한 말을 입 밖에 내는 일은 위험하므로 피해야 한다고 배웠다. 그래서 그는 그런 말을 할 때는 턱을 앞으로 내민다. 마치 화가 난 것처럼.—난 이 치명적인 무기를 획득해서 써먹고 말 리라!—그리고 그녀를 고른 그의 선택이 의미심장한 일이었다는 걸 그녀로부터 기필코 인정받아야 하는 것처럼.

"사랑해." 그녀가 말한다.

잠시 후 모든 사람들이 칠리를 먹고 맥주를 마시고 있다. 처음에는 껄끄럽고 어색하게 시작된 대화가 태양처럼, 맥주처럼 점점 더 부드럽게 흘러간다. 그들은 게걸스럽게 배불리 먹고 느긋하게 누워서 신선한 맥주병을 딴다. 마이크 소사가 자그마한 은 파이프를 채워서 주위로 돌린다. 모두들 취해 정신이 몽롱해진다. 부드럽고 향기로운 밤이다. 그녀는 항구에서 흘러 들어오는 초록 불빛을 바라본다. 알카트라즈(샌 프란시스코 만에 있는 작은 섬으로 예전에 연방교도소가 있었음 : 옮긴이)의 등대에서 템포에 맞추어 신호를 울리는 소리가 들려온다. 옥상에서 벌이는 여느 여름밤의 파티와 다름없이 느껴질 정도이다. 아홉시가 되어야 완전히 깜깜해질 것이다. 로레인은 좀 으스대며 남은 칠리를 들고 아래층으로 내려간다. 칠리 맛이 좋았으니까. 사람들이 한결같이 그녀의 솜씨를 칭찬했고, 칠리를 보며 벙긋 웃었고, 냄비에 빵을 푹 적셔 먹었으며, 접시를 쓰는 게 번잡스럽게 느껴지면 석기시대의 원시인처럼 손가락에 칠리소스를 찍어 알뜰하게 핥아 먹었으니까. 로레인은 양초와 트랜지스터 라디오를 들고 올라온다. 제니는 다시금 로레인의 태도에 짜증이 난다. 그걸 자기 소유물이라고 허풍을 떨며 마치 자신이 행사의 구심점인 양 굴고 있다. 그러나 제니는 그렇게 느끼지 않으므로, 그녀의 존재는 위험한 권리 침해자이다. 로레인의 자연스러운 여성다움도 지나치게 뽐내는 것처럼 보인다. 제니는 이런 여자들을 미워하기로 마음먹는다. 언저리에서 주변인, 경계인으로 사는 이들과 일상적으로 교류하는 것을 보란 듯이 과시하는 여자들, 그러면서도 동시에 기묘할 만큼 전통적인 여성의 역할을 강조하는 여자들—이런 여자들은 항상 끝에 가서는 시중을 들고 돌보는 일을 떠맡게 된다. LSD에 취해 뻗어버린 풋내기 청년들 이마를 톡톡 치는 여자들, 새벽 네시에도 흔쾌히 스무 명 분량의 오믈렛을 뚝딱 만들어내는 여자들, 다음날 아침이면 예외없이 거실 바닥에 쓰러져 악취를 풍기는 사람들 사이를 살그머니 비집고 다니면서 유리잔과 접시를 주워 모으고 바닥에 흘린 걸 닦아내는 모습을 보이는 여자들이다. 제니는 이런 여자들을 증오한다고 생각하고 있다. 자신 또한 거실바닥에 널브러진 몸뚱어리이기보다는 시중들고 보살피는 쪽에 더 가까운 부류임에도. 아마도 마리화나 때문일 테지만, 그녀는 점점 더 로레인이 그들 서클의 일원으로 합류되어가는 결과에 짜증이 날 뿐만 아니라 두려움마저 생긴다. 그리고 이 또한 마리화나 때문일 테지만, 그녀는 그 어느 때보다도 그 부분에 대해 조치를 취할 만한 힘을 불러모을 능력이 부족하다. 그녀는 도대체 무얼 할 수 있을까?

그녀는 이런 게 언젠가는 큰 화를 부르게 될 거라고 생각한다.

그러나 시간은 흘러가고 있고 또 지금까지 흘러왔다. 윌리엄 역시 아래층으로 내려갔다가 위스키 병의 목을 휘두르며 다시 돌아왔다. 좋은 위스키. "이게 특별한 의식에 권위를 부여해주는 거지." 그녀에게 미소를 던지며 그가 말한다.

자정이 삼십 분쯤 지나자 제니는 돌연 오한이 나는 것처럼 오싹해진다. 지금이 몇시인지, 시간의 흐름을 까맣게 잊고 있다. "쉬잇!" 그녀가 소리친다. 그러자 모두 눈이 휘둥그레지며 그녀를 본다. 로레인은 과장된 관심을 담아 그녀를 바라본다. 말이 서투른 어린아이를 대하듯 눈썹을 치켜올리며 제니에게 미심쩍은 눈길을 보낸다.

"그냥 너무 시끄러워서 걱정되는 것뿐이야." 당황한 제니가 말한다. 그녀는 암청색 밤이 내린 시가지를 몸짓으로 가리킨다. 가로수 길을 따라 서 있는 야자수들이 바람결에 흔들리고 두 블록 떨어져서 소시지와 치즈 등속을 파는 델리숍과 식품가게들이 들어선 대로에서는 불빛이 흘러나오고 있다. 그들이 그렇듯이, 모든 것이 웅성거리고 술렁댄다는 것을 그녀는 깨닫는다. 그들은 시끄럽게 떠드는 게 아니다. 게다가 옥상으로 올라와 맥주를 마시고 몽롱하게 취한 사람들도 그들만은 아니다. 바야흐로 옥상에서 파티가 벌어지는 계절인 것이다.

"넌 정말 걱정이 많아." 윌리엄이 그녀의 등을 의자처럼 감싸면서 놀린다. 그녀는 그의 품속으로 몸을 기대며 눈을 감는다. 그녀의 등골 뼈 끝에 닿은 그의 음경이 딱딱해지는 게 느껴진다. 그녀가 느꼈다는 걸 감지한 그가 익살스럽게 그녀를 꼭 껴안는다. 이것은 그들 사이의 장난이다. 그녀의 육체를 탐하는 제어할 길 없는 그의 허기. 절대로 지겨워질 거라고 상상할 수 없는 황홀한 장난. 한껏 마신 뒤의 취기가 그들 모두를 압도했다. 탐 밀너와 로레인은 건물의 수직 계단 입구를 덮은 오두막처럼 생긴 구조물의 구석에서 목을 껴안고 어루만지며 진하게 애무하고 있다. 그녀는 그들에게서 열기가 썰물처럼 빠져나가는 것을 느낀다. 하지만 윌리엄이 등뒤에 있으므로 더 이상 신경 쓰이지 않는다. 옥상 끄트머리에서 조용한 외톨이 소사가 몸을 웅크리고 앉아 있다. 담배를 손가락 사이에 꽉 끼우고서 생각에 잠긴 듯 꼼짝하지 않는다. 등뒤에서 벌어진 섹스의 파동을 느낀 탓인 듯하다. 그녀는 자신의 셔츠 안에서, 허리띠 아래에서 윌리엄의 손이 움직이는 걸 느낀다. 그가 손가락으로 그녀의 몸을 더듬으면 그녀는 이미 흥건히 젖어버린다. 그녀의 육체가 그를 완전히 빨아들인다. 그녀는 움찔 경련을 일으킨다. 마치 신경조직이 제 기능을 못하는 것처럼. 그리고 갈망하듯 그를 밀어붙인다. 그녀의 귀에 고르지 않고 거친 그의 숨소리가 들린다. 가끔씩, 이렇게 그녀를 만질 때 그는 갑작스럽고 거대한 힘으로 육박해 온다. 그 자신은 전혀 만지지 않고서. 잠시 후에 그녀는 소사가 마치 혼잣말하듯 중얼거리는 소리를 듣는다. "하나."

그녀가 고개를 들어 쳐다본다. 탐 밀너와 로레인이 서로에게서 떨어진 게 느껴진다. 윌리엄의 손이, 들킨 것처럼, 그녀의 옷에서 슬며시 빠져나간다. 한참 동안 아무 일도 일어나지 않는다. 벌어졌던 그녀의 목구멍이 닫힌다.

어느덧 거리와 열십자로 교차하며 넓게 펼쳐진 방갈로와 야자수 저편으로 나지막한 강변의 집들마다 고요한 밤이 내려앉아 있다. 자동차가 지나다니는 소리도 거의 들리지 않고 초록으로 빛나는 항구의 불빛들과 알카트라즈 섬에서 고동치는 등대, 장난감처럼 작아 보이는 샌프란시스코가 베이 브리지의 수직 굴삭장치 뒤에 가려져 제대로 보이지 않는다. 만의 가장자리 근처에 솟아오른 오클랜드의 시내가 엉뚱하고 뜬금없어 보인다. 마치 공사를 한창 진행하다가 누군가가 만을 가로지르면 바로 샌프란시스코가 자리잡고 있다는 걸 불현듯 깨닫고는 공사를 취소한 것처럼. X__ 타워, 22층밖에 되지 않는 장방형에 품위라곤 찾아볼 길 없는 이 타워는 공 모양의 검은 연기와 오렌지빛 불꽃을 트림하듯 토해내고 있다. 멀리서 들리는 소음이 일상적이고 순식간에 사라져버리는 걸 보면 아마도 덤프 트럭이 무거운 짐을 부려놓으면서 우르르 쾅, 하고 낸 굉음일지도 모른다. 그게 전부이다. 검은 연기가 바람을 타고 가늘고 길게 굽이치며 흐른다. 그녀는 기절할 것 같은 기분이 든다. 정말 기절한다. 뒤로 넘어진다. 잠시 후 윌리엄 때문이란 걸, 자신이 윌리엄에게 등을 기대고 있었기 때문이란 걸 깨닫는다. 그가 흥분하여 와, 소리치며 벌떡 일어났기 때문이다. "쉬잇!" 그녀가 주의를 준다. 그러나 그들은 모두 서로 부둥켜안고 흥분하여 함성을 지르고 있다. 손가락질하며, 휘청거리며, 경악하며.

그러는 동안 그녀의 몸이 사시나무처럼 떨리기 시작한다. 미리, 자신이 하게 된 일의 파장을 제대로 파악하지 못했기 때문은 아니다. 일의 규모나 범위를 명확하게 인식하지 않았더라면 그 일을 하는 자신을 용납할 수 없었을 것이다. 그러나 아무리 마음의 준비를 해두었다 하더라도 지금 보이는 것에 대응할 수준은 결코 될 수 없었다. 윌리엄은 그녀가 한겨울의 한파를 만난 것처럼 이를 딱딱 부딪치며 부들부들 떨고 있는 걸 본다. 그래서 그녀 앞에 재빨리 무릎을 꿇고 앉아서 양손을 잡아준다. 그녀의 작고 귀여운 손을, 어린아이의 손을 잡듯이 꼭 쥐어준다. "저게 사람들 머리 위에 떨어지는 걸 생각해봐." 윌리엄이 쉿쉿, 소리를 내며 그녀를 달래려 한다. "불덩어리가 어린아이들 머리 위에 떨어졌다고 생각해봐. 꼭 당신처럼 작고 귀여운 아이들에게."

"내가 무슨 일을 했는지 나도 알아." 취한 듯한 기분을 한순간에 떨쳐내며 그녀가 성난 목소리로 대꾸한다. "그리고 난 그 이유도 알아. 그러니까 당신이 코치처럼 가르치려 들 필요 없어."

열한시. 그들이 갑자기 그녀 쪽으로 왔다. 이본느의 푸른 드레스는 검은 피와 엉킨 핏덩이로 얼룩져 있었다. 제니가 그런 그녀를 보고 비명을 질렀다. "입 닫아!" 후안이 고함쳤다. 이본느는 아무 말도 하지 못했다. 그녀의 손, 총을 쥔 그녀의 손은 피에 흠뻑 젖어서 흡사 상처

자리에 그 손을 쑤셔 넣었다가 도로 빼낸 것 같았다. 후안이 감자 자루처럼 그녀를 아무렇게나 비틀 속으로 던져 넣었다. 폴린은 또 다른 차를 텅 빈 오솔길과 갓길을 가로질러 몰았다. 자동차 뒤쪽이 도랑의 키 큰 식물들과 부딪히면서 도랑 속으로 가라앉는 바람에 뒷범퍼가 보이지 않게 되었다. "무슨 일이죠?" 제니가 그들을 보며 비명처럼 소리를 질렀다. 폴린이 길을 건너 비틀 쪽으로 달려왔다. 그녀의 머리카락이 어깨 뒤로 휘날렸다. 이본느는 옆쪽 차문 밖으로 상체를 내밀고 토했다. 후안이 그녀를 다시 차 안으로 끌어당겼다. 왁살스럽게. 그러나 문틀에 머리를 찧을까봐 손바닥으로 그녀의 이마를 받쳐주고 있었다. 경찰관들이 늘 하는 식 같다고 제니는 생각했다. "무슨 일이 생긴 거예요?" 그녀가 다시 한 번 소리를 질렀다.

"운전이나 해!" 후안이 말했다. 그러나 이미 제니는 차를 몰고 있었다.

그녀는 어떻게 차를 몰고 돌아왔는지 기억나지 않았다. 잇따라 무슨 일이 일어났는지, 얼마나 오랜 시간이 걸렸는지 까맣게 기억나지 않았다. 지금 생각해 보니 그녀가 그동안 이 길들을 줄곧 오르내렸던 것은 이 순간의 운전을 위해 축적해 놓은 경험 같았다. 그녀는 자신이 무얼 하는지 보이지 않았다. 운전대를 잡은 손에게 가는 길을 일러주지도 않았다. 그동안 그녀의 몸 구석구석 세포들마다에 새겨진 기억들로 운전을 하고 있었다. 그런데 나중에 생각해 보면, 지금 벌어지고 있는 이런 일들조차도 그녀가 아는 엄청난 양의 세부 기억을 구성하는 부분처럼 보이게 되리라. 이본느는 걷잡을 수 없이 흐느껴 울었다. 후안은 이야기를 계속 하고 또 했다. 입 속에서 실타래가 한없이 풀려나오는 것처럼 쉼표도 없고 강세도 없이 이어지는 말, 말들이었다. 집을 깨끗이 청소해 짐을 꾸려 프레이저에게 전화해 자동차가 여러 대 필요하니까 또 다른 차를 구해봐야 해 어쩌면 날이 저문 후에 자동차를 가지러 다시 가봐야 할지 몰라 어쩌면 한 사람을 제외하면 아무도 본 이가 없어 떠나야만 해 그들은 이 지역 사람이 쓰는 거라고 생각할 거야 이 지역 주경찰관이 쓰는 일회용이 아니라…….

폴린은 아무 말이 없었다. 제니 옆에 앉은 그녀의 옆모습은 마치 뱃머리 조각상처럼 미동도 없었다. 보이지 않는 대륙을 향해 나아가는 배. 수평선을 바라보면서…….

그들이 탄 차는 요란한 굉음을 내며 공중으로 튀어오를 듯 질주했다. 농가를 향해 먼지 자욱한 길을 요란하게 올라왔다. 농가로 접어들자 제니는 액셀러레이터를 격렬하게 밟아댔다. 시속 120, 130킬로미터로 올라갈 때까지. 자동차가 공중으로 팅겨져 나갈 것처럼 전속력으로 내달릴 때 평지에 다다랐고 단풍나무와 부딪힐 뻔했다. 백미러를 보는 데 숙달되어 있었으므로 그녀는 계곡을 올라오며 지나친 길 위에 다른 차는 없다는 걸 알 수 있었다.

"저걸 헛간에 집어넣어." 이본느를 끌어당기며 후안이 말했다. 피가 튀고 토사물로 얼룩진 이본느가 다리를 절룩거리며 차에서 나왔다. 그는 이본느의 몸을 농가 쪽으로 홱 돌렸다. 그리고 그녀의 팔을 들어올려 자신의 어깨에 걸쳤다. "걸어." 그는 화난 사람처럼 말했다. "자, 어서. 걸으라구."

폴린이 마침내 제니 쪽으로 고개를 돌렸다. "그 사람 죽었어요." 폴린이 울음을 터뜨렸다.

"내 더플백과 파일을 가져와요, 달려요!" 폴린은 그것이 명령이라는 것을 알았다. 그녀는 달렸다. 후안과 이본느를 앞질렀고 잔디밭을 가로질러 달려갔다. 두 사람이 안으로 들어가게 문을 잡아주려는 것처럼. 그러나 미끄러지듯 집안으로 들어간 뒤 문을 쾅, 하고 닫아버렸다. 잠시 후 후안이 이본느를 데리고 문 앞에 섰다. 제니는 후안이 닫힌 문을 다시 열려고 안간힘을 쓰는 모습을, 한쪽 다리를 뻗어 문을 받치고 손으로는 이본느를 추스르는 모습을 바라보았다. 이본느는 기절해 있었던 것 같았는데 이제 고개를 들고 그를 바라보았다. 방금 만난 사람을 보듯이. 그녀의 고개가 다시 푹 꺾였다. 그러자 후안이 그녀를 두 팔로 당겨 품에 안았다.

"됐어." 후안이 말했다. "됐다구. 그 사람 괜찮아. 거기 있던 그 사람이 도와줬거든. 두 사람은 이미 병원으로 갔어."

"사랑해." 이본느가 신음처럼 내뱉었다.

"사랑해. 사랑해." 후안은 다시 그녀의 팔을 들어올려 자신의 어깨에 감았고 두 사람은 집 안으로 들어갔다. 제니는 울기 시작했다. 이마를 운전대에 기울이고 흐느꼈다. 자동차 시동은 여전히 돌아가고 있었다. 그녀의 몸이 격렬하게 흔들렸다. 누군가 그녀 뒤에 서서 흔들어대기라도 하듯이. 그녀는 뒷문 쪽에서 나는 소란스러운 소리를 들었다. 그녀의 머리가 물리법칙에 순응하는 물체처럼 한쪽으로 돌아갔다. 그녀는 눈을 떴다. 흐르는 눈물 속에 흔들리는 형체가 어른거렸다. 무언가를 끌어당기려고 안간힘을 쓰는 모습이었다. 그녀의 더플백과 파일. 폴린이 파일은 가슴팍에 단단히 그러쥐고서 엄청나게 큰 더플백을 풀밭 위로 끌어당기고 있었다. 그녀는 어렵사리 끌고 온 더플백과 파일을 자동차 옆에 털썩 내려놓았다. 마치 그 물건들이 자신이 통과한 장애물 경주라도 되는 것처럼. 폴린이 숨을 헐떡이며 말했다. "두 사람은 욕실에 들어가서 씻고 있어요. 후안이 자동차를 헛간에 집어넣고

서두르라고 했어요." 제니가 자동차 문을 홱 열고 나와 뒷문들을 열어 젖히더니 피 묻은 붉은 총을 풀밭 위로 차버렸다. 입금 가방은 자동차 바닥에 그대로 놓여 있었다. 그녀는 가방을 열어 얼마간의 돈을 꺼내고는 가방도 풀밭 위에 내던졌다. 그리고 나서 자신의 더플백과 파일을 움켜쥐었다.

"타요!" 그녀가 폴린에게 말했다.

"뭐라고요?"

"타라구요. 지금 당장 가야 해요!" 그녀는 폴린이 극도의 공포 상태에서 서서히 벗어나고 있다는 걸 알았다. 자기 입으로 전했던 뉴스를 그제서야 자기 안에 접수한 것처럼. 그 사람 죽었어요. 폴린은 무턱대고 운이 다한 농가 쪽으로 몸을 돌렸다. 그러자 제니가 그녀를 붙들어 차 안으로 거칠게 밀어넣었다. 후안이 이본느를 다루듯이 그렇게. 그러나 후안보다 훨씬 더 조심성 없이. 금방이라도 바스라질 듯한 연약한 폴린의 몸은 제니에게 충격이었다. 뼈만 만져지는 듯한 느낌이었다. 폴린은 몸을 비틀며 차 안으로 들어가 아까처럼 똬리를 틀듯 잔뜩 도사린 자세로 앞좌석에 털썩 앉았다.

"오, 안돼." 폴린은 흐느껴 울었다. "오, 안돼, 안돼, 우린 그럴 수 없어, 그렇게 할 수 없어······."

제니는 자동차 페달을 짓이기듯 밟았다. 그러자 비틀이 반원을 그리며 끼익, 비명을 질렀다. 그리고 굉음 소리를 내며 언덕길을 내달렸다. 집 안에 틀어놓은 수돗물 흐르는 소리 사이로 이 요란하고 시끄러운 소리가 후안의 귀에 닿았을지도 몰랐다. 그러나 후안이 소매를 말아올린 채로, 양손에 비누거품을 허옇게 묻힌 채로, 이본느의 눈물 자국으로 주머니가 축축하게 젖어든 셔츠 바람으로 밖으로 달려왔을지라도 그녀는 뒤돌아보지 않았다.

그들이 탄 비틀은 폴린이 항변의 말을 제대로 해보기도 전에 농가의 차도를 내려와 도로로 접어들었다. "우린 그들을 떠날 수 없어요!" 폴린이 악을 썼다.

"그들을 떠나요!" 제니가 말했다.

그러나 아주 오랜 시간을 자동차로 달리는 동안, 돌고, 돌고, 또 돌고, 새로운 길이 나타날 때마다 그 길로 행로를 바꾸어 달리는 동안 폴린의 흐느낌은 차츰 잦아들어 이제는 목구멍에서 거칠고 절망적인 꺽꺽 소리만 났다. 그리고 바늘구멍 같았던 제니의 시야가 넓어졌다. 점점 더 팽창해갔다. 그녀는 차의 속도를 줄였다. 그들이 달리는 길에는 희미한 노란색 중앙선이 끝없이 이어져 있었다.

"당신은 거짓말을 했어요." 제니가 말했다. "후안은 한 번도 당신을 협박한 적이 없었어요. 당신에게 나를 이 일에 끌어들이라고 시키지 않았어요. 그들을 기쁘게 해주려고 당신이 그냥 한 것뿐이에요."

눈물로 얼룩져 얼얼한 폴린의 얼굴이 붉어졌다. "그건 정말 그들을 기쁘게 했잖아요. 당신도 보지 않았나요?" 목이 메인 음성으로 폴린이 말했다. "그들은 내가 한 일에 대해 무척 기뻐했어요……."

밤이 내렸을 때 제니는 트럭 정류장을 발견했다. 그래서 마지막으로 공중전화에 들어가 프레이저에게 전화를 걸었다. "그들이 책 쓰는 작업을 모두 끝냈어. 당장 와 줘."

"우와, 굉장한데!" 프레이저는 놀란 목소리였다. "자기야, 정말 미안해. 우리가 다퉜던 일 정말 미안해. 곧 보자."

"곧 보자." 제니는 프레이저의 말을 그대로 따라 되뇌었다.

전화를 끊은 그녀는 비틀을 세워놓은 곳으로 달려왔다. 폴린은 더플백이 놓인 뒷좌석에 몸을 웅크리고 앉아 있었다. 밤이 되자 기온이 내려가 추웠다. 제니는 몇 시간을 앉아 있었다. 중요한 고비를 견뎌내려고 체온이 떨어지지 않도록 애쓰며 이해할 수 있기를 기대했다. 그러나 그녀의 마음은 폭탄이 떨어진 것처럼 움푹 패였다. 황량한 분화구일 뿐이었다. 주차장에서 새어나오는 거친 노란 불빛이 거슬려서 눈을 감았다. 주위로 한가롭게 트럭 엔진이 헛돌아가는 우르르 소리가 동물적인 위안이 되어주었다. 뒤에는 공처럼 몸을 동그랗게 말고 폴린이 잠들어 있었다. 그녀는 생각했다. 사라져버리는 방법은 많다고. 후안의 어머니가 떠올랐다. 들판 한가운데 나무가 자라는, 움푹 패인 자리, 그 어머니가 소중하게 생각했다던 그곳이 떠올랐다. 오아시스는 있을 것이다.

제3부

프레이저가 그들을 찾아낸 것은 집안도, 헛간도 아니었다. 숲 속에서였다. 그것도 거의 반 시간 동안 그들의 이름을 소리쳐 부르며 돌아다니고 나서였다. 그들이 프레이저의 자동차 소리가 들리자 달아났던 것이다. 자동차를 몰고 오는 이가 프레이저일 거라고 상상하지 못했기 때문이다. 프레이저는 자신이 꿈속에서도 그들의 얼굴을 잊어버릴 거라고는 생각지 않았었는데 막상 숲 속에서 그 얼굴들을 보자 그럴 수 있겠다는 기분이 들었다. 그 정도로 그들의 표정에는 많은 것이 지워져 있었다. 바로 그 자리에서 그들은 털어놓았고 그 보답으로 그도 마음을 열었다. 제니와 폴린이 도주한 일은 별로 거론하지 않았다. "난 그들이 몰래 빠져나가는 걸 느꼈어요……." 후안이 웅얼거렸다. 그가 언제 그들의 도주를 감지했는지는 명확하지 않았다. 그들은 다같이 집안으로 다시 돌아와서 각자 위스키를 한 잔씩 마신 후 오감을 진정시키며 한동안 앉아 있었다. "내가 늘 말하는 건 몸이 내는 소리에 귀를 기울이라는 것이오." 프레이저가 말했다. "만일 몸이 흥분하여 자제력을 잃게 되면 그 몸을 진정시켜라. 몸이 차분해질 때까지 시간을 주어라. 우리는 몸을 차분하게 유지할 필요가 있으니까." 그들은 스스로 더할 수 없이 침착해졌다고 느껴질 때까지 기다린 후 앞으로 할 일을 의논했다.

시내에서 벌어진 총기 발사 강도 사건의 수사가 그곳에서 50킬로미터나 떨어진 이곳, 오랫동안 비어 있던 이 농가에까지 미치리라 상상하기는 극히 어렵다는 것이 그들의 일치된 의견이었다. 수일 내에 수사가 이루어지리라는 건 더욱이 상상할 수 없는 일이었다. 이는 곧 두 가지를 의미했다. 즉 가급적 신중하고 조심스럽게 여기를 떠나야 한다는 것, 그러려면 시간이 걸릴 거라는 점이었다. 그들은 흔적을 전혀 남기지 않은 채 떠나야 했다.

프레이저가 장갑을 사왔고, 그들은 그 장갑을 끼고 작업에 착수했다. 프레이저와 제니가 만들었던 불구덩이에 장작을 채우고 불을 활활 피운 다음 가능한 한 모든 것을 태워 없앴다. 태우지 말아야 할 것들은 미리 싸서 자동차 안에 집어넣었다. 책에 대한 말은 하지 않았으나 후안이 숲 속에 숨겨두었던 작은 꾸러미를 다시 꺼내와 다른 소지품들과 함께 조심스럽게 쌌다. 집안에 가져다놓았던 물건들을 모조리 치우고 나자 그들은 이제 접시와 냄비, 스푼, 컵 등을 하나하나 씻었다. 여전히 장갑을 낀 채로. 그밖의 다른 가재도구들도 씻었다. 그 다음에는 방을 하나씩, 비눗물을 그릇에 담아다가 걸레로 훔쳤고 겉에 보이는 부분들도 빠짐없이 닦아냈다. 창문과 창문턱, 문지방, 조명 스위치, 침대 프레임, 서랍장들, 변기…… 방마다 청소를 끝내면 방문을 닫았다. 그들은 잠깐씩 눈을 붙여야 했다. 일을 끝내는 데는 상당히 오랜 시간이 걸렸던 것이다.

　집안의 때를 말끔하게 벗겨낸 다음에는 헛간으로 옮겨갔다. 집안을 닦아내는 것보다는 수월했다. 그곳에는 일일이 닦아낼 만한, 표면이 매끄러운 집기들이 훨씬 적었기 때문이다. 사격 연습용 과녁들을 허물어서 불에 태웠고 연장들은 말끔히 닦았다. 회중전등을 들고 다니며 헛간에 흩어진 탄환과 탄약통을 샅샅이 찾아내기도 했다.

　이렇게 이상한 일을 하는 동안 마음이 차분하게 가라앉았다. 후안은 이 일이 이본느에게 도움이 될 거라고 생각했다. 그녀의 감각을 정상적인 상태로 되돌려줄 거라고 믿었다. 그 또한 이 일이 좋았다. 접촉의 역사. 예전에 누군가의 손때가 묻은 집기들을 생각해 보는 일은 감상적이고 감동적이었으며 마음을 안정시켜 주었다. 숲 속에서 전투 훈련을 할 때 숨이 차서 헐떡거리며 그는 종종 물에 씻겨 빛바랜 반질반질한 돌멩이를 주워 손바닥에 올려놓곤 했었다. 차가운 감촉이 느껴지는 돌을 손 안에 꽉 쥐어보곤 했었다. 오랜 세월 동안 흐르는 강물에 씻겨 온 모래가 이 구릉들을, 이 돌멩이들을 만들었고 다시 세월이 흐르면서 보드라운 흙으로 변해 왔으리라…… 그런데 정말 그런 일들이 일어났던 것일까? 이승에서의 삶을 재는 자신의 척도가 너무나 미미해 보였다. 그는 간절히 사람들을 돕고 싶었다. 그리고 사회구조와 그 구조에 대한 비평이 거짓이라고 느꼈었다. 누군가 한 사람이 진실한 가슴과 튼튼한 손을 불쑥 내밀어, 강제로 이 거짓된 구조를 바로잡을 수는 없었을까? 군대가 그에게 가르쳐준 게 이것이었다. 그러나 정의에 대한 그들의 개념은 틀렸다. 이제 매순간 분투하는 인간의 일회적인 투쟁들은 서로 무관하고 부적절해 보였다. 그는 이 공간에 남겨진 자신의 모든 흔적들을 조심스럽게 지워내면서 자신이 곧 죽을 거라는 걸, 그러나 영웅으로 죽지는 않으리라는 걸 깨달았다고 생각했다. 그는 자신의 열망을 추구해가는 과정 속에서 그 열망을 희생했던 것이다. 그리고 그것은 반가운 예감, 그의 죽음으로 이어졌다. 그러나 이러한 예감들이 대개 그렇듯이 사실로 입증되지는 않을 것이다. 또다시 그는 앞으로 나아가다가 위험에 빠지게 될 것이고, 또다시 살아갈 것이다. 그는 지금 자기, 스물세 살의 자아—정말 난생 처음으로 직관을 통해 성인이 된다는 것의 한계를 깨닫고 또 그 한계를 벗어나는 자아—가 상상할 수 있는 것보다 더 오래 살 것이다. 자식도 생길 것이다. 그와 이본느, 이토록 서로에게 밀착되어 있는 두 사람은 헤어질 것이다. 스물세 살의 후안, 그녀를 7년여의 세월 동안 사랑해온 그로서는 생각할 수도 없는 일이다. 그러나 그런 날이 올 것이다. 이본느에 대한 그의 사랑이 그의 인생이라는 큰 덩어리에 속한 한 부분일 뿐 마지막을 장식하지는 않게 될 그날이.

 이 모든 일들을 지금 그로서는 알 수가 없다. 그는 헛간문의 걸쇠를 윤이 나도록 닦으면서 세월이 흘러 반질반질해진 돌들을 생각한다. 나무 가로대를 문 손잡이에 끼워 넣는다. 그동안 썼던 광택제 병을 광나게 닦고, 광택제에 배인 코를 찌르듯 강렬한 레몬향, 순박한 미국 냄새를 맡으며 거품을 낸다. 자동차를 세워둔 곳으로 가서 프레이저, 이본느와 합류한다. 자동차 옆에 모여선 그들은 기분이 좋다.—아니 가급적이면 좋은 기분이 되려고 한다. 이본느는 수퍼마켓 주인을 사살한 사건이 벌어진 후로 빵 부스러기 하나도 입에 대지 않았다. 안색이 창백하고 멍한 눈동자의 그녀는 아무 말이 없다. 후안은 아보카도를 생각해 본다. 이본느가 무척이나 좋아하는 아보카도를. 그들은 이제 캘리포니아로 되돌아갈 것이다. 그곳에는 아보카도가 많다. 그러니 캘리포니아에 가서 그녀에게 아보카도를 먹게 해줄 것이다.
 준비됐소? 프레이저가 말한다. 그들이 고개를 끄덕이며 차 안으로 들어간다.

* * *

그날 밤 늦게, 제니는 자신이 처음 농장으로 가기 위해 달렸던 그 길을 되짚어 달렸다. 도착하는 데는 한 시간도 채 안 걸렸다. 보름이 가까워 환한 달빛이 비추는데도 진입 차도를 지나치고 말았다. 지나온 길을 되짚어 와야 했기에 몇 분을 더 허비하고 만 것이다. 되돌아온 그녀는 두 개의 기둥 사이에 평소처럼 체인이 걸려 있는 것을 보았다. 체인을 벗겨 옆으로 치웠다. 부스러져 가루가 된 녹이 손바닥에 묻어났다. 자신이 페인트칠을 했던 자그마한 팻말이 사라져버렸다는 걸 그녀는 알아챘다. 그 팻말이 서 있던 자리에는 대충 같은 크기로 사유지라고 찍힌 공산품 팻말이 서 있었다.
 폴린은 불이 켜져 있지 않은 길다란 진입 차도를 내려가는 동안 잠에서 깼다. 제니는 자동차의 헤드라이트를 꺼버리고 싶었지만 불을 끄고 달리다가 나무에 부딪힐까 두려웠다. 원뿔 모양의 희미한 불빛은 그들 앞에 드리운 어둠을 한층 더 깊게 할 뿐이었다. 폴린이 입을 열자 제니가 화들짝 놀랐다. "여기가 어디예요?" 폴린이 물었다.
 "이 자동차를 처치할 장소예요." 한쪽으로 나무들이 점점 더 줄어들더니 드디어 저택의 윤곽이 드러났다. 숲속의 개간지에 무모하고 부조리하게 서 있는 이 저택은 마치 장난감 성채 같았다. 원뿔 모양의 탑이 희미하게 빛나는 하늘을 배경으로 또렷하게 보였고 창문마다 불이 꺼져서 깜깜했다. 그녀는 계속 차를 몰았다. 살짝 경사진 길을 지나서 예전에 얼음창고로 쓴 움푹 패인 구덩이를 지나 심하게 기울어져가는 마구간 쪽으로 향했다. 그 자동차는 거기 있을 것이다. 아직도 그 차가 남아 있다면. 자동차 열쇠는 좌석 위에 내던져져 있을 것이다. 그녀는 자동차가 거기 그대로 있다면 그 차를 자신의 비틀과 맞바꾸고 곧장 떠나겠다고 스스로 다짐하면서 이 계획에 착수했었다. 미스 달리는 자기 조상들이 그랬듯이, 이 지역 관할 관청의 다양한 분과에 종사하는 이들과 냉랭한 관계를 유지해 왔다. 이 냉전 상태는 이 지역 주민들이 달리 집안의 토지를 부치는 소작인 신분에서 벗어난 이래로 변함없이 지속되었다. 세금을 제때에 내지 못하는 형편이 되자 달리는 마치 아랫사람을 겸손하게 대하는 것처럼 경찰을 대하는 태도가 상냥해졌다. 그녀가 운전을 하지 않은 지는 여러 해였다. 있던 자동차가 사라지고 다른 차로 대치되었다 해도 한동안은 눈치챌 것 같지 않았다. 그리고 설령 그것을 알게 되었다 해도 신고할 것 같지도 않았다. 그러나, 이런 합당한 추론에도 불구하고, 제니는 강 위의 다리를 가로지르고 길 위에 다른 차는 한 대도 없이 자신의 비틀만 달리는 동안에도 운전대를 잡은 손에 흥건히 배어드는 땀을 자꾸만 닦아내면서, 자신이 달리의 차로 바꿔 타고 말없이 그냥 떠날 수 없으리라는 걸 이미 알고 있었다. 그녀 스스로 그렇게 하겠다고 작정했지만 그렇게 할 수 없다는 것을.

"여기가 어디죠?" 폴린이 재차 물었다.

두꺼운 나무 널빤지로 이은 마구간 문이 노후한 탓에 신음소리를 냈다. 그러나 철물들은 매끄럽게 작동했다. 벌써 일 년 전에 그녀가 손으로 작업해서 완성한 일이었다. 그것들이 제대로 돌아가는 걸 보자 그녀는 기뻤다. 노인들이 대개 그렇듯이 달리는 선잠을 잤으므로 차도로 들어오는 자동차 소리가 어느새 그녀의 잠을 깨웠는지도 몰랐다. 그러나 자동차 엔진 소리가 잠잠해지고 나니 다른 모든 소음들이 제니를 움츠러들게 했다. 달빛이 체로 친 고운 가루처럼 넓은 대지 위에 내려앉았다. 달빛 속에서 그녀는 달리의 차를 보았다. 자동차 내부는 아직도 1961년의 멋진 플라스틱 쇼룸의 흔적을 풍겼다. 주행거리계는 아직도 1만 마일의 반절도 못간 지점에서 멈춰져 있었고 재떨이에는 아직도 신제품처럼 때가 묻어 있지 않았다. 그래도 자동차 깔개 위에는 그녀가 떨군 보이지 않는 담뱃재들이 남아 있을지 몰랐다. 그녀가 창문 밖으로 담배 연기를 날려 보낼 때 바람이 불어 담뱃재가 차 안으로 도로 날려 들어왔을지 몰랐다. 열쇠는 좌석 위에 놓여 있었다. 그 열쇠를 집어들던 그녀는 열쇠를 좌석 위에 던졌던, 지금과 정반대되는 손짓을 기억했다. 프레이저와 함께 여기를 떠나던 그날 밤의 일이었다. 그녀는 이 열쇠가 그날 이후로 석 달 동안 그 누구의 손길도 닿은 적이 없다는 것을 확연히 느꼈다. 자동차 열쇠를 돌리자 불이 희미하게 들어왔다. 그러나 정작 엔진은 기침소리 같은 불연(不燃)음만 토해낼 뿐이었다. 다른 차의 배터리를 연결해서 시동을 걸어야만 했다. "여기 비틀 미는 거 도와줘요." 제니가 말했다. 폴린은 아직도 조수석에 들러붙은 것처럼 앉아 꼼짝도 하지 않았다. 새로 접한 주위 환경을 의심에 찬 눈초리로, 혹은 불길하고 두려운 눈으로 응시하고 있을 뿐이었다. 제니의 말을 듣고서야 폴린은 그녀를 빤히 쳐다보았다. "제기랄, 어서요." 제니가 재촉했다.

"그 사람 어쩌면 안 죽었을지 몰라요." 폴린이 불쑥 말했다. 그것이 마치 그들이 미리 고려하지 않았던, 있을 법한 일이라도 되는 듯이. "그런데 설령 그가 죽었다고 하더라도 그는 다만―제도권 돼지일 뿐인걸요."

제니는 모근에 불이 붙은 듯 뜨겁게 타오르는 느낌이 들었다.

"이 자동차 차 미는 거 도와줘요." 그녀는 한 마디 한 마디를 조심스럽게 끊어서 말했다. 마치 말 한 마디가 가압 탱크의 밸브를 들어올리는 데 영향을 주기라도 할 것처럼, 밸브가 들어 올려지면 그 안의 내용물들이 사방으로 쏟아져 나오기라도 할 것처럼.

두 사람은 비틀을 밀어서 보드라운 먼지가 소복이 쌓인 마구간 바닥으로 옮겼다. 제니는 폴린을 퉁명스럽게 한쪽으로 밀어젖히고 뒷벽에 세워놓았던 작업 테이블 쪽으로 더듬더듬 걸어갔다. 이 테이블 위에 기름 묻은 헝겊조각과 회중전등이 있었고 바깥에는 배수탑이 있었다. 밖으로 나오자 제니는 마치 물을 벌컥벌컥 마시듯이 공기를 한껏 들이켰다. 그녀는 폴린이 문 안쪽에 바싹 붙어 서 있다는 것을 알았다. 어둠 속에서 제니의 행동을 놓치지 않고 주시하면서. 배수탑에 흐르는 물은 깨끗했다. 제니는 혹시 달리가 자기가 하던 일을 맡을 새 일꾼을 구한 게 아닐까 궁금해졌다. 그럴 수 있겠다는 생각이 그제서야 떠올랐다. 그녀는 헝겊을 물 속에 넣어 물에 흠뻑 적신 다음 꽉 비틀어 짜면서 물에 젖은 손가락이 곱아 감각을 잃어버릴 만큼 물이 차다는 것과 이 헝겊이 오랫동안 젖은 상태였다는 걸 나중에야 깨달았다. 그녀의 눈길은 마치 유령처럼 떠도는 것 같았지만 아무 소리도 나지 않았으므로 반향되어 오는 소리도 아무것도 없었다. 그녀는 강 쪽으로 급경사를 이루며 끊어지는 언덕 쪽을 바라보는 것을 끝으로, 다시 주변을 살펴보려고도 하지 않았다. 강은 참호처럼 깊고 깜깜해서 마치 피요르드 같았다. 그녀는 이곳에서 아무것도 특별히 눈여겨보지 않았다. 이곳은 그녀에게 아무런 의미도 없는 곳, 그저 그녀가 잠시 머문

간이역이었을 뿐이다. 그녀는 다시 헝겊 조각을 살짝 비틀었다. 헝겊이 물을 그대로 머금고 있을 정도로. 그런 다음 마구간으로 되돌아가 젖은 헝겊과 회중전등을 폴린에게 쑥 내밀었다. "이 차 안에 있는 걸 죄다 밖으로 꺼내요. 그런 다음 비틀 안에 들어가서 당신이 말한 그 제도권 돼지라는 작자가 흘린 핏자국을 말끔하게 닦아내는 거예요. 회중전등을 쓰세요. 이 일을 다 끝내도 내가 돌아오지 않으면 여기서 그대로 기다려요. 이 자리에서 꼼짝 말고."

"당신은 어디 가는데요?" 폴린이 제니의 재킷 자락을 움켜잡았다.

제니가 그 손길을 뿌리쳤다. "집안으로 가요."

"만일 누군가의 눈에 띄면 어쩌죠?"

"그럴 일은 없을 거예요. 여기 그대로 움직이지 않고 있기만 한다면요."

집안은 여전히 깜깜했다. 그녀는 나무숲을 가로질러 개간지 쪽으로 나아갔다. 어슴프레하게 보이는 풀들 위로 그녀의 그림자가 줄곧 따라왔다. 그림자는 그녀가 움직일 때만 보이다가 걸음을 멈추고 가만히 있으면 서서히 사라져갔다. 잔디밭을 가로지르면서 그녀는 시커먼 페르골라(pergola, 수평 격자를 기둥처럼 떠받치고 포도나 등나무 덩굴 등이 뻗어나가게 만든 시렁 또는 동굴 모양의 정자 : 옮긴이)의 형상을 보았다. 흡사 미니어처로 짝을 이룬 쌍둥이집 같았다. 어두운 현관 위로 발걸음을 내디딘 그녀는 현관문 손잡이를 쉽게 잡았다. 손잡이를 찾으려고 더듬거릴 필요가 없었다. 문을 열자 달리의 음성이 들려왔다. "이것봐요, 선생, 나가줘요. 벌써 경찰을 불렀으니까."

"저예요, 미스 달리."

"뭐라고?" 달리의 음성이 높아졌다.

"아이리스예요."

달리가 가까스로 전등불을 켜고 나서도 그들은 오랫동안 아무 말 없이 서로를 쳐다보기만 했다. 놀람이나 체념의 눈길인지, 아니면 의혹이 담긴 눈길인지 그녀는 제대로 분간할 수가 없었다. 달리의 몸집은 예전보다 더 작아 보였다. 노화가 급속도로 진행되어 그녀의 골격을 쪼그라뜨린 것 같았다. 그러나 눈길은 예전과 다름없이 매서웠다. 그 날카로운 눈길 속에서 무수한 것들이 떠올랐다가 스러지는 것을 제니는 보았다. 가슴 졸이던 조바심이 물러난 자리에 스치는 불안감, 불길한 추측과 본능적인 오만함이 명멸하는 눈길. "흠, 아이리스군." 그녀가 마침내 입을 열었다. "내게 강도짓을 하려고 되돌아온 게 틀림없어. 전에 달아났을 때 강도짓을 했을 거라고 난 생각했지. 그런데 이제 보니 강도짓은 나중에 하기로 작정했던 모양이군."

"이렇게 늦은 시간에 와서 죄송해요."

"오, 그런 말은 하지 않는 게 좋겠어. 사과라니 좀 우스꽝스러운 광대극 같지 않아? 자네와 같이 온 젊은 사내는 지금 바깥 덤불 속에 몸을 숨기고 있을 테지. 그날 그자가 자네를 찾으러 왔을 때 난 자네가 한통속이란 걸 확신했어. 그래서 이 집안을 이잡듯 샅샅이 뒤져보았지. 뭐 없어진 게 있나 보려고 말이지."

"만일 제가 뭘 훔치려는 마음을 품었더라면 말씀하신 대로 그때 훔쳤겠지요. 당신의 논리는 완벽할 만큼 옳아요. 그러니까 제가 절대 당신 물건을 훔칠 의도가 없었다는 것도 논리적으로 생각하면 인정해야만 하는 거 아닌가요?"

"논리에 호소할 생각일랑 말아, 아이리스. 자네가 한 짓은 논리적인 것과는 거리가 머니까. 자네가 그때 나를 그런 식으로 떠나서 몹시 실망했어."

"이제 저보다 훨씬 나은 사람을 구했을 거라고 믿어요."

"아직 못 구했어. 면접을 볼 짬이 나지 않아서 말이지. 올 여름 내내 건강이 상당히 나빴거든."

"죄송해요."

"꽤 죄송할 테지, 아무렴. 내게 가장 중요한 프로젝트를 곤란한 지경에 빠뜨린 채로 떠나버렸으니, 아이리스. 자네가 떠나기 전에 나와 얘기를 할 정도로 지각이 있는 사람이었더라면 우리는 아마도 자네의 밀린 임금을 해결해주려고 손을 썼을 거야. 그러나 알다시피 자네 스스로 그 권리를 상실하는 행동을 저지르고 만 게야. 또 어떤 어려운 일이 새로 생겨서 여기에 다시 돌아왔는지 난 신경 쓰고 싶지도 않네."

"전 임금을 받으려고 여기 온 게 아니에요." 그녀는 머뭇거리는 듯하더니 그대로 돌진해 버렸다.

"미스 달리의 자동차를 가져가고 싶어요. 삼백 달러를 드릴 수 있습니다."

"지금 새벽 네시 십오분이야. 설마 이 시간에 자네가 여기 온 게 내 차를 구매하기 위해서라고 내가 믿어주길 기대하는 건 아닐 테지." 제니는 잠자코 있었다. 그러자 달리가 한 마디 덧붙였다. "내 차는 그보다는 훨씬 더 값이 나가네." 그러나 제니는 달리의 이 말이 생각할 시간을 벌기 위해서 던진 말이라는 걸 간파했다. "자네 여기 자동차로 오지 않았나?" 달리가 정확하게 지적했다.

"제가 타고 온 차는 마구간에 두고 갈게요. 가까운 주변을 다니는 소형차로 쓰기에는 괜찮을 거예요. 만약에 새로 일할 사람을 고용하게 되면요. 그렇지만 먼 거리를 달리기에는 별로 좋지가 않아요. 그런데 지금 제게는 장거리를 달릴 차가 필요하거든요. 꼭 가족이 있는 고향으로 가야만 해요. 급한 일이 좀 생겨서요."

"그건 석 달 전에 자네가 남긴 쪽지에 적혔던 내용과 같은 말이군. '위급 상황. 가족들을 보러 꼭 고향으로 가야 함.' 그런데 그다지 먼 길을 간 것 같지는 않은데."

"뜻하지 않게 지체하게 만드는 일이 생겼어요."

"이미 말했듯이 자네에게 어떤 새로운 어려움이 생겨서 여길 다시 오게 되었는지 모르는 편이 낫겠어." 달리는 자신이 즐겨 앉는 팔걸이 의자에 깊숙이 몸을 밀어 넣고는 잠옷 가운의 칼라깃을 잡아당겼다. 그리고 다시금 제니에게 의심스러운 눈초리를 던졌다. 그 눈길은 이제 여느 때의 시선으로 가느다래졌다. 마치 두 사람이 찻잔을 앞에 두고 사소한 일로 언쟁을 벌이고 있는 것처럼. "짐작하건대, 자네가 내 차를 염두에 둔 건 내가 그 차 값으로 얼마를 준다 해도 받을 거라고 여기기 때문일 거야. 삼백 달러라니! 난 그 차를 신형으로 샀어."

"십삼 년 전이죠. 그리고 한 번도 그 차를 몰아본 적이 없구요. 전에 당신은 저 차를 십 년 동안 한 번도 몰아본 적이 없다고 말했었죠."

"그렇다 하더라도 그 차를 소유하고 있지 않은 쪽이 여전히 상당히 불리한 입장일걸. 오백 달러가 내가 생각해 볼 수 있는 최저 가격이야. 그것도 거저 가져가는 거지."

"당신은 제게 지난 8개월 간의 체불 임금을 빚지고 있어요."

"자네 임금에 대한 내 생각은 이미 분명하게 밝혔잖은가. 적어도 몇 주 전에 떠나겠다는 통고를 해주는 게 규정이야, 아이리스. 나를 직접 만나 '작별 인사' 하는 건 차치하고라도 말일세."

달리가 벌떡 일어섰다. 제니는 문득 포울러 부인이 저택 투어 입장료로 받은 나달나달한 달러 지폐들을 조심스럽게 세어 집어넣던 자그마한 양철 금고가 떠올라 마음이 아팠다. 달리는 제니에게 임금을 지불할 방도가 없었음에 틀림없었다. 그리하여 제니가 떠났다는 사실을 알고는 안도의 심정으로, 아마도 조금은 부끄러운 마음으로 몸을 떨었을 게 틀림없었다.

"삼백오십 달러 드릴게요." 제니가 말했다. "더는 드릴 수가 없어요. 만일 이 액수가 충분하지 않다면 아침이 될 때까지 기다려서 신문 광고를 살펴봐야겠네요." 제니는 의자에 느긋한 자세로 앉았다. 심장이 쿵쾅거리며 뛰었다. 그녀는 허세를 부리며 속이려는 자신의 속마음을 달리가 훤히 들여다보고 있다는 걸 알았다. 그러나 그녀 또한 달리의 마음을 훤히 꿰뚫어 볼 수 있었다. 달리가 이미 마음속으로는 자동차 값으로 삼백오십 달러를 받기로 작정했다는 걸 알았.

"자네 부탁을 들어주는 셈치고 받겠네." 달리가 마침내 말했다. "자네가 떠나게 되어 유감이야."

"저도 그래요." 어떤 의미에서 그녀의 이 말은 진심이었다.

흥정을 끝내는 데는 예정보다 시간이 좀더 오래 걸렸다. 이제 푸르스름한 회색빛으로 변하는 밤빛을 보며 새벽이 차츰 다가오고 있다는 걸 그녀는 알았다. 그들은 이제 국립공원으로 차를 몰고 가서 새로 얻은 자동차를 의지처 삼아 밤이 내릴 때까지 기다릴 것이다. 달리는 지폐를 한 장씩 한 장씩 지나치리만큼 조심스럽게 탁자 위에 올려놓으며 세고 있었다. 제니는 그런 그녀를 붙들고 마구 흔들고 싶었다. 그러나 잠시 후면 그들은 자유롭게 놓여나리라. 이 사소한 문제에 관한 한, 지금은 이렇게 가는 수밖에 없었다. 장애물을 하나 치워내면 또 다른 장애물이 나타날 테고 끝도 없이 이어지는 코스처럼……. "거기 누구야?" 갑자기 달리가 꽥 소리를 질렀다. 거실 앞문이 끼익, 소리를 내며 열렸던 것이다. 제니가 화들짝 놀라 고개를 들었다. 폴린이 거실 한복판, 부엌문을 막 벗어난 곳에 바들바들 떨며 서 있었다.

"당신이 날 팔아넘기는 줄 알았어요." 폴린이 참담하게 중얼거렸다.

그들이 다시 이동하게 되었을 무렵에는 이미 해가 솟아올라 있었다. 강물 위에 누워 있던 엷은 안개가 밝게 빛났다. 그러나 공기는 여전히 차가웠다. 안개는 태양빛에 타들어가지 않고 은백색 양털처럼 빛을 발했다. 나무들 사이로 밝은 노란 빛이 스며들었고 그 빛은 조수석으로도 쏟아져 들어왔다. 그들은 노랗게 물들어가는 들판과 깨진 암벽을 따라 다리가 있는 북쪽으로 질주했다. 햇빛을 등진 폴린의 실루엣이 흐릿해졌다. 달리의 집에서 벌인 소동이 마치 벽돌처럼 무겁게 액셀러레이터를 내리누르는 듯했다. 지금 이 순간 신중해야 할 필요성이 얼마 전에 신중하지 못해 낭패를 보았다는 생각 때문에 한켠으로 밀려나 버렸다. 너무 놀라 그 자리에 얼어붙은 달리는 폴린을 꿰뚫을 듯 빤히 쳐다보았었다. 날마다 다과회에 참석하는 사람들을 빼면 긴 시간 동안 달리에게 유일한 벗은 침실에 놓여 있는 텔레비전이었다. 대체로 세상이 역겹고 불쾌하다는 듯이 무관심을 가장했던 달리였지만 여느 사람들 못지않게 유명한 사람들, 남다른 자질로 명성을 얻었든, 범죄를 저질러 악명을 떨쳤든 상관없이, 그들의 기행과 일탈에 민감한 관심을 보였다. 그녀는 매일밤 월터 크론카이트(Walter Cronkite, 미국 CBS 저녁 뉴스 앵커맨이었음 : 옮긴이)를 개인 약속을 지키기라도 하듯이 놓치지 않고 꼭꼭 챙겨보았다. 달리는 제니가 더듬거리며 폴린을 거짓으로 소개하는 말을 받아들였다. 왜 뉴저지에 사는 앤이란 이름의 오랜 친구 얘기를 전에 한 번도 꺼낸 적이 없었는지는 물어보지 않았다. 그녀는 폴린이 말한 "나를 팔아넘긴다"는 낯선 표현을 들은 것 같지 않았다. 받아든 돈을 끝까지 세어보지 않은 채로 아귀를 잘 맞추어 채곡채곡 테이블 위에 쌓아 한 무더기를 만들었다. 그리고는 접어서 빼앗기지 않겠다는 듯 한 손 안에 그러쥐었다. "자네는 분명 갈 길을 가고 싶을 테지." 그녀가 이렇게 중얼거렸다. 그리고 제니는 그녀의 얼굴이 살짝 붉어지는 걸 보았다고 생각했다.―흥분한 탓일까? 아니면 걱정 때문이었을까? 폴린은 벌써 도망치듯 현관 앞으로 나가버렸고 제니는 일어서서 달리가 힘겹게, 그리고 고집스럽게 부축을 받지 않고 부엌에서 나와 거실로 되돌아가는 마지막 순간까지 기다렸다. "다시 또 자네 여행길이 헝클어지더라도 제발 부탁이니 이렇게 황당한 시간에는 오지 말았으면 좋겠군. 밝은 낮 시간에 들를 만큼 지각을 가지란 말이지." 달리가 숨을 내쉬어가며 말했다. 자기를 죽일까봐 두려워 시시하고 멍청한 말을 일부러 하는 것임에 틀림없다고 제니는 생각했다. 밖으로 나온 제니는 폴린의 팔을 꽉 잡고 나무들 사이를 넘어질 듯 비틀거리며 내달렸다. 폴린이 무슨 말을 하려 했지만 제니는 단칼에 잘라버리고 고함을 질렀다. "말하지 마!" 자동차 케이블 충전용 배터리가 그녀의 손에서 미끄러져 떨어졌다. 그래서 자동차가 살아나기도 전에 후드가 내려와 그녀의 손가락을 물었다. 제니는 여기저기 부딪히며 요란하게 차를 몰아 진입로를 내려왔다. 그리고 여전히 흙먼지 속에 지그재그로 놓여 있는 체인을 밟으며 후진했다.

   제니는 서쪽으로 차를 돌렸다. 킨징턴에서 강을 건너자는 생각이었다. 달리다가 둥그렇게 솟은 산자락과 마주쳤다. 예전에 이런 산맥들을 보면 거대한 함선 모양의 서부가 떠올랐었다. 사막에서 불쑥 솟아오른 산자락은 몇 시간을 그 방향으로 달려보아도 좀처럼 가까워지지 않았었다. 그런 산맥들은 닿을 듯 가깝다는 착각을 불러일으켰었다. 그러나 이번 산자락은 그와는 정반대되는 느낌을 주었다. 입구까지는 광활하고 황량해 보였으나 이내 밝은 햇살이 비치는 언덕으로 모습을 드러냈다. 동부는 한때 그녀에게 피난처가 되리라는 기대를 갖게 했었다. 그런 기대를 품었던 것은 동부에 한 번도 가본 적이 없었기 때문이었다. 이제 그녀는 밀착된 관계가 숨이 막히게 한다는 걸 알게 되었다. 미니어처처럼 작은 산의 입구에 미니어처처럼 작은 마을이 자리잡고 있었다. 고풍스럽고 세상을 잊은 듯 셔터가 내려진 교회들과 녹슬어 못 쓰게 된 주유소, 공중전화가 딸린 우유가게가 보였다. 두 해가 넘도록 그녀가 수영을 했던 곳처럼 물이 줄어든 처량한 연못도 있었다. 그녀는 우유가게의 주차장에 차를 세웠다. 아침 여섯시여서 가게는 아직 문을 열지 않았다. 어쩌면 몇 년 동안 문을 열지 않은 가게인지도 몰랐다. 트렁크 문을 열자면 시동을 꺼야 했다. 그런데 그녀는 폴린에게 지금 입은 옷 말고는 입을 옷이 하나도 없다는 사실을 문득 깨달았다. 가방도 없었을 뿐더러 외투 한 장 없었다. "당신이 이해할 수 있으리라고는 생각지 않아요." 목소리가 떨려 말이 끊길까봐 제니는 재빨리 말했다. "당신에겐 죽은 사람이 돼지라니까. 그렇지만 지금 당신이나 나는 사람을 살해한 죄책감을 느껴요. 그러니까 내가 당신과 후안, 이본느를 떠나지 않고 남는 게 나를 위해 좋은 일이라고 생각했을 만큼 어리석었다 해도, 나는 이렇게 하는 게 더 낫다고 생각해요."

"당신은 정말 나를 팔아넘길 작정인 거야!"

"아니, 난 지금 작별인사를 하고 있는 거예요! 당신들은 돼지들을 죽일 수 있어서 이 모든 일에 가담하게 되었는지 모르지만 그건 내가 지지하는 바가 아니에요. 예전의 나도 그걸 지지한 적은 결코 없었어요. 당신들을 만났을 때도 나는 충분히 주머니 사정이 좋지 않았고 형편없이 살았었는데 지금은 그보다 더 나빠졌어!" 그녀는 주머니를 뒤졌다. 주머니 속에는 나머지 돈이 뒤죽박죽 들어 있었다. 주머니에서 절반이 넘는 돈을 꺼내 그녀는 폴린에게 불쑥 내밀었다. "차에서 내려요."

"싫어요!"

"차에서 내리란 말이야! 이 자동차는 지난 두 해 동안 죽도록 일한 내게 남은 전부야. 그리고 이 차에 대해서는 너에게 빚진 게 없어. 난 네게 빚진 거라곤 털끝만큼도 없어. 바로 저기 공중전화 보이지. 네 부모에게 전화를 걸어. 수신자 부담으로 걸 수 있을 거야."

"싫어!" 폴린이 자동차 손잡이를 꽉 붙들고 미친 듯이 소리쳤다. 한순간 제니는 자신이 폴린이 앉은 쪽으로 돌아가 그녀를 끌어내려 도로 위에 차버리고 말 거라는 생각이 들었다. 잠시 후 그녀는 자동차 열쇠를 홱 잡아뺀 후 차 밖으로 나왔다. 트렁크에는 그녀의 더플백과 아코디언 파일이 들어 있었다. 잠시 마비된 듯 멍청히 있던 그녀는 더플백에서 책과 도구들, 그리고 옷가지를 절반쯤 꺼내어 아코디언 파일 안에 우겨 넣었고 나머지는 그대로 두었다. 그녀는 지금쯤은 폴린이 자동차 문들을 잠가버렸을지 모른다고 생각했다. 그러나 폴린은 마치 넋 나간 사람처럼 놀라 숨을 가쁘게 몰아쉬며 앉아 있었을 뿐이다.

"이제 그건 네 거야." 제니가 차 열쇠를 자동차 안으로 던지며 말했다. "행운을 빌어"라며 한 마디 덧붙였다. 그리고는 커다란 더플백을 어깨에 메고 척척 걸어갔다.

더플백을 어깨에 걸치는 건 여전히 어색했고 무겁기도 했다. 다리 쪽으로 돌아가려면 적어도 8킬로미터는 가야 할 것이었다. 게다가 다리를 건너서도 기차를 타려면 강 위쪽으로, 아니면 강 아래쪽으로 몇 킬로미터를 더 걸어야 할 것이었다. 그러나 일단 기차에 올라탄다면 국경에 닿을 때까지 북쪽으로 쉬지 않고 계속 갈 수 있었다. 거기까지 가면 캐나다로 들어갈 수 있는 무슨 방법이 분명 있을 것이다. 그녀는 하이킹하듯 숲 속을 지나갈 것이다. 그런 다음에는 퀘벡으로 건너가게 될 것이다. 그녀가 전혀 안전하지 않은 것은 아니었다. 그녀는 너무나 오래 저 사람들과 지내왔던 것이다. 그들이 물이라도 되는 것처럼 자신의 온몸으로 스며들게 방치했던 것이다. 그리하여 바싹 말라 시들어 버리고 말았다. 어쩌다 보니 그들의 어려움이 그녀의 어려움이 되어버렸고 그들이 가는 길도 그녀의 길이 되어버렸다. 그러나 이제 그 모든 것은 바람결에 날아가 버렸다. 냉정히 판단해 보면 그녀 자신은 범행 현장에 있지도 않았다. 바꿔 탈 다른 자동차에 남아 있었다. 그러나 그녀의 목적이 무엇이었는지 그녀가 미리 알고 있었다고 말할 사람은 아무도 없었다. 법정에서 후안이나 이본느, 혹은 폴린의 말을 믿어줄까? 시야가 맑게 개었고 중압감에서도 벗어났다…… 비틀거리며 걸어가는 그녀의 시야에 길이 잘 보이지 않았다. 아침이 열리고 있다는 사실도 거의 의식하지 못한 상태였다. 태양은 더 이상 은백색 양털 속에서 서늘한 빛을 발하지 않았고 뜨겁고 네모진 하얀 불길이 눈 안에 들어찬 것만 같았다. 그녀는 눈을 닦아낼 빈 손이 없었다. 그래서 그저 걷기만 했다. 분노와 흥분으로 들끓는 심정을 조깅하듯 빠른 걸음에 실었다. 눈앞의 모든 것이 뭉개져 보였다. 자동차가 곁으로 다가왔을 때 그녀는 굳이 눈으로 보고 그 차라는 걸 확인할 필요가 없었다. 그녀는 자신의 자동차가 내는 소리를 알고 있었으므로.

자동차가 그녀 옆에 섰고 폴린이 자동차에서 풀쩍 뛰어내렸다. 하마

터면 두 사람 모두 도랑물에 엎어질 뻔했다. 더플백이 도로 위에 떨어졌다. "잠깐만!" 폴린이 악을 썼다. 마치 휘청거리며 걷던 쪽이 자신이고 자동차를 타고 달아난 쪽이 제니이기라도 한 것처럼. "기다려……" 그녀가 소리쳤다. "기다리라구……" 폴린이 더플백 위에 풀썩 주저앉았다. 그녀의 거친 흐느낌 사이로 제니는 벌레들이 윙윙거리며 날아다니는 소리, 새의 울음소리를 들었다. 벌레와 새 소리 말고는 아무 소리도 들리지 않는 뜨거운 아침이었다. 제니의 눈물 젖은 눈은 이제 바싹 말라 앞이 제대로 보이는 듯했다. 동쪽으로 몇 킬로미터를 편평하고 한적한 길을 달려가면 다리가 나오고 강이 나온다는 것을 제대로 알 수 있었다. 제니의 손길이 닿자 폴린은 움찔하며 몸을 도사렸다. 하지만 폴린의 끔찍한 울부짖음도 잦아들었으므로 제니가 다시 한번 용기를 내어 그녀를 만지자 폴린은 방심한 듯 그녀의 손길을 허락했다. 몽유병자가 잠에서 깨어나지 않은 채 인도하는 이에게 몸을 맡기는 듯.

킨징턴 외곽의 한 모텔에서 그녀는 폴린의 머리를 금발로 탈색해 주었다. 예전에 염색했던 홍당무 색깔 머리카락과 새롭게 자라던 원래 색깔의 갈색 머리카락까지도 그 색조를 서서히 포기하고 오렌지 빛깔로 변하고, 그 다음에는 노란 빛깔로, 그리고 흰색에 더 가까운 옅은 노란 빛깔로 변해가는 것을 제니는 가만히 지켜보았다. 염색약 상자에 딸려온 얇은 장갑을 끼긴 했지만 그래도 손가락 끝이 가렵고 따끔거렸다. 눈에서는 독한 염색약 냄새 때문에 눈물이 줄줄 흘러내렸다. 탈색으로 두피가 타들어가는 듯이 격렬한 통증이 시작되자 폴린의 몸에 살짝 경련이 일었다. 이제 두피에는 여기저기 물집이 돋아났다. 폴린은 염색을 시작하기 전에 욕실에다 옮겨다놓은 의자 위에 고개를 수그리고 앉아 있었다. 가냘픈 어깨에는 마른 수건을 둘렀고 물을 축인 젖은 타월로는 얼굴을 눌렀다. 제니는 수그린 그녀의 뒷머리가 다시 변해가는 모습을 내려다보았다. 그리고는 고개를 들어 자신의 모습을 바라보았다. 비록 쳐다보면 볼수록 그게 자신의 모습이라는 확신이 점점 더 옅어지긴 했으나 예전과 다름없는 똑같은 자기 모습을. 폴린이 숙였던 고개를 들자 타월이 떨어졌다. 두 사람의 눈길이 거울 속에서 잠시 마주쳤다. 폴린의 눈은 붓고 충혈되어 있었다. 이전에 흘린 눈물 탓이거나 염색약의 독한 냄새 탓이거나 아니면 통증 탓일 것이다. 어쩌면 이 세 가지가 모두 작용한 때문일 것이다.

"이제 물에 씻어내도 돼요." 제니가 말했다.

염색을 끝내고 나서 폴린은 침대 위로 올라가 시트 속에 두 발을 밀어 넣었다. 양손으로는 하릴없이 빗을 돌리고 있었다. 그녀의 머리는 밀짚처럼 노랗게 변했고 인형 머리카락처럼 뻣뻣하고 메말라 보였다. 두 사람은 그녀의 머리를 빗으로 빗어보려던 생각을 접고 말았다. 제니는 담뱃불로 지진 자국 투성이인 테이블 앞에 앉았다. 테이블은 담뱃불 자국들로 새겨진 로제타석을 방불케 했지만 정작 그 위에 놓인 물건이라곤 달랑 양옆이 두꺼운 재떨이뿐이었다. 한낮의 환한 햇볕은 방안의 곰팡내 나는 커튼을 쳐서 차단해 버렸다. 그러나 얇은 커튼이라 햇볕이 스며들어와 방안을 어슴푸레하게 만들었다. 전등도 모두 꺼버렸다. 그녀는 이렇게 어두침침한 곳이라야 더 안전하게 느끼는 게 터무니없이 불합리하다고 생각했다. 그러나 어두컴컴했기에 한결 더 안도감이 들었다. 폴린도 마찬가지라는 걸 그녀는 감지했다. 어쩌면 두 사람은 상대방에 대해 어느 정도 방어벽을 치고 싶은 기분이었을 것이다.

잠시 후에 폴린이 입을 열었다. "후안이 혹시 당신에게 자아 재정립에 대해 설명한 적 있나요? 이건 게임이긴 하지만 진지한 게임이죠. 신뢰 연습이에요."

"나로선 무슨 뜻인지 짐작조차 안 되는데요. 신뢰를 키운다고? 그 게임이란 건 신뢰하는 사람들끼리만 하는 거 아닌가요?"

"이 게임은 신뢰를 키워줘요."

"지금 우리 상황에서 쓸모있는 게임처럼 들리네요." 그녀는 자신의 어조에 빈정대는 투가 배어 있다는 걸 느꼈다.

폴린은 고개를 돌리고는 빗을 만지작거렸다. "내가 규칙을 알려줄게요. 만일 두 사람만 하는 경우에는 각자가 상대방의 시간을 재어주는 거예요. 내가 당신에게 시작하라고 말하면 당신은 나에 대해 생각하고 있는 바를 그냥 말해버려요. 자제하거나 억누르지 않고서. 마치 당신 마음을 덮었던 뚜껑을 여는 것 같은 거죠. 그리고 나서 일 분이 다 되면 내가 그만하라고 말해주는 거예요."

제니는 담배에 불을 붙였다. 재떨이를 한켠으로 밀어놓고는 불을 붙인 담배를 테이블 위에 내려놓았다. 뜨거운 재가 타들어가며 테이블에 자국을 남기기 시작했다. "꼬박 일 분?" 그녀가 물었다. "일 분도 꽤 길어요."

"각자가 자기 마음에 떠오르는 걸 한 가지씩 말해요. 상대방이 시간을 재어주는 동안에요. 그러니까 일 분으로 하지 말고 한 가지씩 말하는 걸로 하죠."

폴린에게 말하고 싶은 게 한 가지 있다는 걸 제니는 알아챘다. 이 게임이라는 건 그러므로 방패막이일 뿐이었다. 방안에 드리운 어스름처럼. "좋아요. 내가 먼저 할게요." 제니가 말했다.

"그럼 어떻게 하는지 파악한 거죠?"

"파악할 만한 게 별로 없잖아요."

"그렇다면 준비된 거예요."

"준비됐어요."

폴린은 호흡을 가다듬고 "시작"이라고 말했다. 제니는 폴린이 주춤하는 걸 본 것 같았다.

"나는 당신이 아무 말이나 해주기를 바라요. 진실한 말이기만 하다면요."

폴린이 머뭇거렸다. "그게 다예요?"

"그래요, 그게 다예요. 시작." 제니가 말했다.

* * *

처음에—맨 처음은 아니었고, 혁명요원들과 한동안 지낸 후에—요원을 이끌었던 리더가 그녀의 합류를 요청하는 문제를 제기했다고 폴린은 말했다. 리더는 모든 요원들이 참가하는 투표를 제안했다. 그 당시 요원의 수는 리더를 포함해서 열한 명이었다. 폴린은 이미 그들 사이에서는 요원을 열두 명으로 갖춘다면 얼마나 좋을지에 대해 얘기가 오갔다는 것을 알았다. 열두 명이면 세 명씩 네 그룹으로 정확하게 나눌 수 있었다. 전투를 하기에 열한 명보다 더 유리한 숫자였다. 이런 수적 균형감은 위력을 발휘한 듯했다. 요원 중 리더를 비롯한 아홉 명이 폴린의 합류를 찬성하는 데 표를 던졌다. 그러나 다른 두 명, 후안과 이본느는 반대표를 던졌다.

폴린을 동지로 삼았다는 게 대단한 맹신을 표시하는 건 아니었다.

요원들의 신뢰를 얻기까지는 충분히 힘겨웠다. 믿어달라고 그들을 설득해서 얼굴을 볼 수 있게 되기까지, 그들이 눈가리개를 벗겨주기까지도 쉽지 않았다. 그리고 난 뒤에 그들은 그녀 혼자 화장실에 가도 될 정도로, 혼자 목욕해도 될 정도로 믿게 되었다. 그 다음에는 자유롭게 돌아다니는 걸 허용해 주었다. 그동안 위축되고 무디어진 근육을 치유하기 위해서였다. 마침내 그녀도 모임의 자리에 앉아서 도움이 될 만한 의견을 제안할 수 있게 되었다. 폴린의 부모와 한 달 내내 끌어온 몸값 협상이 급속도로 와해되어가던 상황이었기 때문이다. 이 모든 신뢰는 아주 서서히 얻어졌고, 또 이만한 신뢰를 얻기까지 무진 어려움을 겪어야 했다. 그런데 그때까지의 신뢰는 동지로 그들 속에 합류하는 데 필요한 신뢰에 비하면 아무것도 아니었다. 그러나 후안과 이본느의 경우는 그들만의 특별한 문제를 안고 있었으므로 그들이 던진 "반대" 표는 좀더 복잡했다. 비록 그들은 자신들의 결혼 서약이 부르주아적이라는 걸 인정하지 않았지만 요원들과 생활하면서 보여온 두 사람의 변함없는 결속력은 종종 그들과 다른 요원들 사이에 충돌을 야기했다. 요원들 내부에서 일부일처제가 불허되긴 했으나 한결같이 다른 동지들과 섹스를 하려고 애쓴 사람은 오직 후안과 이본느뿐이었다. 마치 무언가를 입증하려는 노력처럼 보였다. 그런데 두 사람 중 하나가 누군가와 잠자리를 하게 되면 끔찍한 싸움이 벌어지는 건 불가피한 일이었다. 그들은 어떤 사안이든 간에 늘 같은 쪽에 표를 던졌고 억지로 떼어놓는 경우가 아니면 늘 한팀을 이루어 활동했다. 둘은 비밀을 공유했고 음모를 공모하는 듯한 분위기를 풍겼다. 두 사람이 서로에 대해 품고 있는 충성도는 분명 다른 동지들을 향한 충성도를 넘어섰다. 비록 당사자들은 부인했으나 리더에 대한 충성심도 서로를 향한 충성심에는 미치지 못했다. 두 사람이 보여준 방식—어깨를 나란히 맞대고 서서 한목소리로 고함을 치는 듯한 태도—은 그들이 말하는 내용을 폄하하게 만들었다. 그동안 두 사람은 폴린을 납치한 사람들 중에서 가장 냉소적인 태도를 보여왔고 폴린이 얻게 된 특권에 대해 사사건건 반대하고 시비를 걸었다. 비록 투표를 하기 전에 리더는 폴린을 받아들이려면 만장일치의 찬성이 필요하다고 말하긴 했었지만 마지막에는 후안과 이본느의 표가 기각되었고 폴린은 요원으로 받아들여졌다.

폴린은 동료로 받아들여진 상황이 자신이 운신하는 데 훨씬 더 수월하게 작용하리라고 기대했었다. 하지만 오히려 사정은 그 전보다 더 나빠졌다. 그녀의 체력이 몹시 약해진 것은 감금된 채로 인질 생활을 한 탓이었는데도 후안과 이본느는 아직도 폴린이 제대로 따라오지 못하고 처진다며 불평을 터뜨렸다. 그들은 폴린에게 '공주', '매스컴 공주'라는 별명을 지어 불렀고 그녀의 말투를 놀려댔다. 그리고 좀더 심각하게 요원들이 돼지들의 매복 기습으로 함정에 빠졌을 경우 폴린이 목숨을 걸고 투쟁할는지 혹은 공포에 사로잡혀 투항할는지에 대해 문제를 제기했다. 절대 그런 일이 일어나지 않기를 빌어야겠지만 그들이 모두 생포될 경우 오직 자신이 다치지 않고 무사히 빠져나가기 위해 그들 모두를 배신하고 밀고할지 모른다는 주장도 폈다. 그러나 그러는 동안 그들은 폴린이 "나는 이 동지들 곁에 영원히 머물겠어요. 왜냐하면 이들의 투쟁이야말로 세상에 단 하나뿐인 정당한 투쟁이기 때문입니다"라고 공표한 내용의 테이프를 녹음하고 있었다. 이 테이프는 마치 폭탄이 터진 것 같은 파장을 몰고 왔다. 전세계가 주목했던 것이다. 거리에 낙서들이 난무했고 녹음 내용이 통째로 주요 일간지에 실렸으며 기성체제와 연관된 사람들은 충격에 휩싸였다. 이전까지 혁명세력은 자기 생각에만 빠진 불운한 청년들 무리로서 개별적으로 겪은 체험을 상당히 부정적으로 표출한다고 인식되어 왔다. 그리고 그들이 전쟁 중이라고 선포한 돼지만큼도 동정과 공감을 불러일으키지 못했다. 심지어 극좌파로부터도 호응을 얻지 못할 정도였다. 그런데 이 테이프 하나로 그 모든 인식이 돌연 바뀌어버렸다! 후안과 이본느는 참을 수 없었으나 폴린은 이제 그들의 '자매'요, 최고의 보배였다.

그들이 은행을 강탈하고 로스앤젤레스로 도주한 뒤 오랫동안 지연되어왔던 계획, 즉 전체 요원을 세 명이 한 조를 이루는 네 그룹으로 나누어 각각의 그룹은 독자적으로, 혹은 다른 그룹들과 공동 계획 아래 움직인다는 계획이 마침내 실행되었다. 후안과 이본느와 폴린은 자신들이 한 조직을 이루어 활동하게 된다는 걸 알았다. 폴린은 울고 싶었다. 그러나 혼자서 울만한 사적인 공간이란 없었다. 후안과 이본느는 그녀에게 눈길조차 주지 않았다. 두 사람은 폴린이 같은 방에 있다는 사실에도 전혀 개의치 않고 리더와 논쟁을 벌였다. 하지만 그들의 주장을 듣고도 리더는 자신의 결정을 바꾸려 하지 않았다. 세 사람이 불화를 일으키면 그것은 요원들 모두에게 위험한 일이었다. 그러므로 세 사람을 같은 세포 조직으로 짠 것은 일종의 시험이자 처벌이기도 했다.

그들이 처음으로 함께 실행한 작전은 기본적인 물품 조달 업무였다. 해안 쪽에서 몰려온 한랭전선의 이상기류 때문에 요원 가운데 몇이 감기에 걸렸다. 그래서 아스피린과 긴팔 셔츠, 양말이 필요했던 것이다. 이제 혁명세력들은 도시를 뜰 채비를 해야 한다는 결정을 내렸다. 숲속이나 캠핑장 안으로 침투해야 한다는 판단이었다. 그래서 캠핑 장비의 가격을 조사하는 작전이 세워졌다. 후안에게 주어진 이백 달러의

자금은 값싸고 품질도 좋은 캠핑 장비가 있으면 구입하라는 뜻이었다. 그들이 빌린 집은 무너질 정도로 낡고 황폐했으며 동네 사람들은 대개가 흑인이었다. 그리고 그들이 매입하여 보도의 가장자리에 주차시켜 둔 밴은 고물차처럼 보였다. 그래서 활기차게 집 밖으로 나와서 밴을 향해 잽싸게 다가간 그들이 마주친 주차 위반 딱지는 뜻밖이었다. 자동차 앞유리에 꽂혀 있던 딱지를 후안은 낚아채듯 떼어내어 구깃구깃 뭉치더니 바닥에 던지려 했다. "그러지 마." 이본느가 말렸다. 그러자 후안은 그걸 자동차 계기판 위에 내던졌다.

후안은 조심스럽게 차를 몰았고 이본느는 조수석에, 폴린은 자동차 뒤쪽 바닥에 각각 앉았다. 세 사람 모두 "모범적인" 옷차림새였다. 후안은 단추를 끝까지 채운 셔츠에다 베이지색 재킷과 바지를 갖추어 입었고 구두를 신었다. 그리고 콧수염과 턱수염은 말끔히 깎았다. 권총은 바지 허리끈에 집어넣고 재킷으로 가렸다. 이본느는 목 테두리에 예쁜 수가 놓여 있는 민속풍 블라우스와 정장 스커트를 입었고 작은 회전식 연발권총을 스커트 주머니에 넣었다. 폴린은 큐롯 바지와 작고 둥근 피터팬 칼라가 달린 민소매 블라우스를 입었고 고양이 눈처럼 생긴 안경을 썼다. 가느다란 갈색 머리카락은 자르지 않은 채로 물들여서 한 갈래로 땋아 늘였다. 개조한 그녀의 구경 30인치 카빈총은 밴 뒤쪽에 브라우닝 반자동 라이플총, 콜트식 45구경 자동권총, 그리고 총신이 짧은 12구경 이타카 산탄총과 나란히 두 겹으로 접은 담요 위에 놓여 있었다. 만일 누군가 밴에 가까이 다가오면 폴린은 담요 끝자락을 홱 끌어당겨서 이 무기들을 덮어 감추기로 되었다. 누군가 계속 밴 쪽으로 접근하는 경우에는 이 무기들을 쏠 수도 있었다. 후안과 이본느는 선글라스를 썼는데 이상해 보이지 않았다. 날씨가 서늘하긴 했지만 밋밋한 푸른 하늘이 펼쳐진 LA의 화창한 한낮이었기 때문이다. 이보다 큰 수집 무기들은 눈에 띄지 않게 더플백 안에 보관해 두었다. 특별 임무를 수행하러 밖에 나가는 경우는 다른 동지들과의 접촉이 끊기고 오랜 기간 동안 독자적으로 움직여야만 하기 때문이었다. 이 모든 것은 사전 예방조치였다. 그러나 이것은 서서히 몸 속에 주입된 일련의 행동이기도 했다. 수없는 예행연습을 거듭한 끝에 보여지는 댄스 같은 것이었다. 음악이 시작되면 이 댄스는 힘들이지 않아도 저절로 자연스럽게 펼쳐질 것이었다. 지금까지는 그런 일이 생기지 않았다. 하지만 폴린은 마치 테니스 경기처럼, 운전을 하는 것처럼 상황을 눈 앞에 그려볼 수 있었다. 실패에 감아둔 실을 풀어내듯 본능적으로 나오는 행동. 비록 실내에서였고 장전되지 않은 총으로 했지만 폴린은 훈련을 많이 받아왔다. 그리고 그러지 않으려고 애를 쓰긴 했어도 조만간 "매복하라"는 목소리가 실제로 들릴 거라는 걸 늘 의식했다. 그런데 실제로 그런 놀라운 일이 벌어졌다.

  후안이 잡화점 앞에 차를 세우고 아스피린을 사러 들어갔다. 그동안 이본느는 시동을 켜둔 채로 운전석에, 폴린은 마찬가지로 뒤쪽 바닥에 앉아 있었다. 이본느는 후안이 사둔 그 날짜 《로스앤젤레스 타임》을 읽었다. A면에 그들에 대한 속보가 실렸다. A면에는 이외에도 곧 다가올 지방선거에 출마한 후보들을 소개하는 긴 기사, 흑인 표를 얻으려고 후보자들이 보여주는 갖가지 구애작전을 설명하는 기사도 있었다. 돌아온 후안은 다시 운전석에 앉았고 한동안 스포츠 용품 가게를 찾아 차를 몰고 주변을 돌아다녔다. 따뜻한 스웨터들과 양말, 그리고 캠핑 용품이 있다면 그것도 살 만한 가게를 찾았다. 밴은 보도의 가장자리에 깔아놓은 연석을 밟자 앞뒤로 흔들렸다. 바닥에서 덜걱거리는 소리가 나더니 밴이 뛰어올랐다. 이본느는 계속 신문을 읽고 있었다. 베트남 전쟁은 끝났다. 그러나 전쟁은 결코 끝나지 않을 것이다. 적어도…… "이봐." 후안이 말했다. 엔진이 여전히 돌아가며 윙윙, 우르르 울리고 있었으나 자동차는 이미 멈춘 뒤였다. "정신 바짝 차리고 살펴봐, 자매. 이본느는 나랑 장비를 살펴보러 가니까 여기서 기다려."

"알았어요." 폴린이 대답했다. 그녀를 대하는 그들의 태도는 예의 발랐고 폴린은 그 점을 고맙게 느꼈다. 그들이 가버리고 나자 갑자기 현기증이 났다. 신문을 내려놓던 자기 손을 보자 공포가 일었다. 손이 눈에 띌 만큼 떨리는 건 아니었다. 어쩌면 밴의 떨림이 손으로 전해진 정도였을 것이다. 그러나 불안감이 가슴을 파도처럼 쓸고 지나갔고 진땀이 났다. 살금살금 밴의 앞쪽, 눈부신 햇살이 비쳐 들어오는 앞유리까지 기어가서 운전석 쪽 창밖을 몰래 훔쳐보았다. 퍼시픽 스토어—여러분의 아웃도어 스토어(서핑-조깅-자전거타기-하이킹-사냥-캠핑-스키타기…… 스케이트보드). 그녀는 후안과 이본느가 가게 안으로 들어갈 때 시계를 봐두는 걸 깜박 잊었다. 일을 처리하는 데 시간이 얼마나 걸리는지 아는 게 좋았고, 이것은 습관처럼 몸에 배도록 익혀두어야 했다. 그녀는 앞좌석들 사이에 무릎을 꿇고 앉았다. 방금 전까지만 해도 밴의 뒤쪽에 앉아 있는 것이 안도감을 주었는데 이제는 그것이 그녀를 움츠러들게 했다. 그녀는 두 팔에 얼굴을 파묻고 창문에서 거리를 둔 채로 운전석에 앉았으나 바깥에서 불어오는 미풍은 느낄 수 있었다. 아무 생각도 하지 않았다. 나중에 이 순간을 떠올려 보아도 그렇게 오랫동안 불안과 초조에 시달려온 그녀의 마음이 그 순간만은 이상하리만큼 고요했다.

그녀는 분명 고함소리를 들었다. 그러나 한참 후에야 그 고함소리가 자신과 관련이 있다는 걸 알아챘다. 그런 지각이 들기라도 했었다면 말이다. 끔찍한 공포가 수면 위로 서서히 떠오르듯이 저 멀리 떨어진 지표면을 향해 스멀스멀 기어오는 것 같았다. 그녀는 창밖을 다시 한번 내다보았다. 그런데 가게 앞에서 후안이 유니폼을 입은 남자와 맞붙어 싸우는 모습이 보였다. 한편 이본느는 또 다른 사내에게서 벗어나려고 안간힘을 쓰고 있었다. 이 사내는 유니폼 차림이 아니었다. 후안이 나중에 설명한 바에 따르면 그는 사냥물품 코너에서 어깨에 걸치는 탄약대를 보았는데, 그들에게 꼭 필요하겠다는 기분이 들었다고 했다. 그러나 그걸 사겠다고 하면 사람들의 주목을 끌게 될까 염려되어 그냥 소맷자락에 집어넣었다. 그런데 누군가 그걸 본 게 틀림없었다. 후안은 폴린의 이름을 소리쳐 부르고 있었다.—그녀의 진짜 이름이 아니라 그 당시의 암호명으로. 마침내 그녀는 그가 아까부터 그 암호 이름을 계속 불러대고 있었다는 걸 깨달았다. 폴린은 무기를 올려둔 담요 쪽으로 몸을 던졌다. 밴의 바닥에 부딪히는 바람에 무릎이 심하게 까졌다. 그리고 나서 아까보다 훨씬 더 어색한 동작으로 자신의 총을 운전석 창밖으로 휘둘렀다. 한번 둥글게 호를 그렸다고 그녀는 기억했다. 그리고는 가게 방향으로 빗발치듯 총을 쏘아댔다. 그러나 조준할 생각은 미처 못하고 광범위하게 서핑-조깅-자전거타기-하이킹-사냥하기-낚시-스키…… 스케이트보드에 총알을 정신없이 박았다. 유니폼을 입은 사내와 입지 않은 사내 모두 비명을 지르며 두 손을 위로 쳐들었다. 그리고 난 뒤에야 땅바닥에 납작 엎드렸다. 폴린은 그 태도를 보고서 유니폼의 사내가 경찰이 아니라 경비원이라는 걸 깨달았다. 이런 생각이 스치자 대담해져서 한 차례 더 발사했다. 그러나 처음 총을 쏘면서 힘을 소진한 탓에 어깨는 축 처졌고 기진맥진한 상태였다. 총을 쏜 반동으로 통증이 일었다. 총알들은 표적에서 빗나갔고 그녀는 어느 쪽을 표적으로 삼았는지도 몰랐다.

후안과 이본느가 그녀 쪽으로 달려왔다. 그러자 그녀는 뛸 듯이 기뻤다. 두 사람이 다시금 자기에게 되돌아오는 것을 보자 마음이 놓였던 것이리라. 그런데 그 당시 그녀의 마음 풍경과 달리 그 안도감이란 황홀한 수준이었다. 그들이 경비원과 몸싸움을 벌이다가 붙잡혀 후안의 권총을 잃어버린 것은 바로 이때였다. 몇 년 전에 후안이 자기 본명으로 구입했던 총이었다. 후안은 황급히 문을 열었고 폴린은 나는 듯이 뒤쪽으로 돌아갔다. 엉덩이를 살짝 들이밀며 밴의 뒤쪽으로 돌아간 그녀는 주차장을 출발하자마자 밴이 속력을 내는 바람에 뒷문에 부딪힐 뻔했다.

"뭘 그렇게 꾸물거린 거야!" 후안이 악을 썼다. "왜 그렇게 꾸물거린 거냐구!"

몇 블록을 달려 교차로가 나오자 그들은 무기를 챙겨들고 밴에서 뛰어내렸다. 밴은 길 한복판에 시동을 켜둔 채로 버리고는 겁에 질려 스포트라이트를 비추던 사내의 세단을 강제로 빼앗았다. 그들이 주차 위반 딱지를 잃어버린 곳은 바로 여기서였다. 주차 딱지에는 밴을 주차시켜 놓았던 집의 주소가 적혀 있었다.—그들이 머물던 안전가옥의 주소가. 자동차 계기판에 딱지를 올려놓았던 걸 까맣게 잊어버렸던 것이다. 거기서 몇 블록을 더 달린 다음에 그들은 아까와 마찬가지로 세단을 버리고 처음처럼 겁에 질린 사람에게서 두번째로 자동차를 강탈했다. 폴린은 그 차의 주인이 남자였는지 여자였는지조차 기억할 수 없었다. 행동 절차에 관한 지령에 따르면 상황이 얽혀서 궁지에 빠지는 경우 몸을 숨기고 때를 기다리라고 되어 있었다. 안전가옥으로 되돌아가려다가 누군가를 그 가옥으로 끌어오게 될까 두렵기 때문이었다. 그들은 이미 그런 일이 벌어졌다는 걸 몰랐다. 벌써 권총은 LA 경찰국으로 넘어가는 중이어서 조속한 시일 안에 그 총의 소유자가 누구인지 추적에 들어가게 되리라는 걸 실감하지 못했다. 그렇게 되면 도시의 온 시민들은 혁명분자들이 거기에 머물러왔다는 걸, 그리고 샌프란시스코를 벗어났다는 걸 알게 될 터였다. 그리고 그들이 도로에 버린 밴을 경찰관들이 샅샅이 뒤져볼 테고 꼬깃꼬깃 뭉쳐놓은 주차 위반딱지도 다시 펼쳐볼 터였다.

그들은 세번째로 자동차를 강탈했다. 그 차의 운전자는 고가도로의 그늘 속에 버려둔 채로 떠나왔다. 이제 처음 출발 지점으로부터 상당히 멀리 떨어진 곳에 와 있었다. 그들은 또다른 신문을 사서 자동차 광고란을 훑어보았다. 그리고 불과 한 시간도 못 되어 나긋나긋한 청소년에게서 이백오십 달러의 현금을 치르고 낡은 밴을 구입했다. 어느덧 스포츠용품 상점을 벗어난 지 몇 시간이 흘렀다. 그들은 새로 산 낡은 밴을 타고 멀리, 더 멀리 달려갔다. 안전해 보이는 모텔을 찾아서. 후안의 머릿속에 주차 위반 딱지가 떠오른 것은 먼저번 차와 흡사한 이 밴에 익숙하게 앉아 있을 때였다. "젠장, 그 딱지 어딨지?" 후안이 물었다.

"당신이 버렸잖아." 이본느가 대답했다. 그동안 겪은 혼란스러운 일들에 정신이 팔린 나머지 그녀는 딱지를 버렸다고 믿는 것 같았다. 폴린은 후안이 주차 딱지를 처리하는 것을 보지 못했었다. 아니, 그 딱지란 것조차 아예 보지 못했었다. 그날 아침에 밴이 떠날 채비를 다 끝낼 때까지 그녀는 집안에 남아 있었던 것이다. 그래서 두 사람이 무얼 두고 언쟁을 벌이는지 이해를 못하고 있었다.

"네가 버리지 말랬잖아. 내가 계기판 위에 올려놓았었어." 후안이 말했다.

"그런 적 없다니까." 이본느가 반박했다. "그렇지 않대두."

"설령 내가 그랬다고 하더라도 그 딱지에 주소가 적혀 있을 수는 없어, 그렇지? 돼지들이 주소를 주차딱지에다 적나?"

"그 집으로 다시 돌아가 보는 게 어떨까?"

"절대로 안돼. 강령에 따르면······."

어쨌거나 그때는 이미 너무 늦어버렸다.

해가 가라앉아 광고판과 건물들, 전봇대들, 그리고 그들이 탄 밴의 그림자가 포장도로 위로 길게길게 퍼졌다. 지는 햇살은 공기의 작은 입자 사이로 퍼져나가 사위를 주황빛으로 물들였다. 그들은 굉음이 요란한 고속도로 근처 모텔에 묵기로 결정했다. 모텔 안으로 들어서자 텔레비전을 켰다. 그런데 텔레비전 화면에 그들의 안전가옥이 나왔다. 집 주변을 바리케이드와 번쩍거리는 경찰차가 에워쌌고, 헬멧을 쓴 무장경찰과 저격수들이 득실댔으며 공중을 낮게 날던 헬리콥터가 일으킨 바람에 머리카락을 흩날리며 보도기자들이 떼지어 몰려들고 있었다. 생방송이었다. 그들이 투숙한 모텔 창밖으로 해가 떨어졌다. 그들이 머물던 안전가옥 너머로도 해가 졌다. 카메라 촬영을 위해 현장을 밝게 비출 조명등이 설치되었다. 그들의 기분이 어땠는지 어떻게 그녀가 묘사할 수 있을까? 모텔 방안에 들어가 놀라 숨을 헐떡거리며 흐느껴 울었을까? 베개에 얼굴을 파묻고 울었을까? 그들은 자신들의 정체가 드러날까봐 큰 소리를 낼 수가 없었다. 모텔 방의 오른쪽, 칸막이처럼 얇은 벽을 사이에 두고 옆방의 텔레비전이 그들과 함께 했던 동지들의 죽음을 두 배로 크게 알려주고 있었다. 폴린은 욕실로 들어가 문을 닫아 걸었다. 심하게 구토를 하자 피가 올라왔다. 위장에 남아 있는 게 피밖에 없었던 것이다.

그날 밤 늦게 세 사람은 후안을 그들의 새 리더로 한다는 데 의견을 모았다. 논란의 여지는 없었다. 아니 논란을 벌이려는 생각조차도 할 수 없었다. 폴린은 그저 후안에 대해 고마울 따름이었다. 예전의 삶이 어떠했는지 그 자취를 더듬어보느라 뜻밖에 벌어진 참사의 흔적들을 걸러준 데 대해. 이본느에 대해서는 문을 열어 들어오게 해줄 때까지 욕실 문을 쾅쾅 두드려준 것에 대해 고마웠다. 문을 열었을 때 자신을 두 팔로 안아준 데 대해 고마울 따름이었다. 충격과 비탄에 잠긴 그들의 마음 밑바닥에서 한 가지 목표가 형태를 갖추고 구체화되기 시작했다. 비록 자신들을 지키고 또 서로를 지키기 위한 계획이긴 했으나 거기에는 예전에 그들이 세웠던 그 모든 목표들, 그렇게 복합적이고 복잡하며 논쟁을 불러일으켰던 목표들과 대치되는, 준엄하고 가혹한 무언가가 있었다. 드디어 세 사람은 썩어가는 거대한 빵 덩어리처럼 모텔 방을 가득 채운 시큼한 냄새 나는 매트리스에 누워 잠을 청해 보았다. 옆으로 누워 몸을 웅크리고 두 눈을 뜬 채로 폴린은 불완전한 어둠, 드리워진 커튼 사이로 스며드는 빛에 물든 분홍빛 어둠을 보았다. 눈을 감으면 시뻘건 불길과 죽은 시체들이 보였다. 침대에 누운 그녀의 뒤쪽이 흔들렸다. 심해를 흐르는 물살처럼 천천히 이본느와 후안이 섹스를 하려고 애쓰고 있었다. 그런데 이본느가 폭이 넓은 침대 옆으로 손을 뻗었다. "자매." 그녀가 속삭였다. "자매가 원한다면 우리와 함께 섹스를 해도 돼." 살아남은 것으로, 지금도 추격당하고 있는 것으로, 그리고 피라고 칭할 그 무언가로 그들은 신성하게 결속되었다. 이제 세 사람은 한 가족이 되었다.

위기를 겪을 때마다 그들을 지탱시켜 준 것은 이 결속감이었다. 아니 어쩌면 위기가 있어서 이런 감정을 지속시켜 왔는지도 몰랐다. 캐럴과 함께 농가에 도착한 그날 밤, 제니가 오기 전에, 그들은 집안을 둘러보며 안전 점검을 끝마쳤다. 그리고 나서 위층 침실에 있는 한 쌍의 일인용 침대 가운데 하나를 아래층으로 날랐다. 아래층에는 2인용 침대가 하나 있었다. 폴린은 그들이 모두 같은 방을 쓰게 될 거라는 말을 꺼내지 않고 지나가자 마음이 놓였다. 이제 농가에 온 지 몇 주일이, 영겁의 세월처럼 흘렀다. 그동안 한없이 많은 혼란을 겪어야 했다. 처음에는 차 안에서 잠을 청해야 했고 그러다가 공원에서 부랑자처럼 떠돌기도 했으며 샌디와 탐의 집에 살 때는 신경을 곤두세우고 불편하게 지냈다. 각각 떨어져서 대륙을 가로질러 온 뒤에는 프레이저와 캐럴의 맨해튼 아파트에서 지내기도 했다. 그리고 폴린은 그 모든 것이 혼란스럽게 여겨졌다. 슬픔이 세 사람을 결합시켰던 그 긴 밤을 제외하고는. 그런데 그 밤은 마치 고립된 하나의 섬처럼 다가왔다. 그녀는 그 섬을 떠올리며 위안을 얻곤 했다. 그리고 이제는 그 섬에 닿고 싶어 하며 대기 중인 것만 같았다. 그들 모두에게 다시 한 번 그 섬에 가 닿을 기회가 주어지기를 기다리고 있는 것만 같았다.

기다림은 조금 더 오래 지속되었다. 그러나 어느새 썰물이었다. 농가에 도착한 첫날 밤에 그들은 걱정과 기대로 녹초가 된 상태였다. 후안과 이본느는 프레이저가 도착하기 전에 높다란 더블침대에 올라가 잠이 들어버렸다. 울퉁불퉁한 트윈베드에 홀로 남겨진 폴린은 정신이 또렷해지기만 할 뿐 좀처럼 잠이 오지 않았다. 불현듯 공허한 기분이 들었다. 처음에는, 특히 그들이 추모 테이프 원고를 쓰는 동안에는 몇 번이나 그런 기분이 들곤 했었다. 미리 조짐이나 징후도 보이지 않다가, 예상도 못했을 때 불쑥 찾아들던 기분이었다. 그들만 침실에 남게 되면 후안은 한참 동안 그녀를 안아준 뒤에 천천히 그녀의 옷을 벗기기도 했다. 아니면 이본느가 침대 이불 밖으로 고개를 내밀고 졸린 표정으로 미소를 지으면서 이렇게 말하곤 했다. "이리 와서 침대를 데워줘." 그녀는 살아오는 동안 한 번도 해본 적이 없는 일들, 자신이 할 수 있으리라고 생각지도 못한 일을 했다. 후안이 쳐다보는 동안, 혹은 이본느와 자신을 품고 있는 동안, 혹은 후안이 자신의 몸속에 들어와 있는 동안 그녀는 굶주린 듯 이본느의 젖꼭지를 빨았다. 그녀 안의 무언가가, 그것이 납치되어 지내는 동안 생겨난 것인지 혹은 그녀 속에 내내 자리하고 있었던 것인지 모르겠지만, 이런 순간을 예전부터 기다려 왔던 것만 같았다. 왜냐하면 침묵 속에 절박하게 다가오는 그 쾌락은, 그녀가 알던 그 어떤 책에도 담겨 있지 않았던 그것은, 낮이 되면 흔적도 남기지 않고 사라져버렸기 때문이다. 그러다가 차차 낮이 밤으로 확장되어 갔고 그 이야기도 막을 내렸다. 아무도 거기에 대해 말을 꺼낸 적이 없었다. 후안과 이본느는 이제 더 이상 폴린에게 잔인하게 굴지 않았지만 두 사람은 늘 그래왔듯이 결합되어 있었다. 이들 3자 연합은 처음에는 더할 수 없이 황량하고 사악한 적대감정을 품고 시작된 관계였으나 그동안 지내오면서 그 반대되는 감정으로 흘러가게 되었다. 이제는 낮이면 늘 언쟁을 벌이며 결속력을 다졌고 밤이면 늘 세 사람이 두 개의 침대가 놓인 한 방에서 잠을 자는 식으로 결합되어 갔다. 그리고 어떤 밤에는 폴린이 자신의 침대에서 자다가 잠에서 깨었을 때 그들이 조용히 섹스를 하려고 애쓰는 소리를 듣게 되기도 했다.

제니가 도착한 곳은 이렇게 타오르다가 남은 잔화 속이었다. 어리석게도 미리 쌓아올려 태우다 남은 장작더미였다는 걸, 그녀는 알았다.

프레이저가 그녀에 대해 장광설을 늘어놓았기 때문이었다. 그가 들려준 영웅적인 제니의 과업, 후안에게 깊은 인상을 준 그녀의 영웅적인 전력은 폴린에게는 위협적으로 느껴졌다. 그리고 멀리 떨어진 세상 속으로 보내는 편지 속에서, 감옥에 있는 연인에 대한 기억 속에서, 자신의 일기장 속에서 너무나 자족적으로 지내는 것처럼 보였다. 시끄러운 소음을 내는 그 자그마한 차를 타고 큼직한 선글라스를 끼고 말쑥한 모자를 눌러쓴 채로 검은 머리카락을 흩날리며 그녀는 떠나갈 것 같았다. 언제나 떠나고 있었다. 언제라도 떠나서 영원히 돌아오지 않을 것 같은 예감이 들었다. 그런 예감이 폴린은 무척 싫었고 골똘한 생각에 빠져들게도 했다. 거기에는 남모르는 인식이 숨어 있을 거라고 폴린은 짐작했다. 예전에 자기 차를 갖게 되었을 때 폴린 자신도 선글라스를 끼고 길고 청결한 머리카락을 흩날리며 차를 몰고 돌아다녔으니까. 그러나 대개의 경우 그녀는 과거에 대한 생각은 하지 않으려고 노력했다. 제니가 오고 난 뒤로 어떻게 상황이 바뀌었나에 대해서만 생각하려 했다. 후안과 이본느와 더불어 외딴 섬에서 지내는 듯한 생활이 폴린에게는 몹시 외로웠다. 처음에는 제니가 자신의 이 외로움을 더욱 더 깊게 만들 뿐이라고 여겼다. 그러나 얼마 지나지 않아 제니가 자신을 좋아한다는 것을 깨달았다. 이런 자각은 혼란스러웠고 분명하지는 않았으나 기쁨이었다. 어쩌면 자신을 다른 두 사람보다 더 좋아한다는 생각마저 들었다. 그리고 제니가 그들이 세운 강도 계획에 완강하게 반대하고 나서자 사소한 거짓말을 한다면 결국 그들 모두에게 이로울 수 있겠다는 생각이 문득 떠올랐다. 후안이 행복해질 테고, 그 때문에 이본느도 행복해질 것이다. 그리고 두 사람은 자신이 해낸 일에 대해 놀라면서도 감동을 받게 될 것이다. 그리고 강도 행위가, 후안이 그럴 거라고 장담했듯이, 완전한 성공임이 입증된다면, 제니까지도 혁명요원들 곁에 남아 있었던 결정이 홀로 추방당하는 것보다 나았다는 것을 알게 될 것이다.

인디애나에 접어든 뒤 동쪽으로 두꺼운 양탄자처럼 펼쳐진 도시들과 도로들, 그리고 소읍들을 거치고 나자 닳아서 실밥이 터진 듯한 길이 나타났다. 자동차를 달리며 추수한 옥수수들을 베어 거대한 바퀴살처럼 일렬로 늘어놓은 광경을 지나쳤다. 해가 떨어진 후 그들은 깊고 깊은 시골의 깜깜한 길을 몇 시간 동안 계속 달렸다. 이렇게 칠흑 같은 밤을 밤새도록 달리게 되는 건 아닐까 마음을 졸이면서. 어둠 속을 그렇게 달리다가 마침내 모텔을 하나 발견했다. 저 멀리서 몰래 염탐하는 것처럼 모텔의 네온 불빛이 외롭게 반짝이고 있었다. 마치 광활한 우주의 목걸이에서 떨어져 나온 한 알의 구슬 같았다.

다음날 새벽이 되자 불빛과 칠흑 같은 어둠의 구분이 사라져버렸다. 제니는 모텔 방문을 살며시 열고 그 틈으로 밖을 내다보았다. 그들이 묵고 있는 모텔 옆으로 비바람을 맞은 한 무더기의 상자들이 보였다. 회색빛 시골길, 회색빛 흙먼지, 빛이 없는 회색빛 하늘을 닮은 상자들 옆에다 숙소를 정했던 것이다. 주차장에는 그들이 타고 온 차 외에 다른 차는 한 대밖에 없었다. 그 차 지붕에는 밤에 내린 서리가 그대로 남아 흐릿해 보였다. 모텔 사무실 밖에 달린 네온 사인이 윙윙거렸. 그녀는 조용히 밖으로 나와 파일과 더플백을 다시 트렁크 안에 넣었다. 그녀는 마침내 차의 시동을 걸었다. 이렇게 황량하고 음울한 인디애나의 새벽녘이라면 자신이 내는 자동차의 소음이 빗방울 떨어지는 소리나 까마귀 울음소리만큼도 낯설지 않을 거라고 스스로의 마음을 다지면서. 몇 분이 지나 데워진 자동차가 충분히 몸을 풀었을 즈음 폴린이 모텔 방문을 빼꼼히 열었다. 제니는 서리가 줄무늬를 이루며 녹아가는 앞유리로 폴린을 바라보며 고개를 끄덕였다. 폴린이 방문을 당겨 닫은 뒤에 잰걸음으로 자동차 쪽으로 다가와 차 안에 오르자 자동차는 재빨리 주차장을 벗어났다. 차분해진 두 여행자가 새벽녘에 다시 여정에 오른 것이다.

그들은 길게 뻗은 미주리의 황량한 길을 달려갔다. 눈앞이 안 보일 정도로 퍼붓는 폭우를 뚫고 달리던 자동차가 갑자기 움직이지 않고 한적한 길 위에 멈춰서 버렸다. 자동차를 갓길로 끌어다 세운 다음 두 사람은 지도책을 자세히 들여다보았다. 길을 잘못 들었을까 염려되었던 것이다. 지도로 위치를 확인한 뒤 다시 시동을 걸어 보았으나 여전히 걸리지 않았다. "좋아." 폴린이 떨리는 손으로 담뱃불을 붙이며 말했다. "좋아요, 생각 좀 해보자구요. 생각해 봐요." 그녀는 자기가 앉은 쪽의 창을 살짝 내리더니 담배 연기를 밖으로 날려 보냈다. 창문을 열자 세찬 빗줄기가 열어놓은 창틈으로 들이쳤다. 빗줄기는 두 사람을 순식간에 적셔놓았고 담뱃불도 혹, 꺼뜨렸다. 폴린이 재빨리 내렸던 창문을 다시 올렸고 비상등을 켰다. 뒤에서 혹시 자동차가 달려오다가 박기라도 할까 두려웠기 때문이다. 그리고 나서 삼십 분이 넘도록 양방향으로 아무도 지나가지 않았다. 반 시간이 흐른 뒤에야 대형 트럭 한 대가 덜커덕거리며 지나가면서 물기둥을 만들어 두 사람이 탄 자동차를 거세게 쳤다. 이제 길 위에 내린 빗물은 벽을 이루며 서 있는 듯했다. 물길이 족히 30센티미터는 될 정도로 깊었을 것이다. 트럭의 무게에 짓눌린 빗물이 세차게 자동차를 때리자 두 사람은 비명을 질렀다. 그들은 무엇보다도 자동차를 온전한 상태로 보전하는 것이 중요하다는 걸 직감했다. 자동차에 물이 스며들지 않도록 지키는 게 중요했다. 새로 물들인 폴린의 노란 머리카락이 마치 페인트처럼 그녀의 뺨에 달라붙어 있었다. "우린 무사할 거예요. 그렇죠?" 폴린이 물었다. "그래요." 제니는 이 한 마디만 되풀이했다. 그들의 시야에 뚜렷이 보이는 것은 트럭의 한 부분, 즉 붉게 빛나는 양쪽 미등이었다. 미등은 점점 멀어져 갔으나 완전히 시야에서 사라지지는 않았다. 제니는 급류처럼 흐르는 밧줄 같은 빗물 사이로 눈을 가늘게 뜨고 바라보다가 시동을 다시 걸어도 보았고 와이퍼를 작동시켜 보려고 여기저기 만져보기도 했다. 트럭의 미등은 시야에서 사라져야 마땅할 곳에서 조금 못 미친 지점에서 그대로 얼어붙은 듯 움직이지 않는 것 같았다. 제니는 트럭이 움직이고 있는지, 혹은 얼마만큼 멀리 떨어져 있는지 가늠할 수가 없었다. 속력을 줄인 트럭이 이제는 거의 기어가듯 천천히 가고 있는 것이리라. 그래서 시야에서 멀어지는 데 이상할 정도로 시간이 오래 걸리는 것이리라. 이제 폴린도 제니가 보는 것을 보고 있었다. 두 사람은 조용해졌다. 귀가 먹먹해질 만큼 요란하게 퍼붓는 폭우 때문에 그 침묵이 한결 도드라졌다. 미등이 깜빡거렸다. 마치 지평선 위에 떠 있는 쌍둥이 행성처럼 보였다. 잠시 후에 물바다를 뚫고 외로운 사람의 형체가 그들 쪽으로 걸어왔다. 쏟아지는 빗줄기에 얼굴을 가리려고 한 손을 쳐들고서. "오, 이를 어째." 폴린의 말이었다.

 제니는 중간 지점까지 가서 트럭 운전자를 만났다. 중간에 멈추어 서서 소리를 지르며 그와 이야기를 했다. 물 속에 잠수라도 한 것처럼 금세 온몸이 흠뻑 젖었다. 그녀는 살갗에 티셔츠가 착 달라붙는 걸 느꼈다. 브래지어와 젖가슴이 달라붙은 티셔츠 속에 선명하게 보일 거라는 걸 의식했다. 그녀가 입은 청바지는 물에 젖어 너무 무거웠다. 무거워진 청바지가 자꾸만 엉덩이에서 벗겨졌다. 이 모든 것이 전혀 상관 없는 것 같았다. 그녀의 정체도, 폴린의 정체도, 만일 그들이 발견되었을 때 벌어질 결과도 전혀 중요하지 않은 듯했다. 이 모든 것들이 위태로운 요소처럼 보였었는데 폭우라는 자연의 위력이 위기의식을 모조리 휩쓸어 가버리고 말았다. 그녀는 단순해지는 기분이었다. 뭐라고 하더라도, 그들은 살아 있지 않은가! 그녀가 남자를 향해 소리쳤다. 자동차가 움직이지 않는 것이 배터리 때문일 거라고 생각했던 것이다. 그는 그녀를 향해 트럭 쪽으로 따라오라고 손짓했다. 그는 트럭을 후진시켜서 그녀 차의 배터리에 연결해 시동을 걸도록 도와줄 것이다. 그러나 트럭에 가까이 다가가던 그들은 거기까지 채 가지도 못하고 멈춰섰다. 그 동안에도 폭우가 그들의 몸 위로 휘갈기듯 세차게 내렸다. 모든 것이 몽환적으로 보였다. 미등은 사라져야 옳을 텐데 여전히 남아서 반짝거렸고, 트럭을 몰던 남자의 형체가 빗줄기 바깥으로 분리되어 나왔다. 그리고 이제는 트럭마저 옆길로 급격하게 기울어지고 있었다. 조수석 쪽의 아홉 개 바퀴가 차축 깊이만큼 진흙탕에 가라앉은 탓이었다. 운전석 문이 열리고 한 여자가 몸을 밖으로 비스듬히 기울였다. 그녀는 미친 듯이 손을 흔들었다. "기울어지고 있어!" 이렇게 소리치며 밖으로 나온 여자가 급경사 지역에서 쓰이는 보조 디딤대 위에서 펄쩍펄쩍 뛰었다. 그렇게라도 해서 트럭이 기우는 것을 막아보려는 듯이. 이제 제니는 그녀가 거구의 임산부라는 것을 알아챘다. 비 때문에 트럭 운전자는 갓길의 폭을 제대로 가늠하지 못했던 것이다. 그래도 운전석 쪽 바퀴들은 모두 갓길 위에 세워져 있었다. 하지만 다른 쪽 바퀴들은 진흙 속에 박혀버렸다. 그리고 진흙탕은 도로의 물매로부터 비스듬히 비탈져 있었다. 트럭의 무게로 바퀴들이 진흙탕물 속으로 가라앉았다. 이제 기울어진 트럭은 비탈의 경사 때문에 완전히 전복될 지경이었다.

남자는 외마디 소리를 질렀다. 그것은 충격에서 나온 것이기도 했지만 스스로에 대한 실망감의 표출이기도 했다. 그리고는 더 이상 아무 말도 없이 운전석 쪽으로 달려가 그 안으로 뛰어들었다. 제니도 자동차 쪽으로 달려왔다. "일이 생겼어." 그녀가 헐떡거리며 말했다. 제니의 말을 들으며 폴린은 주위를 더듬어 수건을 찾았다. 그들은 트럭이 이제 곧 도랑에서 제 몸을 끌어낼 거라고 생각했다. 그리고 자신들 쪽으로 후진해 올 거라고 생각했다. 하지만 폭우 속에서 트럭의 붉은 미등만 희미하게 깜박거릴 뿐이었다. 자동차 창문에 김이 서렸지만 온기는 느낄 수가 없었다. 물에 흠뻑 젖어서 차고 축축했다. 제니는 양팔로 몸을 감싸안았다. "그 사람 안 올 거예요." 폴린이 중얼거렸다.

"그가 도랑에서 빠져나오면 꼭 올 거야."

"도랑에서 빠져나오지 못하면 어떻게 하죠?"

"빠져나올 거야. 그는 트럭 운전수야. 트럭 운전수라면 이런 일에 대처하는 요령을 알고 있으니까."

"그렇지만 혹시……?" 폴린이 말했다.

그리고 다시 두 사람은 잠잠해졌다. 비는 북을 치듯이 자동차를 쿵쿵 두들겨댔고 김이 서린 창문에 담배 연기만 더하며 두 사람은 앉아 있었다. 오도 가도 못한 채 갇혀 있다는 공포는 야릇하고 나른했다. 정말로 길 위에 갇힌 신세가 되어 버렸다는 걸 확인하자 그들은 활력을 잃지 않으려고 애썼다. 그들은 멍하니 앉아 있었다. 제니는 청바지를 벗어보려고 했지만 너무 힘겨웠다. 텅 비어버린 듯 무감각한 마음속에 좌절감이 밀려드는 걸 원치 않았기에 그녀는 자동차 시동을 다시 걸어

보는 일을 가급적 미뤄두었다. 그러나 이제 어쩔 수 없이 시동을 걸어 보아야 했다. 그녀가 열쇠를 돌리고 액셀러레이터를 힘껏 밟는 동안 폴린은 눈을 가늘게 뜨고 두 주먹을 불끈 쥐었다. 차는 미동도 없었다. "젠장!" 제니가 소리를 질렀다. 별안간 사이렌 소리가 들려와 그녀의 짜증 섞인 음성을 삼켜버렸다. 잠시 후 두 사람은 빗물이 흘러내리는 자동차 앞유리를 통해 혜성처럼 길게 꼬리를 늘어뜨린 붉은 빛들을 보았다. 경찰차 한 대가 빠르게 지나갔다. "제니!" 폴린이 소리쳤다. 또 한 대의 자동차가 사이렌 소리를 빽빽 울리며 지나갔다. 쏟아지는 빗소리가 너무나 요란했기 때문에 말 그대로 경찰차가 바로 옆을 지나갈 때라야 겨우 사이렌 소리를 들을 수 있었다. 그들은 고개를 돌려 뒷유리로 밖을 내다보았다. 요란한 소리를 내며 불빛 행렬이 어둠 속에 이어지고 있었다. 경찰차가 그들 곁을 지나칠 때마다 사이렌이 요란하게 울렸다. 그래서 두 사람은 상대방에게 악을 쓸 정도로 크게 말해도 서로의 말을 알아들을 수가 없었다. 폴린은 "아, 어쩌나, 안돼! 아, 어쩌나!"를 연발하는 듯했다. 반면 제니는 자기도 모르게 "괜찮아!"라고 말했다는 생각이 들었다. 그들은 미친 듯이 서로를 움켜잡았다. 제니는 생각했다. 우리는 어디로 가게 될까? 자동차에서 튕겨져 나와 물이 넘쳐흐르는 초록 들판에 처박히게 될까? 마지막으로 쏜 총탄을 맞고 폴린과 함께 붙잡혀서 갈고리처럼 괴상하게 위로 들어올려졌다가는 다시 바닥에 내동댕이쳐질까? 마지막 차가 번개처럼 질주해 그들을 지나쳤다. 그들은 이 모든 차들이 트럭 주변 도로에 일직선으로 모여드는 것을 바라보았다. 이제 트럭은 아주 오래 전부터 버려져 있던 난파선의 잔해처럼 별스럽지 않아 보였다. "제니," 이렇게 부르는 폴린의 목소리는 침울하고 다급하게 들렸다. "만일 그들이 우리를 죽이지 않는다면 난 당신에 대해서 일체 말하지 않겠다고 맹세해요."

"그들은 우릴 죽이지 않아!"

"아니, 내 말 들어보란 말예요!" 폴린은 자신을 안심시키는 말은 듣고 싶어하지 않았다. 그녀는 제니의 손을 힘주어 꼭 잡았다. 한순간 자신의 마음 속에 타오른 이 용기가 약해지기 전에 제대로 쓰고픈 심정이었다. "난 절대 그 누구에게도 당신이 우리와 함께 했다는 걸 말하지 않을 거예요. 당신이 갈아 탈 자동차를 몰았다는 말을 결코 하지 않겠어요. 그들에게는 당신을 오늘 아침에 만났다고, 내가 지나가던 차에 편승한 거고 당신이 태워준 거라고 말하겠어요……."

"나도 그건 알아. 네가 나를 팔아넘기지 않으리란 걸 알아. 그거 안다구……."

"당신은 그럴 필요가 없었어요." 폴린이 말했다. 이제 자신을 사로잡았던 용기가 사라져버렸기에 그녀는 울기 시작했다. "당신은 나와 함께 남아 있을 필요가 없었던 거예요……."

모여 있던 자동차 가운데 한 대가 다른 차들로부터 벗어나서 그들 쪽으로 다가오기 시작했다. 자동차는 후진을 하고 있었다. 짧은 거리를 후진해 오더니 운전석 문이 열리고 주황색 원뿔이 나타났다. 원뿔은 길 한복판에 세워졌다. 차문이 다시 닫혔고 자동차는 20미터쯤 다시 후진해 오더니 다시 문이 열렸다. 그리고 또 하나의 주황색 원뿔이 세워졌다. 제니와 폴린은 아무 말 없이 서로에게 꼭 달라붙어 있었다. 후진해 오던 자동차는 잠깐 멈추지도 않은 채 그들 곁을 지나쳐 또 다른 원뿔을 길 위에 남겨두었다. 꽤 긴 거리에 주황색 원뿔이 우측 차선에서 좌측 차선으로 넘어오지 못하도록 직선으로 죽 늘어섰다. 이제 자동차는 다시 앞으로 움직이기 시작했고 다시 그들 곁을 지나쳤다.

이번에도 처음보다 그다지 관심을 보이지 않은 채로. 그로부터 몇 분이 지나고 나서 그들은 새로운 사이렌 소리를 들었다. 뒤를 돌아본 그들의 시야에 거대한 기계장치가 들어왔다. 긴박한 노란 불빛을 발하며 다가온 이것은 열차 칸에 이어붙인 기중기 같기도 했다. 기계장치 같은 차가 덜커덕거리며 지나갔고 또 한 대의 경찰차가 그 뒤를 따랐다. 그들 발밑의 도로가 우르르, 흔들리는 게 느껴졌다.

이상하게 평온한 기운이 내려앉기 시작했다. 그것은 이 모든 소동들이 그들과 관련된 게 아니라는 걸 마침내 알게 되었다는 사실과는 무관했다. 그들의 체포, 혹여 그런 일이 벌어진다면, 그것은 트럭을 구조하는 것보다도 별스럽지 않은 사건일 것이다. 그렇다고 해서 그것이 덜 비극적이거나 덜 불운한 일은 아닐 것이다. 그러나 제니는 확신 같은 게 들었다. 그 무엇에 근거한 확신은 아니었으나 그것은 이 순간에 의미를 부여해 주었다. 마침내 비가 잦아들기 시작했다. 이제는 그냥 빗줄기로 내리고 있었고 시야를 가리며 억수같이 쏟아지던 잿빛 폭우는 아니었다. 그들 앞의 상황이 또렷이 보였다. 사방으로 경찰 순찰차가 서 있었고 거대한 기중기가 보였으며 트럭은 아까보다 더 기울어져 있었다. 트럭 주위로 긴 판초 모양의 비옷과 창이 넓은 검정색 모자를 쓴 사내들이 둘러서 있었다. 제니는 그 트럭 운전수의 모습을 얼핏 본 것 같았다. 굵은 격자무늬 작업셔츠 차림이었다.

주 경찰관 하나가 그들을 향해 걸어오고 있었다. 그 때문에 매우 민감한 벌레 떼들이 모여 있는 것처럼 그들을 에워쌌던 평온과 고요가 살짝 흩어졌으나 그래도 여전히 주위를 맴돌았다. 주 경찰관은 곧장 운전석 창문 쪽으로 걸어오더니 창문을 다급하게 톡톡톡 두드렸다. 제니가 창문을 내렸다.

"당신들이 이 모든 말썽을 일으킨 여자들이오?" 빗물이 그가 쓴 모자의 챙으로 흘러내렸다.

"그렇습니다, 경관님." 제니가 대답했다.

"당신들 이름과 주소를 남겨주시오. 우리가 그리로 청구서를 보낼 테니까." 그는 다시 몸을 똑바로 펴고는 불빛이 미친 듯이 날뛰는 쪽을 뚫어지게 쳐다보았다. 그의 말투에는 씩씩하거나 경쾌한 기색이라곤 찾아볼 수 없었다. 짜증이 난 게 분명했다. 거대한 기중기는 벌써 그 위력을 발휘하고 있었다. 기름을 치지 않은 대형 경첩에서 나는 날카로운 비명 같은 새된 소리를 내지르며 기중기는 앞으로 뒤틀렸다. 견인용 밧줄이 휘감기자 트럭은 아주 가뿐하게 들어올려지는 것 같았다. 그러나 트럭이 부르르 떨리더니 다시 바닥으로 떨어지고 말았다. 그 충격으로 진흙이 공중으로 튀어올랐다. "젠장." 주 경찰관이 제니를 마지못해 흘긋 쳐다보면서 내뱉었다. "견인 트럭이 당신들을 위해 올 거요. 견인 트럭이 오면 읍내로 이 차를 끌고 갈 겁니다." 이 말과 함께 그는 작업 중인 장소로 성큼성큼 걸어가 버렸다.

드디어 트럭을 진흙탕에서 끌어냈다. 차축 두 대가 구부러져 있었다. 기중기가 힘차게 트럭을 끌어 날랐다. 잠시 후에 그들을 향해 견인 트럭이 다가왔다. 그 모습이 마치 대혼란의 소용돌이를 뚫고 오는 자그마한 예인선처럼 보였다. 이제 그들은 고개를 뒤로 젖히고 무릎은 허공에 들어올린 채로 항해 중인 것 같았다. 달리의 자동차는 지금 우주 속으로 발사되고 있는 것 같았다. 주유소에 다다르자 폴린은 화장실에 몸을 숨겼다. 이 주유소에는 간이식당 겸 잡화점이 딸려 있었다. 안으로 들어서다가 제니는 트럭 운전수의 모습을 보기도 전에 그의 목소리를 들었다. 그는 갑자기 흔들리는 지하철의 가죽 손잡이에 온몸을 맡긴 사람처럼 구석에 있는 공중전화 박스에 매달려 있었다. "제발 부탁입니다! 제 벌이로는 그걸 지불할 방법이 없다구요. 그렇게 하시면 안 돼요!" 임신한 여인은 근처 부스 안에 앉아 울다가 제니를 보자마자 자리에서 벌떡 일어섰다.

"당신이야! 당신 때문이라구!" 여인이 눈을 가늘게 뜨고 소리쳤다.

밖으로 다시 나온 제니는 자신의 자동차에 배터리가 연결되어 시동이 걸리도록 고쳐져 있다는 것을 알았다. "얼마죠?" 제니가 숨을 헐떡이며 물었다.

주유소의 정비공들은 사고로 빚어진 이 소동에 한껏 들며 법석을 떨었다. "오, 우리가 당신에게 돈을 내야 마땅한 거 아닌가요? 그거 굉장한 볼거리던데. '아홉 개 바퀴 달린 차가 뭐죠, 주인님?' '열여덟 개 바퀴 달린 차는 어떤 멍청한 자가 몰았지, 아마.' 이봐요, 차 좀 충전시켜요." 그들이 빈정거렸다. 그녀는 자동차 엔진 덮개를 쾅, 소리가 나도록 요란하게 닫았다.

"운전하고 가다가 충전할 거예요. 늦었거든요."

"뭐하는 데 늦었다는 건가? 그러지 말아, 중국 인형처럼 생긴 아가씨. 그런데 아까 그 금발머리는 어디로 갔나?"

그녀는 자동차를 건물 옆쪽으로 끌고 갔다. 화장실 문이 그 쪽에 있었던 것이다. 화장실 문을 쾅쾅 두드리면서 그녀는 낮은 목소리로 "폴린." 하고 불렀다. 아무 대답이 없었다. "나야." 제니가 말했다. 그러자 화장실 문이 살짝 열리고 한쪽 눈이, 담갈색의 큰 눈망울이 밖을 빼꼼히 내다보았다.

"우리 괜찮은 건가요?" 폴린이 물었다.

드디어 비가 그쳤다. 비가 그치고 나자 얼마나 요란하게 폭우가 쏟아졌던지 실감이 났다. 사방이 고요해지자 그녀는 벽의 맨끝에서 정비공들이 아직도 떠들어대는 소리가 들리는 것 같았다. 그보다 더 멀리 잡화점 안에서는 트럭 운전수가 아직도 자기 형편을 전화로 호소하며 사정하고 있었다. 임신한 여인은 아직도 울고 있었다. 까마귀 떼가 머리 위에서 까악까악, 울어댔다. "우린 괜찮아." 제니가 말했다.

* * *

 때때로 체포될까 두려워하는 마음은, 마치 죽음의 공포처럼, 그 두려움이 실제 상황으로 육박해 올수록 지속력이 점점 더 약해지는 듯하다. 항상 가슴을 짓누르는 것은 오히려 그보다 강도가 낮은 두려움이다. 말을 잃어버릴 만큼 엄청난 공포는 너무나 강력하게 압박해 오므로 작은 고무공처럼 튕겨져 나가버린다. 폴린이 그랬다. 납치된 후 엄습한 죽음의 공포가 너무나 커서 자신의 두뇌가 그냥 제 기능을 포기하고 말았다고 폴린은 말했다. 그들은 폴린에게 발버둥치며 안달복달하지 말라고, 말을 하거나 "어리석은" 짓은 하지 말라고 충고했다. 일단 항복하여 그 충고에 따르게 되자 그런 태도는 이제 매사에 적용되는 것 같았다. 그녀가 자기 자신을 위해 할 수 있는 최선은 완전히 손을 떼는 것이란 생각은 위안이 되었다. 자존심에 상처를 받았다는 고통을 단념하라. 좌절된 욕망의 고통을 단념하라. 품위 있는 삶을 영위하기 위해 꼭 해야 할 것과 절대로 하지 말아야 할 것에 대한 모든 근심 걱정들을 단념하라. 자기 자신을 위해 그녀는 이렇게 느꼈다. 경솔했던 어린 시절의 습관은 다른 사람들보다 다소 오래 지속되었다. 그런데 그것은 부유한 자기 집안과 연관이 있다는 걸 알았다. 그녀의 청춘 시절이 그토록 혼란스럽고 그토록 고통스러웠던 것도 어쩌면 그 때문이었을 것이다. 폴린은 제니가 자신이 그 말을 할 때 특별히 의미를 두는 것처럼 느끼게 하고 싶지 않았다. 그러나 폴린의 부모와 그녀 사이에는 몇 가지 갈등이 있었다. 삶 자체를 파멸로 이끄는 것처럼 여겨졌던 갈등이었다. 그만큼 예전에 그녀가 영위한 삶의 반경은 협소했다. 그녀는 부모를 실망시켰고 부모를 만족시키지 못한 데 대한 좌절감은 점점 더 부모를 실망시키는 쪽으로 치닫게 했다. 스스로를 궁지로 몰아갔다. 부적절한 남자 관계가 있었다. 기숙학교에서 제적당했다. 그리고 언제나 돈 문제로 전쟁처럼 치열하게 충돌했다. 그런 뒤에 납치되었다. 그러자 세상은, 그동안 자신을 감싸고 있는 듯 보였던 세상은, 갑자기 붙잡고 싶은 마음이 들지 않는 지구의가 되었다. 그 지구의를 붙들기에는 그녀의 손이 너무 약했다. 그래서 그녀는 놓아버렸다. 저절로 굴러가게 내버려두었고 결국엔 잃어버렸다. 납치는 어느 면에서 그녀를 해방시켰다. 자유롭게 풀려난 그녀는 이제 몇몇 기본적인 사실, 가령 자신의 이름이나 생일 같은 것만 기억하면 되는 단순하고 소박한 세상으로 들어왔다. 그것은 위대한 승리였다. 예전에 과오와 책임, 비난의 기준이 되었던 모든 틀을 완전히 지우고 불합리한 것으로 만들어버렸다. 예전의 그녀가 사랑할 대상으로 잘못된 사내아이를 선택했다 하더라도, 혹은 공부할 대학의 학과를 잘못 선택했다 하더라도 그것은 이제 그녀의 잘못이 아니었다. 설령 그녀가 죽는다 해도 그것은 그녀의 잘못이 아니었다. 그것은 극단적인 단절이 필요한 마음 상태였다. 그런데 이제 그녀는 거기에 이르렀다. 마치 깊고 깊은 바다 속으로 가라앉다가 마침내 침니로 꽉 찬 검은 바닥에 닿은 것 같았다.

그러나 이런 극단도 두려움의 극단과 마찬가지로 오래 지속되지 않았다. 아마도 그녀는 다시 수면 위로 올라오기 전에 바닥에 닿았던 것뿐이리라. 묶인 채로 옷장 속에 홀로 갇혀 있긴 했으나 그녀를 묶는 데는 여러 사람의 손이 필요했다. 그리고 그녀는 삼엄하게 감시당하고 있다는 걸 감지하게 되었다. 몇몇 사람들이 옷장에 들어와서 그녀를 살펴보곤 했다. 어떤 이는 그녀의 눈에 씌운 가리개를 조정하기도 했고 묶어 놓은 밧줄을 꽤 여러 번 거세게 잡아당겨 보기도 했다. 그녀는 그들이 말하는 소리도 들을 수 있었다. 점점 더 강도 높게 그들은 자신들의 대의명분을 지키면서 어떻게 그녀의 영혼을 구원할 수 있을지를 두고 논쟁을 벌였다. 그들은 순전히 돈을 노리고 납치 행위를 저지르는 것은 자신들의 본질에 어긋나는 행위라고 느꼈다. 그들이 납치한 인질이, 혁명분자들 틈에 사는 동안 이렇게 명백한 혜택을 하나도 누리지 못했다는 건 역설적이지 않은가? 그들에 의해 납치된 바로 그날까지 그녀는 자본주의와 인종차별주의의 병폐에 대해 무지했었다. 처음 납치되어 왔을 때의 부르주아 신분만큼이나 그녀는 그들에게서 벗어나 있었던 건지도 몰랐다. 처음에 부르주아인 그녀를 보았을 때 그들은 자신들이 반대하는 사회질서와 달갑지 않은 친근감을 느낀 것 같았다. 그리고 이내 적을 닮으려는 어색하고 부정적인 기분은 전향에 영향을 미치는 긍정적인 열망으로 옮아갔다. 그들은 사상적으로 전향시키려는 열정이 감당할 수 없을 만큼 밀려오리라는 기대는 하지 않았다. 단지 하루 일과가 끝났을 때 잠근 옷장의 문틈으로 상황을 설명해주는 것이 합당하다고 느꼈을 뿐이다. 무의식 속에 잠겨 있던 그녀는 바로 바깥에서 누군가 바닥에 털썩 주저앉는 소리를 듣고서야 의식의 표면으로 올라오곤 했다. 성냥에 불을 붙이고 담배를 깊이 들이마시는 소리, 문틀에 느긋하게 기대는 소리가 들렸다. 파농이나 드브레 (Debray, 체 게바라와 더불어 게릴라 활동을 했던 프랑스 지식인 : 옮긴이)의 글을 큰 소리로 읽어주는 이들도 있었다. "안녕, 오늘은 지난번에 들어간 1장을 끝낼 거야. 네가 깨어 있기를 바래. 이 부분은 정말 좋은 내용이거든." 어떤 이들은 자기 삶에 대해 두서없이 늘어놓기도 했다. 자신이 증오했거나 간절히 이해받고 싶었던 부모 이야기나 자신들이 이룬 성과에 대해 들려주었다. 그들 모두가 정당하고 모든 것을 명쾌하게 규명하는 대의명분을 포용하게 되었을 때 맛보았던 기쁨을 얘기했다. 그녀는 문 밑으로 새어 들어오는 담배 냄새를 킁킁거리며 열심히 맡아 보곤 했다. 말하는 목소리와 그 목소리의 주인공들 이름을 연결해 보려고 애를 써보기도 했다. 시간이 지날수록 그들이 그녀를 알게 되는 것보다 그녀가 그들을 훨씬 더 잘 알게 되는 건 불가피했다. 처음 시작했을 때만 해도 그녀는 마치 송장처럼 죽은 듯이 듣고만 있었다. 아무런 관심도, 느낌도 없이. 그러나 불가피하게 이런 태도도 변해갔다.

그리하여 그녀는 그들이 자아 재정립을 하는 소리를 들을 수 있게 되었다. 물론 그게 무엇인지는 아직 알지 못한 상태였다. 나중에 그녀가 직접 하게 되었을 때 익힌 내용들은 말할 것도 없었다. 그것은 그룹을 지어 하는 게임이었고 자아를 시험하는 훈련이었다. 말하자면 말로 치르는 전투로서 파괴적이면서 동시에 정열적인 사랑이었다. (물론 그들은 이렇게 말한 적이 없었다. 그들은 "자아를 죽인다"거나 "기름을 쳐서 원활하게 돌아가는 기계"라는 식으로 표현하곤 했다.) 게임은 내면에 저장되었던 힘과 자각을 끌어내긴 했어도 그것을 고갈시키지는 않았다. 내면의 저장고에다 다른 무엇으로도 채울 수 없는 것들을 가득 채워주었다. 그것은 자기 혼자서 할 수 있는 것이 아니었다. 원칙적으로는 두세 명이 그룹을 지어서도 할 수 있는 일이라야 했지만 두 명으로 그룹을 짜면 싸움처럼 보였고 세 명으로 이루어진 그룹이라 해도 두 명의 경우처럼 어색하고 작다는 느낌은 매한가지였다. 큰 그룹을 지어 게임을 할 때 가장 효과가 좋았다. 충격파를 흡수하고 동시에 타고난 소심함에 움찔 놀라는 경우에도 대형 그룹이 최상이었다. 결속력이 탄탄해졌고 일들은 줄어들었으며 점점 더 진땀이 흘렀고 무시무시해져 갔다. 심지어 불협화음마저도 대형 그룹이라는 상황 속에서는 서로간의 친밀감을 증폭시켜 주었다. 모든 사람들이 다 같이 일어나 그 불협화음을 바로잡으려고 했다. 아니면 뿔뿔이 편을 갈라 내전을 벌였다. 그런데 동맹관계는 늘 바뀌었다. 그러므로 누군가로 인한 실연의 상처로 가슴이 아픈 순간에도 다시금 불붙은 사랑의 밀어를 속삭이는 식이었다. 대개의 사람들이 피하려고 할 만한 희귀하고 용기가 필요한 어떤 것을 체험하겠다는 단일한 의식이 그들 사이에는 있었다. 그것은 마약 같았다. 증상이 나타날 때 겪는 고통이 아무리 끔찍했다 하더라도 또다시 마약에 손대고 싶은 그런 심정과 닮아 있었다. 증오했던 수많은 경우는 사랑했던 드문 경우에 합산되지 않았다. 그들은 열한 명이었다. 그렇게 많은 수는 아니었지만 아주 적은 수도 아니었다. 열하나라는 숫자는 그 누구도 외톨이가 되지 않는다는 뜻이었다. 언제나 한 방에서 서너 명의 사람들이 함께 잤다. 너무 가깝게 붙어서 잤기 때문에 코를 고는 건 자신의 맨몸을 드러내는 것이었고 누구와 섹스를 한다는 것은 어느 의미에서는 그들 모두와 섹스를 하는 것이었다. 욕망은 그녀가 잠든 것처럼 구는 무관한 동료에게 그 뿌리를 내리고 있는지도 몰랐다. 열하나라는 숫자는 또한 매번 게임을 할 때마다 자기 차례가 오지는 않는다는, 어떤 때는 일주일에 한 번조차 오지 않을 수 있다는 뜻이었다.

모임은 산발적으로 열렸고 지속 시간도 들쭉날쭉이었다. 예정된 스케줄에 따라 평화롭고 예의를 갖추어 마무리되거나 혹은 고함을 지르는 격렬하고 어지러운 난장판으로 이어지기도 했다. 자기 차례가 된 이는—언제나 이 문제로 논란이 일었는데—나머지 사람들이 둥글게 에워싼 한가운데 섰다. 가장 최근에 자기 차례가 지난 사람만 예외였다. 그 사람이 "시계" 역할을 했다. 시계 역할을 맡은 사람은 자명종 시계를 들고 초침을 주시했다. 마치 빙 둘러앉은 무리들을 향해 아무나 손가락으로 지목하는 운동경기 심판처럼 연설자에게 같이 시작할 사람을 알려주는 역할을 맡았다. 그러면 연설자는 그 사람 쪽으로 몸을 돌렸다. 아직 이 모든 걸 눈으로 직접 보기 전까지 폴린은 이런 말을 듣곤 했다.

"시작."

"난 아직도 당신이 나에 대해 비판적이라는 기분이 듭니다. 일전에 내가 깨진 유리를 이웃집 마당에 어떻게 던졌는지에 대해 말했었지요? 그건 우리 부모님이 그 이웃을 좋아하지 않았기 때문이고 그때 난 어린아이였기 때문이라는 것도 말했습니다. 난 그저 도움이 되고 싶었을 뿐이에요. 그런데 당신은 그게 내가 나치라는 증거인 것처럼 반응을 보여서……."

"바꾸시오."

"……나는 당신이 내가 엽총을 쥘 때 내 자세의 어디가 잘못되었는지 지적해주어 기쁩니다. 다른 많은 동지들이 당신은 그 물건을 과시하고 뽐내고 싶어한다고 생각하지만 나는……."

"내가 과시하고 싶어한다고 생각하는 사람이 누굽니까?"

"끼어들지 마시오. 후안은 자기 차례를 놓쳤습니다. 연사, 바꾸시오."

그녀는 무엇 때문인지는 모르지만 그들이 늘 시계 방향으로 돌아간다는 것을, 모두들 표나게 안절부절 못한다는 것을 알게 되었다. 그들은 다리를 꼬고 앉았다가 다시 어딘가에 기대거나 무릎을 턱까지 잡아당겼다가 다시 풀었다가 했다. 다른 요원들에게 비판을 받을 때에도 마음을 비운 것처럼 초연한 표정을 지으려고 애를 썼다. 눈을 맞추지 못하는 이가 있는가 하면 대항하듯 똑바로 노려보는 이도 있었다. 어떤 이들은 홍당무처럼 얼굴이 빨개지기도 했다. 이 모든 것이 그녀에게는 고요한 드라마처럼 보였다. 그녀가 드디어 직접 보게 되었을 때 그 광경은 마치 가리웠던 베일이 벗겨지듯 크나큰 놀라움으로 다가왔다. 눈을 가리고 있는 동안에는 대규모로 배치된 인원을 그려본다는 게 무리였다. 그녀는 말을 빨리 외우는 암송 절차가 있다는 것을 알았다. 무슨 말인지 대체로 알아들을 수가 없었다. 그러나 그 말들에 실린 정서적인 무게는 느껴졌다. 사이드라인에서 지시가 내려진다는 것은 그녀도 알았다. 그러나 이 시간이 그들이 그녀의 존재를 완전히 잊어버리는 때라는 건 미처 몰랐다. 그녀는 자신이 늘 잊혀진 존재라고 믿고 있었던 것이다. 그래서 잔혹한 말이라 할지라도 문가에서 어떤 목소리가 들려오기를 간절히 바랐다. 그러나 이런 때에는, 그녀마저도 자기 자신의 존재를 잊어버렸다. 그녀는 문 쪽으로 일 인치쯤 더 가까이 다가가서 문틈으로 약하게 새어들어오는 바깥 공기를 느꼈다. 그들이 문을 봉쇄하기 위해 사용한 그 물건이―나중에 알게 되었는데, 그 물건이란 타월 한 장이었을 뿐이다―제대로 끼워지지 않아 틈이 생긴 것 같았다. 그녀는 껄끄러운 마룻바닥에 뺨이 눌릴 만큼 얼굴을 바짝

붙였다. 머리통의 무게가 너무나 무겁게 느껴졌다. 그녀의 심장 소리는 열심히 뛰는 것 같지 않았다. 이제 곧 멈추려는 것처럼 들렸다. 심장의 잡음마저도 잠깐 동안은 스러진 것 같았다. 그럴 때면 그녀는 공기 중에 떠도는 비난을 감지했다. 어느 날 그들이 치르는 의식이 고함과 소동으로 끝나고 문이 쾅, 소리를 내며 요란하게 열렸다 닫혔다. 잠시 후에 문이 다시 요란하게 열렸다가 닫히더니 갑자기 두 사람이 그녀가 갇힌 방문 밖 공간에 나타났다. 그녀가 누워 있는 박스와 나머지 다른 사람들이 머무는 허공을 갈라놓은 그 공간에. "네가 그리워." 한 여자가 이렇게 속삭이며 흐느꼈다. 그리고 옷장 안에 갇힌 포로인 그녀는 그 말을 가만히 듣고 있었다. 두 뺨에는 잔 모래알이 점점이 박혔고 두 손은 뒤로 묶인 채로. 그들이 씌워놓은 눈가리개 아래 감겨진 두 눈에서 눈물이 흘러내렸다. 그것은 보다 폭넓은 감정, 해방의 형태로 승화된 감정이 불러일으킨 눈물이었다.

가끔씩 밤이 내린 모텔 방에서—사우스 벤드(South Bend, 인디애나 주 북부의 도시: 옮긴이)나 샤이엔(Cheyenne, 와이오밍 주 남부의 도시 : 옮긴이), 혹은 그들이 지나온 모든 지역에서—제니는 옷장 속에 갇힌 그 소녀, 어둠 속에서 몸을 웅크린 그 소녀를 생각했다. 모로 누워 있었을까? 양팔로 무릎을 감싼 채로 앉아 있었을까? 그녀는 옷장 문을 열고 작고 네모진 모양의 더럽고 낡은 카펫과 한 움큼의 철사 옷걸이를 뚫어질 듯 쳐다보곤 했다. 알전구가 끈 하나에 매달려 있었다. 그들은 이 끈을 손이 닿지 않도록 고리 모양으로 묶을 수도 있었을 것이다. 상당한 길이를 잘라낼 수도 있었을 것이다. 아니면 알전구만 드러내고 나머지 줄은 깜깜한 곳에 매달아서 그녀가 가까스로 몸을 일으켜 세운다 해도 뺨을 스치는 정도의 길이까지만 늘어뜨릴 수도 있었을 것이다. 혹시, 줄을 잡아보려고 안간힘을 쓰다가도 땀이 비 오듯 쏟아지면 그녀는 벽에 몸을 기대고 한숨 돌렸을 것이다. 비록 사지는 묶여 있더라도 다시금 햇빛을 좇는 한 포기 식물처럼 조금씩 몸을 위로 올려보았을 것이다. 그리고 눈가리개를 한 얼굴을 살짝 기울이며 그 끈이 속삭이듯 뺨에 스치는 촉감에 화들짝 놀랐을 것이다.

뭘 그렇게 쳐다보죠? 폴린이 어깨 너머로 흘끗 보면서 이렇게 묻곤 했다.

제니는 그 소녀를 생각하곤 했다. 마치 그 소녀가 폴린이 아니라 그들의 이야기를 엿들은 유령이기라도 한 것처럼. 모로 누워 몸을 둥글게 만 소녀, 꿈 없는 깜깜한 잠을 들락날락하던 소녀. 자기에게 책을 읽어주는 소년의 목소리를 듣고 잠에서 깨어나는 소녀, 옷장 밖의 카펫 위에 다리를 꼬고 앉아서 그녀에게 자기 목소리가 들리는지 확인하려고 문 가까이 기울이며 열중한 표정인 소년. 그녀처럼 그 또한 다른 모든 이들보다 좀 어리다. 아직 변성기를 거치지 않아 새된 목소리. 때로는 자신이 없는 듯 억양이 살짝 올라가기도 한다. 그녀가 사랑에 빠질 만한 그런 종류의 목소리. 그녀는 그 목소리에 매달린다. 그 목소리가 전하는 말들은 버린다. 그 말의 의미를 파악해 보려고도 하지 않는다. 그것은 예전에 그녀가 쉽사리 이해했을지 모르는 말들, 그녀가 고등학생 시절의 어느 시점에 대충 훑어보고 지나쳤을 가능성이 농후한 말들, 이해력 테스트에서는 요령있게 대답했지만 그리고는 이내 잊어버렸던 말들이다. 이제 그녀는 모로 누워 있다. 왠지 이런 자세가 아프기는 하지만. 고관절이 날카로운 칼날처럼 살을 찌르는 듯한 통증. 그들이 들어와 그녀를 화장실에 데려갈 때 그녀의 무릎이 꺾인다. 그러니까 그들이 그녀를 화장실로 날라준다고 하는 편이 차라리 옳다. 그들은 이렇게 말한다. "팔을 양옆으로 꽉 붙여봐. 그래야 우리가 네 팔꿈치를 잡고 들어올릴 수 있으니까. 그게 네 어깨에 부담을 덜 줄 거야." 그녀는 그들이 말한 대로 따르려고 애를 쓴다. 일전에 이렇게 화장실로 옮기다가 그녀의 어깨뼈가 빠지는 사고가 생겼다. 그녀의 오른팔이 강(腔)에서 툭 튀어나와 얇은 피부막 속에 축 늘어진 모습을 보자 그들이 질겁을 한 게 틀림없었다. 소스라치게 놀란 그들의 손이 그녀의 몸에서 도망치듯 떨어졌다. 그녀가 고통스러워 지른 비명소리는 경악한 그들의 외침 소리에 묻혀 제대로 들리지 않을 정도였다. 그녀는 스스로 어긋난 어깨를 탁, 하고 소리나게 도로 끼워넣었다. 기절할 정도로 아픈 통증이 자극한 아드레날린과 갑자기 밀려든 본능이 촉발한 행동이었다. 전에도 그녀는 이런 적이 있었다. 열네 살 때 어깨뼈가 빠졌는데, 자매들과 매클라우드의 산악지대에 있는 저택 사유지에서 작은 폭포로 이어진 바위를 오르다가 생긴 일이었다. 그녀는 미끄러운 바위에서 발을 헛디뎠다. 앞쪽의 바위를 붙잡았지만 결국 미끄러지고 말았다. 그런데 바위를 붙잡은 손을 미리 떼지 못한 바람에 아래로 떨어지면서 흔들리는 체중이 팔에 실려 어깻죽지에서 팔이 빠지고 말았다. 물 속에 빠져 허우적대면서 그녀는 성한 팔로 탈구된 팔을 비틀어 도로 끼워 넣었다. 절대 공포가 낳은 적절한 반응이었다. 계곡 아래쪽에서는 자매들이 사고가 난 줄도 모르고 웃고 있었다. 그녀는 눈에 띄지 않도록 소나무 숲을 뚫어질 듯 올려다보며 떠내려갔다. 차가운 계곡물이 강렬하긴 했으나 이제는 견뎌낼 정도가 된 통증을 무디게 해주었다. 심장이 고동쳤다. 자매들이 그녀를 향해 헤엄쳐 돌아왔을 때 그녀는 미소를 지었을 뿐 아무 말도 하지 않았다. 부모에게도 그 일에 대해서는 단 한 마디도 비친 적이 없었다. 몇 달 동안 테니스를 하며 서브를 넣지 못했을 때에도, 라켓을 들어올릴 때 팔을 꼼짝할 수 없을 만큼 통증이 밀려왔을 때에도 그녀는 침묵을 지켰다. 고통을 참아낸 탓에 운동복 안의 양 옆구리를 타고 진땀이 흘러내렸지만 입도 뻥긋하지 않았다. 대신에 매번 이전보다 일 센티미터쯤 팔을 더 높이 들어올리려고 안간힘을 썼다. 이렇게 치열한 노력을 기울였는데도 불구하고 그 노력을 그칠 때까지 구경하던 사람들 가운데 그녀가 이렇게 조금씩 나아졌다는 걸 눈치챈 이는 아무도 없었다. 성마른 어조로 그녀의 아버지가 이렇게 고함치곤 했었다. "도대체 너 왜 그래? 내가 가르쳐준 훌륭한 서브는 대체 어디로 간 거야?"

그녀는 왜 그것을 홀로 치르는 시련으로 완강하게 남겨 두었던 것일까? 아마 그것은 그녀가 처음으로 자기 육체의 한계를 실감나게 맞닥뜨렸기 때문일 것이다. 죽음이라는 개념과도 그때 처음으로 대면했기 때문일 것이다. 그 중요성을 부풀리고자 한 뜻은 아니었다. 그러나 그 사고는 그녀를 뒤흔들어 놓았고 그녀가 느껴온, 혼자라는 느낌을 확인시켜 주었다. 그래서 그녀를 납치한 사람들, 그녀의 동지들이 우연히 그런 사고를 다시 냈을 때에도 그녀는 오래 전에 자신이 다친 적이 있다는 얘기를 하지 않았다. 그것을 핑계로 편의를 보고 싶지는 않았기 때문이다. 물론 이 사건이 자신에게 도움이 되었다는 걸 나중에 깨닫기는 했다. 그 일이 있고 난 후 그들은 회의를 열었고, 그녀의 기력을 되찾아주는 것이 급선무이며 필수적이라는 결론을 내렸던 것이다. 그리고 이 결정과 더불어 얼마 지나지 않아서는 그녀의 눈가리개를 풀어주자는 결정도 내렸다. "이제 너는 우리 얼굴을 보게 되었구나." 이반이라는 이름의 요원이 말했다. 그런데 정작 그녀는 이 말이 경고가 아닐까, 의구심이 들었다. 너는 이제 우리 얼굴을 보게 되었으므로 예전으로는 절대로 되돌아갈 수 없다는 말이 아닐까. 그러나 눈가리개를 벗었는데도 그들의 얼굴이 보이지 않았다. 모두가 그저 어른거리고 얼룩덜룩하고 뿌연 점처럼 보였을 뿐이었다. 그 동안 시력이 위태로울 정도로 약해졌으므로 그녀는 눈이 멀게 될까봐 두려웠다. 그러나 그것 또한 그녀는 그들에게 말하지 않았다. 어깨뼈가 빠졌을 때와 마찬가지로 그것은 입밖으로 발설할 수 없을 만큼 엄청난 공포였던 것이다. 말을 하지 않은 대신 그녀는 뚫어질 듯 쳐다보았다. 한 사람, 한 사람을 식별하려고 애를 썼다. 너무나 뚫어질 듯 쳐다본 탓에 구역질이 날 정도가 되었을 때 그녀는 그들의 이름을 맞게 부를 수 있었다. 그녀는 그들에게 각자의 이름을 말하지 말아달라고 부탁했다. 아니 몇 마디만 그녀에게 말해 보라고 했다. "안녕" 하고 흐릿해 보이는 한 사람이 입을 열더니 어색하게 키득거렸다. "당신은 에이__," 그녀가 이름을 알아맞히자 모두들 놀라 할 말을 잃고 말았다. 그녀는 그들이 뱉은 한두 마디 말만으로 그들 한 사람 한 사람의 이름을 댔다. 그들의 이름을 하나하나 짚어낼 때마다 작지만 친근한 빛이 솟아올랐다. 그녀는 이 말이 이상하게 들렸을 거라는 걸 알았다. 하지만 정말 그런 식이었다. 옷장 속에 갇혀 홀로 시간을 보내면서 그녀는 그들의 서로 다른 목소리를 전부 익혔던 것이다.

 그리고 아마도 적잖이 사랑에 빠진 것 같았다. 그들이, 자신이 추구해온 바가 무엇인지 명확하게 알기도 전에 그녀가 찾아낸 동지들이었기 때문은 아니었다. 그들이 놀랄 만한 세상에 대한 얘기를 갖고 있었기 때문도, 놀랄 만한 세상이 된 이유를 열거할 만한 목록을 갖추고 있기 때문도, 권력 분리와 인종차별적 질병과 유물론적 치유책 같은 중대한 해결 방안을 제시했기 때문도 아니었다. 그들이 그녀였기 때문도 아니었다. 아직 그녀가 완전히 초탈하지 못했기 때문에, 그래서 그것이 그녀에게 희망을 주었기 때문도 아니었다. 단지 그때 그녀의 나이 열아홉이었고 고매한 이상을 위해 헌신하는 존재들이 결집된 집단과 사랑에 빠졌기 때문이었을 것이다. 아마도 쿠바의 사탕수수 수확이나 미시시피에서 투표자 등록을 하는 유권자들, 혹은 그녀가 다니던 학교의 드넓은 잔디밭의 안전과 치안을 촉구하는 전단지를 나누어주는 행위와 사랑에 빠졌기 때문이었을 것이다. 그런데 그녀는 전에 그런 일을 해보지도 않았었다. 그런 일을 해야 한다는 생각이 자연스럽게 들었던 적도 없었다. 그 지역에서 그 시기를 살았던 그녀 나이 또래의 대부분 아이들처럼 그녀도 그랬다. 집요한 신념 체계 같은 게 결여되어 있었다. 그냥 막연하게 '무언가 해야 한다'는 필요성을 느꼈을 뿐이었다. 그러나 그녀가 누구의 딸이라는 견지에서 볼 때, 자신이 그런 필요성을 더 강하게 느꼈는지, 아니면 그 필요성에 부응할 능력이 더 줄어들었는지 여부를 그녀로서는 말할 수 없었을 것이다. 그녀가 아는 것이라고는 단지 자기 이름이 그녀에게는 문제라는 점이었다. 그녀는 다른 자매들처럼 한 번도 그 이름 때문에 격려를 받거나 힘을 얻었던 적이 없었다. 그렇다고 그 이름에 반하여 스스로를 규정하는 담대함을 품었던 적도 없었다. 그저 자신이 사람들 눈에 너무 잘 띈다고 느꼈고 어렴풋이 죄의식이 들기도 했다. 어느 날 밤에 그녀가 자신이 살게 된, 캠퍼스에서 벗어난 대학 기숙사의 문을 열었을 때—여느 대학 신입생들이 보기에는 훌륭한 시설이었고 세련되었으며 상당히 넓은 기숙사였는데도 불구하고 그녀의 어머니 수준으로는 소박한 거처였던 그곳에서 느꼈던 낯설음, 그리고 복면을 하고 총을 든 사내들에게 붙잡혔을 때 그녀가 느꼈던 형언할 수 없는 공포의 밑바닥에는 자신이 진 빚을 갚아야 할 날이 마침내 왔다는 기분도 깔려 있었다.

눈가리개를 벗은 그날은 습하고 따뜻했다. 아마 삼월 중순이었을 것이다. 한 달여 만에 처음으로 그녀는 거리의 소음을 들었고 축축한 흙냄새도 맡았다. 그들은 창문을 열어 환기를 시켰고 커튼이 바람에 날리지 않도록 가장자리에 압정을 찔러놓았다. 그녀의 몸은 열린 창문으로 기어올라 밖으로 나가려는 시도는 고사하고 걷기조차 힘든 상태였는데도 불구하고 그들은 소파와 연결하여 그녀의 손목에 수갑을 채워놓았다. "지금 여기가 미국이에요?" 그녀가 물었다. 그들은 그렇다고 대답했다. "캘리포니아인가요?" 이 질문에 대해서는 그렇다고 시인해주지 않았다. 그로부터 몇 주가 더 흐르고 나서야 그녀는 자신이 여전히 샌프란시스코에 있다는 사실을 알고 놀랐다. 그녀가 어린 시절 살았던 집에서 불과 몇 킬로미터밖에 떨어져 있지 않다는 사실도 경악할 일이었다. 그 집에서 그녀의 부모는 매일 기자들을 향해 성명을 내고 있었다. 그녀가 머문 아파트에서는 팬핸들 공원이 마주 보였다. 거기서 풍겨나오는 축축한 흙냄새가 경이로웠다.

미주리 주 경찰대가 총출동한 자리에서 창피한 꼴을 당한 뒤에 그들은 새 도로로 접어들어 다시 동쪽으로 차를 몬다. 그동안은 서쪽으로 달려왔기 때문이다. 달리는 자동차 안에서 그들은 판초 비옷과 챙 넓은 모자를 쓴 그 사내들이 불현듯 깨닫게 되리라는 상상을 한다. 아마도 그들의 얼굴은 그 사내들의 마음속에 암실에서 현상되는 사진 영상처럼 떠오를 것이다. 그리고 더 이상 모자에 가려 피어나는 영상이 흐려지는 일은 없을 것이다. 그들은 뒤늦게 무선으로 긴급 연락을 하고 전국에 지명수배를 내리는 상상을 한다. 이 일이 있기 전에는 지명수배의 싹이 달리가 품은 의혹의 씨앗에서 돋아날 거라고 상상했었다. 달리의 뇌는 나이 탓에 다소 메말랐긴 했어도 여전히 비옥했기 때문이다. 아마도 달리는 폴린의 얼굴을 단박에 알아보지 못했을 것이다. 그러나 이미 씨앗은 떨어지고 말았다. 그녀를 찾아간 그 주가 끝나갈 무렵이나 아니면 바로 그날 그녀는 자신이 즐겨앉는 의자에 몸을 깊숙이 묻고서 밤마다 만나는 자신의 데이트 상대인 월터 크론카이트를 보았을 것이다. 월터 쇼에서 보여주는 사진 한 장으로 달리의 뇌가 피어날 테고 마침내 수화기를 집어들 것이다. 폴린을 신고한 대가로 받을 포상금은 그녀가 자동차 값으로 받은 돈보다 많은, 상당히 큰 액수이다. 그래서 제니와 폴린은 서쪽으로 자동차를 몬다. 덩굴손이 그들 뒤에서 손을 뻗치고 있으므로. 그런 다음 다시 동쪽으로 몬다. 주 경찰관들이 그들의 신분을 파악하게 되었으므로. 그런 다음 다시 북쪽으로 방향을 튼다. 그동안 동쪽으로 너무 멀리 갔으므로. 그리고 이렇게 달리는 동안 아무 일도 생기지 않는다. 그들은 완만하고 크게 한 바퀴를 돌아 다시금 서쪽으로 달리기 시작한다.

  미시시피의 서쪽 어딘가에 다다르자 땅덩어리 전체가 약간 기울어진 듯하다. 그들은 분명하지 않은 어느 꼭대기로 서서히 올라가는 듯한 기분이 든다. 달리에게서 산 자동차는 과열되기 시작하지만 제니는 이런 경우 어떻게 대처하는지 알고 있다. "냉각시켜 주면 그만이야. 우린 괜찮아." 그녀가 말한다. 폴린은 그들이 주차한 자리가 자욱해질 만큼 담배를 많이 피운다. 이런 날 가운데 어느 하루, 그들은 1미터가 넘는 키의 캐나다 두루미가 들판에 축 처져 있다가 다시 일어서는 모습을 본다. 또 어떤 지역에서는—콜로라도일까? 아니, 와이오밍일까?—머리 위로 돌고 도는 사다새 떼를 본다. 어울리지 않게 우아한 몸짓으로 수중발레 공연을 펼치는 듯한 광경이다. 이런 새들은 도대체 여기서 무얼 하고 있는 걸까? 이런 데는 바다와 가깝지도 않은 지역 아닌가! 나중에 나이가 더 들면 제니는 심심풀이로 집어든 책의 한 귀퉁이에서 우연히 알게 될 것이다. 흰 사다새들이 북쪽 끝에서 멕시코 해안까지 철새 이동을 할 때에는 대평원의 좁고 긴 내륙을 통과한다는 사실을. 잠시 그녀는 의아해질 것이다. 왜 이렇게 사소한 정보가 자신을 이토록 놀라게 하는지, 자신의 가슴을 이토록 아프게 하는지에 대해. 지금 사다새 떼는 그저 신비로운 마법일 뿐이다. 바다는 보이지 않고 육지만 에워싼 광활한 이 땅에서 날아다니는 사다새들의 모습을 보노라면 야릇하리만큼 그녀와 폴린은 행복감에 젖는다. 그들은 뜨거워진 자동차의 열기가 식을 때까지 기다린다. 귀에 들리는 소리는 자동차 엔진에서 나는 틱 틱 틱, 하는 소리와 바람 소리뿐이다.

어느 날, 하얀 김을 소용돌이처럼 뿜어내며 냉각기 뚜껑이 완전히 튕겨져 나가버린다. 나중에, 큼직한 바위들이 여기저기 흩어진 축축한 산비탈 꼭대기까지 이어진 듯 보이는 어느 폐차 처리장에서, 제니는 자동차 시체들 사이로 걸어가 말 없는 한 남자에게 다가간다. 그 남자는 새 뚜껑을 찾아줄 수 있겠다고 말한다. 너덜너덜한 잿빛 구름이 그들의 손이 닿을 수 없는 곳으로 막 사라진 듯하다. 그러자 몇 킬로미터에 걸쳐 늘어선 폐차들이 보인다. 지평선 위로 폐차들 말고는 아무것도, 집 한 채도, 송전선 한 줄도 없다. 길 위에 홀로 달리고 있는 자동차조차 없다. 그들은 지금 태초의 시간에 웨일즈 지방에 와 있는지도 모른다. 그 남자는 틀림없이 맞을 거라고 생각한 뚜껑을 몇 개 집어들고는 제니와 함께 몸을 돌려 자동차 쪽으로 다가온다. 폴린이 차 안에 있다. 그녀는 축축하고 차가운 냉기를 털어버리려고 팔짱을 끼고 앉아 있다. 그녀의 부스스하고 밝은 색 머리카락이 마치 바람에 날려온 민들레 홀씨 같다. 남자는 후드를 받쳐 세워놓고 제니에게 어디서 왔느냐고 묻는다. 그녀는 생각나는 대로 아무렇게나 "매사추세츠"라고 대답해 준다.

"내 말은 원래 고향이 어디냐니까요?"

제니는 그에게 자신이 이 나라에서 태어났다고 말해봐야 아무 소용이 없다는 걸 안다. 그래서 "일본"이라고 말해준다. 남자가 듣고 싶었던 대답이다.

"아가씬 어디요?" 그가 폴린에게 묻는다. 바람에 날린 머리카락이 그녀의 얼굴을 때린다. 그녀는 모자를 쓰고 있지 않다. 선글라스를 쓰기에도 날씨는 너무 흐리다.

폴린이 대답한다. "매사추세츠."

이 남자는 이 대답에 별다른 흥미를 보이지 않는다. 그는 들고 온 뚜껑을 하나씩 차례로 끼워본다. 어느 것이 꼭 맞는지 확인해 보려는 것이다. "해변 쪽으로 가는 중이오?" 그들이 말한 적이 없는데도 그는 자신의 짐작대로 넘겨짚는다. "젊은 친구들은 모두 거기서 살고 싶어하니까. 아—바로 저거군." 그는 그 뚜껑을 마지막으로 한 번 더 돌려서 조여준 다음 구부린 몸을 일으키고 등을 쭈욱 편다. "아가씨를 보니 누군가가 떠오르는군." 그가 폴린에게 느닷없이 말한다.

폴린이 화들짝 놀란 얼굴로 그를 쳐다본다.

"아가씨가 라라미에에 살았던 적이 있었을 것 같지는 않은데."

"아닌데요."

"거기서 학교를 다닌 적도 전혀 없고?"

"아뇨."

"아가씬 여배우나 뭐 그런 거요?"
"아뇨."
"그거 참 흥미롭네요. 아가씨를 텔레비전에서 본 것 같은 기분이 들거든."

또 시작이군, 제니가 생각한다. 인적도 없는 자동차 폐차장에서, 세상 꼭대기에 올라와서. 그들 머리 위로 검은 구름이 바람을 타고 흘러간다. 습기 찬 바람에는 비 냄새가 배어 있다. 이렇게 흐린 날의 빛 속에서 보면 폴린의 눈동자는 초록색이 아니고 잿빛이다. 폴린이 제니를 바라본다. 제니도 뒤돌아본다. 그들의 시선이 실처럼 서로 엉킨 채 허공에서 멈춘다. "아가씨는 분명 어느 여배우처럼 생긴 게 틀림없어요." 그 남자가 어깨를 으쓱하며 단정 짓는다. "일 달러만 주시오." 그가 제니에게 말한다.

그리고 다시 길을 나선 두 사람은 로키 산맥을 넘으려고 한다. 그리고 자동차는 다시 또 과열된다. 불타는 오렌지 빛이 계기판에 비치자 그들은 꼼짝달싹 못하게 된다. 자동차가 심한 압박을 받고 있다는 증거이다. 폴린은 어렵사리 계기판에서 눈을 떼고 지도책을 자세히 들여다본다. "여기서 몇 킬로미터만 가면 작은 동네가 나와요. 우리가 거기까지 갈 수 있을 거라고 생각해요?" 그들을 태운 자동차는 시속 20킬로미터로 엉금엉금 기어서 나아간다. 중기기관차처럼 구름 같은 연기를 길게 뻗치면서. 그렇게 천천히 가서 한쪽으로는 셔터를 내린 주유소가 있고 다른 한쪽으로는 여행자용 가로변 숙박업소가 보이는 곳까지 다다른다. 아마도 이곳이 소읍이 시작되는 맨 첫 표시이리라. 그러나 자동차는 여기서 그만 기력이 다하고 만다. 그들은 어둠이 몰려드는 주유소 주유기 옆에서 쉬게 된다. 두 사람의 입에서 새어나오는 하얀 입김이 신비롭고 불가사의한 푸른빛을 띤다. 여행자용 숙박업소는 푹 꺼진 듯 지붕이 낮게 내려앉아 있고 타르를 칠한 건물이다. 건물 뒤로 솟은 컴컴한 산기슭이나 어둠으로 물드는 하늘과 잘 구분되지 않는다. 그래도 맥주 네온 광고판은 몇 개 보인다. 버드와이저와 쿠어 등의 네온사인이 마치 보석을 박아놓은 것처럼 숙박업소 건물을 밝혀준다. 그들은 이미 자동차의 시동을 껐다. 그 자체로 불길해 보이는 오렌지 불도 꺼져버렸고 계기판의 나머지 불도 죄다 꺼졌다. 그리고는 길 저편의 붉은색과 푸른색으로 씌어진 글자들을 바라본다. 따뜻한 호박색 머그잔에 담긴 흰 거품이 빛나는 간판을. 그들의 귀에 희미하게나마 음악이 들려온다. 다섯 대의 트럭과 한 대의 자동차가 세워져 있다. 이제 제니는 소음 같은 건 없다는 걸 깨닫는다. 오직 이 건물뿐이다. 외진 주거지역들 사이에 일정한 거리로 세워진 만남의 장소로서.

그녀는 폴린을 바라본다. 폴린도 그녀를 바라본다. 두 사람 중 누구도 그런 생각을 입밖에 내려는 것 같지 않다. 두 사람 사이에 합의는 이미 이루어진 것이므로. 폴린은 자신의 금발 곱슬머리를 부풀린다. 그들은 플라스틱 컬 클립을 구입하여 매일 밤마다 폴린의 머리를 감아왔다. "내 주근깨가 지저분하죠?" 폴린이 제니에게 묻는다. 제니는 차의 실내등을 켜고 폴린의 얼굴을 살펴본다.

"아니." 그녀가 말한다.

두 사람은 자동차 밖으로 나와 차문을 잠근 다음 고즈넉하고 컴컴한 길을 가로질러 간다.

나중에 제니는 그들을 향해 쏠린 홀 안의 시선이 마치 그녀의 살갗에 어떤 물체가 닿는 것처럼 느껴졌다고 기억했다. 저 멀리서부터 쳐다보는 사람들의 시선이 파도처럼 부딪히고 물마루를 이루었다가는 다시금 밀려나갔다. 낮게 걸린 전등으로 밝힌 당구대가 하나 놓여 있었다. 둘은 뚜렷한 종 모양을 이루며 빛이 환하게 비치는 곳으로 걸어갔다. 사람들이 당구채를 들고 그 빛 속에 몸을 담갔다가 다시 빠져 나왔다. 당구대 너머로는 방치된 테이블 몇 개가 놓여 있었다. 그리고 기다란 바에 자리잡았던 몇몇 사내들이 고개를 그들 쪽으로 돌리고 있는 모습이 보였다. 이렇게 희미한 불빛이 비치는 작은 공간에 있는 사람은 열두 명을 넘지 않았을 것이다. 천장이 어찌나 낮은지 그녀가 발끝으로 서면 손바닥이 닿을 정도였다. 그렇지만 가까운 사람들이 군락을 이룬 아주 오래된 집단 거주지 같은 공간에 들어섰다는 느낌만은 가시지 않았다. 그 공간에 들어선 두 사람은 그래서 너무나도 눈에 잘 띄는 침입자가 되었다. 방안에 있던 그 누구도 또렷이 보지 못했음에도, 그녀의 시력은 한 점으로 축소된 것 같았다. 자신들 외에 여자들이 몇 명 더 있다는 사실은 감지되었다. 그녀는 그것이 어떤 면에서는 여성 특유의 감각이라는 생각이 들기 시작했다. 이런 상황에서 다른 여자들은 항상 그들 고유의 냉담함을 도드라지게 발산하기 마련이다. 그리고 아주 적은 수라 해도 남자가 대부분인 방안의 흥분된 분위기를 바꾸어놓을 수 있다. 아마도 그녀는 이런 상황에서 자신의 관심사가 얼마나 많이 변했는지에 대해서만 골똘히 생각하고 있었으리라. 아니, 어쩌면 그런 생각을 전혀 하지 않았던 것이리라.

문을 열었을 때 주크박스에서는 음악이 시끄럽게 흘러나오고 있었고 방안의 관심이 만져질 듯 분명하게―호기심과 냉담함, 얼마나 중요한지 평가하려는 태도, 이 모든 게 한데 뒤섞인 관심이―그들 쪽으로 갑자기 쏠렸다. 그런데도 내기 당구를 접으려는 이는 아무도 없었고 주크박스의 음악을 따라 부르는 소리도 여전히 그치지 않고 들려왔다.

그런데 모두가 마치 한 사람처럼 일제히 그들을 뚫어져라 쳐다보았을 때는 인간이 보여주는 두 가지 종류의 표현 방식, 즉 관심과 대화의 끈이 한순간 벗겨진 듯했다. 그런데도 그들의 목소리에는 이전과 변함없는 무관심이 고스란히 실려 있었다. 길쭉한 바 쪽으로 천천히 다가가는 동안 그녀와 폴린은 눈에 보일 만큼 겁먹은 표정을 지었음에 틀림없었다. 그러나 바까지 가자 제니는 금세 기분이 나아져서 마치 등 뒤로 문을 잡아당겨 닫듯이 스툴 위에 올라앉았다. 폴린도 그녀 옆의 스툴 위에 올라앉았다. 그들은 서로를 마주보지 않았다. 회의를 열어 의견을 나누어야 할 만큼 심하게 위협을 느끼는 것처럼 보이고 싶지 않았기 때문이리라. 허리께가 맥주통처럼 불룩 튀어나온 중년의 사내로 격자무늬 작업 셔츠를 입고 있는 바텐더는 자신의 판단을 자제하고 있다는 표정을 노골적으로 드러내면서 그들 쪽으로 다가왔다. 그리고는 무얼 주문하려는지 물었다. 제니는 맥주를 시켰고 폴린은 제니의 말을 앵무새처럼 따라했다. 제니는 이제 폴린이 맥주를 그다지 좋아하지 않는다는 걸―폴린은 맥주가 너무 쓰고 거품이 들끓는다고 생각했다―알고 있었다. 그러나 폴린은 나온 맥주를 아주 차분하게 받아들였다. 마치 이 드넓은 땅덩어리를 오르락내리락 하는 동안 맥주를 거리낌 없이 받아들이게 되었다는 듯이, 이런 맥주잔을 건네받는 것을 일상적인 일로 생각한다는 듯한 태도였다. 제니는 바텐더에게 맥주 값을 치렀다. 그리고 그가 계산대 쪽으로 돌아가자 1달러 지폐를 표나지 않게 탁자 위에 내려놓았다. 그걸 알아채고 바텐더는 "고마워요"라고 인사했다. 그리고 팁으로 받은 1달러 지폐를 지폐 몇 장과 거스름돈 동전들이 들어 있는 커다란 유리병 속에 집어넣었다.

제니는 윌리엄과 같이 험하고 거친 분위기의 바에 들어가는 것을 연애를 시험하는 한 부분으로 여겼었다. 물론 여느 사람이라면 여기에 혹독한 길들이기를 통한 신고식이라는 용어를 붙일 수도 있다고 그녀는 생각했었다. 윌리엄은 자신의 정치활동에 그녀를 합류시켜 주지 않았었다. 그녀가 정말로 바로 그런 여자—히스페닉계 지역의 거리를 그와 어깨를 나란히 하고 으스대며 걸을 수 있는 그런 여자, 마치 거기서 태어난 것처럼 활보할 수 있는 그런 여자라는 걸 입증해 보이기 전까지는. 그가 했듯이, 학생들에게 구타까지는 아니더라도 경멸과 질시를 받아도 의연하게 바에서 맥주를 마실 수 있는 그런 여자라는 걸 입증해 보이기 전까지는. 윌리엄은 전도된 지위를 누렸었다는 생각이 지금 그녀에게 떠올랐다. 그는 자신의 노력으로 그들이 처한 상황에 가치와 존엄을 부여해 주었으므로 가난한 사람들이 사는 지역, 언저리에서 소외받는 사람들이 사는 지역에서는 특별하고 진심에서 우러나는 대접을 받을 자격이 있다고 여기는 듯했었다. 이 바가 예전에 보았던 그런 바와 비슷하다는 말은 아니었다. 맥주를 3분의 2쯤 쭉 들이켜고 나자 그녀는 자신의 오감이 차분하게 가라앉고 인식은 한결 명료해졌다는 것을 느낄 수 있었다. 이 바는 사람들이 서로 치고 받고 싸우는 비좁고 어두침침한 장소는 아니었다. 그녀와 폴린은 바에 있던 모든 사람들에 의해 여행자라는 꼬리표가 달렸다. 그들의 행색에는 바에 빈번하게 들르는 사람과는 무언가 다른 모습이 어려 있었던 것이다. 그렇다고 해서 놀랄 만큼 희귀한 차림새라는 말은 결코 아니었다. 바텐더는 바의 맨 끝에서 한쪽 다리를 세우고는 사람들과 이야기를 나누고 있었다.

"왜 넌 맥주를 달랬어?" 제니가 폴린에게 물었다.

"맥주를 좋아하니까요." 폴린이 대답했다. 그녀는 맥주를 마치 약을 삼키는 것처럼 인상을 찌푸리면서 재빨리 홀짝홀짝 마시고 있었다.

"넌 맥주 안 좋아해." 제니가 반박했다.

바텐더가 그들 쪽으로 다가와서 "한 잔 더 줄까요?"라고 물었다.

"난 위스키 주세요." 폴린이 말했다.

"얼음 넣어요?"

"스트레이트로, 소다수만 조금 넣어줘요." 그녀가 몸을 똑바로 펴면서 지켜보았다. "아니, 조금 더요. 됐어요."

"놀랐는데." 바텐더가 다시 가버리자 제니가 말했다.

"그만해요." 폴린이 말했다.

"네가 운전을 하지 않는 게 정말 다행이군. 프레이저라면 뭐라고 했을지 내가 얘기했었나?" 그들은 각자의 스툴을 끌어당겨 좀더 가까이 앉았다. "그였다면 도주자를 위한 지침서에는 꼭 세 가지 간단한 규칙이 있다고 말할 거야. 운전하지 마라."

"이런!"

"취하지 마라."

"흠, 우린 거의 취한 적이 없잖아요."

"그리고 네가 누군지 모르는 사람들과 같이 자지 마라. 혹여라도 감정이 뜨거워지는 순간에 그들에게 네 정체를 말하게 될지 모르니까."

"오." 폴린이 눈을 치떴다. 그녀는 은밀한 눈길로 바 안을 살펴보았다. "적어도 우리가 세번째 규칙을 어길 염려는 없네요." 그녀가 단정하듯 말했다. 두 사람은 갑자기 미친 듯이 낄낄거렸다.

석 잔째 마시게 되자 그들의 소행을 시험하는 심사 기간은 끝이 난 듯했다. "이 잔은 제가 삽니다." 바텐더는 주먹으로 바를 톡톡 치면서 말했다. 한 남자가 당구대 쪽에서 다가와 그들 바로 곁에 섰다.

"그러니까 당신은 뭐요?" 남자는 당구채에 몸을 바싹 기댄 채 따지듯이 물었다. "내가 이렇게 묻는 걸 괘념치 않는다면 말이오."

"사람이에요." 폴린이 말했다.

"알아맞춰 볼래요?" 제니가 말했다.

"크로족 인디언. 아니, 에스키모."

"틀렸어요, 틀렸어." 제니가 말했다.

"이 사람은 캘리포니아 주민이랍니다." 폴린의 말에 제니가 그녀에게 발길질을 했고 폴린이 얼굴을 찡그렸다. "어째서 당신은 내가 뭔지는 물어보지 않는 거죠? 단지 그 이유가……." 제니가 다시 폴린을 발로 찼다.

"난 네가 누군지는 알지. 넌 골칫덩어리 소녀, 그것도 대단한 골칫덩어리라 불리지." 남자는 추억에 젖은 목소리로 말했다.

나중에 바텐더가 그들에게 와서 말을 걸었다. "뉴욕으로, 그래요?" 제니가 그들의 행선지를 뉴욕이라고 대자 보인 그의 반응이었다. 순간 그녀는 일어나서 춤을 추고 싶었다. 춤추고픈 강렬한 충동이 전율처럼 온몸으로 퍼지자 그들이 다시 동쪽으로 가고 있다고 말해야 할 것만 같았다. 그가 그날 밤 어디서 묵을 작정이냐고 물어오자 제니는 캐스퍼라고 대답했다. 자동차를 몰고 오면서 맨 마지막에 보았던 큰 도시 이름이 떠올랐던 것이다.

"거기랑 여기 사이에는 도시가 그리 많지 않지요. 그건 내가 장담합니다. 나는 캐스퍼를 좋아하지 않아요. 난 골수로 촌놈이니까. 그런데 뉴욕이라구? 나를 그리로 데려가려면 온몸을 꽁꽁 묶고 입에다 재갈을 물려서 끌고 가야 할 걸. 그런 식으로 어떻게들 살아가는지 이해가 안 돼요."

"탁 트인 넓은 공간에 익숙해진 사람이라면 그렇게 살지 못하죠."

폴린이 열정적으로 말했다. "내가 어렸을 때 우리 부모님은 이만큼 큰 집을 갖고 계셨죠. 물론 이런 목장은 아니었지만. 산 속에 있었죠."

"나는 낚시를 낙으로 살아요. 만일 내게 묻는다면 다시 돌아가서 잭슨을 눈여겨보라고 말할 거예요. 내가 어디 한 번 맞춰볼까요…… 당신은 낚시를 안 해요."

"우리는 음, 시애틀에서 오는 길이에요. 어떤 길로 왔느냐구요? 작은 길로 왔죠…… 주간 고속도로는 타지 않았으니까……."

"우린 포장 안 된 시골길을 좋아하죠."

"나도 그런데. 시골길을 달리다 보면 재미있는 게 눈에 많이 띄거든요. 당신들 오면서 아웃로 인(Outlaw Inn, 무법자 여관 : 옮긴이) 봤겠지요? 그렇죠? 실례합니다, 숙녀분들." 바의 다른 편에 앉은 갈증난 무리들이 벌써부터 그에게 손을 흔들고 있었던 것이다.

바텐더가 자리를 뜨고 둘만 남게 되자 폴린이 말했다. "저 사람 그게 여기 이름이라고 말한 건가?"

그들은 이 바에 들어온 뒤 처음으로 바 천장 가까이에 포스터를 길쭉하게 잘라 띠 모양의 장식 벽지로 썼다는 게 눈에 들어왔다. 귀퉁이는 테이프를 붙이거나 압정을 눌러 고정시켰는데, 포스터 조각들은 바의 공백을 가득 메우고도 모자라 벽지 위까지 뒤덮고 있었다. 스툴 위에서 몸을 비틀어 가느다란 줄 같은 담배연기 사이로 제니는 저만큼 떨어진 바의 벽까지 빼곡히 붙은 포스터들을 보았다. 무수한 포스터 위에 다시 포스터들이 덧붙여졌고 코밑 수염이 심하게 더럽혀진 포스터들, 말풍선이 뭉개진 포스터들, 아니면 귀퉁이가 찢겨져 나간 포스터들도 있었다. 그 가운데 몇 점은 진기한 복제품이었다. 복고풍의 세피아 톤을 깔고 반항적인 포즈로 총을 흔드는, 있을 법하지 않은 가공의 인물들 그림도 보였다. 지명수배 : 무법자 제시 제임스. 지명수배 : 빌리 더 키드. 지명수배 : 존스턴 카운티에서 축우 절도죄. 그런데 대개의 포스터들은 진짜였다. 그 포스터들은 수십 년을 아우르는 것처럼 보였다. 포스터들을 바라보며 제니는 이 많은 포스터가 이 여관이 영업을 해온 세월을 나타내는 걸까, 혹은 주인이 영감을 얻어 포스터를 수집하기 시작한 후로 흐른 세월의 길이일까 궁금해졌다.

"저기 내가 있어요." 폴린이 소곤거렸다.

그녀가 거기 있었다. 바 위에, 바로 바텐더의 머리 위에. 낮은 천장 바로 밑에 붙어 있었다. 그것은 75도 각도로 찍은 낯익은 얼굴이었다. 갈색 머리를 단정하게 손질하고 진주 목걸이를 한 모습의 사진. 다른 누군가의 얼굴 위에 네 귀퉁이를 압정으로 눌러 놓은 포스터. 포스터의 가장자리는 빠닥빠닥했고 색도 바래지 않았으며 낙서도 없었다. 그녀는 포스터의 사진을 오랫동안 응시했다. 그리고 나서 폴린의 얼굴을 바라보았다. 포스터의 인상보다 더 야위고 긴장되고 일그러져 보였다. 눈 아래가 움푹 꺼졌고 광대뼈는 훨씬 더 도드라졌다. 게다가 빛바랜 노랑 머리카락은 탈색된 흔적이 완연했고, 그것이 그녀의 전체적인 분위기마저 흐릿하게 만들었다. 그것이 그녀를 다소 다르게 보이게 만들었다. 머리카락 때문에 그녀가 천박해 보인다는 걸 제니는 깨달았다. 좀 허기진 듯해 보였고 딱딱한 인상이었다.

폴린은 술잔을 쥐지 않은 손을 제니의 손 안으로 살짝 밀어 넣었다. 그리고는 남아 있던 술을 모두 입 속에 털어 넣었다.

"자, 우리는 캐스퍼로 가는 거야." 두 사람이 미끄러지듯 스툴에서 내려올 때 제니가 큰 소리로 말했다. "술 정말 고마웠어요."

"잘 가요, 아가씨들. 이 아가씨들은 뉴욕으로 떠납니다." 바텐더가 바에 있는 사람들에게 큰 소리로 알렸다.
"청춘이란 크나큰 실수를 쫓아가는 법이니까." 누군가가 말했다.

어느날밤, 한 도로변 모텔에서 폴린이 묻는다. "그런 거 해본 적 있어요?—여자랑 같이 자봤어요?" 제니는 그들이 어디 있는지 확실히 알 수가 없다. 창밖으로 산이 보이는지, 아니면 바닷물이 들어오는 저습지인지, 시에라 산맥 주변의 소나무 우거진 협곡인지, 혹은 끈적끈적한 판야나무의 솜털 같은 꽃가루가 대기 중에 떠다니는 큰 강 유역의 평야인지, 풍차가 돌아가는 더운 날씨인지. 그들은 온밤을 쉬지 않고 달려왔고 지금은 낮이다. 한낮의 태양은 커튼으로 차단해 놓았다. 둘은 각각 다른 베개를 베고 침대에 누워 있다. 텔레비전 화면은 불안하게 계속 껌벅거린다. 두 사람 모두 잠을 이루지 못한다.
"……아니." 제니가 한참 뜸을 들인 다음 대답한다.
"그러고 싶은 적 있었어요?"
"모르겠어. 만일 그런 마음이 들었다 하더라도 깨닫지 못했을 거야."
"당신이 처한 상황들이 그런 감정을 억압했을지 몰라요. 설령 그런 기분이 들었더라도 남의 눈에 띄지 않도록 감춰져 있었겠죠."
잠들었을 때 두 사람의 몸은 침대 한가운데서 서로 엉킨다. 어느새 밤이면 서리가 내리긴 했지만 춥지 않을 때에도 그들은 서로 몸이 닿은 채로 잠에서 깨어난다. 때로는 꼭 들러붙어 서로의 몸을 어루만지고 있을 때도 있다. 폴린의 작은 가슴이 그녀의 등에 착 밀착되어 있고 폴린의 팔은 그녀의 허리를 감싸 안고 서로의 넓적다리는 앞뒤로 붙인 채로. 차가운 두 사람의 발과 낡은 티셔츠, 그리고 팬티까지 밀착시킨 채로. 서로의 성기에서 따뜻한 빵처럼 풍겨 나오는 냄새를 맡으며. 그것이 전부이다. 그 한 번의 대화에도 불구하고, 혹은 그 한 번의 대화 때문에 그런 생각 자체에 대해 날을 세우고 있을 뿐이다. 그러면서도 동시에 그들의 몸은 잠이 들어 의식을 못하는 척 가장하여 서로에게 차츰차츰 다가간다. 나중에, 아파트를 구하게 되면 그들은 의례적으로 서로간에 거리를 둘 것이다. 방 하나라도 침대는 두 개이고, 욕실은 하나라도 급하게 다시 길을 떠나지 않는다면 더 이상 두 사람이 같이 샤워를 하지 않게 될 것이다. 그러므로 오로지 늦은 밤, 그들이 혹시라도 와인을 너무 많이 마셔 취하게 될 때, 두 사람이 싸워서 폴린이 자기 엄마에게, 제니는 자신의 아버지에게 전화를 걸 뻔하는 그런 밤일 때, 자신의 갑옷 같은 보호막이 벗겨진 걸 본 상대방을 증오하게 될 때, 오로지 그런 밤일 때만 노골적으로 어떤 성적인 전쟁을 갈망하게 될 것이다. 상대방을 소유하고 자기 자신은 말살해 버리는 그런 전쟁을. 그들은 성교를 하고 싶어질 것이고 팔과 다리를 휘감고 싶어질 것이고 서로의 몸에 으스러질 듯 밀착하고 싶어질 것이다. 그들은 정처 없이 돌아다니며 묵었던 모텔 방으로 되돌아가는 꿈을 꿀 것이다. 찌뿌드드한 모텔의 침대를 꿈꿀 것이다. 그러나 모텔에 머무는 동안에는 정작 아무것도 하지 않는다. 오랫동안 잠을 못 이룬 탓에 마약에 취한 것처럼 몽롱한 상태로 눈을 뜬다. 오랫동안 그들은 어린 시절을 보낸 집을 기억하지 않는다. 부모의 얼굴도 기억하지 않는다. 이전의 역사는 전부 비현실적으로 보인다. 자신들이 법망을 피해 도망다니는 막대한 몸값이 붙은 포획 대상이라는 것을 기억하지 않는다. 이렇게 끈적끈적한 모텔 방에 틀어박혀서도 절대 섹스를 하지 않는다는 것은 어쩌면 놀라운 일이다. 그것은 그들이 새롭게 찾아내야 할 비밀이 아니다. 폴린이 어둠을 틈타서 덮친 적이 있었다. 그녀의 심장이 혼란과 두려움으로 요동치는 걸 느꼈다. 그녀는 혀를 한 여자 속으로 조심스럽게 밀어 넣었다가 움찔하며 주춤거렸다. 그리고는 다시금 밀어 넣었다. 이럴 때, 처음에는 언제나 욕망에 이끌린다기보다는 고분고분했다. 그리고 나서야 불현듯 한 번도 겪어보지 못했던 최면 같은 그 무엇을 향한 욕망을 걷잡을 수 없이 쏟아냈다. 그러나 이제 그것도 거의 기억나지 않는다. 그들은 아직 깨닫지 못하고 있으나 이번에도 그런 식이 될 것이다. 가까운 미래에 이것은 반절쯤 이해되는 열에 들뜬 꿈이 될 것이다. 어쩌면 그들이 섹스를 하지 않는 것은 놀라운 일이 아닌 것이다. 안개가 낀 듯 몽롱한 정신 상태가 너무나 두터워서 강한 욕망으로까지 감정이 돋우어지지 않을 정도이니까. 오전 일곱시. 제니가 살금살금 밖으로 나가 저녁 요깃거리를 구해야 할 시간이 거의 다 되었다. 그녀는 마지막 햇살마저 스러질 때까지 기다린다. 문지방에서 조금 모자라게 쳐진 커튼 틈으로 밝은 햇살이 한 줄기 새어 들어온다. 폴린은 자리를 옮기고 텔레비전을 뚫어져라 쳐다보다가 자신의 얼굴이 나오자 기겁을 한다. "볼륨을 높여요." 그녀가 제니에게 말한다. 그러나 제니는 자기가 몸을 일으킬 거라고 상상은 하지만 정작 그러지는 않는다. 그들은 그럭저럭 텔레비전에 폴린의 얼굴이 보여도 동요하지 않게 되었다. 폴린의 얼굴이 뉴스 앵커의 어깨 위로 지나치게 큼직한 카메오 세공 브로치처럼 떠오른다. 다시 또 그 얼굴 사진이다. 75도 각도를 잡아 찍은 사진, 갈색의 윤기 흐르는 머리는 세심하게 손질되어 있고 굵은 진주 목걸이도 늘 보던 그 모양이다. 어깨선이 제대로 보이기도 전에 아무렇게나 끼워 보여준 화면에서 사라진다. 무슨 내용인지 짤막한 최신소식이 나오고 나자 폴린의 사진이 떴던 자리에는 저 멀리 떨어진 세계 어느 지역의 지도가 들어앉는다.

그녀는 자신들이 치명적인 위험을 자초했었다는 생각이 나중에야 든다. 달리의 집을 찾아간 일과 폭우 속에서 트럭과 주 경찰대와 부딪힌 일, 그리고 자동차 폐차장과 바를 찾은 일, 이 모두가 위험천만한 경우였을 것이다. 그들은 아주 오랫동안 조심스럽게 지내오다가 이렇게 멍청한 일로 위험을 무릅쓴 것이다. 밤을 타서 쉬지 않고 달려와서는 바에 들어가고 말았다. 늘 옷차림을 바꾸었지만 타고 다닌 자동차는 늘 같았다. 그들은 신중하려는 자세로 움직이는 듯 보였으나 사실은 스스로를 위험에 빠뜨리고 싶은 끔찍한 충동에 사로잡혀 있었던 것이다. 그들은 체포되는 것을 몹시 두려워했다. 그런데 동시에 그들 자신의 과오가 전혀 아닌 상황에서 체포되기를 갈망했다. 아마도 그것은 결코 상호 모순되는 심정은 아닐 것이다. 그들이 바란 것은 오로지 심판이었으므로. 그들은 자신들이 저지른 범죄를 정면으로 대면하지 못한다는 것을 알았다. 애를 써보았으나 그들의 감정은 온통 자존심과 자기애로만 가득차 있었다. 그들은 자기 자신 때문에 두려웠다. 자기 자신에 대해 섬뜩할 만큼 공포를 느꼈다. 물론 내심으로는 결백을 주장하고 싶었다. 단층처럼 쌓여 있었던 그들의 감정 맨 꼭대기층에는 두려움과 회한이 놓였다. 그 아래층은 자신들이 덜 비난받을 만하리란 사악한 의심이 자리했다. 그들은 후안과 이본느 때문에 희생된 것인지 모른다는 생각이 들었고, 이런 생각은 스스로를 수치스럽게 만들었다. 그리고 나서는 후안 한 사람만 자신들에게 피해를 입혔을 뿐 이본느도 마찬가지로 희생자라는 생각을 했다. 어쩌면 그들 모두가 열악한 환경의 피해를 입은 희생자일 것이었다. 그러나 보다 폭넓고 "보다 진실된" 의미에서 보자면 그들 넷을 비롯하여 프레이저까지 부당한 정부의 희생자였다. 프레이저는 그저 그들을 도와주고 싶었던 것뿐이다. 그렇다면 왜 그들에게는 도움이 필요했었나? 정부의 박해 때문이다. 그들은 이 생각을 좀더 높고 깊고 넓은 차원으로 끌어올렸다. 프레이저는, 골똘히 생각해 보면, 더 많은 돈을 통한 구원을 구상했던 것이다. 그리고 나중에는 그들 또한 그랬다. 결국 이 모든 문제를 야기한 것은 자본주의였다. 그들의 삶은 애초부터 제국주의 폭력의 유물로 인해 위태로웠다. 그들은 제국주의의 폭력을 무위나 나태로 묵과하거나 묵인함으로써 폭력 그 자체를 가능하게 만들었거나, 혹은 그 폭력에 항거하고 저항하면서 더럽혀진 주류를 벗어나 변방의 소외된 자리에 스스로를 내맡겼다. 주류에서 밀려난 언저리에 스스로를 내맡긴 행위가 정당했을지라도 도덕적인 과오를 낳았다. 그러나 그들이 사회의 언저리로 물러나야 하는 당위는 무엇인가? 과거의 그 어느 때보다도 자신의 삶을 혁명에 헌신하는 것이 그들의 의무였다. 그러나 그 정당한 투쟁을 이끌었던 리더들은 누구였나? 그들은 타협을 하지 않았던가? (완전히 그렇다고 할 수는 없을지라도…… 그들이 방아쇠를 당긴 것은 아니었으므로.)

이 복잡한 감정의 단층 아래, 가장 중심부인 뜨거운 마음속에 자리한 감정을 그들은 여전히 어떻게 명명해야 할지 몰랐다. 그들이 함께하는 동안에는 그 감정이 무엇인지 명확하게 이름짓지 않았을지 모른다. 서로가 서로를 바라보는 반경 안에 머문 동안에는 현실이라는 것이 언제나 그들 사이에 따라붙었다. 그러므로 그 속마음의 응어리가 무단으로 침입하지 않았다. 제니는 죽음이라는 게 어떻게 그토록 추상적인 개념으로 한결같이 남아 있을 수 있었는지 생각하면 놀라울 뿐이었다. 그러나 그것은 전혀 놀라운 일이 아니기도 했다. 그녀가 폴린을 처음으로 알게 된 것은 아홉 명의 부당한 죽음이라는 그늘 아래서였다. 그러나 정작 폴린은 이 죽음에 대해 진정으로 알았던 적이 없었다. 그녀는 제대로 인식하는 데까지 나아갈 수 없었다. 그리고 이 죽음, 열 번째가 되는 이 죽음도 그들은 정확하게 받아들이고 견뎌낼 수 없을 것이다. 미스터 모튼. 존칭이면서 동시에 핏기라고는 없는 창백한 성. 그들은 미스터 모튼을 잘 알고 지낸 사람처럼 느끼게 되었다. 그러나 언젠가는 그들이 그렇게 느끼게 된 건 단지 자신을 단죄하고 구제받기 위한 방편으로 삼기 위해서였다는 걸 인정해야만 할 것이다. 그것을 떠나서 미스터 모튼 개인을 세상에 알리기까지는 오랜 시간이 걸릴 것이다.

그래서 그들은 자신들의 실수나 잘못이 아닌 이유로 붙잡히기를 갈망했을지도 몰랐다. 하지만 이런 갈망의 한켠에는 용서받고 싶은 염원이 자리했다. 신으로부터 용서받았다는 징조를 느끼게 되기를 희구했다.(자수는 선택사항이 아니었다. 급진주의란 가톨릭 신앙과 닮아 있다는 생각이 제니에게는 가끔씩 들었다. 극단적으로 자신을 위탁한다는 점, 엄격한 의식을 치른다는 점, 세상의 의미를 전부 해석하고 밝힌다는 점, 절대적인 사탄의 존재, 치명적인 죄, 그리고 그 죄 가운데 하나가 논란의 여지는 있겠지만 아마 가장 나쁜 죄가 될 굴복이라는 점에서.) 그것은 단지 그들이 운이 좋았다는 뜻만은 아니었다. 아니, 차라리 좀더 깊은 뜻이 담겨 있지 않다면 운은 아니었다. 그녀는 참으로 어리석은 운이라는 게 털끝만큼도 중요해져서는 안 된다고 생각했다. 운은 이성적이고 정당한 세계관으로는 수용할 수 없는 바였다. 모든 인간은 평등하게 창조되었다는 생각과 부합되지 못하는 것이었다. 해방운동에서나 급진파의 윤리 강령에서도 운이 들어설 자리는 전혀 없었다. 그렇지만 "지하조직으로 들어가는" 마법과 같은 행동을 감행한 사람들이라면, 상상력이라는 복잡한 미로 속, 자아의 재창조가 가능한 공간에 떨어진 사람들이라면, 그 운이란 걸 믿었다. 그녀가 영원히 부당한 법의 손아귀에서 벗어날 수 있으리라는 전제를 받아들인 이라면 인종적 평등 원칙만큼이나 이 행운의 원리에 동의하는 사람인 것 같았다. 불법을 저지른 사람들은 행운에 기대어 살아가게 되어 있다. 그리고 그들은 투사인 동시에 범법자였다. 결국 심판은 아주 명백한 것처럼 보였다. 즉 그들은 사후세계를 오고 또 오는 적들에 의해 상해를 입지 않게 해주었을 뿐 아니라 성스럽게도 만들었다. 그것과 눈을 마주치지도, 바라보지도 않았기 때문에 매혹적인 마법의 힘이 한층 배가되었다.

    그들은 거의 두 주일 동안 자동차로 달려온 것 같았다. 제니는 이 여행길이 얼마나 길었는지 기억나지 않았다. 날마다 운전을 하면서 가장 편안한 시간을 가장 효율적인 길로 나누어 판단한다는 건 불가능했다. 그들이 택한 길은 효율적인 길도 아니었고 그렇다고 편안한 시간대에 달렸던 것도 아니었다. 심지어 한 방향으로만 계속 달리지도 않았다. 북쪽을 향해 나아가다가는 다시 동쪽으로 접어들었고 막연한 본능에 따라 안전할 것 같은 기분이 들 때면 그 길로 달렸고 위험할 것 같은 기분이 들 때는 그 길에서 벗어났다. 굳이 이 여정을 정리해서 말해야 한다면 그들이 줄곧 서쪽을 향해 어렵사리 헤치고 나아갔다는 정도일 것이다. 그러나 모든 여정이 그렇듯이 시간과 장소에 따라 우연히 예기치 않았던 일들이 벌어지므로 마음에 꼭 맞을 수는 없다. 길고 긴 두루마리 종이에다 진동에 민감하게 작용하는 바늘처럼 뾰족한 펜으로 심장의 박동을 기록하듯이 그 여정을 기록할 방법이란 결코 없다. 돌아다보아도 그 여정은 두루마리처럼 술술 풀려나오지 않는다. 어떤 순간들은 무슨 일이 벌어졌기에 기억 속에 도드라지게 떠올랐고 또 어떤 순간들은 아무 일도 벌어지지 않았기에 떠올랐다. 그러나 옆에 앉은 여자의 바람에 나부끼는 머리카락 사이로 공존하던 승화된 느낌, 백미러 속에서 쏘아보던 자기 자신의 두 눈을 위험한 이방인의 눈길인 양 슬쩍 보았던 순간, 타는 듯 붉은 저녁놀을 바라본 순간, 낮에는 종일 덥다가 갑자기 차가운 바람을 맞았던 순간, 결의에 넘쳐 단호하거나, 느긋하지도 않은 보통의 순간들, 심지어 자신이 지나온 것 같지도 않은 순간들이 있었다. 어쩌면 곰살맞지 않은 이 자동차, 작고 늙은 부인이 1961년부터 차고에 박아두고 몰지 않던 차를 샀기 때문일 것이다. 어쩌면 이 자동차가 그들을 싣고 보이지 않는 경계선을 넘어 누군가의 영화 속으로 데려왔기 때문일 것이다. 차갑던 그 바람과 흩날리던 머리카락, 그리고 위태로운 눈빛이 기이하리만큼 익숙하게 느껴졌던 것은 그 때문이리라. 아무런 이유도 없이 기억 속에서 선명하게 떠오르는 순간들도 있었다. 중요한 일이 벌어진 것도 아니고 상징적인 순간도 아닌 그런 순간들. 마치 그릴에 들러붙은 날벌레들을 내키는 대로 낚아채듯 불쑥 기억 속에 도드라지는 순간들.

그레이트 플레인스(Great Plains, 로키 산맥 근처의 대초원 지역 : 옮긴이)를 가로지를 때 폴린이 그녀에게 말했다. "이 들판이 실제라는 게 믿어지지 않아요. 너무 광활해요. 세상에, 지금까지 이와 비슷한 것도 난 본 적이 없어요." 폴린은 고개를 창턱에 박고는 밖으로 펼쳐지는 초원을 가만히 바라보았다. 그러나 제니는 폴린이 예전에 이곳에 와 본 적이 있다는 걸 알았다. 옥양목 원피스를 입고 레이스 달린 구두를 신은 소녀들 틈에 섞여서. 강렬한 햇살에 눈을 찡그리며 항상 갈래머리로 단정하게 땋아준 가늘고 긴 머리카락을 헝클어뜨린 채로. 어느 날 크로 인디언 부족들이 그녀의 부모가 소유한 농장에 쳐들어와서 부모들 머리를 짧게 깎아버리고 집을 잿더미로 만들어버린다. 그리고 어린 그녀를 어깨에 들쳐 메고 유괴해 간다. 인디언의 어깨에 매달려 그녀는 레이스 달린 부츠로 발길질을 한다. 그런데 어느새 그녀는 말 주위를 재잘거리며 돌아다니고 얼굴과 몸에는 페인트를 칠하고 그녀를 양녀로 삼은 크로 인디언에게는 농담을 던진다…… 제니는 폴린의 깊은 눈을 보면 그런 광경이 떠올랐다. 그러나 섬세한 그녀의 체구는 그런 상상을 일으키지 않았다. 그녀는 부유하게 자랐을지 모른다. 그런데 그 돈은 대체 어디서 난 것인가? 이 땅에 처음 왔던 사람들에게서 나온 것이다. 그게 전부이다. 이 땅이 무법천지이고 지금보다 훨씬 더 광활했던 시절에 이 땅을 끝까지 지켰던 사람들. 넘치게 죽였고 넘치게 약탈했다. 그리고 다시는 뒤돌아보지 않았다.

 서쪽으로 갈수록 그들이 낮 동안 자동차를 모는 시간이 길어졌다. 제니가 가지고 있던 돈이 바닥난 지는 이미 오래였다. 이제는 훔친 지폐를 마치 씨를 뿌리듯 한 번에 한 장씩, 가급적 드문드문 썼다. 그 돈을 한 장씩 뿌릴 때마다 마음을 짓누르던 중압감도 한결 덜어졌다. 그리하여 그들은 점점 더 홀가분해져 갔다. 특별히 서둘러야 할 이유도 없었으므로 북쪽으로 자동차 방향을 홱 틀어서 달리다가는 다시 남쪽으로 홱 방향을 틀어 달리곤 했다. 네바다 주 위네무카의 한 모텔에서 폴린이 말했다. "내가 그때 폭우 속에서 했던 말은 진심이었어요. 만일 그들에게 붙잡히면 절대로 당신에 대한 말은 발설하지 않겠다던 거 말예요. 하지만 당신은, 당신은 나와 함께 남을 필요가 없었어요. 만일 당신이 내 얘기를 한다 하더라도 난 이해할 거예요." "그렇지만 난 하지 않을 거야." 제니가 말했다. "나도 알아요. 그게 당신이란 사람의 방식이니까. 그걸 알죠." 폴린의 대답이었다. 네바다 주를 벗어나기 전에 그들은 스테이트라인이라는 소읍에서 다시 잠시 멈추었다. 스테이트라인은 산에서 조금 벗어난 지역이었다. "오레곤으로 가도 될 거야." 제니가 말했다. 이 말은 두 사람이 이미 했던 말이었다. "내륙의 어디로 갈 수도 있고. 조그만 동네 같은 데 말야." 그러나 어디로 갈 것인지 이야기를 나누는 동안, 어디가 가장 안전한 곳일지 이야기를 나누는 동안에도 그들은 빛바랜 초록색과 노란색으로 물든 땅, 밸리 쪽으로 점점 더 가까이 항해하듯 나아갔다. 커다란 원을 그리며 스프링클러가 돌아가고 골짜기들이 구릉처럼 펼쳐지는 땅으로, 먼지를 덮어쓰고 나른해진 일꾼들이 늦은 오후에 나른한 길을 따라 느릿느릿 집으로 돌아가는 땅으로. 그리하여 이 모든 풍경들이 서서히 사라져가고 짙은 황금빛 습곡으로 빠져들었다가 다시 길이 솟아오르기 시작하고, 마지막으로, 항해의 마지막 장애물을 건너 해안으로 나아갔다. 그들은 그리는 동안 설레는 마음으로 손가락을 퉁기며 단조로운 이야기를 계속하고 있었다. 그리고 처음으로 물을 보았을 때, 산 파블로 베이의 푸르게 빛나는 물을 보았을 때 그들은 함성을 질렀다. 어디로 갈지에 대해서 그들은 이미 오래 전에 마음을 정해놓았던 것 같았다. 의문의 여지없이 고향으로 가고 싶었던 것이다.

* * *

샌디, 가엾은 샌디는 겁에 질린 나머지 스스로 떠도는 신세를 자처하여 투손에 있는 언니네 집에 가서 지내다가 최근에야 돌아왔다. 탐 밀너와 같이 사는 버클리 북부의 자기 집 문을 열고 들어오던 그녀는 바로 현관에서 제니와 마주쳤다. 제니는 어깨까지 내려온 숱 없는 머리를 뒤로 묶었고 앞머리는 차분하게 눈썹 위까지 빗어내린 모습이었다. 그리고 약간 헐렁한 흰색 면 블라우스와 푸른색 주름 스커트를 입은 단정한 차림새였다. 스커트도 블라우스처럼 그녀의 몸집에 비해 컸다. 이웃한 비르겐 드 구아다루페 고등학교에 다니는 십대 여고생과 진배없어 보였다. 게다가 한쪽 팔에는 성경책까지 끼고 있었다. 제니가 물었다. "굿뉴스(Good News, 미국 성서협회에서 발행한 현대 구어체의 성서 : 옮긴이)에 대해 들어보셨습니까?"

샌디는 잠시 후에야 그녀가 제니라는 것을 알아보았다.

"아, 싫어. 나한테 말하지 마, 오, 안돼, 오 세상에!"

그들이 처음으로 모텔 방에 비치된 성경책을 들고 나온 것은 네브래스카 주의 어딘가에 있는 모텔 방에서였다. 아침에 자동차를 출발시키자마자 폴린이 셔츠 밑에 감춰두었던 성경책을 꺼내 보여주었다. "네가 그런 짓을 했다니 믿을 수가 없어." 제니가 말했다. "모텔에서는 성경책을 도둑맞으면 언제나 신고를 해. 이제 우리는 훔친 성경책을 주 경계선 너머로 가져가고 있는 거야." 그러나 폴린의 표정을 보고는 제니가 얼른 말을 바꾸었다. "오, 아냐. 널 놀린 것뿐이야."

"그러지 말아요."

"미안해."

"그러지 말아요!"

그 다음번에는 제니가 직접 성경책을 들고 나왔다. 어느덧 그들이 몰래 들고 나온 성경책이 열 권이나 차 안에 쌓여 있었다. 그것은 그들이 어디서 묵었는지를 표시해 주었을 뿐 아니라 좋은 위장 수단도 되어주었다. "우리가 국제 기드온 협회 회원이 아니라는 걸 누가 입증할 수 있겠어요?" 폴린이 말했다. "기드온 협회 회원이 어떻게 생겼는지 아무도 모르는데."

어느새 팔과 어깨가 드러난 꽃무늬 원피스 차림의 폴린이 현관으로 나와 있었다. 굽이 낮은 샌들과 담황색 머리카락의 그녀도 제니처럼 성경을 팔에 끼고 있었다. 샌디는 두 사람을 집안으로 확 잡아당겼다. 그러자 폴린이 입을 열었다. "안녕하세요! 우리 만난 적 있죠. 어쩌면 당신은 기억 못할지 모르겠지만……."

"난 당신 기억해." 샌디가 싸늘하게 대답했다.

탐 밀너는 더 이상 가정집 페인트칠을 전업으로 하지 않았다. 무엇보다 자유롭고 싶은 욕구가 허용되고, 보다 소박한 바람이긴 했지만 자신의 창의성도 발휘할 만한 일을 찾으려고 여러 직업을 전전하다가 지금은 밴드의 순회공연 매니저로 일하고 있었다. 그러나 여전히 가끔씩은 덩치 큰 일감의 일부를 맡아 하곤 했다. 밴드의 구성원은 지난 2년 반의 세월 동안 합류하거나 떨어져 나가고 성장하거나 줄어들면서, 진화에 진화를 거듭해 오긴 했으나 핵심은 그대로 유지되었다. 그 핵심은 마이크 소사와 트럭, 예전에 제니가 양쪽 문에다 **마이크와 형제들 가옥 페인트칠**이라고 써준 그 트럭이었다. 그 당시 형제들이란 마이크와 탐 밀너, 그리고 윌리엄이었다. 바퀴 위에 댄 큼직한 흙받이는 낡아빠졌고 차체는 움푹 들어가거나 긁힌 자국투성이였다. 베이 브리지를 건널 때면 여전히 덜거덕거리는 경쾌한 오렌지 사인이, 녹슨 가루를 먼지처럼 흩뿌리고 적자색과 청록색과 크림색 페인트 깡통들이 뒤에서 요란한 소리를 내면서 껑충껑충 뛰어오르며 서로 부딪히는 모습이, 제니로 하여금 얄궂게도 쓸쓸한 기쁨에 젖게 했다. 쓸쓸했던 것은 그 트럭이 굴러다니는 동안 자신과 윌리엄의 삶을 강탈당했기 때문이었다. 하지만 한편으로는 같은 이유 때문에 기쁘기도 했다. 마치 피난민이 집으로 돌아오는데 누군가 "네 가족들 여기 있다!"고 말해주는 것 같은 기분이었다. 트럭은 포장도로 위에 기름 자국을 선명하게 남겼다. 온갖 역경을 헤치며 트럭은 여전히 페인트 깡통들과 젊은 청년들의 무게를 실어 날랐다. 그리고 젊은이들은 여전히 졸음을 떨치지 못한 눈을 비벼댔고 바람을 피해 담배에 불을 붙이려고 트럭 바닥에 납작 엎드렸다. 그들은 여전히 불완전한 세상의 표면에서 저마다의 솜씨를 부지런히 발휘해 불완전한 세상의 이면에서 수행되는 계획에 필요한 기금을 모아가고 있었다. 탐은 얼마 전에 멕시코 출신이 대부분인 동네에서 3층 건물의 페인트 작업을 마쳤다. 탐은 이 건물의 주인이 집주인 노릇을 싫어하는 사람 좋은 구두쇠라는 진단을 내렸다. 이 빌딩의 3층은 비어 있었는데, 민스키 씨, 즉 이 건물의 소유주는 페인트공들을 만날 때마다 괜찮은 사람이 있으면 소문을 내달라고 부탁했었다. 제니와 폴린이 도착한 뒤 며칠이 지나자 탐은 이 3층을 자신의 "여동생과 여동생의 여자 친구로 동부에서 이주해온 사람"을 위해 세냈다. 그리고 적당히 시간이 지난 뒤에 제니와 폴린이 이곳으로 이사했다. 폴린은 펄럭거리는 큼직한 모자와 선글라스를 썼다. 탐은 그녀가 햇볕에 지나치게 민감하기 때문이라고 해명했다.

두 사람은 이 아파트에 들어오자마자 몹시 마음에 들어했다. 겁날 정도로 커다랗고 거친 털이 길게 숭숭 난 새로 깐 카펫은 그 위에서 펄쩍펄쩍 뛰어도 소리가 전혀 나지 않아 좋았고 눈부시게 반짝거리는 리놀륨이 깔린 부엌도 좋았다. 내부 시설이 전부 새 것인 데다 값싸 보여

좋았다. 그것은 아무도 이곳에 살지 않았다는 기분이 들게 만들었지만 바로 그 밑에 깔린 정말로 오래된 느낌도 꼭 그만큼 좋았다. 그들은 도시로 다시 돌아온 것이 너무나 기뻤다. 도시로 돌아가자던 것은 두 사람이 합의한 바였지만 그렇다고 그것이 단지 그들의 기질에 잘 맞기 때문만은 아니었다. 도시는 대개의 도망자들에게 잘 맞았기 때문이기도 했다. 사람들 가까이에 살면서 안전하게 숨을 수 있다는 것은, 외로움을 느끼지 않으면서도 혼자일 수 있다는 것은 모순이었다. 이 건물은 끊임없는 샌프란시스코의 물마루를 탔다. 그리고 밖으로 튀어나온 퇴창을 가구마다 앞쪽으로 하나씩 쌓아올린 듯 보였지만 사실은 뒤로 향한 건물이었다. 뒤쪽에는 낡은 계단들이 이어졌고 그 계단 위로 올라가면 밖으로 통하게 되어 있었다. 그리고 층계참은 현관만큼이나 널따랬다. 그들이 살게 된 아파트의 맨 꼭대기층, 지나가는 사람이 아무도 없는 곳에서 그들은 오르락내리락하는 다양한 지붕 옥상들을 바라보았다. 그 광경은 낮이면 스페인의 언덕마을처럼 하얗고 빼곡해 보였고 밤이면 하늘을 뒤덮은 별들이 너울거리는 것처럼 보였다. 어느 때는 안개가 밀려오는 걸 구경하기도 했다. 안개가 뒤덮은 햇살이 엷고 섬뜩한 회색빛으로 다가왔다. 더치 도어(Dutch door, 아래 위 2단으로 되어 따로 여닫을 수 있게 된 문 : 옮긴이)는 여기에서 부엌까지 이어졌다. 그래서 문 위쪽은 항상 열어두고 잠에서 깨어 있는 시간 동안 내내 여기서 보낼 수 있도록 했다. 문이 열려 있었기 때문에 구속감은 전혀 느껴지지 않았다. 그들은 앞쪽 현관문은 쓰지 않고 방치했다. 퇴창에 달린 블라인드도 늘 내려두었다. 침실은 소박했다. 하나뿐인 침실 창문에서 들어오는 빛은 이웃집이 가깝게 붙어 있는 바람에 그늘졌다. 그만큼 가까웠던 탓에 그들은 이곳의 커튼도 항상 쳐두었다. 진보라색으로 보풀이 일게 짜여진 카펫은 집주인 민스키 씨가 그들이 이사 들어오기 직전에 깔았다는데, 바닥을 완전히 덮었고 심지어는 옷장 문 아래 틈을 지나 옷장 바닥에까지 이어졌다. 옷장에는 제니의 아코디언 파일이 보관되어 있었고 카펫 밑에는 식료품점에서 받은 영수증들을 넣어두었다. 옷장 밖에는 중고품 할인 판매점에서 구입한 간이침대 사이즈의 매트리스가 바닥에 놓였고 매트리스 옆에는 깔끔하게 개킨 그들의 옷가지가 놓여 있었다. 그들이 이사 들어왔을 때 옷걸이가 없기도 했었지만 옷장을 귀중품 보관실로 변형시키고 나자 그 외의 용도로는 별로 사용하고 싶지 않아졌던 것이다. 그래도 지금껏 뜨내기처럼 지내온 제니로서는 마치 뿌리를 내리고 안정적인 환경 속에서 살고 있다는 기묘한 기분이 들어 즐거웠다. 옹골차게 모든 것을 자기 마음대로 꾸밀 수 있다는 게, 진보라색 털 카펫 위에 정사각형으로 반듯반듯하게 개켜서 쌓아올린 청바지와 티셔츠, 그리고 짝을 맞춘 양말, 운동화, 얌전하게 놓인 모자를 바라보는 게 즐거웠다. 밖에 바람이 살짝 건드리기만 해도 한숨 소리를 내던 단풍나무 고목이 없다는 게 즐거웠다. 낡아서 삐걱대는 나무널이 아니라서 뒹구는 쥐들이 없다는 것이 즐거웠다. 심지어는 비도, 떨어지는 소리가 다르게 들렸다. 예전의 삶의 흔적이란 하나도 없었다. 그 사이에 끼어든 시기가 너무나 많았고 그 시기 동안 쌓인 퇴적물도 수많은 단층을 이루고 있는 듯했다. 동에서 서로 가로질러 온 그들의 여정은 하나의 단층을 이룬 것이 아니었다. 인디애나와 미주리, 와이오밍과 네바다 주, 그리고 그 사이사이에 단층이 깎여서 낸 줄 모양의 홈들까지 헤아릴 수 없이 많은 단층을 이루고 있었다. 처음에는 평정을 잃어 겁을 먹었다가 차차 행복감에 도취되어 많은 밤들을 보낸 곳이 여기였다. 샌디와 탐을 처음으로 대면한 곳도 여기였다.

밤이면 보통 어두침침한 방안—그들은 어두운 게 신경 쓰이지 않았다. 오히려 동굴처럼 시원하게 느껴졌다—이 깜깜한 공간으로 변했다. 제니의 마음속에는 때로 농가에서 보낸 날들이 떠오르기도 했다. 아직도 거기에 있다고 생각하며 깊은 밤에 소스라치게 놀라 잠에서 깨기도 했다. 그러면 뭐라고 분명하게 형언할 수 없는 그때의 우울했던 기분이, 어떻게 소리내야 좋을지 몰랐던 그녀만의 깊은 고독이 입을 떡 벌리고 하품을 했다. 폴린의 숨소리를 들어도 누구인지 알아보지 못하곤 했다. 그러다가 그들이 사서 머리맡 카펫 위에 놓은 시계 소리가 째깍째깍 아주 가늘게 들려오는 것을 듣곤 했다. 그때서야 비로소 자신이 어디 있는지 떠오르면서 안도감이 밀물처럼 밀려들곤 했다.

그들이 이 아파트에서 지낸 지 한 달쯤 된 어느 토요일 아침 일찍 탐이 찾아왔다. 그는 까만 잉크를 발라 스텐실로 찍어낸 "밀너"라는 색바랜 글자가 보이는 긴 더플백을 들고 왔다. "우리 아버지가 군대 시절에 쓰시던 거야." 탐이 설명했다. 가방의 캔버스천은 부드러운 데다가 그 안에 든 내용물이 이리저리 굴러다니거나 삐죽삐죽 튀어나와서 마치 살갗을 찌를 듯한 칼끝처럼 사나워 보였다. 백을 묶는 끈을 제대로 졸라매지도 않은 상태였다. 탐은 이 짐을 가슴팍에 꽉 끌어안고 있었다. 팔로 들기에는 힘겨운 장보기 물건이 든 자루처럼. "자." 더플백을 부엌에 털썩 내려놓으며 그가 성급하게 말했다. 마치 골프 클럽 한 세트가—혹은 엽총 한 세트가—딱딱한 타일 바닥에 떨어지는 듯한 소리가 났다. 날씨가 꽤 선선했는데도 그는 땀을 흘리고 있었다.

"조심해!" 제니가 소리쳤다. "어쩔 셈이야, 탐! 우리에게 뭘 가져온 거야?"

그러나 폴린은 벌써 더플백 앞에 무릎을 꿇은 채로 그 안에 든 물건들을 조심스럽게 꺼내고 있었다. 감식가처럼 보였고 그 손길에는 안목과 기쁨이 깃들어 있었다. 두려움은 없었다. 그녀는 마치 귀중하고 진기한 물품을 다루는 딜러처럼 보였다. 오랜 탐험을 끝내고 고향으로 돌아온 그녀만의 마르코 폴로를 대하듯 했다.

"오, 탐," 폴린이 마침내 입을 열었다. "이거 굉장하네요."

"그래?"

"M1이 있어요. 내가 사용하는 법을 배웠던 바로 그 총이에요. 난 총포 검사를 위해 이걸 분해할 수도 있어요. 이건 품질이 좋기도 해요. 여자들이 쓰기에 좋죠. 발사할 때 총의 반동이 좀 덜하니까요. 그래서 어깨에 멍이 들거나 타박상을 많이 입지 않아요. 그들이 절대로 내게 다루게 해주지 않았던 총이에요. 당신이 가져온 그 책에서 사용법을 찾아봐야겠어요." 폴린은 고개를 돌려 탐을 올려다보았다. 마치 그가 자신을 완성시켜줄 바로 그 한 가지를 가져다준 사람이나 되는 것 같은 눈길이었다. 저것이야말로 폴린의 몸에 밴 놀랍고 끔찍하고 사그라들 줄 모르는 타고난 상류사회의 기품이라고 제니는 생각했다. 그리고 폴린은 자신의 표정을 통해 그 기품을 메아리처럼 울려 퍼지게 했다. 잠깐 동안이었으나 진정한 마음까지 담아냈을 정도였다. "고마워요." 폴린이 말했다.

탐의 얼굴이 환하게 빛났다. 모든 위험들이 잊혀졌다. "그래." 그가 빙그레 웃으며 말했다.

탐이 떠난 후 제니는 폴린을 오랫동안 잠자코 지켜보았다. 폴린은 책상다리를 하고 부엌 바닥에 앉아서 사방에 펼쳐 놓은 무기들을 만져보고 있었다. 마침내 폴린이 제니를 바라보았다. "이것들은 우리가 여기 남겨두고 떠나야 했던 총들이에요. 프레이저와 함께 떠날 때요."

"그런 줄 알았어." 제니가 대답했다.

그녀가 냉랭하게 반응하는데도 폴린은 그저 살며시 웃기만 했다. 만일 이걸 미리 말했더라면 제니가 반대했으리라는 걸 폴린은 이미 알고 있었다. "당신이 총을 혐오한다는 거 알아요. 하지만 내게도 생각이 있어요. 내가 혁명요원들과 함께 하면서 배웠던 것을 다른 여성들에게 가르쳐주고 싶어요. 사람들을 해치거나 죽이기 위한 건 절대로 아녜요. 단지 이런 물건들이 정말로 어떤지 알려주고 싶은 거예요. 이걸 익혔을 때 난 너무나 강렬한 느낌에 사로잡혔죠. 하지만 그건 요점에서 벗어난 말일지도 몰라요. 중요한 건 소총이나 권총 같은 소화기에 대한 여성들의 접근 방식이겠죠. 왜 남성들은 이런 걸 사용하고 또 오용하는지 이해하자는 거 말예요. 그리고 만일 당신이 정말로 그렇게 총을 혐오한다면 그 총에 대해 반드시 알아야 한다고 생각하지 않나요? 네 적을 알라, 그게 당신 생각 아닌가요?" 이제 폴린은 아까보다 한층 더 활기를 띠었다. 자신이 지금 이기고 있다는 걸 알았던 것이다. "게다가 무지야말로 가장 용서받을 수 없는 약점이죠. 당신도 그렇게 생각하지 않나요, 제니?" 그들은 둘 다 제니가 그렇게 생각한다는 걸 알았다.

총을 쏘는 것과 직접적으로 관련되지 않은 내용부터 시작한 것은 유익했다. 각 부분의 명칭과 탄도학의 원리, 총의 종류와 각각의 종류마다 가장 적절한 쓰임새 등. 제니는 거실 바닥에 깔린 보풀보풀한 카펫 위에 샌디와 샌디의 여동생 조안, 그리고 조안과 한집에 사는 레나 등 다섯 명이 앉아서 12구경 엽총을 해체하고 담배 파이프를 소제하는 용구와 집안에 뒹구는 헝겊을 손에다 끼워서 직접 닦아보는 일의 즐거움을 부인할 수 없었다. 질문을 생각해내고 해답을 깊게 생각하며 떠오르는 구상을 목록으로 정리하는 일의 즐거움. 경탄과 감탄 속에 느껴지는 즐거움을 그녀는 깨달았다. 난처하거나 당황하지 않은 채 배우는 게 어떤 건지 알게 되었다. 그들이 모두 동의한 한 가지, 즉 모든 정황에 적용되는 진실일 뿐만 아니라 심지어는 최상의 상황에서도 진실인 한 가지는 그들이 남자들과의 관계에서 미묘한 방식이었지만 한결같이 스스로를 원래의 자신보다 더 박식하고 더 영민한 존재인 것처럼 표현해왔다는 점이었다. 언제나 한결같이 무대 뒤에 숨어서 뒤처진 바를 따라잡고 격차를 줄이기 위해 노력을 해왔다는 점이었다. 그녀는 자신에게는 그런 긴장감, 담대하고 머리가 비상한 여자인 양 한 것이 사랑에 빠지는 데 핵심을 이루었다는 것을 알게 되었다. 은밀하게 자신의 연인이 갈망하던 그런 연인으로 변신하면서 느꼈던 전율, 그것이 그녀에게는 사랑이었다. 그녀와 다른 여자들은 남자가 여자보다 더 박식하다고 생각하지 않았다. 그러나 그들이 모두 동의한 바는, 남자들의 문화란 이미 알고 있다는 식이라는 점이었다. 그래서 그들은 결코 마르크스의 책을 읽을 수가 없었다. 이미 그에 대해 읽어 봤으니까. 난생 처음으로 오르가슴을 느낀 것을 드러낼 수가 없었다. 이미 섹스를 할 때마다 번번이 그런 건 느껴봤으니까. 운전을 하면서 절대로 길을 물을 수가 없었다. 이미 자신이 어디 있는지 알고 있으니까. 설령 길을 잃어버렸다 하더라도 사정은 달라지지 않았다. 남자들에게 그것은 신용 사기극 같은 거였다. 그리고 이 사기극에서 유혹적이지 않은 건 아무것도 없었고, 여자로 하여금 협조하고 싶게 만들지 못할 만한 것도 아무것도 없었다.

  그러나 오직 여자들끼리 있는 것은 보다 달콤한 기분에 젖게 했다. 어떤 것을 몰랐다가 나중에 알게 되었을 때, 처음으로 무언가를 접할 때 느끼는 신선한 기쁨, 솔직하게 경탄을 드러내며 느끼는 새로운 기쁨이 있었다.

폴린은 총을 쏘는 걸 대체할 만한 것은 당연히 아무것도 없다고 말했다. 어깨를 주먹으로 한 대 맞는 기분, 총이 발사될 때의 소음, 한순간 코를 찌르는 연기의 소용돌이. 제니는 폴린에게 경고조로 매서운 시선을 던졌다. 그러자 폴린은 총을 잡고 쏘는 시늉을 해보는 것만으로도 충분히 소중한 경험이라고 결론을 지었다. 그것조차도 위태로운 요소를 안고 있는 것이어서, 밖에서 누군가 그들을 볼지도 몰라서, 시작하기 전에 제니와 폴린은 창문의 커튼을 모두 닫았다. 그동안 그들은 아파트에 딸린 싸구려 창문 커튼에는 그다지 신경을 쓰지 않았었다. 그런데 창문 커튼을 완전히 다 내렸는데도 가느다란 빛줄기가 창문을 가리지 못한 귀퉁이로 새어 들어왔다. 그제서야 그들은 이 커튼을 바로잡지 않으면 안심할 수 없겠다는 기분이 들었다. 그래서 길다란 직사각형 모양으로 천을 잘라서 한쪽 끝에다가 두껍게 단을 댔다. 맞춤 못으로 고정시키려는 요량이었다. 그런데 이 일을 끝내자 커튼으로 햇빛을 완전히 가렸다는 안도감을 능가하는 기쁨이 느껴졌다.

"우리들의 아름다운 페미니스트 커튼이야. 부르주아처럼 보일지 모르지만 사실은 그렇지 않아." 폴린이 말했다.

그들이 새로운 은신처를 찾아야 하는 것은 시간 문제일 뿐이었다. 한없이 탐과 샌디에게 기댈 수는 없는 노릇이었고 강탈한 식품점의 돈도 이제 바닥이 난 상태였다. 제니는 탐에게 자기 대신에 마이크에게 연락을 해달라고 부탁했다. 그리고 어느 날 오후에 폴린을 혼자 남겨두고 골든게이트 공원으로 가는 버스를 타고 그를 만나러 갔다. 모자와 선글라스를 썼는데도 마이크는 그녀를 금방 알아보았다. 성큼성큼 풀밭을 가로질러 그녀 쪽으로 다가온 그는 아무 말도 없이 그녀를 품에 와락 끌어당겼다. 그들이 뒤로 물러나서 서로의 얼굴을 바라보게 되었을 때 그는 무언가를 그녀의 손 안에 꼭 쥐어주었다. 돈이 가득 든 반으로 접은 봉투였다. 나중에 열어보았을 때 봉투에는 5백 달러가 20달러와 50달러짜리 지폐로 들어 있었다. "거절하지 마." 그가 경고하듯 말했다. "바로 전화하지 않아서 이미 난 화가 나 있으니까. 무슨 일이 일어났다는 건 알았지. 밀너의 표정이 금방 카나리아를 삼킨 고양이 같았으니까. 그래도 너라는 건 꿈에도 상상하지 못한 일이야. 세상에, 제니. 그런데 내가 듣기로 넌 흥미로운 친분 관계를 맺었다던데."

그들은 골든게이트 공원에서 그녀가 편안하게 느끼는 동안만큼 이야기를 나누었다. 그리고 나자 마이크가 그녀에게 트럭으로 집까지 태워다주겠다고 제안했다. "오, 이럴 수가!" 트럭을 본 그녀가 소리쳤다. "세상에, 이럴 수가!" 그녀는 그를 다시 한번 껴안았다. 이제 그녀는 웃다가 울다가 했다. "탐에게서 트럭이 아직도 달린다는 말은 들었지만 난 믿을 수가 없었어."

"믿어봐, 친구. 이 작은 트럭이 널 위기에서 벗어나게 해줄 거니까 말야. 형제들 사업이 지금 호황을 누리고 있는 중이거든. 내 생각에 분명 오렌지 사인을 예쁘게 그린 덕분인 거 같아."

두 사람은 트럭으로 몇 킬로미터를 달리는 동안 아무 말이 없었다. "네가 왜 이 일을 하는지 난 모르겠어." 제니가 마침내 입을 뗐다.

"윌리엄은 내 친구니까."

"그러면 넌 빈털터리가 되고 말 거야. 그리고 네 친구와 함께 감옥에 갇혔어야 마땅했던 그의 여자친구 때문에 네 목이 달아날 거야."

"넌 정말이지 날 고상한 부류의 사내로 봐주기 힘든 모양이구나. 내가 약속을 했다고 말한다면 생각이 좀 달라지겠냐? 아주 오래 전의 일이지. 언젠가 윌리엄이 내게 말했어. 만일 자기한테 무슨 일이 생긴다면 너를 안전하게 지켜준다는 우라질 놈의 의무를 맹세해 달라고. 그건 그의 말투였지. 내가 맹세한 우라질 놈의 의무라는 거 말야."

"마치 그가 없으면 난 살아남지 못한다는 투로군." 그녀가 짜증을 냈다.

"그게 아니지. 언젠가 네가 법정 시비에 휘말리게 될지도 모른다는 거였지. 사실 넌 지금 그런 상황이잖아. 그래서 네겐 도움이 필요한 거라구. 그렇지 않으면 필요없을 텐데 말이지. 그렇다손 치더라도 넌 이렇게 날 기다리게 만들었어. 난 약속을 지켜야 하니까. 프레이저가 대신 영웅이 되어야 할 걸. 그 수완 좋은 선수가 나보다 선수를 쳐서 기선을 제압했으니 말이야."

"넌 프레이저를 한 번도 좋아한 적이 없잖아?" 그녀가 미소를 지으며 물었다.

"아마도 내가 질투했던 모양이지." 그도 미소를 지으며 대답했다.

그녀가 그 말이 무슨 뜻인지 물은 것은 그가 트럭을 몰아 그녀를 데려다주고 난 뒤였다. 그 말을 듣던 순간에는 그냥 흘려버렸고 나중에 다시 떠올리고 싶은 기분도 아니었다. 그녀가 그것을 터득하기까지는 아주 오래 걸렸다. 혀를 눌러 입을 다물어버리면 어색한 순간들을 벗어날 수 있다는 사실을 알기까지는. 오, 그 혀라니! 그런데 이제 그녀는 예전의 자신으로 되돌아왔다는 생각이 자주 들었다. 윌리엄 위크스를 만났을 때 그녀의 혀는 너무나 부끄러움을 탔다. 그런데 그가 게걸스럽게 자기가 하고픈 말을 다 해치우고 나면 그녀의 혀도 게걸스러워졌다. 부당한 행위나 잘못된 일을 고발하는 데만 게걸스러웠던 것은 아니었다. 전형적인 시각을 돌려놓는 데, 그리고 윌리엄처럼 저돌적으로 이의를 제기하는 데도 아주 게걸스러웠다. 그 게걸스러운 혀로 무고한 의견이나 논평에 대해서 못질하듯 선고를 내리거나 생각을 재고하게 만들고, 자기만족에 빠져 있는 태도를 쳐서 쓰러뜨리는 식이었다. 그리고 나자 섹스에 대해서도 마찬가지로 게걸스러워졌다. 살갗 구석구석까지 애무하도록 윌리엄은 그녀의 혀를 충동질했다. 그것은 훈련처럼 느껴지는 일종의 해방감이었다. 마이크 곁에서 낯선 사람 곁에 있듯이 입을 다물어버린 순간 느껴진 것은 그 해방감과 아주 흡사한 기분이었다. 그런데 그들이 트럭에 올라타자 그녀는 다시 되돌아가는 것을 막을 수가 없었다. 이것이 귀향의 한 과정이라는 걸 그녀는 알았다. 오래된 상처의 딱지를 떼어내는 일 같은 것. 창문 커튼이 홱 잡아당겨지는 것을 그녀는 보았다. 폴린은 분명 트럭 소리를 들었을 터였다. 그녀는 커튼과 벽 사이로 난 틈에다 시선을 안감처럼 박아 넣으려고 애쓰고 있었으리라. 그것은 실타래처럼 풀려 나오는, 외로움을 끝내고 싶은 욕망이고, 그 욕망과 함께 생겨나는 바닥 모를 심연의 공포이리라. 폴린은 마이크가 제니를 데려다주는 트럭이라는 것을 알았으리라. 그러나 그녀를 틀어쥐고 놓지 않는 동물적인 느낌은 그 트럭에 수사요원이 탔을지도 모른다는 두려움이었다. 이제 매복이 시작되었으니 모든 것이 끝이라는 심정이었다. "안으로 들어가 봐야겠어." 제니가 이렇게 말하다 말고 한 마디 덧붙였다. "아마 질투하는 모양이라는 네 말은 무슨 뜻이었어?"

"난 늘 그런 느낌이 들었지." 그가 말했다. 그리고는 적절한 말을 찾느라 잠시 말을 멈추었다. "난 늘 프레이저와 캐럴, 그리고 윌리엄과 너 사이에, 만약 이런 게 아니라면 어떨까 하는 식의 드라마가 진행되고 있다는 기분이었단 말이야. 어쩌면 프레이저는 그런 가정이 사실이었으면 좋겠다고 바랐었는지도 몰라. 게다가 다들 그렇게 생각하도록 만들기도 했고."

그녀는 마이크의 말뜻을 충분히 이해했다. 그러면서도 여전히 "만약 이런 게 아니라면?"이라고 반문했다.

"만일 네가 윌리엄과 가까워지지 않았더라면, 그리고 프레이저와 캐럴이 그런 사이가 되지 않았으면 어떻게 되었을까? 프레이저랑 네게 무슨 일이 벌어졌을까?"

"말도 안돼." 그녀가 반박했다. "난 윌리엄을 사랑해. 그리고 롭이 어떤지는 너도 잘 알잖아."

"알지." 마이크가 미소를 지으며 대답했다.

"왜 웃어?" 제니가 따지듯 물었다.

"아무것도 아니야. 그저 재미있다는 생각이 들어서. 우리들은 우리 삶을 통제하고 구속하는 거대한 힘에 대해 철저하게 논의하고 검토하고 그 해결책을 도모하는 데 너무나 많은 시간을 보내지. 자본주의, 계급제도, 토지의 사유화 같은 문제들. 난 언제나 이런 의문이 들어. 어째서 나는 스스로 먹을 양식을 기르고 오두막집에 살면서 행복할 수 없는 건가? 그 대신 돈 많은 사람들 집에 페인트를 칠하면서 살아가는 건 왜일까? 이제서야 난 모조 대리석에 진짜처럼 페인트칠을 해주는 건 그다지 부유하지 않은 사람들에게 부유해진 느낌이 들게 해주는 일이라는 걸 깨달아가고 있어. 가짜 벽난로를 설치해 놓고 품격 높은 상류층 분위기를 조금 내보자는 거랑 같아. 정말 미친 짓 아냐? 윌리엄이나 너 같은 사람들은 그걸 이해하겠지. 그런데 때로 난 너희들이 개인적인 것들, 개별적인 문제에 대해서는 알려고 하지도 않고 눈길조차 주지 않는다는 생각이 들어. 혼란스럽게 뒤엉킨 감정적인 문제들 말이지. 그런 것도 우리 삶을 통제하고 구속하거든."

"가령 어떤 거?"

"젠장, 잘 모르겠어. 말하자면 프레이저는 널 구조하러 황급히 달려갔잖아. 왜 그랬는지에 대해서는 더 이상 뭐라고 말하지 않겠어. 난 단지 내가 오래 전에 한 약속을 아직도 제대로 지키지 못했다는 것만 기억할 뿐이야. 그러니까 이제 내가 그 약속을 이행할 수 있도록 해줘, 알았어? 네가 어떻게 하면 돈을 벌 수 있을지는 내가 궁리해 볼게. 그 전까지는 내가 너를 안전하게 지켜줄 거야. 네가 살아남을 수 있게 도와주게 해줘. 너의 새로운 룸메이트도 마찬가지야."

그녀는 트럭에 등을 기대고 앉았다. 마침내 트럭에서 내렸을 때 무슨 말인가 하고 싶었지만 끝내 아무 말도 하지 못했다.

"고향에 좀더 일찍 돌아왔어야지." 마이크가 그녀의 눈물을 외면하면서 나무랐다.

"왜 모든 사람들이 그를 그토록 사랑하는 거죠?" 이것은 제니가 마이크에게서 받은 돈을 보여주자 폴린이 보인 반응이었다. 그리고 제니는 폴린이 말한 "그"란 마이크가 아니라 윌리엄을 가리킨다는 것을 알았다. "우리가 남자들에게 의지한다는 게 그다지 나쁘지 않다는 것 같군요." 폴린이 이렇게 덧붙였다. 제니와 자신은 제3세계 국가 고아 돕기 같은 광고라도 내야 할 판이다, 하루에 1달러로 두 명의 도주자들을 먹여주고 입혀줄 수 있습니다! 여러분의 권익을 쟁취하기 위해 싸우는 그들이 살아나갈 수 있도록 도와줍시다! 라고. 경제적으로 원조해주는 사람에 의지해 사는 여자들이 무슨 페미니스트란 말인가? 그러나 정작 폴린의 마음을 괴롭힌 것은 마이크가 건넨 돈이 아니었다. 폴린의 불평은 전부 그녀가 처음에 따지듯 물었던 질문을 빗댄 암호 같은 것이었다. 왜 모든 사람들이 그를 그토록 사랑하는 거죠? 라는 질문. 그리고 그 질문은 정작 왜 제니, 당신은 그를 사랑하는 거죠? 라는 질문을 빗댄 암호였다.

제니가 지하에 숨어 오래 생활하면서 너무 많이 변했기 때문에 윌리엄이 감옥에서 나온다고 하더라도 그와 재결합할 수 없다는 단정을 내린 상태였던 폴린은 제니 스스로도 윌리엄과 함께한 활동들에 결함이 있었고 심지어 잘못된 행위였는지도 모른다는 의혹을 느끼기 시작했다고 지적했다. 마이크 소사가 예전에 제니에게 그의 새로운 동료와 만나보겠느냐고 물었을 때 겉으로 내색은 안했지만 속으로는 움츠러들었던 게 사실이다. 마이크 눈에 자신이 예전보다 더욱더 강경해졌고 방관자 입장에서 벗어나려고 조바심치는 모습으로 보였으리라는 걸 그녀는 알았다. 무기를 중심으로 모인 그들 그룹이 그녀를 안팎으로 완전히 다른 사람으로 변모시켰고 스스로도 보다 용감해지고 보다 유능해졌다는 걸 느끼긴 했어도, 그리고 조안과 샌디와 레나를 담대하게 변모시켰다는 것을 알 수 있긴 했어도, 그리고 그 누구보다도 폴린만큼 많이 변모한 사람이 없긴 했어도, 마이크와 함께일 때 얼핏 느꼈던 것처럼 그녀는 외부의 눈으로 안을 바라볼 수도 있었다. 그녀는 그들을 아웃사이더의 시선으로 바라볼 수도 있었다. 폭력적이고 파괴를 불러일으키는 사람들로 보는 시각. 그것은 그녀를 상당히 경악케 했다. 점점 더 그녀는 혁명 활동을 체제 전체를 쓰러뜨릴 만큼 결집된 힘으로 생각하지 않게 되었다. 오히려 혁명 활동은 개인의 마음을 변화시키는 섬세하고 미묘한 과정, 혹은 변화를 시도해 보는 희귀한 기회라고 생각하게 되었다.

그녀가 이런 생각을 폴린과 나누었을 때, 특히 윌리엄과 더불어 수행한 과거의 활동들에 대해 논의했을 때 폴린은 보다 좁은 시각을 취했다. "지금 우리가 볼 때 가장 효과적이지 않은 방법들을 그가 채택했다는 건 당연해요. 그도 결국 남자니까." 폴린의 말이었다. 그룹 속에서 그들은 혁명 활동 중 여성이 맡은 역할의 문제점을 논의했을 뿐 아니라 세계 어느 곳에서나 여성들은 따르는 입장에 있다는 사실까지 자각하게 되었다. 심지어 역사적으로 상당히 저명한 여성 혁명가들이라 할지라도 보다 추앙받는 남성 혁명가들의 조력자이거나 반려자였다는 사실을 깨달았다. 이런 자각에 이르자 그들은 당황했고 실망감도 느꼈지만 동시에 이토록 명징하게 볼 수 있다는 사실에 흥분과 감동을 느끼기도 했다. 결연하게 여성들은 혁명 활동에서 지도자적인 역할을 맡아야만 한다고 폴린은 썼다.(폴린이 기록을 맡았는데, 그것은 그녀의 필체가 가장 좋았기 때문이다.) 그러나 이런 깨달음을 얻은 후로는 논쟁이 시작되었다. 폴린은 자신이 납치되던 상황을 이야기했다. 그녀의 옛 동지가 자신의 잠옷 가운을 움켜잡고 총구를 들이댔는데, 그것은 너무나 남성적이고 약탈적이고 폭력적인 행동방식의 전형이었다고 했다. 남자들은 긍정적인 변화를 도모할 때조차도 가장 퇴행적이고 남성적인 방식으로 할 뿐이라고 했다. 그것은 윌리엄의 태도에서도 마찬가지였다고…….

"잠깐만," 제니가 폴린의 말을 가로막고 나섰다. "남성들이 일정한 방식으로 일을 처리하도록 운명지어져 있다고는 말할 수 없어. 단지 그들이 남자로 태어났다는 이유 때문에 그런 태도를 보인다는 말은 할 수 없는 거지. 그건 마치 여성들이 본성적으로 가사일에 적합하기 때문에 가사일을 한다고 말하는 것과 같아."

폴린은 얼굴을 붉히며 실질적인 요점은 무시해 버렸다. "왜 당신은 늘 그를 두둔하는 거죠? 왜 모든 사람들이 그를 그토록 사랑하는 건데요?"

그러나 최악의 논쟁은 제니가 폴린에게 부모와 연락을 해보는 게 어떠냐는 제안을 했을 때 벌어졌다. 부모에게 자신이 살아 있다는 작은 표시라도 보내 보라는 제안이었고, 그것이 추적의 실마리를 제공하지는 않을 거라고 확신했다. 그러자 폴린이 악을 썼다. "어떻게 그런 말을 할 수 있는 거죠? 이제야 비로소 모든 게 괜찮아진 시점에 와서 말이에요!" 이제 제니는 반역자, 변절자가 되었다. 후안이나 이본느와 하등 다를 바 없는 사람이 되어버렸다. 옛 친구들과 재결합을 하게 되자 폴린 자신을 제거하고 싶어할 뿐이라고 공격했다. 아마도 그들의 나이 차이가 제니를 폴린보다는 폴린의 부모 같은 사람으로 만들었나 보라고 소리를 질러댔다. 자신들을 부모와 갈라놓은 듯했던 거대한 심연에 대해 곤혹스러워하며 두 사람이 함께 보낸 시간의 양을 생각할 때 그것은 터무니없고 끔찍한 모욕이었다. 그렇지만 제니는 정말로 다른 게 있지 않을까 두려웠다. 폴린은 채 스무 살도 되지 않은 나이였는데 비해 제니는 이제 막 스물여섯 살이 되었다. 제니는 언제나 나이가 들수록 과거에 더 초점을 맞추게 되고 젊을수록 앞날을 바라본다고 생각했다. 그러나 정작 자신은 나이가 들어갈수록 예전과는 다르게 미래에 대해 관심이 쏠린다는 걸 깨달았다. 불과 일년 전만 해도 가볍게 떨쳐버렸던 걱정들, 가령 아버지 마음의 평화랄지 앞으로 자신과 아버지의 관계 같은 걱정들이 날이 갈수록 도리에 합당하고 정당한 것처럼 여겨졌다. 그녀가 폴린에게 간청한 것은 사실은 자기 본위의 이기적인 호소였다. 자신의 자아가 후회하게 될지 모르는 지금 현재의 행동으로부터 미래의 자신의 자아를 보호하고 지켜가자는 요청. 그러나 폴린은 제니가 나이가 들면서 얻어지는 하찮은 이익을, 이해를 통해 얻어지는 폭넓은 이익과 동일시한다고 보았다. 그리고 아마도 그것이야말로 배반이었을 것이다. 그들의 폐쇄적인 서클을 파기하자는 제안이 아니라 그들의 마음이 서로 다르다는 것을 암시함으로써 제니 스스로 서클을 파기한 것이. "당신이 떠나고 싶다면 떠날 수 있는 거예요!" 폴린이 말했다. "너는 자기중심적인 어린애야!" 제니가 응수했다. 폴린이 무거운 유리 재떨이를 집어던졌다. 거기에 맞았더라면 제니는 죽었을지도 몰랐다. 재떨이는 제니에게 맞지 않고 닫혀 있던 부엌 창문을 미끄러지듯 관통했다. 유리 파편이 비처럼 바닥 위로 쏟아져내렸다. 그 다음 날은 그들이 샌프란시스코에서 보낸 시간을 통틀어 예전의 삶에 대해 희미해져가던 걱정들, 거의 극복했던 그 걱정들이 다시금 예전처럼 완강하게 떠오른 드문 날들 중 하루였다. 제니는 민스키 씨에게 깨진 창문 문제로 전화를 걸었다. 그가 혹시나 이웃 사람들을 통해 듣기 전에 먼저 알려야 한다는 것을 그녀는 알았던 것이다. 늘 경계하고 조심하던 생활에서 한참을 벗어나 있던 터라 제니는 사람들을 대하거나 다루는 데 서툴러졌다. 자의식 때문에, 그리고 폴린의 실수 때문에 그녀는 어쩔 줄 몰라 했다. 그래서 전화로 민스키 씨에게 얘기할 때 말을 더듬었고 흡사 감기에 걸린 사람처럼 몸이 떨려오는 걸 스스로도 느낄 수 있었다. "당연히 저희가 수리 비용을 드려야죠." 그녀가 말했다. "우리가 이렇게 아무것도 아닌 싸움에 대해 얘기할 게 뭐 있습니까." 민스키 씨가 말했다. "여자애들 싸움이라니! 제 두 딸애도 아가씨들처럼 친밀하게 지내지요. 그러나 그 둘이 싸움을 벌이게 되면…" 여자애들 싸움을 흉내내는 그의 목소리가 점점 작아지더니 들리지 않게 되었다. 여자들이 싸우는 게 별스럽게 놀라운 일이라도 되는 것처럼 말하는 걸 보니 굉장한 성차별주의자로군요, 폴린이라면 이렇게 말했을 것이다. 그러나 제니는 그들의 신비로운 행운이 손상되지 않은 것 같아서 흡족했다. 그리고 위험할 게 아무것도 없었기 때문에 폴린과 이 문제로 대화를 나눌 필요도 없었다. 옛날 일을 들추어 낼 필요도 없어졌으므로 그들이 완전하게 다져놓은 연대감을 파괴하지 않아도 된다는 것이 만족스러웠다. 폴린이 그들이 함께 지내는 방안으로 들어섰다. 제니는 폴린으로서는 그러기 힘들었으리라는 걸 깨달았다. 그녀는 상당히 오만해질 수도 있었다. 자신의 사소한 과오를 인정하느니 차라리 고개를 뒤로 젖히고 상대방의 잘못을 낱낱이 따지는 편을 택할 수도 있었을 것이다. 그러나 방안으로 들어온 폴린은 정중하게 사과했다. 두 사람은 같이 울었다. 울고 나자 모든 것이 괜찮아졌다.

  어느날 오후 그들은 대기 중에서 나무 연기의 달콤하고 진한 향내를 맡았다. 그 향내는 뜨거운 미풍을 타고 아주 얇게 흩어졌다. 주체할 수 없을 만큼 추억을 불러일으키는 냄새였다. 열심히 코를 킁킁거려 보았지만 냄새는 사라지고 말았다. 그들은 다시 느긋한 마음이 되었다. 그런데 그 향내가 다시 파도처럼 출렁거리며 솟아 올라왔다. 정말 불이 난 건 아닐까 두려워질 정도였다. 그러나 하늘을 온통 뒤덮은 수상쩍은 구름을 어렴풋이 감지했을 뿐이었다. 새로 끼운 부엌 창문 사이로 떨어지는 빛이 자욱한 먼지 구름에서 빠져나오는 것 같았다. 찌는 듯 뜨거운 바람은 오븐에서 훅, 끼쳐 나오는 뜨거운 불길 같았다. 냉장고에는 요거트 통이 있었고 어제 사온 냉커피를 얼음 위에 쏟아 부어놓은 병이 들어 있었다. 그들은 따뜻한 부엌에서 청반바지와 어깨 끈이 달린 짧은 셔츠 차림으로 터벅터벅 돌아다녔다. 뉴스 대신 음악 테이프를 틀어놓고 평화롭고 잔잔하고 자족적인 기분에 젖어 있었다. 그러다가 마침내 밖으로 나가게 되었을 것이다. 밖으로 나가서 머리 위로 거칠 것 없이 탁 트인 하늘을 마침내 보게 되었을 것이고 스멀스멀 불안감이 엄습해 와서 소름이 끼쳤을 것이다. 그들이 올려다본 하늘이 인류에게 종말이 닥친 것처럼 불길하게 보였을 테니까. 그런데 그게 아니었다. 그들을 찾아온 것은 흥분하여 얼굴이 붉어진 민스키 씨였다. 그가 바깥쪽 뒷계단으로 올라와서 문 사이로 고개를 들이밀었다. 문은 언제나처럼 열려 있었다. "아가씨들 괜찮은가?" 그가 캐물었다. "아가씨들은 내가 호스로 집에다 물을 뿌려야 한다고 생각하우?" 가뭄이 계속되고 있다는 건 모두가 아는 사실이었고 잔디밭에 물을 주는 일은 금지되어 있었다. 이 복잡한 도시에서 마당에 풀장을 갖추어놓은 집주인이라 하더라도 내키는 대로 부르주아의 극치를 보란 듯이 드러내는 사람은 거의 없었다. "호스로 물을 뿌리겠다구요?" 폴린이 다소 딱딱하게 반문했다. "왜 그러고 싶은 건데요? 요즘 가뭄이라는 거 잘 아시죠?"

그날은 베이의 동쪽 지역이 불타오른 바로 그날이었다. 밤새 들불이 갑자기 버클리 언덕에서 솟아올랐던 것이다. 아마도 떨어진 담뱃불에서 옮겨 붙은 모양이었다. 불길은 삽시간에 사방으로 번져나갔고 어느새 도시 전역을 불안에 떨게 만들었다. 오클랜드 묘지의 나무들이 불길에 휩싸였다. 마치 성경에 나오는 덤불숲같이 보였다. 민스키 씨는 다른 집주인들과 사태를 의논하려고 총총히 거리로 나섰다. 제니와 폴린은 라디오를 챙겨들고 지붕 위로 올라갔다. 지붕 위에서 바라다본 태양은 기이하게 붉었고 오븐에서 나오는 불처럼 뜨거운 바람이 나무 타는 연기와 뒤엉켜 대기를 가득 채우고 있었다. 시시각각 광경은 점점 더 기이하게 변해갔다. 그들은 자신들이 선 방향으로 암초처럼 솟아오르는 시커먼 연기를 가만히 바라보았다. 그 아래로는 엄청난 열기가 들끓고 있었다. 연기가 뒤덮은 언덕 위로 오렌지빛 불꽃이 튀는 게 보였다. 라디오에서는 베이 지역에서 번지는 불길은 잡을 수 없을지 모른다고 했다. 바람에 실려 불씨들이 몇 킬로미터씩 멀리멀리 퍼져나갔고 도시는 쉽사리 불길에 휩싸였다. 불타는 냄새가 그들의 콧구멍 속을 가득 메웠다. 그들은 서로의 곁에 아무 말 없이 앉아 있었다. 버클리 지역 보도기자들이 취재한 속보들이 라디오에서 미친 듯이 요란하게 흘러나왔다. 언덕의 풍경은 소용돌이치는 시커먼 연기로 들끓었다. 불꽃이 확 타올랐다가 스러지기도 했다. 그들은 자신들이 겁에 질려야 마땅하다는 걸 알았지만, 마치 신이 몸소 그들을 파멸시키기 위해 강림한 것처럼 경악하는 게 당연하다는 걸 알았지만, 신기할 정도로 세상과 아득히 떨어져 있다는 기분이 들었다. 손가락으로 짚어보면 맥박은 예전처럼 뛰고 있었다. 그러나 그들이 바라보는 세상은 멀었고 소형 미니어처처럼 여겨졌다. 그 세상은 결코 그들을 건드릴 수 없을 것만 같았다.

*　*　*

그 농가는 남은 가을과 겨울이 깊어갈 때까지 텅 빈 채로 고요했다. 어느 날 아침부터 작고 똥글한 갈색 쥐똥이 집기들 모서리 근처에 다시 보이기 시작했음에 틀림없다. 쥐들은 그런 곳에다 똥을 남겨두는 걸 좋아하니까. 스토브 뒤쪽에는 쥐똥 한 무더기가 떨어져 있었다. 근처에는 매코믹 상표의 검은 후추박스가 엎어졌고 작은 이빨자국이 찍혔다. 싱크대 뒤쪽으로, 수도꼭지나 손잡이 같은 습기찬 자리에 작은 씨앗처럼 줄지어 쥐똥이 보였다. 이빨자국은 둥근 비누 위에도 보였다. 그리고 화장실의 두루마리 휴지는 갈기갈기 찢어져 있었다. 1974년 노동절이 지나고 일주일이 넘었지만 농가의 주인은 아직도 우편으로 열쇠를 돌려받지 못한 상태였다. 그래서 그는 최악의 상황이 벌어졌으리라고 예상하며 자동차를 몰고 그곳에 가보았다. 그러나 뜻밖에도 그를 맞은 것은 깨끗한 집이었다. 물론 쥐들이 쑤시고 다닌 행적을 제외한다면 말이다. 그의 농가를 빌려 살던 사람들은 일찍 집을 비워야 할 피치못할 사정이 생긴 게 틀림없었다. 그리고 열쇠를 되돌려주어야 한다는 사실도 깜박 잊은 게 틀림없었다. 그는 겨울까지 농가를 그대로 두기로 하고 다시 떠났다. 마치 농가의 모든 자물쇠를 교체하기라도 한 것처럼. 물론 자신이 자물쇠를 바꾸지 않으리라는 걸 알면서도.

농가는 다시금 텅 빈 채로 고요해졌다. 농가가 자리한 언덕배기가 불붙은 듯 붉게 타오르다가 다시 색이 바래지고 나무들의 잎이 떨어지고 다시 벌거벗으면서 둥그스름한 민둥산 꼭대기가 드러나기 시작했다. 쥐들은 의욕적으로 작업에 들어갔다. 그런데 어찌할 바를 모르는 듯 두서없는 방식이었다. 왜 비누는 갉아먹으면서 커튼 천을 쏠지 않을까? 왜 어느 데는 열심히 망가뜨려 황폐할 정도로 만들어놓고는 그와 비슷한 데는 건드리지도 않은 채 내버려두는 걸까? 집안 구석구석을 깨끗이 청소하고 난 뒤에도 없어지지 않은 지문이 있었다고 하더라도 지금쯤은 식별하지 못할 정도가 되었으리라. 지문들은 훼손되니까. 몸에서 나는 땀이 새겨진 선명한 흔적인 지문, 그것이 훼손되지 않을 하등의 이유가 없는 것이다. 지문들이 어떻게 손상되지 않고 고스란히 남아 있었는지, 혹은 어떤 요소가 작용하여 그 지문들을 훼손하게 되었는지는 아무도 몰랐다. 그런 것은 누군가 알 거라고 생각들은 하지만 정작 그 누구도 조사나 연구를 해본 적이 없는 류의 일이었다. 농가의 소유주가 그곳을 떠나고 난 뒤 그 집에 처음으로 들어온 사람인 그 남자는 유령이 나타날 만한 합리적인 근거에 대해 골똘히 생각해 보았다. 땀이 밴 섬세한 나선형 지문들, 두피에서 떨어진 고운 눈 같은 비듬들, 의지할 데 없는 고아처럼 달랑 남은 몇 가닥의 머리카락, 콧구멍에서 나온 코딱지와 눈에서 나온 눈곱들. 모두가 비폭력적인 일상을 보낸 몸에서 떨어져 나온 것들이다. 죽음 뒤에도 몸은 계속 살아간다는 기분을 불러일으킨다는 것 외에는 아무런 보람도, 효용도 없는 것들. 오직 지문만이 그의 직업에서 파생된 부가적인 목적에 부응해 주었다. 그는 천천히 집안을 돌아다녔다. 유령을 생각하면서. 집은 추웠고 자신의 입김이 공기 중에 서리는 것이 눈앞에 보였다. 한순간 덧없이 사라져갈 그 자신의 유령 같았다. 그가 거느린 팀은 발목까지 눈이 쌓인 바깥에서 기다리고 있었다. 그는 이 집을 머릿속으로 나누어 보았다. 그리고는 팀원들을 안으로 불러들였다. 나머지 수사요원들은 그의 팀이 일을 끝낼 때까지 밖에서 기다리게 되었다.

오, 이름 모를 작가가 손으로 꽉 잡았을 볼펜과 술 마시는 이가 움켜쥐었을 유리잔, 피곤한 이가 손바닥으로 누르면서 기대었을 창문이나 조리대, 혹은 탁자! 그들은 어느 것에서도 지문을 하나도 찾아내지 못했다. 그러나 그들은 한 남자의 왼쪽 집게손가락에서 나온 성분임에 틀림없는 것을 정말로 찾아냈다. 이것을 발견하자 그들은 오솔길을 따라 추적에 나서보았다. 오솔길은 으레 그렇듯이 추웠다. 그 남자는 이곳에 젊은 여자들과 머물렀을 것이다. 어쩌면 혼자였을 수도 있다. 지금부터 적어도 여섯 달 전의 일이었다. 이 농가는 적어도 지난 구월부터는 비어 있었다. 지문 감식 전문가가 밖으로 나와서 보온병에 담긴 커피를 받아들었다. 잠시 후에 다시 집 안으로 들어간 그는 소파의 내장을 살짝 도려낸 것을 물끄러미 바라보았다. 소파 쿠션에는 펜이 한 자루도 숨겨져 있지 않았다. 흘린 동전 한 닢도 보이지 않았다. 보통은 떨어뜨리고 갔을 잔해나 파편이 없다는 것이 그 나름의 흔적을 말해주었다. 즉 이 집이 이렇게 깨끗하게 치워진 것은 결코 우연이 아닌 것이다. 이 젊은 도망자들은 지난 열세 달 동안 무언가를 익혔다. 그리고 이 학습이 시작된 뒤로 그들은 무절제하게 엉망진창으로 어질러진 쓰레기 더미를 만들었다. 아무 의미도 없는 스프링 노트가 무더기로 쌓였고 더럽혀진 옷가지들과 부패한 음식들이 여기저기 어지럽게 흩어졌다. 담배 꽁초가 바닥에 마치 결혼식이나 퍼레이드 행사 때 뿌리는 색종이 조각처럼 흩어졌고 벽이란 벽에는 제멋대로 그리고 쓴 낙서들로 가득했다. 화장실 욕조 안에는 물과 오줌, 악취나는 와인, 냉장고에 넣어 두었던 온갖 것들로 그득했다. 그 물 속에 가라앉혀 그들은 '증거'를 은폐했다. 〈어서 덤벼라, 돼지들아!〉 그들은 신나게 거울에다 휘갈겨 썼다. 그가 남몰래 경탄해 마지않았던, 두려움을 모르고 거침없이 토해내는 열정. 이제 이런 것들은 체념과 불안으로 대치되었다. 그들이 삭제를 통해 스스로를 보호하고자 했던 그 노력의 흔적에는 역설적이게도 불길한 그 무엇이 감돌았다.

그는 문 주변과 창틀을 둘러보았고 찬장 뒤쪽으로 들어가 보았다. 그리고 바닥널을 회중 전등으로 비추어도 보았다. 마루판이 느슨하게 깔려 있거나 너무 넓게 벌어져 있는 틈이 있다면 증거가 될 만한 단서를 찾아보려는 것이었다. 그들이 어딘가에 무엇을 숨겨놓고는 잊어버린 게 없을까 찾아보려는 것이었다. 그는 부엌의 집기들을 모두 들어내라고 지시했다. 그리고는 접시와 포크, 스푼, 머그잔, 녹슨 팬 등을 하나하나씩 먼지를 털고 닦아냈다. 말하자면 그들이 한 일들을 거꾸로 해보고 있다는 것을 의식하면서. 철제 간이침대 프레임의 한 귀퉁이가 떨어져 나가 있었다. 그리고 잠시 후에 그들은 미심쩍은 눈길로 침대를 크게 한 바퀴 돌았다. 그런데 팀원 한 사람이 말했다. "여기 뭐가 있습니다." 매트리스 가운데 하나를 뒤집었더니 두꺼운 테이프 조각이 드러났다. 테이프는 튼튼한 무명 이불잇감으로 감싼 매트리스에 허술하게 들러붙어 있었으므로 쉽게 떨어졌다. 테이프에는 두툼한 신문지 뭉치가 붙어 있었다. 삭아서 부서져가는 낡은 매트리스에 생긴 구멍을 메꾼 것이었다. 마치 지하의 은밀한 장소에 귀중하게 은닉해온 또 하나의 사해 문서 두루마리를 펴보기라도 하듯이 그들은 구겨진 신문 한 장을 반듯하게 펴보았다. 그리고 신문의 발행 날짜를 지금으로부터 10개월 전인 1974년 6월 12일로 간주했다. 방안의 공기가 영하 10도 아래로 떨어진 것 같았다. 누군가 신문의 먼지를 닦아내려 했지만 그것은 처음부터 잉크가 뭉개진 자국이었다. "테이프를 살펴봐." 그 남자가 말했다. 그로부터 몇 분 뒤에 그가 큰 만족감을 표시하며 "오, 세상에!"라고 말했다. 오솔길이나 방안이 추웠는데도 그는 갑자기 치아를 드러내며 씨익 웃었다. "여기 양쪽 엄지손가락 지문을 찾아냈어. 오른쪽 집게손가락도 찾아냈다고 봐. 내겐 중지도 있어. 아주 선명한 부분이……." 신문지 조각들은 작은 나무 등걸에서 잘라낸 얇다란 동전 모양의 껍질처럼 쌓아 올려졌다. 그러나 그가 눈을 가늘게 뜨고 접안경으로 들여다보자 그것들은 한 조각씩 따로따로 분해되었다. 지문들이 몇 겹의 테이프 사이사이에 아름다운 사슬처럼 보존되어 있었다. 건반 위를 움직이며 연주하는 유령의 손처럼. 한겨울에 여름처럼 우뢰를 동반한 폭우가 내리는 것 같은 증거물이었다. 신문 조각에 묻은 지문은 이 사람으로부터 그에게 온 편지, 말하자면 하나의 언어였다. 그것은 세 명의 도주자 가운데 그 누구의 것도 아니었고 그렇다고 농가 주인의 것도 아니었다. "오래 전에 전혀 무관한 누군가가 그 매트리스 구멍을 신문으로 틀어막은 겁니다." 누군가의 설명이었다.

"신문에 날짜가 있어요! 1974년 6월 12일입니다."

"매트리스를 그들에게 팔았던 어떤 사람일까?"

"그들이 여기 왔을 때 매트리스는 이미 여기 있었습니다. 이 집은 가구와 집기들을 완전히 갖추어서 임대한 거예요."

"과학수사 연구소에서 알아맞출까? 내 추측으로는 알려진 급진주의자들의 흔적 같은데. 좀더 범위를 좁혀 본다면 동부에서 활동하는 급진주의자들이겠지."

"미시시피 동부에서 활동하는 자들인 것만은 틀림없습니다. 그렇다면 위스콘신도 포함되는군요. 거기가 동부입니까?"

"그건 중서부야."

남자가 말을 가로막고 나섰다. "얼마나 많은 지문을 확보했는지 보라구! 그들에게 온 나라를 검색하라고 전해."

* * *

사월은 부드러웠다. 그들은 아파트 건물 뒷마당에 버려져 있던 모퉁이에다 정원을 만들었다. 괭이로 흙을 파서 양상치와 호박, 토마토, 그리고 홍당무를 심었다. 이제 다 함께 모이면 총을 가지고 보내는 시간보다 여성운동 관련 책을 보고 토론하는 시간이 많아졌다. 그리하여 그들이 만나면 바깥에 나와 앉아서 좋은 날씨를 즐길 수 있게 되었다. 술에 취해서 자신이 경험한 오르가슴에 대해 토론을 벌이기도 했다. "싫어, 그만해요!" 얼굴이 발갛게 달아오른 샌디가 자신과 탐 밀너의 성생활을 야하게 묘사하면서 사람들을 즐겁게 해주면 폴린이 비명처럼 소리를 질렀다. 기묘하게도 딱딱하고 이지적인 용어들을 써가며 그들은 여성간의 성적인 사랑에 대해 토론을 벌였다. 그들은 여성끼리의 섹스가 남녀간의 섹스만큼이나 심오하고 정당한 것이라는 데 의견을 같이 했다.

오월이 되자 의식이 고양되었기 때문인지, 오르가슴의 강도가 줄었기 때문인지, 아니면 다른 고민 때문인지 샌디는 탐 밀너와 헤어지고 그들이 사는 아파트로 들어와 같이 살게 되었다. 그녀는 밤을 꼬박 밝혔고 잠은 낮 동안에 잤다. 그래서 그들은 낮에 잠든 그녀를 깨우지 않으려고 발끝으로 살금살금 걸어 다녔고 소곤소곤 얘기를 나누었다. 샌디는 자기 물건들을 사방에 흩어놓았다. 급기야 그들은 그녀에게 물어보지도 않고 그 물건들을 그녀가 들고 들어온 여행용 가방 위에다 화를 내며 수북이 쌓아 놓았다. 샌디는 욕실에 들어가 문을 잠그고는 몇 시간 동안 울었다. 어느 날 밤 그들이 와인 한 병을 서로 나누어 마시고 있을 때 그녀가 켕기는 표정으로 알렸다. "프레이저가 여기 와서 너를 찾고 있어. 여기라고 해서 이 아파트란 뜻은 아니야. 지난 주에 여기, 이 도시에 들어왔어. 난 네가 어디 있는지 모른다고 말했지만 그는 내 말을 믿지 않았어. 내 면전에다 대고 못 믿겠다고 그러던걸. 그리고는 너한테 내가 자기를 보았다는 말을 하지 말라는 거야, 혹시 '우연히라도' 널 보게 되면 말이지. 그가 왔다는 걸 알면 네가 여기를 뜰 거라고 생각한다는 거야. 그러면 처음부터 다시 찾아 나설 수밖에 없기 때문이라나."

"우리가 여기 있는 걸 그가 어떻게 알았지?" 제니가 물었다. 폴린은 아무 말도 하지 않고 카펫 위에 놓여 있던 와인병을 들어 한 방울도 남김없이 자기 잔에다 부었다. 그들은 반쯤 남은 와인을 다 비우려고 텀블러 잔으로 마시고 있었던 것이다.

"네가 여기 있다는 걸 그가 알고 있는지 난 모르겠어. 그냥 네가 여기 있을지도 모른다고 생각했을 거야. 너를 찾아내려고 혈안이 되어 있어. 정말, 정말로 다급한 일이라고 거듭거듭 말하더라구. 성미를 참지 못하고 나한테 마구 화를 내더라. 내가 거짓말을 한다고 비난하면서 말이지. 그러나 난 끝까지 버텼어. 꼬리 잡힐 만한 행동을 하지 않고 말로 발뺌을 했지." 어느덧 기세등등해진 샌디는 옆길로 빠져서 프레이저가 의심에 차서 캐묻는 말들을 버텨내느라 자신이 발휘한 영웅적인 노력에 대해 장황하게 늘어놓기 시작했다. "난 너에게 당장 말해주고 싶었지만, 탐은 그래서는 안 된다고 믿었어. 그는 우리가 너와 프레이저에게 똑같이 아무 말도 해주지 않고 비밀을 지켜야 한다고 줄곧 말하더라. 그렇지만 난 탐의 생각이 틀렸다고 생각했어. 그 문제 때문에 우린 심하게 싸웠지."

"그래서 당신들 갈라선 건가요?" 폴린이 다소 쌀쌀맞게 물었다.

"오, 아니야." 샌디가 푸념 섞인 한탄을 했다. 그녀는 빈정대는 폴린의 말투를 눈치채지 못한 것 같았다. "그것 말고도 너무나 문제가 많았어. 우리 사이의 일들이 정말 엉망진창이 되어버렸기 때문이야."

샌디의 말을 듣고 나서 며칠 밤을 제니는 잠을 제대로 이룰 수가 없었다. 얼마 후에 샌디와 탐은 기쁘고 행복하게 화해를 했고, 탐이 샌디의 짐을 가지러 아파트에 들렀다. 프레이저 얘기가 다시금 언급되었지만 이번에는 샌디의 입을 통해 그 불길한 소식이 불거져 나온 건 프레이저가 나타났다는 사실보다는 샌디 자신의 언짢은 심사 때문이었다는 게 분명해졌다. "그가 여기 왔어." 제니가 물어보자 탐은 그렇다고 인정했다. "그러나 솔직히 말하자면 나는 너희 두 사람이 혼란스러워하거나 동요할 가치는 없는 일이라고 생각해. 그건 그자를 만족시킬 뿐이지. 난 그가 절박하게 돈이 필요해서 그 책을 내는 프로젝트를 폴린과 함께 다시 추진시켜 보고 싶어할 거라고 봐."

"꿈 깨라고 하세요." 폴린이 말했다.

제니가 말했다. "샌디 말은 그가 너랑 얘기했다는 말을 우리에게 하지 말라고 했다는데?"

"아니, 그건 아냐. 샌디가 혼동한 거라구. 그가 한 말은 그가 여기 와 있었다는 걸 너에게 말하지 말라는 거였어. 너한테 그 말을 하면 네가 다시 이곳을 뜰 거라고 생각한 거지. 우리가 그와 얘기를 했다는 사실을 너에게 말했더라도 무방했겠지. 내 말은, 그가 우리에게 너한테 메시지를 전해달라고 부탁했다는 거야. 분명 그 말은 우리가 그자와 이야기를 했다는 뜻이 되잖아."

"그 메시지라는 게 뭐지?"

"나도 몰라. 그동안 우리는 너랑 전혀 연락하지 않고 지냈다고 말해줬거든. 네가 그러길 바랄 것 같아서. 그래서 우리는 아무 메시지도 받을 수가 없었지. 한데 그가 연락할 전화번호를 주더군. 혹시 '우연히라도' 널 보게 되면 전화해 달라는 거야. 그것도 내가 돈 때문이라고 생각하는 또 다른 이유가 돼. 그 전화번호는 베이거스에 사는 그의 부모 집 번호야. 거기로 들어가 살아야 하는 것 같더라구. 그가 맨해튼 아파트를 잃은 건 분명해. 그리고 가진 돈이 모두 바닥났다는 것도. 그 녀석은 나랑 샌디에게 구제불능 개자식처럼 굴더라. 줄창 이런 식으로 말을 하더라니까. '진실을 말해. 게임은 집어쳐! 이건 죽느냐 사느냐 문제야! 그렇게 바보같이 굴지 마!'"

"오, 세상에나!" 폴린이 놀랐다.

"우리 얘기를 비밀로 해줘서 고마워." 제니가 탐에게 말했다.

유월이 되자 탐은 밴드 매니저 일에서 손을 떼고 자동차 특별주문 제작업체로 옮겨갔다. 처음에 그는 자동차를 주문제작하는 문화 전반이 우스꽝스럽다고 힘주어 말했지만 그 문화에 쉽게 물들어 버렸다. 그 일을 시작했을 때 그는 자기 차도 없었다. 그러다가 회사의 게시판에 스포티한 갈색 그렘린 광고가 나붙자 그 차를 구입했고 창문마다 연하게 색깔을 입혔다. 그러느라 10퍼센트 할인 혜택을 받고도 한 달 치 월급이 고스란히 들어갔다. 탐은 새로 구입한 자동차를 보여주려고 그들의 아파트에 몰고 왔다. 그들이 함께 아래층으로 내려오자 탐은 두 사람이 무슨 광고에 나오는 모습 같다고 활기차게 말했다. 모자와 선글라스를 쓴 데다 점점 더 길게 자라는 머리카락 때문에 그렇게 보인다는 것이었다. 네어 염색약을 쓴 건가? 구릿빛이 돌게 말야? 제니와 폴린은 모두 청바지에 티셔츠 차림이었다. 정원에서 채소를 기르느라 두 사람은 갑자기 햇볕에 타버렸다. 제니의 살갗은 너무나 까매져서 마치 인디언처럼 변했다. 폴린도 타긴 했지만 연한 황금색으로 그슬렸다. 탐은 오래 전에 직장 동료의 아파트 골방에서 바리케이트를 둘러치고 숨어 있을 때 처음 보았던 그 소녀라는 게 도저히 믿기지 않는다며 너스레를 떨었다. 그때 그가 본 소녀애는 곱슬기 없이 가늘고 긴 머리카락이 부스스했고 눈 밑에는 푸르스름한 다크서클이 있었다고, 게다가 피부는 무슨 뱃가죽 같았고 백짓장처럼 창백했으며 건강한 기색이란 없어 보였었다고 했다. 그가 기억하는 그 소녀애는 축축하거나 걸죽한 것, 물렁물렁한 재료를 하나도 넣지 않은 메마른 버거를 원했고 줄담배를 피웠었다고도 했다. 탐은 그때 이 소녀에 대한 걱정으로 두려웠었다. 그런데 지금은 이 소녀가 좀 두려워졌다. 폴린은 명랑하게 웃었다. 자동차에 올라탄 다음에도 계속 깔깔거렸다.

"이게 당신이 한 달치 월급을 쏟아 부은 차란 말이죠? 그러니까 이제 사람들은 당신을 뚜쟁이로 생각하겠네요?" 폴린이 탐을 놀려댔다.

"내 생각엔 멋진 차 같은걸." 자동차에 대한 폴린의 반응에 탐의 얼굴이 붉어지자 제니가 그의 역성을 들고 나섰다. "아주 쓸모있겠어."

"뭐에 쓴다는 거예요? 경찰들에게 당신이 뚜쟁이라는 생각이 들게 하는 데 유용할까요?" 폴린이 물었다.

"네가 뚜쟁이에 대해 뭘 안다고 그래? 이건 서퍽족들이 타고 다닐 법한 자동차로 보이는데. 그리고 이 자동차에 타면 밖에서 안을 전혀 볼 수가 없어. 솔깃하지 않아? 아무도 자신을 볼 수 없다는 걸 알고서 자동차를 타고 돌아다니는 거, 생각만 해도 매력적이다."

그리하여 내부가 보이지 않는 탐의 자동차를 타고 돌아다니면 어떨까 하릴없이 생각하다가 어느날은 충동에 사로잡혀서 두 번 다시 생각해 볼 겨를도 없이 그 차를 빌려 타고 무작정 내달리게 되었다. 제니가 운전을 하고 폴린은 길 안내를 맡았다. 자동차는 폴린이 성장한 집으로 향했다. 벌써 폴린이 납치된 지 일 년이 넘었다. 폴린이 자신을 납치한 이들과 함께 하겠다고 선언한 테이프가 방송을 탄 지도 일 년이 넘었다. 그리고 그녀를 납치했던 이들 가운데 둘만 남고 나머지 요원들이 모두 사살당한 지도 일 년이 넘었다. 그 사건이 한창 사람들의 주목을 받을 당시에, 마지막 테이프, 즉 동료들에게 보내는 추도사가 담긴 테이프 내용이 방송되고 난 뒤 쥐죽은 듯 고요하고 섬뜩한 소강기에 접어들기 전에, 폴린이 자랐던 집 주변은 스물네 시간 쉬지 않고 서커스 공연이라도 벌어지는 것처럼 왁자지껄, 야단법석이었다. 몇 달 동안 잠시도 쉬지 않고 텔레비전 방송국의 대형 밴들이 그 거리에 줄지어 늘어서 있었다. 결국 이웃 주민들은 불평을 터뜨리고 말았다. 그래서 뉴스 트럭들을 길다란 호처럼 생긴 자동차 진입로에다 포개놓듯 세워야 했다. 그리고 트럭 운전자들은 차 앞유리의 와이퍼에다 자기 이름을 적은 쪽지를 끼워놓아야 했고 반드시 이름표를 달고 다녀야 했다. 그래야만 자신의 동료들, 쉬지 않고 계속되는 뉴스 전쟁터에 나와 어깨를 맞대고 일하는 전우들과 전투 부대원들이 이동해야 할 경우 행방을 파악할 수 있었기 때문이다. 머리가 돌아버릴 것처럼 복잡하게 얽혀 있는 수수께끼를 푸는 것처럼 한 대, 또 한 대씩 조금씩 조금씩 밀려나며 밴 하나가 빠져나가 자리가 빌 때까지 그 거리를 맴돌며 차를 몰아야 했다. 그리고 나면 흐트러졌던 밴의 주차장이 다시 정돈되었고 곧바로 각자 맡은 일로 되돌아갔다. 이 사건으로 세상이 한창 들끓는 동안에는 잔디밭의 가장자리에 붙은 연석 가까이에 공중전화 부스가 줄지어 서 있었다. 공중전화의 휘어진 케이블이 숲을 이룬 무성한 관목 생울타리 사이를 꿈틀꿈틀 지나서 가장 가까운 전봇대까지 이어졌다. 전화를 쓰겠다고 수백 명씩 몰려드는 기자들에게 현관문을 열어줘야 할 지경인 폴린 가족의 고충을 배려하여 퍼시픽 벨 사에서 제공한 공중전화들이었다. 사마귀 다리처럼 생긴 대 위에는 준비 완료 상태로 대형 조명등이 세워져 있고 연단 주위로는 마이크로폰이 빽빽이 들어차서 언제까지나 저택 주랑현관의 일부로 남아 있을 것같이 보였다. 풀밭은 사람들이 짓밟고 뭉개어 납작하게 누웠고 여기저기 구멍과 홈이 뻥뻥 뚫렸다. 마침내 가족들은 언론의 노고에 대해 최대한의 존중과 감사의 마음을 표한 다음 완곡하게 필히 보도를 이용해달라는 요청을 하기에 이르렀다. 그런 뒤에 곧 잔디밭 전체에 뗏장을 다시 입히는 작업이 이루어졌다. 지금도 잔디를 새로 깔아놓은 것처럼 보인다. 새로 자란 솜털 같은 잔디들이 깎아낸 듯 편평하게 고르던 풀밭 모양을 망치고 있다. 반듯하게 네모진 모양으로 심어놓은 산울타리는 말끔하게 다듬지 못한 듯 약간 텁수룩해 보인다. 주랑현관은 말끔하게 청소되어 있었지만 어딘지 모르게 황폐한 분위기가 풍긴다. 그것은 비단 조명 시설과 연단이 사라졌기 때문만은 아니다. 그들이 처음 고향인 샌프란시스코로 돌아왔을 때 여기에 와볼 거라는 생각은 꿈도 꾸지 않았다. 그동안 FBI 요원들이 뉴스 트럭과 함께 잔디밭에 캠프를 치고 있었다. 어쩌면 집안으로 들어가 숨어 있는 요원들도 있었을지 모른다. 몇몇 선택받은 요원들은 아이들이 쓰던 침대방에서 지낼 수 있었을 것이고 장비들도 아이들 놀이방에 죄다 들여놓을 수 있었을 것이다. 제니와 폴린은 그 장비들이라는 게 정확하게 어떤 것이었을지 모른다. 하지만 싹이 돋아나듯 전선이 삐죽삐죽 튀어나온 박스들과 컴퓨터용 펀치카드, 프린트 출력기와 출력 테이프, 험악한 표정으로 몸을 흔들며 어둠 속을 걸어가는 사막의 대상을 연상시키는 대형 녹음기와 짝을 이룬 회전반 등은 상상하기 어렵지 않다. 요원들은 잠옷 가운을 걸치고 슬리퍼를 신은 차림으로 현관 복도를 터벅터벅 왔다갔다 하고 있었을 것이다. 손에는 혀가 얼얼해지도록 쓴 블랙 커피를 담은 큼직한 머그잔을 움켜쥐고서. 폴린의 부모들은 언론 관계자를 집안으로 들이는 걸 허용하지 않았다. 언론에 대해 그저 협조하는 게 아니라 자부심을 갖고 참여해 줄 것을 요청했다. 언론은 이 가족들에게 마지막 남은 한 조각 프라이버시를 지키는 데 도움을 주는 일에 자부심을 느껴야 마땅하다는 것이다. 부모들은 이렇게 당당하고 엄숙한 선언을 하면서도 뒤로는 줄곧 FBI 요원들에게 은신처를 제공하고 있었다. 언론의 요구에 무조건 항복하는 게 아니라 그들의 순교자적 헌신을 치하한다는 뜻으로 값진 영예를 부여한 것이라 생각하며. 대단한 엘리트주의 때문이었을 것이다. 요원들 가운데 최고 핵심 서클에 속한 사람들, 무리를 이끄는 우두머리들만 집안으로 들어가는 영예의 타이틀을 부여받았을 것이다. 요리사는 밤낮으로 민첩하게 손을 놀려 커피를 내리고 맛있는 샌드위치를 만들어 제공하라는 지시를 받았다. 운전사는 집안 소유 리무진에 선택받은 요원들을 태워 안으로 몰래 들어오게 하라는 은밀한 지시를 받았다. 창문에 검은 색을 입힌 리무진으로. 아무튼 여기까지가 폴린이 당시의 절박하고 긴급한 상황에 대해 떠올릴 수 있는 정도이다. 제니와 함께 탐의 자동차 그렘린의 익숙한 어둠 속에 앉아서 그려볼 수 있는 상황이라는 것이 그러했다. 그렘린의 차창들은 코카콜라 색깔에다 세피아 톤을 띠고 짙은 오렌지 색깔의 가느다란 세로줄 무늬로 덮여 있다. 지금은 집안에 몰래 설치해 놓았던 장비들도 모두 해체해 버린 상태이다. 창문마다 커튼이 드리워져 있다. 그러니까 그들이 안으로 들어간다 하더라도 화려한 가구로 치장된, 사는 사람이라고는 한 사람도 없는 실내를 보게 될 것이다. 폴린의 부모는 러시안 힐에 있는 그들의 임시 거처로 옮겨갔다. 그리고 이 집은 신중하게 팔려고 내놓은 상태이다. 화려한 가구와 집기들로 치장한 것은 부동산

중개업자의 솜씨였다. 집이라는 건 보다 근사한 가구로 꾸며놓고 보여주면 더 비싼 가격에 팔 수 있기 때문이다. 게다가 이런 수준의 집이라면 가구로 치장한 경우와 그렇지 않은 경우의 가격 차이가 수십만 달러에 이를지도 모른다. 과감하게 제니와 함께 집 맞은편 보도 가장자리에 깔린 연석에 한가롭게 몸을 부려놓은 폴린의 명상 속을 누비고 지나가는 생각이란 이런 종류이다. 브랜드에 담긴 비법 같은 것. 그들은 연석 위에 차를 세우고 꼬박 일 분 동안 앉아 있다. 그리고 또 일 분이 더 흘러간다. 둘 다 자신들 앞에 펼쳐진 풍경들에 빠져들어 생각을 놓고 있는 순간에도 흘러가는 시간을 고통스럽게 의식하는 게 습관처럼 몸에 배어 있다. 폴린의 부모가 이 집을 떠나는 모습은 언론에 상세하게 비춰졌다. 폭력 때문에 텅 비어버린 보금자리에서 떠나가는 슬픔에 젖은 모습으로 꼼꼼하게 묘사되었다. 그러나 사실 폴린은 납치되기 일 년 전부터 이미 이 집에서 나와 살았었다. 이렇게, 납치되고 난 뒤 처음 며칠 동안과 비교할 때 상황은 그다지 변한 게 없다. 아주 오래 전에, 폴린의 부모가 그들이 살던 집에서 폴린이 붙들려 간 적이 있다는 걸 넌지시 말하고 싶어했던 때, 그녀가 남자친구와 지냈던 자기 아파트에서 정말로 붙들려 갔을 때, 결코 덜 무서웠던 것은 아니지만 다르게 무서웠던 때와 비교해 보아도 마찬가지였다. "지금 사람들은 우리 부모가 저기서 달랑 두 분이 사는 걸 견딜 수 없어 했다고들 말하지만 사실은 내가 대학에 간 후로 두 분이 일 년 동안 저 집에 살았어요. 그리고 그때는 저 집이 두 분 사시기에 그렇게 크지도 않았고요." 폴린은 아무 장식 없이 노출된 주랑 현관과 들쭉날쭉하게 자라는 잔디를 물끄러미 바라보며 말한다. 담배에 불을 붙이고는 연기를 밖으로 내보내려고 차의 어두운 창문을 조금 내린다.

잠시 후에 그녀가 덧붙인다. "혁명요원들이 처음으로 내게 그들과 함께 텔레비전 보는 걸 허락해 주었을 때는 그들이 우리 엄마에게 그 이사회에서 사임할 것을 요구한 직후였어요. 그들에 대한 믿음의 표시를 보이라는 것이었지요. 그때는 이미 우리 부모가 혁명요원들이 요구해온 몸값을 지불할 방도가 전혀 없다고 말한 상태였죠. 집안 재산의 신탁 관리 성격 때문이라고 했어요. 흠, 그래서 부모님 말이 정말일지도 모른다고 난 요원들에게 말해줬어요. 확신할 수는 없었지만 그럴 것 같았거든요. 그 말을 듣고 요원들은 몸값을 깎아줄 수도 있다고 말했죠. 그렇지만 그때 우리 부모는 제대로 된 믿음을 표시해 주었어야 했어요. 그리고 정말 믿는다는 의사 표시는 엄마가 바로 그 이사 자리에서 물러나는 것이었죠. 남아메리카에서 일어난 군사 쿠데타를 지원한 어느 회사의 이사 직함을 말예요. 그 회사는 어린이 노동력을 이용해요. 정말 끔찍한 일이죠. 그런데 이것은 그다지 중요한 이슈가 아니었어요. 이 회사는 말하자면 '엄마 것'도 아니었거든요. 그냥 이사 직함만 갖고 있었던 것뿐이죠. 오페라단의 이사회 직함을 갖고 있는 거나 마찬가지였어요. 그런데 우리 엄마가 텔레비전에 나와서는 이렇게 말하는 거예요. '나는 이 사람들에게 어떻게 살아가라고 요구하지 않습니다. 그러니 그들도 우리가 어떻게 살아갈지에 대해서 명령하지 않아야 합니다.' 엄마는 그 이사 자리를 그대로 지켰어요. 엄마는 그 자리를 사임하게 되면 자신이 그동안 최선을 다해 싸우지 않았다는 신호로 내가 받아들이게 될까 저어하기 때문이라고 말하지 뭐예요! 그 순간에 나는 생각했죠. 난 이제 부모와의 관계가 끝장난 거라고. 너무 무서웠어요. 죽음 같은 공포가 밀려왔어요."

"이제 너는 요원들과의 관계도 끝낸 거잖아."

"그렇다고 내가 부모에게로 돌아갈 거라는 뜻은 아니죠." 폴린은 차창 밖을 뚫어져라 쳐다보았다. "난 이제 요원들과의 관계가 끝났어요. 그들은 나를 이용했어요. 내 부모가 나를 이용한 것과 똑같이. 그들을 증오해요." 담배를 든 그녀의 손이 떨린다. 떨리는 손으로 재떨이를 집다가 그만 놓쳐버리고 만다. 담뱃재가 그녀의 청바지 위로 떨어지고 재를 손으로 쓸어내자 잿빛 담뱃재가 길게 지저분한 얼룩을 남긴다. 폴린은 눈을 부릅뜨고 제니를 쳐다본다. 입술이 떨리고 있다. "가요." 폴린이 조급하게 말한다.

제니는 점점 더 자주 윌리엄에게 편지를 쓴다. 일기 쓰는 일도 등한히 하면서 시기별로 벌어진 사건 기록과 논쟁 내용, 그동안 써둔 크고 작은 메모들, 심정을 토로하는 내용들을 모조리 그에게 보내는 편지에 몰아 담아내고 있다. 마치 아내에게 꽃을 가져온 난봉꾼 남편처럼, 그녀는 이렇게 편지를 쓰도록 촉발한 것이 죄책감이라는 걸 안다. 그를 다시 볼 수 있을지 확신이 없다. 그동안 그는 항해의 방향을 잡아주는 단 하나의 중심, 자극(磁極), 고해신부가 되어주었다. 그러나 그녀는 이제 그를 다시 만나고도 여전히 자기 자신에 대해 느끼는 이 섬세한 감각을 그대로 간직할 거라고는 생각하지 않는다. 그녀는 어쩌면 그를 더 이상 사랑하지 않는지도 모른다. 이런 생각에 흠칫 놀라며 불쾌해지는 밤들이 있다. 폴린과 밤이 이슥할 때까지 현관 앞에 앉아서 어두운 허공 속에 희미한 달빛처럼 서로의 얼굴이 서서히 드러나는 것을 바라보며 이야기를 나누는 그런 밤들이. 이런 밤에 혹여라도 잠을 자러 가게 되면 그들은 금방 잠에 빠진 척한다. 그러지 않으면 영영 잠이 찾아오지 않을 것이므로. 그것이 그들이 헤어질 때 하는 의식이다. 서로에게 침묵하는 것이 자러 가기 위한 서곡이 된다. 그러고 나면 새벽

녘 희붐한 어둠 속에서 서로의 숨소리를 듣는다. 여명이 깃든 그들의 방은 슬픈 모양을 띠고 있다. 제니는 자신이 느끼는 이 슬픔을 새벽의 서름한 빛 탓으로 돌린다. 밤과 새벽 사이에 끼인 섬뜩한 기분 탓으로 돌린다. 이 시간이 그들이 서로에게서 떨어져 지내는 유일한 시간이라는 사실을 애써 생각하지 않으려 한다. 그들은 같은 방에 머물지만 둘 사이에는 침묵이 펼쳐져 있다. 그녀는 그들이 매일 밤마다 지쳐 쓰러질 때까지 이야기를 하는 것은 둘 다 먼저 잠이 들까봐 두려워하기 때문이라는 걸, 잠든 채로 자기만 달랑 그곳에 혼자 남겨질까봐 두려워하기 때문이라는 걸 안다. 두 사람은 그들의 상실감—그들이 한때 영위했던 삶에 대한 상실감도 아니며, 그들이 알고 지냈던 사람들에 대한 상실감도 아닌, 그들이 느꼈던 그 모든 애착이 가져온 상실감을 인식하고 있다.

　팔월이 되자 그들이 가꾼 정원은 너무나 풍요로운 결실을 거두었으므로 많은 양의 채소를 탐과 샌디, 마이크, 그리고 민스키 씨, 조안과 레나에게 나누어주었다. 이 채소들, 이렇게 쑥쑥, 이렇게 크게 자라는 채소들이 그들에게는 어떤 징조처럼 다가온다. 그들은 부엌에 앉아 있다. 더치 문은 열어둔 채로. 다사로운 바람이 그들 주위로 살금살금 걸어 들어온다. 새들은 바깥 마당에서 왁자지껄 재잘댄다. 거실에 틀어놓은 테이프에서 나지막이 음악이 흘러나오고 있다. 녹음기는 조안의 친구인 줄리가 공짜로 준 것이다. 그녀도 여성문제에 관심이 깊다. 그들은 줄리를 그들 그룹에 받아들일까 생각 중이다. 이제 그들의 삶은 너무나 차분하다. 은밀한 것은 아니고 고요하다. 너무나 잠잠해져서 그들은 예전에는 알아채지 못했던 미묘한 기미를 포착해낸다. 예전에는 자기 탐닉이나 방종으로 여겼던 일들이 이제는 중요하다. 그리고 그런 일들과 화해를 했으므로 편안하다. 탁자 위의 꽃병에는 꽃을 꽂아두고 제니가 중고물품 가게에서 찾아낸 어여쁜 테이블보도 깔았다. 큼지막한 호박을 땄을 때 그들은 저녁 준비를 하면서 꼬박 하루를 다 보냈다. 호박이 주재료로 들어간 라타튀에(ratatouille, 가지, 토마토, 피망, 호박과 가끔은 고기도 섞어서 맛을 낸 스튜 요리 : 옮긴이)를 만들고 샐러드와 직접 구운 빵과 케익을 자신들만을 위해 준비했다. 얼마나 부질없는 짓인가! 그리고 와인 한 병…… 부르주아의 짓거리, 그런데 정말 그럴까? 아름다운 일이 아닐까? 제니는 이제 더 이상 그다지 확신이 안 선다. 윌리엄에게 보내는 편지에 이 문제들을 담는다. 폴린이 한 문장을 읽어보고는 펜을 잘근잘근 씹으며 골똘히 생각한다. 최근 들어 제니는 자신이 써놓은 편지들을 폴린에게 읽어보고 고쳐달라며 보여주고 있다. 폴린은 편지들을 뚫어져라 노려본다. 식탁 위에 편지지를 주욱 펼쳐놓고는 곰곰 생각한다. 입에다 펜을 문 채로. 두 사람은 공을 들여 아주 오랫동안 이 특별한 편지의 문장을 만들어왔다. 이제 편지가 제법 길어졌다. 그런데 그들은 아직 편지를 부치지 않고 있다. "우리가 행복해지고 싶은 마음이 들면 기분이 좋지 않아." 폴린이 편지를 읽고서 말한다. "하지만 그건 그렇게 이기적인 게 아녜요. 예전에는 나도 그렇게 생각했어요. 자신이 타락하고 부패했기 때문이라고 생각했던 거죠. 그런데 그런 소망이 정말 그토록 잘못된 건가요?"

삶이 더할 수 없이 고요해지자 몹시 긴장하여 귀를 곤두세우던 옛 버릇도 사라졌다. 이런 경우가 예전에 한 번쯤 있었을지도 모른다. 농장에서, 고요함이 절묘할 정도로 예민한 감각을 빚어냈을 때. 이제 그들의 감각은 와인과 더불어 꽤 부드러워져 있다. 그들은 살짝 취했을 뿐, 정신을 잃을 정도로 감각이 마비된 것은 아니다. 차분하다. 때로 인도에서 그렇게 차분한 사람들을 본다. 그들의 눈에 사람이 보이지도, 그들의 귀에 사람의 목소리가 들리지도 않지만 그렇다고 감각이 마비된 것은 아니다. 만일 그들의 생각이 그곳 말고 다른 곳에 머물러 있다면 그곳은 좋은 어떤 곳이다. 그들에게는 거리를 미끄러지듯 지나가는 그 자동차의 모델과 연식이 구별되어 들리지 않는다. 아니, 어쩌면 그들은 집안에, 부엌에 있으리라. 그들에게는 바깥 계단을 밟는 조용한 발자국 소리가 들리지 않는다. 더치 문을 활짝 열어놓았는데도. 그들은 그 남자가 다가오는 것을 감지하지 못한다. 그가 그들만큼이나 놀란 표정으로 양손으로 무기를 꽉 그러쥐고 거기 설 때까지. 그는 그들을 겨눈다. 폴린이 언제 행복해도 괜찮은지에 대한 자신의 생각을 대충 적고 있던 펜을 떨어뜨린다. 아직도 희망에 젖어 있는 제니의 몸이 탁자에서 떨어져 벌떡 일어난다. 그러나 그녀의 마음은 알고 있다. 그녀 마음속의 목소리가 그 남자의 말을 메아리처럼 그대로 되풀이한다. "꼼짝 마! 손들어!"

   그렇게 일은 벌어진다, 마침내.

제4부

1

 앤 케이시는 책들을 꾸리고 있다. 앞으로 자신에게 필요하지 않을 책들이다. 어떤 일이 마침내 벌어졌으므로 앞으로 그녀에게는 책들이 전혀 필요없을 것이다. 그러나 폴린의 이야기를 다루면서 보낸, 권태와 무위로 가득했던 지난해 동안 이 책들에 대해 애착이 생겼다. 미드 맨해튼 도서관에서 빌려온 이 책들은 움찔해질 정도로 반납 기일이 많이 지났다. 빌린 책들은 대체로 폴린의 할아버지가 지은 대저택을 보여주는 도감들이다. 폴린의 할아버지, 그 집안의 가부장. 미국 남북전쟁 이후 대호황 시대 스타일로 그려진 대형 유화 그림들의 주인공인 그는 대호황 시대 이후의 자기 삶의 구석구석에 이 스타일을 적용시키고자 했다. 초창기 미국 실업계의 거물들, 그가 본받으려 했던 그 거물들처럼 그 또한 가난하게 자라났고 일찍이 강인하게 단련되었으며 세상 물정에 대해 빈틈없는 자세로 살아 약관의 나이에 부와 명성을 일구어냈다. 그의 경우는 신문업계에서 이룩한 부와 명성이었다. 그것은 앤이 몸담고 있는 업종이기도 하다. 그리고 꼭 자신처럼 지금 가방을 싸고 있는 동료 모두의 업종이기도 하다. 그녀와 동료들은 골드 러시 다음 시대에 동참하려는 듯이 캘리포니아 쪽으로 흘러들고 있다.

오, 믿을 수 없는 저 집들, 아니 그냥 집이라기보다는 왕국에 가까운 저택들이다. 카사 마레(Casa Mare, 바다의 집 : 옮긴이). 알람브라 궁전을 그대로 베낀 집을 칭하기에는 소박한 이름, 바다가 내려다보이는 절벽 꼭대기에 몇 킬로미터에 걸쳐 마구잡이로 뻗어나간 소읍만큼 터무니없이 크게 지은 건축물을 칭하기에는 소박한 이름이다. 그리고 빅 레드, 드물게 보는 세 가닥의 강줄기가 만나는 지점에 세워진 인공 소 떼 목장. 강을 따라 심어진 아름드리 수양버들은 부를 상징하는 기념수로서, 나무나 풀이 거의 자라지 않는 대평원에 몇 킬로미터에 걸쳐 펼쳐진다. 상상해 보라. 단지 자신이 목장을 경영하고 있는 듯 흉내내기 위해 물에 기근이 든 땅에 흐르는 모든 물 위에 버티고 앉은 이 인공 목장을. 그렇다고 하더라도 매클라우드는 앤이 좋아하는 곳이다. 황량한 캐스케이드 산맥 어딘가에 아기자기한 방갈로와 큼직한 목재로 지은 산막이 모여 있는 스위스 마을. 여기서 일하는 하인들을 빼면 그 위치가 어디인지 알았던 사람은 아무도 없다. 폴린의 할아버지가 살았던 시절에 이곳을 찾은 방문객들은 여행의 마지막 여정에 이르면 눈가리개를 한 채로 웅장하고 하얗고 무시무시하고 신비로운 섀스터 산(Mount Shasta, 캘리포니아 주의 북부 캐스케이드 산맥에 있는 사화산 : 옮긴이)자락 밑에서부터 출발하도록 되어 있었다. 그 산은 마치 저승 문을 지키는 개 케르베로스 같았다. 매클라우드야말로 앤의 마음을 뒤흔들어놓고 진정으로 선망이 일게 하는 곳이다. 그곳이 지닌 은밀하고 비밀스러운 분위기 때문이 아니라 그곳이 상징하는 권력이나 힘 때문에. 소문에 따르면 군대조차도 이 목장의 영공에 들어오는 것이 금지되어 있다고 한다. 앤의 마음을 사로잡는 것은 만화책에나 나올 법한 비현실성이 아니라 실제로 보이는 훌륭한 경치이다. 과자로 만든 집처럼 화사한 덧문 주위로 말려 올라간 덩굴손이나 급물살을 이루며 흘러 내려가는 차가운 강물은 앤이 지니고 있는 몇 장 안 되는 매클라우드 사진의 한 귀퉁이에 포착된 풍경인데, 초점이 잘 맞지 않아 흐릿하고 오래된 흑백 사진들이다. 매클라우드는 대형 도감에 나와 있지 않다. 카사 마레나 빅 레드와 달리 매클라우드는 가족들이 머물던 저택이다. 폴린의 할아버지가 그 누구의 방해도 받지 않고 머물렀던 휴양지, 말하자면 성소로서 정부(情婦)와 함께 살던 곳이다. 여왕처럼 군림하며 다스리는 일은 그녀의 몫이었다. 그리고 이것은 그의 아내나 자식들에게는 공공연한 비밀이었다. 초점이 잘 맞지 않는 사진들을 찍은 이는 바로 이 정부였음에 틀림없다. 눈가리개를 한 채 찾아온 지인들에게 와락 달려들었던 이는 분명 그녀였다. 생기발랄한 음성으로 소리를 지르면서 눈가리개를 벗기기도 전에 지인들의 손에다 샴페인 잔을 찌르듯 쥐어준 그녀.

  만일 이런 모든 것들이 사실이라면 말이다. 매클라우드의 생활에 대해 앤이 알게 된 모든 내용은 이 젊은 여인이 쓴 여러 권의 회고록에서 나온 것이다. 그리고 이 회고록들은 이 집안 변호사들이 수거하여 대부분 폐기했다. 회고록의 내용들은 단순하고 우스꽝스럽다. 여기에서 폴린의 할아버지는 악의 없고 천진한 괴짜 노인, 혹은 얼간이처럼 그려져 있다. 그의 아내와 자식들에 대한 언급은 전혀 없다. 이외에도 이 책들에서 다루지 않은 것은 이 남자의 죽음에 대한 내용과 이 젊은 여인이 남자가 죽고 난 뒤 그 자녀들에 의해 집안에서 쫓겨난 데 대한 내용이다. 그의 자녀들은 가부장적인 권위를 휘둘러온 아버지가 땅속 2 미터 깊이에 안전하게 묻히게 되자 마침내 반항했던 것이다. 아마도 아주 어린 소녀 폴린을 이곳에 데려오기 전에 매클라우드는 박멸되거나 혹은 액막이를 치렀을 것이다. 매클라우드는 유년기의 폴린도 좋아한 집이었던 게 분명하다. 앤의 짐작으로는 할아버지가 거느렸던 이 정부(情婦)에 대해서 폴린은 모른다. 당연히 정부가 회고록을 썼다는 사실도 모른다. 이 회고록 원고들은 결국 책으로 출간되었으나 판매 과정에서 저지당했거나 폐기되었던 것 같다. 회고록이 다룬 주제에도 불구하고 이 책은 외면당했고 별다르게 서평으로 다루어진 경우도 없었다. 이 발랄하고 쾌활했던 회고록의 작가는 그 후에 알코올 중독으로 세상을 떠났다. 나이 쉰이 채 되지 않은 나이로 그렇게 세상 사람들에게 잊혀진 존재가 되었다.

 앤은 이 책을 자신의 골방을 뒤지다가 찾아냈다. 리틀 맨, 남편이 자신을 떠났을 때 충동적으로 산 이 작은 앵무새가 부리로 그녀의 책들에 홈을 파고 구멍을 낸다. 그리고 냄새는 없어도 가리지 않고 사방에 분탕질하듯 새똥을 튀긴다. 그래서 도서관에서 빌려온 책들을 그 상태대로 보존하기 위해 한곳에 치워둔다. 그리고는 몇 달이 지나도록 이 책에 대해 까맣게 잊어버린 채 지낸다. 그녀가 이 회고록을 대출한 것은 순전히 신기하고 괴상한 책을 뒤적이면서 기분전환을 하자는 마음에서였다. 그런데 이 책을 읽는 동안 정부 여자에게서 거침없이 튀어나오는 상스러움과 일상적으로 보여주는 인종차별적인 그녀의 언동에 매혹되고 말았다. 책 속에는 "유색인종들", "조무래기 깜둥이들", 그리고 "좀스러운 유대인 변호사들" 등 분별없이 내뱉는 말들이 끊임없이 등장했고 전쟁이 치러지던 시기를 회상하는 부분에서는 "왜놈들"에 대해 터무니없고 신랄한 비난의 장광설을 늘어놓았다. "우리는 매클라우드 그 꼭대기에 살면서도 집안의 창문이란 창문은 모조리 불을 끄고 어둡게 해야 했다. 그래야만 왜놈들이 와서 집을 폭격하지 않을 테니까! 오, 그 치사한 왜놈들은 주인양반을 증오했다. 예전에 신문사 일을 맡았던 시절에 주인양반은 그들이 그럴 거라고 제일 먼저 내다본 사람 가운데 하나였다. 캘리포니아는 정말이지 너무나 부주의했기 때문에 저 왜놈들을 죄다 받아들인 것이다. 왜놈은 쥐새끼 같다.— 아니, 이제는 정말로 시궁쥐가 되었다. 쓰레기를 뒤져 먹는 이 시궁쥐들을 죽여 없앨 방법이 전혀 없다! 주인양반과 나는 왜놈들을 모조리 포로수용소에 처넣을 거라는 소식을 대통령으로부터 듣고는 정말이지 마음이 놓였다. 주인양반은 프랭클린 루즈벨트에게 전화를 걸어 진작에 그런 조치를 했어야 마땅하다고 말했다."

그러나 이 정부는 이야기에 포함되지 않는다. 놀랄 만큼 아름답고 훌륭한 왕국도 마찬가지다. 앤은 이 이야기에 마치 실 보푸라기처럼 들러붙어 있는 사사로운 문제들을 모두 떼어버리려고 애쓴다면 바닥까지 내려갔을 때 정말로 남는 게 별로 없을 거라는 생각을 계속 하기는 한다. 세상에 태어난 그 순간부터 무슨 일을 하든지 늘 화젯거리가 되어 온 소녀, 폴린만 이야기 속에 남아 있다. 폴린, 그녀는 이 대단한 조상과 혈연관계가 있다는 이유로 혁명요원들에게 납치되었다. 그리고 결국에는 사람들에게 불길하고 무시무시하게 떠오르는 존재가 되고 말았다. 그들은 이제 모두 잊혀져갈 것이다. 죽은 요원들과 지금껏 살아남은 두 명의 요원들 모두가. 아무도 그들이 무엇에 대해 그토록 분노했는지 궁금해 하지 않을 것이다. 그들이 무엇을 이루려 했고 무엇을 열망했는지도 궁금해 하지 않을 것이다. 그런 것들은 너무나 쉽사리 세상에 알려지는 반면 폴린에 대해서는 알 수가 없다. 앞으로 다가올 그녀의 재판이 약속되어 있지만 그 무지근한 진실은 그동안 은폐되거나 가려져 왔다. 그녀의 재판이 모든 것을 드러낼 것이다. 아니, 모든 이가 그렇게 되기를 바라고 있다. 그렇게 되면 이야기는 마침내 저절로 씌어질 것이다. 앵무새를 데리고 책더미를 싣고서 베이지색 렌트카를 부지런히 몰아 대평원을 가로지르고 있는 앤은, 부푼 가슴을 안고 거대한 마차 수송대에 합류했으나 오래도록 역경에 부대끼며 가망 없는 일에 분투하는 또 한 사람의 보잘것없는 존재일 뿐이다.

조 스미스 또한 이야기에 포함되지 않는다. 그러나 정부의 경우에 그랬듯이 앤은 그 당시 그에게 큰 희망을 걸었다. 실제로 그를 만나기 전까지는 그랬다. 그녀가 뉴욕의 첫 직장에서 알게 된 오랜 친구에게서 어느 날 갑자기 전화를 받은 것은 여름이 시작될 무렵이었다.

"네가 폴린에 관한 책을 쓰고 있다는 게 사실이야?" 마이클이 물었다. "그렇다면 내가 뭔가를 도와줄 수 있을 것 같은데. 아니, 적어도 널 교묘한 말로 속여 넘길 사람 하나를 연결해 줄 수 있을 것 같아. 그자는 완전히 정신 나간 사람이거나 아니면 널 위해 내부 정보자가 되어 줄 거야."

마이클은 지난해에, 그가 현재의 '조 스미스'로부터 소식을 듣기 오래 전에, 다른 사람이 자신에게 전화를 했었다고 말했다. 그 사람은 믿지 못할 가명조차도 가르쳐주는 걸 거부하면서, 폴린이 직접 쓴 전모를 밝히는 책을 확보할 방법이 하나 생길지 모르겠다고 주장했다고 했다. "그래서 그걸 내게 달라고 그자한테 말했지." 마이클이 덧붙였다. "그리고 절대 다른 사람에게는 입도 벙끗하지 마시라고. 우리 출판사가 갖고 있지도 않은 큰돈을 주겠다는 약속도 했어. 내가 만나자고 간청했지만 그자는 내게 전화번호마저도 알려주려 들지 않더군. 일단 만나 그가 원고를 넘기고 나면 돈을 지불하겠다고 나는 자신있게 말해줬어. 나머지 세부사항들은 나중에 처리하면 될 거라고 생각했던 거야. 만일 그의 말이 조금이나마 사실이라는 게 밝혀지게 된다면 말이지. 전화를 끊고 나서 나는 어쩌면 전에 그자를 만난 적이 있을지도 모르겠다는 생각이 들었어. 내 말은 왜 하필이면 나를 택했느냐 말이지! 그의 음성을 듣자 불현듯 어떤 생각이 퍼뜩 떠올랐거든. 마치 우리가 오래 전에 파티에서 만난 적이 있는 것처럼 말이야. 그로부터 몇 주일, 아니 한 달쯤 뒤에 그에게서 다시 전화가 왔어. 아직도 원고에 관심이 있느냐고 묻더군. 관심 있다고 했지. 그러자 그는 나를 '조만간' 만나게 될 거라고 했어. 그리고 그게 이 사내에게서 연락을 받은 마지막이었을 거야."

"그게 무슨 말이지?"

"이 '조 스미스'라는 작자 역시 어떤 생각을 불러일으켜."

"같은 생각이야?"

"정직하게 말해줘? 대관절 어떻게 알겠냐구. 두 전화는 꼬박 일 년이라는 시차를 두고 걸려온 건데 말이지. 난 그 목소리가 동일한 사람이었는지조차도 장담할 수가 없거든. 그저 각기 다른 두 명의 사내가 내게 전화를 걸었다는 게 순전히 우연의 일치라고는 믿을 수 없을 뿐이야. 물론 요즘은 하루에도 이백 명쯤 되는 사람들이 전화로 폴린이 자기 가게에 들러서 물건을 샀다는 둥, 자기 음식점에 들러 식사를 했다는 둥, 자기 술집에 와서 당구를 쳤다는 둥, 아니면 자기 주유소에 와서 기름을 넣었다는 둥, 혹은 그녀가 임신을 했더라, 동성연애자더라, 흑표범당(Black Panther Party, 급진적인 수단으로 흑인의 권한과 평등권을 쟁취하기 위해 결성된 전투적인 흑인조직. 히피보다 더 격렬하게 베트남전에 반대했고 말콤 엑스가 조직원들의 우상으로 숭배되었음 : 옮긴이) 당원들과 함께 있더라, 등등의 얘길 숱하게 주장하는 건 틀림없지만. 그렇지만 하루에 걸려오는 이 이백 통의 전화는 경찰에게 걸려오는 거지 출판 편집자 마이클 레비츠에게 오는 건 아니거든."

"그렇다면 '조 스미스' 라는 작자가 출판 대리인이었다가 내부 정보 고발자로 변신한 거란 말야?"

"그렇더라도 그자의 신빙성을 높여주진 못할걸." 마이클이 눙쳤다.

"당연히 그렇지." 그녀가 맞장구를 쳤다.

'조 스미스' 의 요구로 그녀는 비둘기 똥이 튀겨져 있고, 배기가스가 아지랑이처럼 자욱하고, 시끄러운 차량의 소음으로 귀가 먹먹해지는 도로변 공원에서 그를 만났다. 메이시스 백화점에서 남쪽으로 몇 블록 떨어진 곳이었다. "우리 좀 다른 장소로 가서 이야기할 수 있을까요?" 그가 약속 장소에 도착하자 그녀가 제안했다. 그러나 그는 한사코 그녀에게 모든 얘기를 그 자리에서 하겠다고 우겼고 심지어 공원의 벤치에도 앉으려 들지 않았다. 그는 그녀 또래, 즉 삼십대 초반이고 운동으로 다져진 탄탄한 체격이었고 불안해 보였다. 그를 따라 그녀는 비좁은 도로변 안전지대를 오락가락해야 했다. 정오의 차량들이 그들 주위를 돌았다. 그가 들려준 말에 따르면, 지난 몇 달 사이의 어느 시점에 FBI가 폴린이 그동안 은신해 왔던 농가를 발견했다고 했다. 그들은 또한 폴린을 제니 시마다라는 이름을 가진 누군가와 연관시켰다고 했다. 조는 우연히 그 농가에 들르게 되었는데, 그것은 예전에 거기에 살던 친구가 있었기 때문이라 했다. 어디 사는지 늘 행방이 궁금했던 친구였다고 했다. 그런데 궁금했던 친구가 아니라 FBI 요원들이 그를 매복 기습했다고 했다. 하지만 그들은 그를 잡아둘 수는 없었다고 했다. 그는 잘못한 일이 하나도 없었기 때문이었다. 그 대신 그들은 헤아릴 수 없이 많은 신문을 했으나 결과적으로는 그 신문을 통해 자신이 그들에게 밝힌 사실보다는 그들이 알고 있는 정보를 자신에게 밝혀준 게 훨씬 더 많았다고 했다. 이렇게 뻐기는 그의 말투는 살갖 아래에 벌레가 끼인 듯 한쪽 눈꺼풀이 일으키는 경련과 부조화를 이루었다. "당신은 《타임》지에 글을 쓰죠." 그가 불쑥 이렇게 말했다.

"글쎄, 이제는 아녜요." 그녀는 자유기고가와 전속작가가 다르다는 것을 설명하려고 했다. 즉《타임》지에서 일하긴 했지만 그저 고만고만한 기자였을 뿐 그 일에 타고난 재능이 있었던 건 아니라는 걸. 그녀는 특집기사에서 더 능력을 발휘했고 지금은 일반 관심사를 다루는 몇몇 다른 주간지에 기고하고 있다고도 말해주었다. 그런데 이런 설명이 조에게는 너무 낯설고 난해한 것이었다. 그는 조급중이 나서 경련을 일으킬 정도였다.

"난《타임》에서 당신 이름으로 난 기사를 읽었습니다." 그가 완강하게 말했다. "내 말 잘 들어보세요. 당신이 신문에 내야 할 내용은 이겁니다. FBI가 폴린이 제니 시마다와 연관되어 있다는 걸 안다. 그들은 이전에는 제니 시마다가 혁명분자들과 연계되어 있다는 사실을 전혀 몰랐다. 그런데 이제 그 사실을 알게 되었다. 그런데 아무에게도 말하지 않고 있다. 당신은 이 이야기에 한동안 매달려왔습니다. 그런데 제니의 이름은 한 번도 들어본 적이 없어요. 그렇지 않습니까?" 그녀가 그건 사실이라고 시인하자 그가 말했다. "보세요! 바로 눈앞에 사슴을 겨누고 있을 때는 덤불숲에서 바스락 소리도 내지 않는 법이라구요!"

"조, FBI 본부에서 그 누구도 제니 시마다를 언급하지 않았다는 사실이, 그들이 제니라는 여자에게 관심을 두고 있다는 증거는 아니죠. 그건 좀 편집광적인 태도라고 생각하지 않으세요?"

그는 잠시 아무 말이 없었다. 자신이 모욕감을 느꼈다는 것을 그녀에게 표시하려는 의도였다. "만일 당신이 내가 지금 알고 있는 바를 안다면 절대로 그런 말은 하지 않았을 겁니다." 그가 말했다.

"나는 다만 당신이 내게 지금까지 해준 말보다 더 많은 게 필요하다는 걸 설명하려는 것뿐이에요. 이것들을 구체적으로 실증할 만한 방법이 필요하다는 걸 알아주었으면 해요."

"절대로 내가 방금 당신에게 했던 얘기를 연방수사국에다 전화하지 마십시오." 그가 소리쳤다. "그렇게 되면 그들은 곧바로 행동을 개시할 겁니다! 마이클 말로는 당신은 믿어도 된다고 하더군요."

"나를 믿어도 돼요……"

"그리고 당신은 나를 믿어도 됩니다." 조가 말허리를 잘랐다. 그는 그녀의 노트를 움켜쥐고는 시마다라고 알아보기 힘들 정도로 휘갈겨 썼다. 잠시 후에 브로드웨이의 신호등이 바뀌었다. 그녀가 붙잡기도 전에 그는 인파 속으로 가뭇없이 사라져버렸다.

닷새를 자동차로 달려 샌프란시스코에 다다랐다. 그녀는 두 여자가 거쳐 간 길을 따라 추적했다. 또 다른 사소한 보푸라기들은 이야기 속에 들어가지 않을 것이다. 이미 폴린이 종적을 감춘 지 오래인 지난해에 대해, 그리고 앤의 혼란스러운 의문에 대해 머리 회전이 빠른 텔레비전 보도기자들은 "잃어버린 해"라고 명명했으므로. 그리하여 아무도 그것을 찾을 필요가 없다는 의미이므로. 앤은 제니 시마다 역시 이야기에 포함되지 않는다는 걸 안다. 조 스미스가 한 말이 진실이라는 것을 알고 있는 지금에 와서도 그렇다. 그녀는 친구 마이클이 했던 말을 생각해 본다. 하루에도 이백 명이나 되는 사람들이 나서서 폴린이 티벳에 있다고, 할리 데이비슨 모터사이클을 타고 다닌다고 주장한다는 말을. 그리고 그녀가 제니 시마다라는 이름의 누군가와 함께 있다는 말을. 그들이 체포되기 전 꼬박 일 년 동안 돌아간 사정은 이러했다. 즉 격렬한 비난과 잡음이 끊이지 않고 들끓었고 그녀를 목격했다는 장소도 너무나 다양했으며 사방팔방으로 흩어져 있었다. FBI는 후안이 정말 이가 부러져서 치과의사를 찾은 건지 알 수가 없었다. 폴린이 뉴욕 라인벡 외곽에 있는 늙은 여인의 스러져 가는 저택에 정말로 나타났었는지 알 수가 없었다. 제보 때문에 한편으로 FBI는 부러진 이를 단서로 수사에 착수했다. 그 결과 전국에 퍼져 있는 치과의사들 브리핑 작업을 하느라 수많은 인력들이 몇 시간씩 헛수고했다. 제보 때문에 또 다른 한편으로 앤은 제니 시마다가 알려진 도주자인지를 점검해 보고는 그쯤에서 조사를 그쳤다. 이제 그녀는 진실이 무엇인지 알지만 그럼에도 여전히 제니는 이야기에 들어가지 않는다. 제니는 그 누구의 이야기에도 나오지 않는다. 어쩌면 그것이 앤이 그녀의 뒤를 추적하는 이유일는지 모르겠지만, 그것도 시간이 날 때만 할 뿐이다. 자기가 하지 않는다면 다른 누구도 그녀를 추적하지 않으리라는 걸 알기 때문이다. 그리고 그녀마저도 종국에는 제니 이야기를 한켠으로 밀쳐두게 될 테고 그 대신 정부와 훌륭한 저택 이야기를, 그리고 무엇이든 간에 새로이 들러붙은 보푸라기들, 그럴 듯하고 쓸모없는 소재들을 집어들게 될 것이다.

나중에 알게 된 사실이지만 캘리포니아 주에서 보관하고 있는 1924

년생 J. 시마다—제니의 아버지—에 대한 기록은 1949년생인 제니에 대한 기록보다 훨씬 더 광범위한 것이었다. 앤은 실 보푸라기가 다시 마음에 달라붙는 걸 느낀다. 제임스 시마다는 일본 출신 이민자의 외아들이다. 농부인 아버지와 어머니는 시판용 채소밭을 몇 년 동안 가꾸어 1930년대 말에는 LA에 자그마한 농산물 가게를 열 정도의 돈을 모았다. 제임스 시마다는 야구를 썩 잘하고 친구들 사이에서는 '짐'이라 불리며 UCLA에 장학생으로 선발된다. 그는 영화학교에 진학하여 서부영화를 만들고 싶은 자신의 포부를 공공연히 밝힌다. 그러나 1942년 가을, 장학금을 받고 UCLA에 들어가는 대신에 짐은 캘리포니아에 사는 다른 모든 일본인이나 일본계 미국인들과 마찬가지로 연방정부에 의해 "전쟁 격리수용 센터"에 강제 수용된다. 진주만 습격 이후, 이전 해 겨울에 짐은 몇몇 친구들이 그랬듯이 입대를 자원했었다. 그러나 그에게는 자원입대가 허용되지 않았다. 어린 나이 때문이 아니었다.—그때 그는 막 열일곱 살이 되었다—일본 혈통이라는 것이 그 이유였다.

짐과 그의 부모는 LA의 북동쪽 오웬스 밸리 사막 지역에 있는 만자나르로 보내진다. 그곳에 수용된 처음 여섯 달 남짓한 기간 동안 짐에게 수용소의 다른 사람들과 구별될 만한 별다른 일은 생기지 않은 것 같다. 그러나 1943년 봄이 되자 정부는 피수용자들을 관리하고 지배하기 위한 충성선서라는 법안을 만든다. 충성선서는 다음 두 가지 질문으로 구성되어 있다. 1) 만일 허락된다면 당신은 미군으로 복무하겠는가? 2) 일본에 대한 충성을 포기하겠는가? 1943년 봄 무렵 친일본 운동이 만자나르 전역에 집단 폭력을 야기시켰다. 이 운동은 아주 소규모였고 상당히 격렬했으며 예전에 그 부모들이 몇 년간 학업을 위해 일본으로 보냈던 남자아이들 대부분이 가담했다. 충성선서는 공포감을 불러일으켰다. 특히 충성선서의 두번째 질문인 일본에 대한 충성을 포기하는지 여부를 묻는 내용은 덫이라는 소문이 돌았다. 즉 이 질문에 대해 포기하겠다는 대답을 한다 해도 불리하게 악용될 것인데, 이는 일본에 대한 충성심을 그동안 품고 있었다는 걸 인정한다는 의미이기 때문이라는 것이다. 친일본파 갱스터들은 충성선서에 대한 공포 심리를 자체 선전용으로 써먹는다. 그리고 반일본 여론을 조성하는 세력들은 이 공포심리와 갱스터 운동을 번갈아 가며 자체 선전용으로 써먹는다. 반일본 세력들은 언론을 통해 미국에 사는 일본인들이 명백하게 위협적인 존재라고 강조한다. 그들이 예전에 미국인인 양 행세한 것은 교묘한 외양일 뿐이라고 주장한다. 폴린의 할아버지는 자기 소유의 신문 매체를 통해 이러한 견해를 요란하게 일련의 사설을 통해 널리 유포시킨다.

 수용소 안에서, 짐 시마다는 충성선서 질문에 대해 예라고, 혹은 아니오라고 대답할 건지 여부를 두고 친일본파 갱들에게 구타당한다. 이런 일이 있기 전에 짐 시마다, 그는 정치적인 사람이 아니었다. 처음에 수용소 안에는 차분하게 있지 못하는 십대들에게 맞춤형이나 다름없어 보이는 방식들이 있었다. 부모가 수용소에 격리된 뒤로 일을 못하게 되는 동안 주택 장기 융자금을 갚지 못하게 된 탓에 집을 잃게 되고 매입한 지 얼마 되지 않는 청과상 가게를 잃게 되기 전까지는 그랬다. 어머니가 어느 날 밤 간이침대에 누워 흐느끼는 소리를 듣기 전까지는 그랬다. 충성선서라는 돌이킬 수 없는 결정을 하기 전까지는, 수용소가 단지 기이한 캠프장 정도로 여겨질 때까지는 그랬다. 선서를 하기 전까지, 아직은 신문을 받기 전, 예/예, 아니오/아니오, 예/아니오, 혹은 아니오/예 등등 그 어떤 대답도 하기 전까지는 그랬다. 피투성이가 되도록 두들겨 맞는 중에 짐은 관리 보완 선발대에 의해 차출된다. 이에 격렬하게 저항하다가 부모에게서 떨어져 새로운 수용소로 이송된다. 이 새 수용소는 "구제불능" 일본인들을 격리 수용하는 곳이었다. 거친 캐스케이드 산맥, 캘리포니아 주의 북쪽 맨 끝자락에 그 당시 막 설치된 수용소였다.

구제불능자들이 모인 수용소는 만자나르와는 달리 개선의 여지가 전혀 없는 곳이다. 나이든 사람이나 어린아이는 하나도 없고 가족들이 함께인 경우도 없다. 만자나르에서 차츰 갖추어져 가던 "오락시설"이란 것도 여기서는 찾아볼 수 없다. 만자나르에서는 젊은이들을 위해 주말에는 댄스파티가 열리고 채소를 심고 기르는 일도 허용되며 시민들이 기증한 책들을 가지고 도시에서 들어온 열성적인 백인 부인 사서들도 있다. 반면에 구제불능자들의 수용소는 사실상 감옥이다. 수용소에 수용된 죄수들이 적절한 절차를 거쳐 감금된 경우란 하나도 없지만 말이다. 이 교도소의 독방 동은 마구간 구조여서 난방이 전혀 되지 않고 더운 물도 나오지 않아 목욕이 불가능하다. 짐은 여기 도착한 바로 그날부터 기관지염에 걸리고 그로부터 열다섯 달이 지나 여기를 떠날 때까지 기관지염을 앓는다. 또한 뼈가 부러지고 뇌진탕을 일으키고 칼에 찔려 상처가 나고 타박상으로 자줏빛 멍이 들고 머리가 깨지고 끊임없이 쏟아지는 욕설의 홍수 속에서 지낸다. 그리고 그 보답으로 다른 이의 뼈를 부러뜨리고 뇌진탕을 일으키게 하고 칼로 찔러 상처를 내고 멍이 들도록 두들겨 패고 머리를 깨고 마구 욕설을 퍼붓는다. 이제 전쟁은 수용소에 감금된 그들에게 하나의 추상이 되어버린다. 퍼붓는 욕설을 듣는 "왜놈"의 절반은 십대 소년에 불과하다. 이들은 자주

상한 음식을 먹고 다른 데서 내다버린 배급 식량을 먹으며 그들과 같은 또래인 백인 소년들이 겨눈 총구 아래서 지낸다. 간혹 이 백인 소년들은 그들과 같은 마을 출신인 경우도 있다. 해외에서 사상자의 수가 증대하자 루즈벨트는 자신의 기존 입장을 번복하고 왜놈들에게 군복을 입힌다. 그래서 일본계 미국인 소년들은 수용소에서 나와 격리된 병력으로 자원 입대하는 것이 권장된다. 이것은 짐에게 고려해 볼 여지도 없는 바이다. 그러나 이내 이 정책은 전보다 훨씬 더 완화되어 모든 수용소에 감금되어 있는 18세 이상의 소년들이 징집된다. 짐은 징집을 거부한다. 그는 정부가 자신의 부모가 잃어버린 집을 되돌려주고 청과상 가게를 되찾아주고 수용소에서 보낸 세월 동안 잃어버린 수입에 대해 배상을 해주고 그들이 집으로 돌아갈 수 있게 해준다면, 그러면 징집에 대해 고려해 보겠노라고 제안한다. 그는 재판에 부쳐지고 병역 기피죄로 유죄판결을 받아 연방 감옥으로 이송된다.

그래도 그 전에, 징집 명령, 거부, 재판, 법정 진술이 있기 전에, 재판 기록을 복사하여 범죄자 관련 자료들이 거대한 지하 보관소에 감추어지기 전에, 짐 시마다가 트루먼 대통령—트루먼은 1947년에 조용히 징집을 거부한 모든 왜놈들을 사면한다—의 사면 조치로 석방되기 전에, 잠깐 동안 짐의 눈길을 끈 것으로 이미 불행했을 한 젊은 여자와 짐이 결혼하기 전에, 결혼한 그 여자가 딸을 낳고 행복하게 죽기 전에, 짐이 자기 나라를 포기하고 딸을 데리고 자기 부모의 나라인 일본으로 돌아가고 다시 그 나라도 포기하고 미국으로 무일푼인 채 낙담하여 돌아오기 전에, 그의 딸이 파국으로 치달을 모험길을 스스로 선택하여 떠나기 전에, 어느 날 밤에, 구제불능자들이 수용된 수용소에서 폭동이 일어난다. 그리고 곧 탈옥으로 번진다. 그런 일은 비일비재하므로 나중에 폭동이 일어난 원인은 명확하게 밝혀지지 않지만 사소한 일에서 촉발된 것으로 보인다. 저녁 식사와 연관이 있다. 저녁식사로 나온 음식이 또 부패했거나 양이 충분하지 않다. 부엌에서 소동이 벌어지고 삽시간에 사태가 식사하던 사람들에게까지 번진다. 끓는 물이 한 사람에게 끼얹어진다. 총을 들고 보초병들이 뛰어들어온다. 모두들 일제히 우르르 달아난다. 구제불능자 가운데 하나가 밖으로 도망쳐 트럭을 탈취한 다음 정신없이 몰고 가버린다. 다른 구제불능자들은 옆문에 매달리거나 다른 동료들이 내민 손을 붙잡으며 뒷마당으로 뛰어내린다. 트럭을 몰고 달아난 자는 왼쪽 오른쪽으로 정신없이 달린다. 소년과 사내들이 이리저리 쿵쾅거리며 돌아다닌다. 무장한 보초병들이 황급히 길을 비켜선다. 그런데 돌연 때려 부수는 소리가 들린다. 정문이 부서져 바닥에 떨어진다. 엉망진창인 상황, 최루가스가 연기처럼 자욱하고 끔찍한 비명소리와 유리창 깨지는 소리, 총을 발포하는 소리로 아수라장이 된 데서 벗어나 밖으로 뛰쳐나간 자들은 미처 깨닫지도 못한 채로 밤 속으로 돌진한다. 짐 시마다, 겨우 열여덟 살밖에 되지 않은 그는 언제나 휘청거릴 정도로 말랐지만 지금은 피골이 상접할 정도로 비쩍 마르고 기관지염으로 연거푸 잔기침을 해대고 얼마 전에 싸운 후유증으로 다리를 절룩거리고 뺨에는 푸른 멍이 들어 있으며 입술은 갈라졌고 얇은 셔츠는 갈기갈기 찢어져 있다. 그런 그도 내달린다. 수용소에서 내준 밑창이 찢겨져 나가게 생긴 운동화를 신고 어색한 자세로. 마라톤 주자들처럼 탈옥수들은 무리를 지어 파도처럼 밀려 나온다. 무리들은 이내 줄어들고 속도도 느려지며 삼삼오오 흩어진다. 갑자기 밀려오는 공포 때문에 그들은 침묵에 잠겨 있다. 때는 겨울밤으로 영하를 훨씬 밑도는 날씨이다. 짐은 이제 추위에 익숙하고 단련되어 있는

데도 자신이 내뱉은 입김이 구름처럼 대기를 흐리게 하는 것을 본다. 그리고 목구멍으로 타는 듯한 통증이 온다. 그는 어쩌면 고개를 들어 멀리 태고의 신비를 간직한 캐스케이드 산맥 위로 떠오른 달을 바라보는지도 모른다. 다음날 '탈옥'을 전하는 뉴스는 나라 전체에 떠들썩하게 센세이션을 일으킨다. 특히 폴린의 할아버지가 사주로 있는 계열사 신문에서 이 사건에 대해 시끄럽게 떠들어댄다. 〈왜놈들이 요리사를 도살하고 간수들을 전멸시키고 살인적인 난폭한 행위를 하며 미친 듯이 날뛰다〉라는 요란한 헤드라인을 뽑고서. 그러나 그것은 절대로 미친 듯이 날뛴 난폭한 행동이 아니다. 그들은 아무 말도 하지 않고 희미한 달빛에 의지하여 먼지 날리는 길을 달려갈 뿐이다. 그들은 얼마 지나지 않아 수용소 자체 부대에서 복무하는 총을 든 군인들에게 체포될 것이다. 그러나 지금 당장은 그들의 체온이 서서히 떨어져가고 있다. 자신들이 이 산악지역에서 죽을 것이란 걸 그들은 안다. 달리 갈 데가 없으므로.

앤은 가지고 있던 캘리포니아 지도를 펼쳐서 매클라우드 강이 흐르는 길을 더듬어 본다. 자그마한 호수 옆에 구제불능자들을 수용했던 수용소 자리를 찾아본다. 아니다, 짐 시마다는 절대로 탈옥에 성공하지 못했을 것이다. 호수와 수용소 사이는 가장 근거리도 거의 80킬로미터나 떨어져 있으니까. 3,700미터 높이의 산봉우리들과 길들여지지 않은 야생의 황무지가 80킬로미터에 걸쳐 펼쳐져 있으니까. 그래도, 매클라우드에 안전하게 몸을 숨긴 정부에게는 세간에 소문으로 들리는 위협적인 이야기들이 달콤했으리라. 어쩌면 이성을 잃을 정도로 격앙된 신문의 헤드라인들은 죄다 그녀를 위한 것이었으리라. 앤은 아직도 그 문구를 기억하지만 그 회고록을 챙겨 떠나온 게 다행스럽다.

"어느날 밤, 우리는 말할 수 없는 공포에 사로잡혔다. 포로수용소의 왜놈들이 폭동을 일으켰다. 그자들이 무슨 일로 그렇게 분노했는지 누군들 알겠는가? 대통령이 국민이 내는 세금에서 조금쯤 덜어내어 살려두었는데도 여전히 큰 소동을 피워대다니. 그자들은 탈옥했고 우리는 그들이 우리 모두를 살해하러 오고 있다는 걸 알았다."

그날 밤, 앤은 호텔방의 침대에 누워 큰맘 먹고 와인 한 병을 마시고 있다. 조심해야 한다. 오늘 같은 밤, 이상하게 흥분되고 슬퍼지는 날이면 그녀는 침대에 누워 술을 마신다. 앵무새 리틀 맨이 자신의 가슴 위를 씩씩하게 오르락내리락하게 내버려 두면서 그렇게 노는 게 재미있기 때문이다. 그런 다음날은 으레 관자놀이가 지끈거리는 숙취와 함께 잠에서 깨어난다. 리틀 맨은 침대 머리맡에 앉아 그런 그녀를 질책의 눈초리로 내려다보고 있다. 너는 기르는 앵무새와 같이 잠들어서는 안 되는 거잖아. 급작스럽게 몸을 뒤척이다가 나를 깔아뭉개지 않으려면 말이야.

그러나 오늘밤 그녀는 스스로에게 술을 마시는 걸 허용한다. 그리고 이 세상을 이루고 있는 기이한 만남에 대해 생각해 본다. 이제 그의 이름이 롭 프레이저라는 것을 알고 있는 조 스미스와 제니 시마다. 또 한 사람의 시마다, 먼지가 풀풀 날리는 길을 달빛에 의지하여 영하로 내려간 날씨 속을 내달리던 사람. 짐 시마다는 이야기에 들어가지 않는다. 거기서 80킬로미터 떨어진 저택에 머물던 폴린의 할아버지와 다혈질인 그의 정부. 이들 중 누구도 이야기에 들어가지 않는다. 그럴 만한 자리, 그들을 넣을 적당한 자리가 전혀 없다. 결국 그것은 정전기가 일어나는 실 보푸라기일 뿐이다. 두 젊은 여자, 스스로 역사를 만들어갈 수 있다고 생각한 두 여자, 그러나 시종일관 역사가 그들을 만들어갔던 그 여자들. 그들은 이야깃거리도 못 된다. 그런데도 앤은 자신이 그 부분을 또렷하게 보고 있다고, 배우들이 무대를 에워싸고 서 있는 모습을, 극단의 의상을 입은 모습을, 오래된 배경막을 칠 준비가 되어 있는 모습을 보고 있다고 생각한다.

2

제니가 체포되었다는 것을 알기 몇 달 전부터 짐 시마다는 극도로 신경이 예민해져 있었다. 아니 그저 안절부절 못하며 불안했다고 말해야 할지도 모르겠다. 그는 이런 상태를 편집증이라고 부르는 걸 싫어했지만 그것은 편집증이 맞았다. 만일 그게 아니었다면 그것보다 더 나쁜 어떤 것, 죄책감이었다. 습관처럼 달라붙는 죄책감이 여느 때의 마음가짐을 찾으려는 그를 방해했다. 포로수용소에 격리되어 지낸 이후로 그는 평생을 죄책감에 쫓어 살았다. 그로 하여금 자기 부모와 억울하게 기소되었던 다른 모든 이들에 대해 넌더리가 나게 했던 것과 같은 무고한 죄의식이었다. 제니는 언젠가 그에게 왜 캘리포니아에 사는 일본 사람들 중에 그들이 알고 지내는 이가 하나도 없는지 물었었다. "그러고 싶으냐?"가 그의 대답이었다. "그들은 죄다 겁쟁이 바보들이다!" 그렇지만 그도 그들과 같았고 아직까지도 그랬다. 경찰관을 보면 진땀이 솟았고 제때에 꼬박꼬박 납세신고를 했건만 아직도 검은 양복 차림의 FBI 요원들이 문간에 다시 나타날 것만 같은 생각이 들었다.

그는 온실에서 일하고 있었다. 구근을 가려내는 작업을 하는 중이었다. 해마다 유월이면 이 작업을 했다. 구근이 이맘때까지 팔려 나가지 않으면 더 이상 사려는 사람이 없을 터이고 그러면 썩게 될 것이었다. 그러므로 자신이 직접 구근을 땅에 심지 않으면 안 되었다. 구근을 심고 있던 그의 시선에 길 바깥쪽으로 한 움직임이 포착되었다. 그 움직임은 불규칙했고 느릿했다. 시내 외곽으로 뻗은 2차선 고속도로를 달리는 차들이 전초지 같은 그의 집을 번개처럼 지나칠 때처럼 빠른 움직임이 아니었다. 그는 도로 맨끝 갓길에서 어정거리는 자동차가 온실을 찾아온 손님일지 모르겠다고 생각했다. 그래서 온실 차고 쪽으로 차가 돌아 들어올 때를 기다렸으나 타이어에 밟혀 자갈이 자박거리는 소리는 끝내 들리지 않았다. 그는 서로 엉키고 휘감긴 잎새들 사이로 고개를 슬며시 내밀어 보았다. 그의 왼편으로 보이는 창유리 자리에 붙인 시커먼 비닐이 마치 폐처럼 바깥바람을 빨아들였다 내뱉었다 하고 있었다. 여느 때의 그는 그깟 자동차 소리가 들린다고 해서 의심 많은 노파처럼 바깥쪽을 삐끔 내다보지는 않았다. 그러나 무언가가 그의 마음을 흔들어놓았다. 그리고 최면에 걸린 듯이 며칠 전에도 이처럼 너무나 일상적인 일이 생겼었다는 생각이 떠올랐다. 그의 집 맞은편 갓길에서 한동안 서성대며 엔진을 헛돌리는 듯한 자동차 한 대. 바깥을 슬며시 내다본 그의 눈에 얼핏 평범해 보이는 검정색 세단이 막 떠나가는 것이 들어왔다. 앞자리에는 두 남자가 타고 있었다. 그는 들고 있던 구근을 떨어뜨린 채 바깥으로 성큼성큼 걸어 나갔다. 그러나 그 자동차는 이미 햇빛 속으로 멀어지고 있었다.

온실의 창유리 자리에 댄 시커먼 비닐 조각은 제니가 떠난 세월의 길이만큼 그 자리에 그렇게 붙어 있었다. 구근을 분류하는 오늘, 1975년 6월, 그녀가 떠나간 그 세월의 길이는 3년 3개월이 되었다. 제니의 남자친구가 체포된 지 3년 3개월이 흘렀고 그녀가 종적을 감추고 그녀에 관한 시끄러운 몇몇 기사 ― 시마다 묘목장을 운영하는 시마다의 외동딸, 이 지방의 처녀 ― 가 스톡턴 신문에 실린 지 3년 3개월이 흘렀다. 그때 그는 집안에 있었다. 커튼을 내리고 벽에서 전화선을 홱 뽑아버리고 문에는 〈쉽니다〉 팻말을 걸어두고서 집안에 앉아 있었다. 그때 요란하게 유리 깨지는 소리가 들렸다. 통유리창의 중앙에 구멍이 뻥 뚫리고 나서 곧이어 처음보다는 작게 부서지는 소리를 내며 유리 조각이 떨어져내린 후로 깨진 유리창의 가장자리는 그대로 매달려 있었다. 마침내 용기를 내어 온실 안으로 들어간 그는 자신이 가꾸어온 나무와 화초들이 낯선 미풍에 잔물결치는 것을 보았다. 거대한 낫 모양으로 부서진 창유리의 파편들을 보았고 한없이 자잘한 얇은 유리 조각들을 보았으며 작지도 크지도 않은 파편들이 사방에 흩어져 있는 걸 보았다. 그 후로도 몇 년 동안, 자스민을 분갈이할 때나 선반을 다시 정리할 때 유리 파편은 계속해서 그의 눈에 띄었다. 온실 바닥에 떨어진 벽돌에는 쪽지가 말려 있었다. 진부하고 낡아빠진, 심지어 별난 기물파괴 행위라고 할 수 있었다. 쪽지의 내용을 보고 그가 얼마나 기겁했는지를 뺀다면 말이다. 왜놈은 제 나라로 돌아가라!

그 후로 몇 달 동안 그는 사실상 감시 아래 살았다. 그 벽돌과 감시가 제니와 관련된 것이라는 점을 제외한다면 그 둘은 서로 무관한 것이었다. 그런데도 마치 동전의 앞뒷면처럼 느껴졌다. 그는 갑자기 새로운 고객을 확보하게 되었다. 원예재배가 필요한 근방 어디에선가 불쑥 나타난 이 남자는 정원 가꾸는 일에 대해 전혀 무지한 사람이었음에도 불구하고 이틀에 한 번 꼴로 온실에 들렀다. 그러나 제니의 행적은 처음부터 희미했다. 그러자 정원사를 사칭한 이 남자는 이내 온실에 발길을 끊었다. 짐은 올 여름에도 제니의 행방에 대해 분명하게 알게 된 사실이 하나도 없었다. 지난 39개월 간의 막연함보다 나을 것이 없었다. 그는 어슬렁거리던 자동차의 정체를 세월이 이렇게 많이 흘렀는데도 여전히 흥분과 분노로 거품을 무는, 예전에 벽돌을 던진 그 사람일 거라고 단정했다. 편집증이 습관으로 굳어지자 무심함도 재미로 느껴졌다. 그는 스스로에게 걱정하지 말라고 다독였다.

그로부터 며칠 뒤 그는 면도를 했다. 그의 나이 쉰이었으므로 수염을 깎지 않고서도 여러 날을 지낼 수 있었다. 아직도 얼굴에 성글게 수염이 나긴 했지만 텁수룩한 턱수염이 될 정도는 아니었다. 그는 열여덟 살에 그랬던 것처럼, 얼굴에 면도 크림을 펴바르를 때면 아직도 조금 바보 같고 연극 같은 기분이 들었다. 물론 열여덟 살 시절에는 얼굴에 수염이 적다는 게 자신을 슬프게 했지만 이제는 그게 오히려 좋았다. 한 가지라도 날마다 예전보다 덜 해도 되는 일이 있다는 게 좋았다. 이밖에는 그의 얼굴에서 젊은이의 모습은 사라지고 없었다. 열여덟 살의 그, 그저 어린아이였던 그 시절의 모습은 사라졌다. 그는 좋아하던 여자애와 춤을 추던 광경을 떠올렸다. 그애를 휙 넘겼다가 자신의 다리 사이로 살짝 집어넣던 광경을. 좋았던 시절로 생각되는 경우는 별로 없었지만 만자나르는 여자에 관한 한 천국이었다. 그 전이나 그 후로도 그의 주위에서 그렇게 많은 여자들이 관심을 보였던 적이 없었다. 물론 그가 생각하는 때는 맨 처음, 벽도 변변히 세워지지 않았던 때는 아니었다. 그보다는 좀더 들어가서 아주 잠깐 동안 수용소 생활이 초현실적인 수준으로까지 '개선되었던' 때를 생각하는 것이다. 그 여자애의 이름을 기억하려면 한참 동안, 면도를 하면서 눈을 가늘게 뜨고 머뭇거리는 순간이 필요했다. 그는 그때 그 애와 결혼할 수도 있다고 생각했다. 수용소 생활은 그 정도로 기이했고 아드레날린 주사를 맞은 듯 몹시 흥분된 상태였다. 그 생활은 자신을 세상 밖으로 내동댕이쳤다. 모든 것을 없애버리고 자신을 허공에 매달아 놓았다. 그러나 무슨 이유에서인지 어서 빨리 자라고 싶다는 급박하고 참을 수 없는 욕망에 흠뻑 젖어 있었다. 그래서 그곳에서는 부모의 권위에 대해 콧방귀도 뀌지 않았다. 부모가 존재하기에는 부적절한 곳, 아이들이 스스로를 지배하게 만드는 곳이었다. 그러나 그는 부모의 권위를 박탈한다고 해서 자신이 성인이 되는 게 아니라는 걸, 오히려 그들 모두가 유년기로 돌아가는 것이라는 사실을 미처 깨닫지 못했다.

댄스파티에 참석한 자신의 모습이 떠올랐다. 그날은 어리석고 도도하며 안경을 낀 "수용소 심리학자"가 "가족 워크숍"을 열고 있던 특별 주간의 어느 밤이었다. 그는 그저 짐과 같은 어린애였다. 다만 3년간 대학생활을 했고 수용소에 격리되기 전에 학사 과정을 거의 끝냈다는 점이 다를 뿐. 수용소라는 환경 속에서 지내면서 이 아이는 자신이 달성하지 못한 학업을 전문가 수준의 자격증으로 탈바꿈시켰다. 즉 그는 단지 심리학자에서 그치지 않고 예언자이자 새로이 계도된 일본 태생 미국인을 대변하는 해설자이자 설계자가 되었다. 겉으로 볼 때는 수용소 생활이 모두를 성인으로 취급하는 것 같았지만 사실은 모두를 유년기로 돌아가도록 부추기는 또 다른 측면이 있었다. 이제 그들을 수용소에 가둔 자들은 수용소에 갇힌 이들에게 그동안 착실한 생활을 한데 대한 상으로 나름대로 여흥과 오락을 즐길 수 있는 특권을 부여했다. 어느 면에서 이것은 광적이고 지나치게 과열된 댄스파티를 의미했다. 팬을 확보하려고 경쟁하는 밴드들. 서투르게 손으로 쓴 플래카드에는 〈조 이케다와 스윙잉 올스타즈〉라고 적었다. 다들 최신 히트곡의 시트뮤직(sheet music, 책으로 묶지 않고 한 곡 단위의 악보로 인쇄된 팝 음악 : 옮긴이)을 통신판매로 사보았다. 전시에 날림으로 엉성하게 지은 미국 감옥 안에서 미국에서 유행하는 최신 패션을 열광적으로 따라하는 자신들에게서 정말이지 아무런 모순도 발견하지 못했다. 그런데 또 다른 면에서 보면 이것은 미래에 대한 관심으로 위장된 '심리학자'의 고결한 정신과 전문가적인 지식이 나름대로 진지하게 분출된 것을 의미했다. 아주 솔직하게 말하자면 짐은 미래에 대해 눈곱만큼도 개의치 않았다. 그의 관심은 온통 춤출 줄 아는 여자애에게 쏠려 있었다. 그리고 그 여자애도 그에게 관심을 보였다. 그리고 이들은 섹스와 오락이라는 프로그램에 착수하게 되면 곧바로 성인이 되는 것으로 생각했으므로 자기계발 프로그램은 외면해 버렸다.

  그리고 짐의 또래들도 생각이 같았기 때문에 그 토요일 밤에 수용소 심리학자가 맡은 환자들은 늘 그래왔듯이 달리 갈 만한 데가 없는 수용소의 최고 연장자들이었다. 짐의 어머니와 아버지도 그 무리에 속했다. 이 노인들이 각자 거처하는 방에서 나와 수용소 제16식당으로 줄지어 들어가고 있었다. 식당 안으로 들어가서는 졸린 표정으로 자리를 잡고 앉았다. 그리고 이내 그, 짐이 그들에게 낯선 이방인이라는 얘기를 듣고 있었다. 수용소 감옥에서 열여덟 살이 된 그는 결국 UCLA에 들어가지 못했다. 짐과 그들은 한 번도 나란히 앉아 잡담을 나눈 적이 없었다. 그들이 말하는 언어와 그가 말하는 언어가 서로 달랐기 때문이었다. 짐은 이제 낯선 이방인처럼 되었고, 그렇게 된 것은 그들 탓이었다. 그들은 옆방에서 지내는 사람들, 지인들과 함께 소스라치게 놀라며 깨달았다. 그리고 젊은이들이 무례하다고 탓하며 비난했다. 그러고 나면 제16식당에서 밀물처럼 빠져나왔다. 걸어 나오는 그들의 행동거지에 분노의 기색이란 한 자락도 없었다. 좌절감을 분출하고 스스로를 정당하다고 변명하고 나자 활기가 생긴 것이다. 그들이 워크숍에 참가한 것은 방에서 나오기 위해서였다. 그런데 이제는 그 워크숍에서 빠져나오는 기분도 마찬가지로 좋았다. 그들은 불쾌한 심사를 흥분된 목소리로 드러냈다. 산들바람이 불어오는 게 느껴졌다. 바람결이 다사로웠다. 봄이 온 것이다. 수용소에 온 뒤로 처음 맞는 봄이었다. 달은 보름달에 가까워서 머리 위로 환영처럼 우뚝 솟아 있는 시에라 산맥의 암벽들이 보였다. 암벽들 속이 불타오르는 듯했다. 벌레들이 윙윙대는 소리도 들렸다. 벌레들의 소리가 이제 막 들리기 시작했다는 걸 그들은 깨달았다. 벌레들은 간밤이나 지지난 밤쯤에 막 살아나 그들 주위를 맴돈다는 걸, 마치 새로이 따뜻해진 대기를 헤치고 나오기라도 한 듯이 날기 시작했다는 걸 그들은 감지했다.

제16식당에서 빠져나와 서두르지 않고 천천히 걷던 이들은 죽 이어진 블록에 다다르자 뿔뿔이 흩어졌다. 어떤 이들은 왼쪽으로, 또 어떤 이들은 오른쪽으로 갈라지게 되자 나란히 줄지어 오는 행렬이라고는 볼 수가 없게 되었다. 정원에는 이제 막 화초들을 심는 중이었고 양쪽 출입구 주변으로는 돌들을 줄지어 배열해 놓는 중이었다. 그러나 언제 왼쪽으로 돌아야 하는지를, 언제 오른쪽으로 돌아야 하는지를, 그리고 다음 모퉁이가 나올 때까지, 또 그 다음 모퉁이가 나타날 때까지 계속 걸어가야 하는지를 점점 더 줄어드는 무리 속의 남녀 노인들에게 가르쳐준 것은 아무 의식도 없이 한없이 되풀이되는 이런 일상이 빚어낸 깊은 본능이었다. 바라크 식으로 지어진 숙사는 사방으로 1킬로미터가 넘는 거리에 쭉 펼쳐져 있었다. 깜깜한 밤 아래 까만 장방형 상자처럼 늘어선 건물. 남은 사람들은 점점 더 말수가 줄어들었다. 함께 걸어갔지만 속마음은 점점 더 산란하게 흩어졌다. 포로수용소는 상당히 넓었으므로 토요일 밤 댄스파티가 열리는 식당 소리가 들리는 곳까지 닿으려면 한참을 걸어야 했다. 이제 이렇게 들어올 때는 해당 숙사의 번호를 착용하는 일도 별로 없었다. 이미 밤 속으로 발길을 돌린 사람들은 자신의 아들딸들이 좀더 이른 저녁에 이쪽 방향으로 떠나는 것을 보았을지도 모른다. 아니, 보지 못했을지도 모른다. 그들 대다수는 이제 자식들과 저녁식사를 함께 하지도 않게 되었기 때문이다. 아들딸들이 잠을 자러 숙사로 돌아와 주는 것만도 다행한 일로 여기게 되었고 자식 얼굴은 잠자리에서 보는 게 전부였다.

적어도, 짐 시마다가 그려보는 수용소 생활은 이런 식이었다. 이것이 거의 연이어 부모가 세상을 뜬 지 십오 년이 지난 후에, 그리고 수용소를 떠난 지 몇십 년이 흐른 후에, 공감이라는 편리한 수단을 빌어 그 자신 부모가 되고픈 소망 속에서 자기 부모를 그려보는 식이었다. 그는 이런 생각이 당치 않다는 것을 알았다. 자신이 부모라는 사실이 제니가 그랬듯이 자신의 어머니나 아버지를 더 잘 이해할 수 있게 해주지는 않았다는 것을 깨달았으므로. 만일 제니에게 아이가 생긴다면, 불같이 격렬했던 청춘을 벗어난다면, 그를 이해할 수 있으리라. 그는 열여덟 살 때보다 지금 더 부모를 잘 알지는 못했으나 상상은 할 수 있었다. 그들은 제4식당에서 나오는 경쾌하고 받아들이기 거북한 음악을 들었다. 그리고 그 음악은 수용소에서의 긴 산책이 불붙인 불편한 명상과 뒤엉켰다. 그들은 자신들이 자식이나 다른 많은 외부인에게 아무 생각도 없는 사람처럼, 심지어는 어리석은 사람처럼 보이리라는 걸 알았다. 이것은 그들이, 자식과는 달리 감정이나 의사를 숨기는 요령에 완벽하리만큼 숙달되었기 때문이었다. 그들은 스스로 아무 생각이 없는 사람이라고, 자기 자신마저 속일 수 있었다. 그러나 그들은 생각이 없는 게 절대 아니었다. 그들이 지나온 삶의 모든 순간들은 비통한 계산, 의심과 맹신, 도박을 하고 싶다는 충동이 낳은 결과물이었다. 그들은 끊임없이 생각했다. 수용소의 심리학자가 그들 마음 깊은 곳을 건드린 건 당연했다. 그가 말한 진실은 그들이 가까이 살면서도 애써 외면했던 바였다. 그랬다, 그들의 자식은 이방인이었다. 어느 면에서는 호감이 가지 않는 불쾌한 존재이기까지 했다. 물론 그들은 자식을 사랑했다. 그러나 자식을 좋아하기도 했을까? 자식의 무례한 행동과 자기 확신에 찬 태도, 무감각한 자족감, 놀랄 정도의 탐욕, 미국적인 권리의식에 대한 혐오할 정도의 수용성 등등을 좋아하기란 쉽지 않았다. 그렇지만 그들은 자식을 간절히 원했다. 특히 지금처럼 해가 바뀌고 처음으로 맞는 다사로운 봄밤에는.

 제4식당 앞에 서서 그들은 머뭇거렸다. 잠시 후에 식당 문을 열었다. 그들을 맞은 것은 귀에 거슬리는 소음과 마음을 불안하게 만드는 어둠이었다. 어둠이 연기처럼 소용돌이치며 밀려오는 듯했다. 서서히 어둠에 익숙해지자 식당 안의 번쩍거리는 조명이 그들의 자식들을 밝게 비추었다. 아이들은 서로를 뒤로 젖히고 획획 돌리고 치켜올렸다. 그들은 플레어 스커트를 입었고 굽이 낮은 구두를 신었으며 번쩍거리고 야한 스포츠 셔츠를 입었다. 이 모두가 뢰벅의 시어즈 백화점 카탈로그를 보고 통신으로 주문한 물품들이었다. 그 돈은 어디에서 났을까? 그들 부모가 평생 동안 모은 저축이었다. 부모들은 포로수용소로 떠나오기 전에 평생 모아온 저금을 은행에서 모두 찾아서 코트깃에 꿰매어 두었다. 그들은 정부가 자신의 구좌에 어떻게 해서든 손을 댈까봐 두려웠다. 이미 자신의 보관금고를 마음대로 뚫고 들어갔고 주택 대출상환금을 빼돌렸던 그 정부 세력들이 이제 그들에게 남겨진 마지막 희망마저 없애 버릴까봐 두려웠다. 그래서 재산을 모두 현금으로 만들어 몸에 지녔다. 그런데 이제 자식들이 그 아성, 그들 최후의 피난처를 뚫고 들어왔다. 자식들은 짧은 양말과 카디건과 풀오버 한 벌로 된 앙상블, 트롬본 등을 뢰벅의 시어즈 카탈로그를 보고 통신으로 구입했다. 시어즈는 산더미처럼 엄청난 양의 미제 물건들을 끝도 없이 수용소로 배달해 주었다. 마치 수용소가 조그만 도시라도 되는 것 같았다.

  나이나 경험, 고생, 자제력, 신중함이나 현금을 관리하는 요령 등에서 그보다 뛰어났던 짐의 부모는 몹시 놀랐다. 그들은 수용소의 공동식당에, 마치 큰 화톳불을 밝혀놓은 정복자의 캠프에 들어가는 정복당한 시민처럼 들어갔다. 탄원하러 온 사람들처럼 식당에 들어선 다음에는 자신도 모르게 벽 가까이에 일렬로 늘어서서 어둠 속에서 번쩍거리는 장식들 때문에 두 눈을 껌벅거렸다. 시어즈에서 구입한 파티 조명은 우중충하고 불유쾌한 공간을 완전히 탈바꿈시켜 놓았다. 식당은 이제 속이 울렁거릴 정도로 광활하게 느껴졌다. 자식들이 서로서로를 능숙하고 친밀하게 다루는 모습 또한 속을 울렁거리게 했다. 어지럽고 불안할 지경이었다. 그들은 눈살을 찌푸리며 인파 속을 훑어보았다. 그들의 한 점 혈육, 외동아들을 찾아보았다. 짐의 부모는 너무나 조용했고 빛이 닿지 않는 어두운 자리에 서 있었으며 늙었기 때문에 자신들의 모습이 사람들 눈에 띄지 않을 거라고 굳게 믿었다. 그러나 짐은 식당의 맨 끝에서 여자 짝을 잔인하다 싶을 정도로 높이 들어올리던 순간 부모들을 보았다. 여자애의 어깨 관절이 끌려오는 것이 느껴지자 그녀를 다시 홱 잡아당겼다. 부모의 모습을 본 그의 얼굴 표정은 가면을 쓴 것처럼 뻣뻣하게 굳어졌다. 그들이 스스로를 보이지 않을 거라고 생각한 것처럼 그도 자신의 모습이 보이지 않을 것이라 상상했다. 그러나 그들은 그냥 보이는 정도를 넘어섰다. 몸집이 왜소한 두 사람은 마치 허공에 매달려 있는 듯이 보였다. 몸을 움직일 때조차도 마치 죽은 몸이 허공에 걸려 흔들거리는 것처럼 보였다. 그런 반면 그, 짐은 사나울 정도로 생기와 활력이 넘쳐흘렀다. 부모가 자신을 알아볼 수 없었더라도 그것은 그에게 전혀 놀라운 일이 아니었다.

면도를 끝낸 그는 어깨를 펴고 거울 속의 자기 얼굴을 자세히 들여다보았다. 갑자기 노인이 되어버린 얼굴이 보였다. 그의 상념은 도로 위를 천천히 지나가는 자동차 소리 때문에 흩어지고 말았다. 어찌된 셈인지 수상쩍어 보이는 또 다른 자동차가 나타났다. 제니가 체포된 뒤로 두 달 반 동안 이런 일은 손에 꼽을 만큼 드물게 일어나곤 했었다. 이것이 점점 다가오는 올가미나 포위망인지, 아니면 자신의 해묵은 편집증인지 알 수가 없었다. 언제나처럼 가동 중인 편집증은 과거로 달려가는 천리안 같았다. 그는 쏜살같이 반쯤 열린 창문 쪽으로 얼굴을 갖다댔다. 아직도 뺨을 타고 내리는 비누거품의 흔적 위로 밖에서 불어오는 공기가 느껴졌다. 그 자동차는 기어가듯 천천히 그의 시야 왼쪽으로 사라졌다. 오늘 아침 도로는 한산했으므로 유턴을 하기에 어렵지 않았다. 다음 순간 그는 그 자동차가 다시 반대편 방향에서 천천히 지나가는 것을 보게 되었다. 만일 비밀 경찰차라면 좋은 차였다. 서평족들에게 어울리게 주문제작한 자동차로 차창은 갈색으로 썬팅되어 있었고 어울리지 않게 오렌지색의 가느다란 줄무늬를 입혔다. 잠시 후 자동차는 도로 맨끝 갓길 위로 덜거덕거리며 올라갔다. 그러자 그의 몸이 뻣뻣하게 굳었다. 다른 짐작, 즉 차창이 반쯤 내려지고 벽돌이 날아올 것이란 예상 때문이었다. 이번에야말로 그 염병할 번호판을 기억하고 말리라. 그는 물론 제니도 떠올렸다. 그러자 곧 제니 차일 수도 있겠다는 생각이 스쳤다. 얼굴을 닦지도 않은 채 그는 욕실에서 뛰쳐나갔다. 복도를 지나서 현관문 밖으로 나와 계단 위에 내려섰다. 그 차가 갑작스레 벌어진 일에 화들짝 놀라는 게 그의 눈에 보이는 것만 같았다.

"기다려요!" 그가 소리쳤다.

그러나 이미 그 작은 차는 쏜살같이 사라져버렸다. 그는 너무나 참담해졌다. 돌연 제니일 거라는 확신이 들었다. 그래서 검은 차창 안을 들여다보려고 애를 썼지만 부질없는 짓이었다. 그는 자동차가 작은 점으로 변할 때까지, 마침내 사라져버릴 때까지도 번호판을 기억해야 한다는 생각은 까맣게 잊고 있었다.

팔월의 어느 날 저녁, 폴린이 납치된 지 일 년 반이 지났을 때였다. 짐 시마다는 폴린이 체포되었다는 소식을 여섯시 뉴스를 통해 알았다. 캘리포니아 주에 사는 다른 이들이 그랬듯이, 아마 온 나라의 사람들도 그 뉴스를 통해서 알았듯이 그도 마찬가지였다. 샌프란시스코 연방정부 건물 앞에서 멈춘 경찰 순찰차 밖으로 끌려나오는 폴린의 모습을 카메라가 포착했을 즈음 군중들 속에서 누군가가 큰 소리로 외쳤다. "뭐라고 말 좀 해요!"

"무찌르리라!" 폴린이 소리를 질렀고 발길을 돌려 환호하는 군중들에게서 멀어져 갔다.

유심히 보지 않아도 수갑을 차고 악을 쓰는 처녀는 냉담하고 부유한 여자애, 그렇게 오랜 기간 뉴스 화면을 도배하다시피 했던 그 여자애와 전혀 닮지 않았다는 걸 알 수 있었다. 이 생소한 여자애의 긴 머리카락은 제멋대로 헝클어졌고 피부는 검게 그을렸으며 금속테의 작은 안경에다 줄무늬 티셔츠와 청바지 차림이었다. 짐은 저녁식사가 차려진 식탁 쪽으로 떨군 고개를 좀처럼 들지 않았다. 찌는 듯이 무더운 밤이었다. 창문이란 창문은 죄다 열려 있었고 이런 지역이 으레 그렇듯 러시아워에 이동하는 차량들이 쉿쉿 소리를 내며 지나갔다. 선풍기가 몇 대 있었지만 제구실을 거의 못해 뜨거운 대기를 힘없이 휘젓다가 말았고 불규칙한 소음만 내며 돌아가고 있었다. 텔레비전의 볼륨을 한껏 올려놓았으나 이 선풍기들 소음 때문에 잘 들리지 않았다. 다음날이 되어서 신문을 펼쳐 보고서야 그는 또 한 사람이 체포되었다는 사실을 알았다. 이 또 한 사람의 처녀는 한 줄도 채 못 되는 문장으로 평가되어 있었다. 그 한 줄의 문장 내용이란 그녀도 수배 중이었고 폴린과 함께 살았다는 사실, 그리고 이름이 전부였다. 짐은 들고 있던 신문을 떨어뜨렸다. 손이 덜덜 떨렸다. 그는 온실과 집의 문을 닫아걸고 오클랜드로 가는 버스를 잡아탔다.

그가 도착했을 때 제니는 이미 법정 변호사와 면담을 끝낸 뒤였다. 짐이 이야기를 나눈 사람은 제니가 아니라 바로 이 변호사였다. "따님은 괜찮습니다." 변호사가 말했다. "물론 몹시 놀랐겠지요. 그래서 제게 마음을 열어 보이려 하질 않습니다. 제 생각으로는 그녀가 혼자 있고 싶어하는 듯해요. 그 심정은 이해합니다. 만일 불가능……"

"그 아이에게 제가 여기 와서 기다린다고 말해 주십시오." 그가 말했다. 그리고는 변호사에게 자신이 묵게 될 모텔의 전화번호를 건넸다. 감옥에서 몇 블록 떨어진 모텔에다 이미 방을 잡아둔 터였다. 헤어지기 전에 변호사는 짐에게 혹시 제니가 선호하는 필기도구가 있는지 물었다. 이 변호사는 자신에게 필요한 무언가를 써달라고 제니에게 요청할 참이었다. 그것은 자술서 혹은 무죄를 주장하는 원고의 진술, 혹은 그녀가 기소된 혐의에 영향을 줄 만한 내용이 아니라 느낌과 신념을 담은 진술서였다. 짐은 이 사내를 혐오스러운 눈길로 쏘아보았다. 그로서는 제니가 영영 이자에게 '마음을 열어 보이려' 하지 않을 것만 같았다. 제니는 이렇게 지나치게 꼼꼼하고 까다로운 제스처로 생색을 내는 듯한 태도를 알아볼 테니까. 선호하는 필기도구라니? 제니는 이런 것에 대해 까다롭게 굴거나 결벽증을 보인 적이 별로 없었다. 그녀는 법률 용지 크기의 황색 괘지철에 일회용 펜으로 글을 썼다. 펜은 그녀가 박스로 사다놓고 써온 어느 상표의 펜이었다. 그녀는 볼펜, 두꺼운 매직펜, 그리고 지나치게 비싸고 카트리지를 갈아 끼워야 하는 번거로운 만년필을 싫어했다. 그녀가 좋아한 펜은 품질도 괜찮지만 구하는 것도 어렵지 않은 종류였다. 그런 펜은 고급이 아니어서 잡화점에서 살 수 있었지만 아주 가늘게 써졌다. 종이 문제도 마찬가지로 제니가 그다지 신경 쓰지 않을 거라고 짐은 생각했다. 그녀는 황색 괘지철이나 스프링 노트를 좋아했고 예뻐 보이도록 지나치게 꾸미고 공들인 노트는 좋아하지 않았다. 줄이 그어져 있지 않은 고급 종이도 역시 좋아하지 않았다. 선호하는 필기도구라니? 도대체 그걸 그가 어떻게 알겠는가? 그런데도 그는 자신도 모르게 이렇게 대답하고 말았다. "예, 있습니다. 그애에게는 분명 선호하는 필기도구가 있지요."

날마다 그는 모텔방에서 변호사에게 전화를 걸었다. 변호사를 통해 그는 제니가 누런 횡선괘지철과 일회용 펜 한 박스를 받고 흡족해했다는 걸 알게 되었다. 그는 제니가 여러 상황에 대한 자신의 느낌과 믿음을 상세하게 담은 진술서를 선선히 작성하고 있다는 걸 알게 되었다. 그는 제니가 아직도 그를 만나는 일을 내켜하지 않는다는 것을, 그래도 쓰고 있는 진술서를 끝내게 되면 좀더 그럴 기분이 들지 모른다는 것을 알게 되었다. 비록 담당 변호사는 그렇게 말하지 않았으나 그녀의 진술서 작성 작업은 그다지 진척을 보이는 것 같지 않았다. 그 주의 남은 날들 동안 짐은 〈보석금〉이라고 써붙인 길거리 가게 옆에 붙은 싸구려 간이식당에서 끼니를 때웠다. 그는 모텔방 침대 위에 누웠다. 매트리스는 울퉁불퉁했고 시트는 깔끄러웠다. 침대에 누운 채로 텔레비전 화면을 응시했다. 그는 기다렸다. 그동안 그의 온실은 셔터가 그대로 내려져 있었고, 기르는 화초들은 목이 말라 헐떡거렸으며, 뜨거운 열기를 견디지 못해 축축 늘어졌다. 불면으로 반쯤 깬 채로 꾸는 꿈 속에서 그는 벽돌장들이 날아와 온실의 창문을 깨고 부수는 것을 보았다. 그러는 동안 그는 기다릴 게 아무것도 없다는 걸 깨달았다. 이 모든 상황이 터무니없고 기이하긴 했으나 어찌 보면 이것은 그 자신과 딸이 또 한 번 고집스럽게 대결하는 거였다. 그는 자신이 머물고 있다는 걸 보여주기 위해 머물고 있었다. 그 주가 다 가도록 변한 건 아무것도 없었다. 아무것도 달라지지 않을 거라고 그가 예상했던 그대로였다. 그는 변호사에게 스톡턴의 자기 집 전화번호를 건네주고 집으로 오는 버스를 탔다.

고속도로의 맨 끝에 있는 갓길에 다다라 버스에서 내렸을 때 그는 두려움으로 가슴이 옥죄어 왔다. 그를 태운 버스 운전사는 시내까지 직행하는 대신 그의 부탁에 따라 여기에 내려준 것이었다. 고속도로의 희미한 불빛으로는 균형을 잃고 옆으로 약간 기울어진 그의 집 형체만 보였다. 그러나 집이 파괴되지 않은 채 그대로 남아 있다는 건 알아볼 수 있었다. 어깨에 배낭을 걸치고 어둠에 잠겨 고요한 고속도로를 가로질러 오면서 그는 생각했다. 그건 아마도 자신이 집을 떠나 있었기 때문일 뿐이라고. 그들은 자신이 집으로 돌아와 방충망 문을 따고 안으로 들어와 전등을 더듬거리며 찾을 때까지 기다리고 있을 거라고. 그때서야 표적물인 자신을 향해 다가올 것이라고.

아니, 그들이 정말 그럴까? 집으로 돌아온 며칠 동안 그는 제니가 지나치게 그늘에 가리워져 있다고 생각했다. 신문을 읽으면 안도감과 짜증이 뒤섞인 심정이 되었다. 칼럼마다 섹션마다 폴린의 상태에 대해서는 그녀를 맡은 변호사들, 의사들, 세뇌 전문가들, 그 집안 대변인들의 말을 빌어 상세히 보도한 데 반해 제니에 대한 내용은 그 어디에도 언급되어 있지 않았던 것이다. 폴린의 담당 의사들은 그녀가 마약 때문에 환각이 재발하듯이 심각한 영양 실조 상태이기 때문에 환각을 겪고 있다고 설명했다. 폴린이 '로봇처럼' 억양 없는 어조로 말했고 처음에는 가족들도 못 알아보았다고 설명했다. 폴린의 세뇌 담당 전문가들은 공산국가인 중국의 전쟁 포로들처럼 폴린의 납치범들이 필수품을 제공하지 않는 궁핍한 생활과 폭력적인 방법을 동원해 그녀를 세뇌시켜 왔다고 주장했다. 그리고 그녀가 저지른 범죄행위에 자의성은 전혀 없었다고 주장했다. 폴린의 변호사들은 그녀의 가엾고 동정어린 사연들을 소상하게 거론하면서 보석 신청을 했다. 그러나 담당 판사는, 짐이나 세상 사람들과 마찬가지로, 텔레비전 카메라에 잡힌 검게 그을린 폴린이 "무찌르리라!"고 소리치던 모습을 보았었다. 판사는 폴린의 보석 신청을 기각했다.

짐이 딸의 모습을 얼핏이라도 처음으로 본 것은 폴린의 보석이 기각된 직후였다. 그러나 딸이 영양실조인지, 마약에 취했는지, 혹은 세뇌당했는지 아닌지를 알아볼 만큼 일별한 것은 아니었다. 딸의 머리카락을 살펴볼 만큼 잠깐이나마 제대로 본 것도 아니었다. 머리가 짧았던가, 아니면 길었던가? 그는 궁금했다. 변호사에게 그걸 물어보는 걸 잊고 있었다. 딸의 검고 심각해 보이는 눈썹, 모스 부호를 두 겹으로 두껍게 그려놓은 것처럼 보이는, 자신과 똑같이 생긴 그 눈썹을 흘깃 본 것도 아니었다. 그럼에도 불구하고 딸을 얼핏 보기는 했다. 판사가 폴린의 보석을 기각한 지 이틀 뒤에 그녀의 변호인단은 보석 재신청을 했다. 이번 신청에는 "이름이 밝혀지지 않은 사람"의 증언이 포함되어 있었는데, 폴린이 체포되기까지 몇 달 간의 상황에 대해 논평할 만한 자격이 있는 유일한 이라고 전해졌다. 이제 "잃어버린 해"라고 불리는 그 기간 동안 폴린을 알고 지낸 이 사람은 폴린이 영양실조였고 약물중독이었으며 세뇌 당했다는 것을, 그리고 자기 의지와는 상관없이 포로였고 한 번도 자기 뜻에 따라 범죄행위에 가담한 적이 없었다는 것을 확언했다. 이 사람, 폴린을 변호한 이 수수께끼 같은 인물은 이름이 밝혀지지 않았을 뿐만 아니라 신문에도 그에 관한 논평이 일체 없었다. 아무도 이 사람이 도대체 누구인지 궁금해 하지 않는 것 같았다. 그러나 짐은 알았다. "그건 너, 제니야!" 그가 말했다. 신문 쪽으로 갑자기 몸을 홱 수그리다가 느슨하게 매달렸던 그의 안경이 콧마루로 떨어졌다. 종이 집게로 부러진 다리를 붙여 쓴 안경이. 그는 수리점에 가야 한다는 걸 자꾸만 잊어버렸다. "제기랄, 넌 대체 뭘 하고 있는 거냐?" 그러나 이상하게 뉴스 활자 사이에 떠오른 딸을, 다른 여자애의 이야기를 다룬 거친 파도 위로 떠오른 딸을 보게 되자 기쁨이 샘솟았다. 그것은 딸의 이야기이기도 했기 때문이다. 그것이 그의 마음을 돌려놓았다. 뉴스와 헤드라인, 저녁뉴스 시간에 보도되는 최신 정보들, 인터뷰들, 논평 등으로 이렇게 야단법석을 떠는 와중에 딸의 존재는 잊혀졌고 버림받았다. 하지만 한편 그것은 축복이기도 했다. 이번에는 집이나 온실 창문이 깨지지 않고 온전하게 남게 될지도 모른다는 뜻이었으니까. 딸이 거기서 빠져나왔을 때 돌아올 생활이 있을지도 모른다는 뜻이었으니까. 그가 이런 식으로 생각이 흐르도록 스스로를 내버려둔 것은 이때가 난생 처음이었다.

그날 오후 그는 온실에 있었다. 나란히 심어진 화초들을 따라 천천히 움직이며 물뿌리개로 물을 뿌리고 있었다. 그때 도로에 자동차 한 대가 서서히 다가오는 소리가 들려왔다. 바람결에 타다 남은 장작불처럼 따뜻했던 그의 심장이 돌연 차갑게 얼어붙었다. 그는 화초들 잎새 사이로 조심스레 밖을 내다보았다. 서서히 다가오던 자동차가 멀어져 가는 것이 보였다. 운전자에게 떠나는 걸 지체해야 할 이유라도 있는 것처럼 자동차는 머뭇거렸다. 잠깐 망설이면서 운전석 옆자리에 벽돌을 내려놓기라도 하는 것처럼. 그러나 그것은 한순간이어서 짐은 운전자의 얼굴을 미처 볼 수 없었다. 그렇지만 차가 천천히 움직인 것은 결코 우연이 아니라는 건 감지했다. 운전자는 그와 상관있는 누군가가 분명했다. 자동차는 분명 그가 한 번도 본 적이 없는 차였다. 물론 차를 뚜렷하게 살펴본 것은 아니었다. 차문이 네 개이고 고운 베이지색에다 최근 모델이라는 것, 택시 회사에서 구입하거나 자동차 임대업체에서 빌릴 법한 종류의 차라는 건 알아보았다.

그는 문을 열어둔 채 문간에 서 있었다. 물이 반쯤 찬 물뿌리개를 발치에 내려놓고서 기다렸다. 키우는 화초의 3분의 2가 넘게 물을 뿌려

주지 못하고 기다리게 해놓고서. 그때 베이지색 자동차가 되돌아왔다. 그는 차가 다시 돌아오리라는 걸 알고 있었다. 그는 한 발자욱도 뒤로 물러나지 않고 그 자리에 서 있었다. 뒤늦게 자동차의 번호판을 적을 연필과 종이를 챙겨두지 못했다는 생각이 떠오르긴 했으나 꿈쩍도 하지 않았다. 그걸 가져오기에는 이제 너무 늦어버린 것이다. 자동차도 확고한 결단을 내린 것처럼 빠른 속도로 다가오고 있었다. 그들은 마침내 서로 마주보게 되었다. 마침내 짐과 이 자동차, 어떤 인종차별주의자 망나니, 그와 그의 딸—시마다 성을 가진 두 사람을 혐오하는 어떤 자와 벽돌 한 장을 사이에 두고 대치하게 되었다. 그는 전투적인 자세를 취해 보려고 애를 썼다. 무기를 한 번도 잡아본 적이 없던 터라 햇빛에 바랜 찌그러진 야구 모자, 이마에 맺힌 땀을 닦으려고 벗었던 그 모자를 무기인 양 움켜쥐었다. 날씨는 갑자기 더워졌고 아주 고요했다. 자동차가 집 앞으로 난 길을 가로질러 그의 차고 쪽으로 결심한 듯 휙 방향을 틀었을 때 그는 눈을 가늘게 뜨고 바라보았다.

 차에서 내린 것은 경찰도, 벽돌을 휘두르는 아이도 아니었고 한 여자였다. 작은 몸집에 금발 머리에다 삼십대 중반이나 아니면 그보다 좀 어린 나이의 여자가 차에서 나왔다. 수수하고 평범한 얼굴이라서 정확한 나이는 가늠하기가 어려웠다. 차문을 닫으며 그녀는 그를 힐끗 쳐다보았다. 그리고는 뒷문을 열어 큼직한 보자기로 싼 물건을 밖으로 꺼내서는 조심스럽게 자동차 트렁크 위에 올려놓았다. 그녀 쪽으로 다가가면서 그는 자신의 장사가 꽤나 한심한 지경에 놓여 있는 게 분명하다는 생각을 했다. 앞서의 긴장된 순간 동안 그는 이 자동차 안에 온실을 찾는 고객이 타고 있으리라고는 예상조차 못했으니까. 이윽고 여자가 입을 열었다. "저는 기자예요." 그 말을 듣자 그가 걸음을 우뚝 멈추었다. "하지만 오늘은 비번이죠." 그녀가 덧붙였다. "제 새가 앉을 만한 나무를 한 그루 사고 싶어서요."

"그리고 이야기도 좀 하고 싶은 거겠지요?" 그가 날카롭게 말했다. 그는 불친절하게 보이고 싶지는 않았다. 다만 속고 싶지 않았을 뿐이다. 보자기 속에서 가볍게 딸랑거리는 소리가 새어나왔다. 그러자 여자는 뚫어질 듯 응시하는 그의 시선에서 벗어나 새장 덮개를 열었다. 모습을 드러낸 새는 한낮의 눈부신 햇살 때문에 차분하게 있지 못하고 꽥꽥 괴상한 소리를 내며 울었다. 새는 작고 무지개 빛이 감도는 밝은 초록색이었다. 짐이 새장의 빗장에 손가락을 대자 새는 부리를 쩍 벌리고 안달하듯 몸을 앞으로 내밀었다.

"쟤가 그냥 장난치는 거예요." 여자가 사과하는 투로 말했다.

"압니다. 활력이 있는 새로군요. 그건 좋은 거지요."

그는 모자를 눌러쓰고는 온실 쪽으로 몸을 돌렸다. 그러자 이내 여자가 새장을 집어 들고 뒤따라오는 소리가 그의 귀에 들렸다. 두 사람이 자그마한 실내 정원 안에 들어서자 그는 여자가 검은 비닐 조각을 붙인 유리창 쪽을 애써 보지 않으려 한다는 생각이 들었다. "언제나 저걸 고쳐야지 하면서도 어찌된 셈인지 그런 날이 영 생기질 않는군요." 그가 말했다.

"유리창이 깨진 지 한참 된 건가요?"

"몇 년 되었지요. 어떤 이가 벽돌을 던졌습니다. 제 딸이 뉴스에 처음 나왔을 때지요."

그 말을 듣고도 그녀는 새장을 내려놓았다. 약이 올랐는지 새가 휘파람소리를 내기 시작했다. "저앤 어색한 분위기를 깨야 하는 순간을 안답니다." 이렇게 말한 여자가 지갑에서 봉투 하나를 꺼냈다. "제가 나무를 보려고 온 것만은 아니라는 건 사실이에요. 그렇다고 유도 신문하듯 질문을 퍼부으려고 온 것도 아닙니다. 만일 저와 오늘이나 아니면 언젠가 이야기를 나누고 싶어지신다면 전 아주 기쁠 거예요. 그렇다고 그게 제가 온 이유는 아니에요."

"계속 말해 보시오." 잠깐 뜸을 들인 후 그가 말했다.

꺼낸 봉투는 봉해져 있지도, 주소가 적혀 있지도 않았다. "몇 달 전에 누군가 저에게 연락을 해왔어요. 제 생각으로는 선생님 따님 친구 같습니다." 그녀가 말했다. 그녀는 짐에게 '조 스미스'라고 불리는 이 남자와의 만남에 대해 이야기해 주었다. "그 사람 얘기 중에 어느 한 부분도 실증할 만한 근거를 찾을 수 없더군요. 그래서 그의 요청대로 해줄 수가 없었고 지면에 그 내용을 게재하게 할 수도 없었지요. 왜 그런지 이유는 모르겠는데 문득 선생님과 얘기를 나누고 싶어졌어요. 이 넓은 세상에 제니를 도우려고 애쓰는 누군가가 있다는 사실을 선생님이 알고 계셔야 옳다고 생각했어요. 비록 그 사람, 제대로 돕지는 못했지만요."

한참이 지난 다음, 얼마나 오래 지났는지 깨닫지 못한 채, 짐이 입을 열었다. "봉투 안에 든 게 뭡니까?"

그것은 그 기사를 취재하고 쓰는 동안 그녀가 찾아낸 이상하고 자잘한 내용이 담긴 소식지였다. 그녀는 짐에게 가져도 좋다고 했다. 등사판을 밀어 인쇄한 탓에 기름이 배어 지저분했고 두 장을 스테이플러로 찍었는데, 작은 활자로 찍힌 공고 내용이 보였고 들쭉날쭉한 단 안에는 조악하게 복사한 광고들이 죽 이어져 있었다. 짐은 소식지의 제호, 뉴욕 라인클리프 & 라인벡 역사협회라고 그려진 글자를 뚫어질 듯 들여다보았다. 뒷장에는 누군가가 〈복원 관련 토막기사〉라는 짧은 제목 아래 대충 동그라미를 쳐놓았다. 그는 기자인 이 여자가 쳐놓았으리라고 짐작했다.

〈이 지면을 통해 우리가 시기별로 알려왔던 와일드무어의 복원사업 소식을 접해온 독자들은 저희들이 그렇듯이 복원을 위한 그간의 노력에 얼마나 큰 은혜가 내렸는지 알게 된다면 마음이 든든해질 겁니다. 그 은혜를 가져다준 이는 바로 샌프란시스코에서 온 아이리스 왕이란 사람입니다. 서부 출신의 이 조용하고 젊은 방문객을 만나본 이들은 모두 그녀의 인내심과 훌륭한 솜씨에 감동을 받았습니다. 라인클리프 & 라인벡 역사협회는 여러분 모두를 와일드무어 저택 투어에 초대합니다. 오셔서 아이리스의 마법과 같은 솜씨를 구경하시기 바랍니다.—루이즈 파울러〉

그는 물어볼 필요가 없었는데도 "이게 그애였습니까?"라고 물었다. "그녀였어요." 기자가 말해주었다.

그날 저녁, 기자가 떠난 후에, 짐은 소식지를 다시 한 번 펼쳐보았다. 그리고는 전율처럼 온몸을 훑고 지나간 흥분을 상기했다. 단지 제니에 관한 기사라는 걸 깨달았기 때문에 느낀 전율은 아니었다. 그것은 두 글자, 뉴욕이라는 글자를 보았기 때문이었다. 뉴욕의 라인클리프와 라인벡, 이 두 지역이 어딘지는 상관없었다. 변함없이 이 엠파이어 스테이트(Empire State, 뉴욕 주의 별칭 : 옮긴이)와 아주 가깝게 있다는 사실이 그를 흥분시켰다. 제니는 몰랐었지만 그애가 아직 어린 소녀였을 때 그는 아이와 함께 뉴욕으로 이주하는 꿈을 꾸었었다. 뉴욕이야말로 세계

시민, 보편적인 인간이 되는 법을 딸에게 가르쳐줄 수 있는 공간이라고 생각했었다. 미국인도 아니고 일본인도 아닌 뉴요커. 이것이 낭만적인 생각이라는 걸 그는 알았다. 샌프란시스코 주민이나 로스앤젤레스 주민이 되는 것은 그에게 결코 뉴욕 사람이 되는 것만큼 기대에 찬 미래를 담보해주지 못했다. 캘리포니아는 어디를 가더라도 이미 예전에 맛본 실망과 좌절감으로 더럽혀져 있으리라 여겨졌다. 그는 자신이 뉴욕을 이민자들의 도시, 엘리스 아일랜드와 자유의 여신상과 일반 대중들과 수많은 언어들이 혼재되어 있는 도시로 보는 시각을 모른 척 외면하고 있다는 걸 알았다. 하지만 그는 서부 사람이었다. 태평양을 등지고 태어난 존재였다. 그래서 항상 동부로 떠나는 여행을 미국에 소속되고자 하는 꿈의 실현과 연관시켜 생각했다. 민족성이라는 소속을 벗어던지고 자유로워지는 생활을 연상했다. 그랬다, 벗어나서 자유로워지는 그 무엇으로 여겼다. 그러나 그는 영영 동부로 여행을 떠나지 못했다. 아니 오히려 뒷걸음질쳤다. 원하지 않았던 동부, 즉 일본으로 떠나야 했던 것이다. 짐은 자신이 감옥에서 풀려나 집으로 돌아오던 그날을 떠올려 보았다. 세상은, 전후의 호황을 한껏 구가하던 세상은, 그의 모습을 보자 움찔했음에 틀림없다. 포로수용소에서 전쟁터로 떠났던 사내아이들은 영웅이 되어 돌아와 있었던 반면에 짐은 아무도 바라지 않은 일을 환기시키는 존재였다. 그리고 곧 아이가 딸린 채로 홀로 남겨졌다. 그는 제니의 유년기 내내 자기 자신에 대한 생각에 빠져 있느라고 딸을 제대로 배려하지 않았다고 느꼈다. 싫다는 그애를 억지로 끌고서 스스로 분노의 포로가 되어 일본으로 돌아간 것만 보아도 그랬다. 그래도 자신의 삶은 실패했지만 딸은 아주 훌륭하게 자랄 거라는 생각은 좀처럼 버리지 않았다.

찾아온 기자는 그다지 나쁘지 않았다. 그녀는 질문을 받을 거라고 자신이 예상한 질문들만 물어봤으니까. 게다가 그녀는 어쨌든 자신이 제니 편이라는 걸 분명히 밝혔다. 두 사람이 한참 더 이야기를 나누는 동안, 제니에 대해서가 아니라 세상 전반에 대해서나 뉴스나 사건이나 정황에 대해 서로의 의견을 나누는 동안, 새장 속의 작은 새는 점점 더 심하게 법석을 떨고 소란을 피웠다. 그럴수록 그들은 그 새에게 눈길을 주지 않았다. 한참 이야기를 나눈 뒤에야 비로소 그녀는 새에게 필요한 나무를 구하고 싶다는 말은 정말이라고 했다. 새가 좋아할 만한 나무를 찾아주었으면 좋겠다고도 했다. 이미 그녀는 새가 가지고 놀 장난감을 사느라 적잖은 돈을 쓴 터였다. 그런데도 이 새는 장난감보다 그녀가 보는 책등을 부리로 쪼아 찢어놓는 걸 더 좋아했다. 그녀가 글을 쓰는 동안 타자기의 리본을 홱 잡아당기는 걸 더 좋아했다.

"어린아이 같군요." 그가 농담처럼 말했다.

그는 금방이라도 부서질 것 같은 방충문의 빗장을 벗겨낸 뒤 열다가 떨어져 나가지 않도록 문을 살짝 흔들었다. 그리고는 까만 비닐 조각이 붙은 데를 손바닥으로 세게 밀었다. 그는 자신이 일을 제대로 해놓지 않았다는 걸 인정할 수밖에 없었다. 닥치는 대로 덕트 테이프를 많이 썼다는 건 문을 수리하던 당시 자신의 마음이 얼마나 분노로 들끓었는지 여실히 증명해주는 거라고 생각했다. 그래도 찢어진 틈이 제대로 메꾸어진 것 같기는 했다. "저 새는 날지요, 그렇지 않습니까?" 그가 물었다.

"맞아요." 그녀가 대답했다. "어떻게 그걸 아셨죠?"

"맨 바깥쪽에 달린 칼깃을 보았지요. 당신은 그걸 자르지 않았네요."

"할 수가 없었어요."

"감상적이군요."

당황한 그녀가 웃었다.

"혹시 저 녀석이 비닐을 뚫고 나오면서 다 뜯어먹으려고 해도 괜찮습니다. 우리가 못하게 막으면 되니까." 그가 이렇게 덧붙였다.

그가 새장의 문을 들어올리자 새는 그의 손 위로 걸어 나와서는 기대에 찬 눈길로 그를 바라보았다. 그래도 그는 놀라지 않았으나 기자는 혼비백산한 상태였다. 새를 새장에서 꺼낼 때면 그녀는 언제나 튜브 양말(tube socks, 뒤꿈치가 없고 신축성이 높은 짧은 양말 : 옮긴이)을 장갑처럼 끼곤 했다고, 그건 새가 그녀의 손을 사납게 발길질하기 때문이라고 했다.

"새를 키우세요?" 그녀가 물었다.

"아니오." 천천히 우아한 곡선을 그리며 팔을 들어올리는 그의 모습이 댄서처럼 보였다. 이제 그들은 그녀의 새가 스스로 날개짓하며 대기 속으로 날아가는 것을 지켜보았다.

3

그들은 신형 DC-8제트 비행기로 갔다. 배편을 이용하지 않고 그녀의 아버지는 저축한 돈의 거의 전부를 털어서 두 장의 편도 비행기표를 끊었다. 샌프란시스코에서 호놀룰루까지 날아간 비행기는 새로운 승객을 태우고 연료를 보충한 후 다시 도쿄로 날아갔다. 그런데 비행기표는 그가 모은 돈은 물론이고 그의 허장성세마저 빨아들인 것 같았고 공항에 다다르자 걱정과 두려움이 그를 무기력하게 만들어 버렸다. 어떻게 하다가 두 사람이 나란히 앉게 끊은 좌석표를 잃어버렸고, 따로 떨어져 앉아 가야만 한다는 말을 그들에게서 듣게 되었다. 그녀의 아버지는 아마도 사람들이 그가 비행기를 처음 타보는 풋내기라는 걸 눈치채고는 그걸 이용한 거라고 느꼈을 것이다. 그녀의 기억 속에 그와 관련된 끔찍한 장면 하나가 떠오른다. 그 장면 속에는 금발 머리에 실크 스카프를 두른 여자가 "경찰을 부르겠어요"라는 말을 되뇌는 모습이 보인다. 어찌어찌하여 이 위기는 그들 두 사람의 좌석이 일등석으로 다시 배정되는 것으로 수습되었다. 이런 결과에 의기양양해져야 옳았을 것이다. 그런데 좌석 문제로 언쟁을 벌일 때 아버지가 내지르던 날카로운 목소리와 나중에 비행기에 오를 때 드러낸 반항적인 태도는 오히려 그녀를 잔뜩 움츠러들게 했다. 비행기가 하늘로 날아오르자마자 그녀는 자기 자리를 떴다. 몹시 긴장하여 등을 꼿꼿이 세우고 앉았던 그녀의 아버지는 너무나 겁에 질린 나머지 자리에서 일어나는 딸을 막을 수가 없었다. 그리고 그녀는 나이가 너무 어려 두려워해야 할 이유가 있다는 걸 몰랐다.

일등석 여객실 뒤편, 일반석에서 보이지 않도록 내려진 불투명한 커튼 바로 앞에 금속으로 된 나선형 계단이 그녀의 눈에 띄었다. 꼬불꼬불한 나선형 계단은 위쪽으로 이어져 있었다. 그녀가 계단을 올라가기 시작하자 여승무원이 나타났다. "아가! 넌 그 위에 올라갈 수 없어. 네 자리가 어디지?" 말없이 그녀는 앞쪽을 손가락으로 가리켰다. 또다른 일등석 좌석이 배열되어 있는 쪽이었다. 여승무원은 잠시 망설였다. 나중에 기억을 다시 더듬어본 이 여승무원은 좌절감이 배인 비웃음을 떠올렸으리라. "그럼 가보렴." 여승무원이 결국 이렇게 말했다.

나선형 계단을 올라가자 밝고 풍선처럼 둥근 라운지가 나타났다. 라운지의 벽과 천장은 곡선이었고 의자들도 딱딱 줄맞추어 늘어선 것이 아니라 반원형으로 서로 마주 보도록 자유롭게 놓여져 있었다. 의자 위에서, 카펫이 깔린 바닥에서 열두 명 남짓한 얼굴들이 그녀를 바라보았다. 뜻밖의 기쁨이 담긴 표정들이었다. 그 얼굴은 대부분 어린아이들이었고 그 아이들 대부분은 바닥에 팔다리를 뻗거나 드러누워 수많은 근사한 장난감들을 가지고 노는 중이었다. 물론 어른도 몇 명 끼어 있었다. "이리 올라오렴! 아가, 네 이름이 뭐지? 하와이 가는 거니?

너 하와이에 사는구나? 엄마랑 아빠랑 여행하는 거야?'라고 물었던 사람도 그 어른들 중 하나였다.

　마치 유년기에나 있을 법한 친밀감으로, 애쓰지 않았어도 금세 친밀감이 형성되었다. 아마도 그녀가 이런 친밀감을 느낀 것은 이때 단 한 번뿐이었을 것이다. 그녀는 이 사람들 세계로 들어가는 입회식에서 겪은 자잘한 일들이 조금 떠올랐다. 그녀는 이들 세계에 닿은 듯했고 이내 그들 틈으로 들어갔다. 여자아이들이 있었고 남자아이들도 있었지만 몇 명이었는지, 나이가 몇 살이었는지에 대해서는 전혀 몰랐다. 게임을 했고 더 많은 장난감들을 구경했으며 활기찬 어른들이 지껄이는 한가로운 얘기 소리와 유리잔 안에서 얼음이 흔들리는 소리가 위층에서 들려왔다. 여승무원들이 계단 위로 불쑥 솟아올라 왔다가 다시 계단 속으로 가라앉았다. 그리고 식사가 한 끼 나왔고 여분의 사탕과 과자가 나왔으며 제니와 한 어린 소녀는 각별한 비밀을 서로에게 털어놓았다. 서로에게 편지를 쓰겠다는 맹세와 함께…… 어느 순간에 난기류를 만나 비행기가 흔들렸다. 바비핀 사이로 머리카락이 흘러내린 창백한 얼굴의 여승무원이 절꺽절꺽 소리를 내며 황급히 계단 위로 올라와서 좌석 벨트를 매달라고 간곡히 부탁했다. 모든 이들이 앉을 만큼 좌석은 넉넉하게 마련되어 있었다. 가죽끈으로 몸을 묶은 그들은 밝고 알록달록한 카펫 사이로 서로의 얼굴을 마주보고 앉았다. 그리고 제니는 난생 처음 조그마한 둥근 창문 밖으로 고통스러우리만큼 푸르른, 구름 위로 펼쳐진 맑은 창공을 보았다. 비행기는 마치 말처럼 심하게 뛰어올랐다. 그러자 어른들 중 한 사람이—아이들의 아버지였을까—"저런저런!" 하면서 아이들을 보고 눈을 찡긋했다. 그러자 모두들 웃음을 터뜨렸다. 잠시 후에 비행기가 보이지 않는 강력한 기류 속을 통과하면서 몇 차례 더 심하게 흔들렸는데도 그들은 미소를 지으며 차분하게 앉아 있었다. 그녀는 그때에도 자신이 전혀 겁에 질리지 않았었다는 것을 기억했다.

아버지가 그녀를 찾아낸 것은 비행기가 흔들리고 난 뒤였다. 찰나의 순간도 어린애에겐 아주 길게 느껴지는 법이지만 아마도 진동이 있은 직후였던 것 같다. 아버지의 머리와 어깨가 흐릿하게 위로 솟아 올라왔고 아주 기이할 만큼 서서히 시야에 들어왔다. 분명 몇 시간 전에 아이들 눈에 그렇게 보였을 그녀처럼. 정말 몇 시간이 흘러가버린 것이었다. 이제 곧 비행기가 하와이에 착륙할 시간이었다.

"오, 아가야." 처음 그녀에게 말을 걸었던 감미롭고 부드럽고 멋진 목소리의 주인공이 말했다. "네 아빠가 너 때문에 걱정하셨을 게 틀림없구나. 미안합니다. 우리가 이 아이를 내려보내야 했는데 말이지요. 딸애가 어디 있는지 분명히 알고 계시도록 말입니다. 비행기 안이라고는 해도 상당히 넓으니까요. 자, 우리와 한잔 하시겠습니까? 선생님 성함이……?"

"아니오, 괜찮습니다." 그녀의 아버지가 냉담하게 그의 말을 받았다. "이리 와, 제니."

"이 아이는 정말로 사랑스러운 놀이 친구입니다. 아이들에게는 얘가 마치 꿈에 그리던 친구처럼 반가웠답니다. 아이들은 분명히 지루할 거라고……."

그녀는 작별인사를 하고서 살며시 아버지 쪽으로 가로질러 가던 일이 떠올랐다. 아버지 손을 잡고 뒤에서 어정쩡하게 허리를 굽히고서 계단을 내려갔다. 계단이 너무 좁았기 때문이다. 그녀는 같이 놀던 여자애가, 편지를 주고받자고 서로에게 맹세했던 그 아이가 울음을 터뜨리는 소리를 들었다. 그들은 미처 서로의 주소를 주고받지 못했다.

비행기가 이륙했을 때 그녀는 그들을 다시 볼 거라고 굳게 믿었다. 하지만 그녀와 아버지가 비행기에서 가장 먼저 내린 승객들 틈에 섞여 있었기 때문인지, 아니면 라운지에서 곧바로 연결된 그들만의 은밀한 비상구가 있었기 때문인지 그녀는 그들을 다시 볼 수 없었다. 비행기는 깨끗이 청소되었고 연료가 다시 채워졌으며 승객들이 비행기에 다시 올라탔다. 그리고 그들은 부정하게 얻은 좌석으로 되돌아왔다. 그녀의 아버지는 겨우 잠이 들었다. 그녀가 몰래 계단 쪽으로 되돌아왔을 때 아까와 다른 여승무원, 하와이에서 새로 탑승한 승무원이 그녀를 막았다.

"내 친구가……." 그녀가 설명하려 했다.

"얘야, 그 위에는 친구가 하나도 없어. 위쪽에선 실업가분들이 회의 중이시란다. 네가 방해해서는 안돼."

그 뒤로 한참 동안 그녀는 그 사람들이 왕가의 사람들이었을 거라는 생각을 했던 게 떠올랐다. 이런 생각이 어디에서 비롯되었는지는 알 수 없었지만 그들은 정녕 아름다웠다. 빛나는 황금빛 피부와 황금빛 머리카락을 가진 사람들. 그리고 그들은 부유했음에 분명했다. 그러나 그녀가 이런 인상을 갖게 된 근원을 더듬어보려 할 때마다 떠오르는 것은 그녀의 아버지의 머리와 어깨가 계단 위로 솟아오르던 끔찍한 모습뿐이었다. 그리고 그 얼굴에 담겼던 표정뿐이었다. 그것은 다른 어른들이 알아챘을지도 모르는 염려나 걱정이 어린 표정이 아니었다. 상처받고 또 상처받은, 붕대로 둘둘 감은 복수심에 불타는 자존심이 서린 표정이었다.

그 기억은 오래 남아 있었다. 그녀가 일본에서 보낸 다섯 해 세월의 생생한 기억들만큼이나 선명하게 떠올랐다. 그러나 그 기억은 마음속 깊고 깊은 곳에 가라앉아 있는 편이어서 의식에까지는 가 닿지 않았다. 몇 년 동안 의식의 표면 위로 떠오르지 않은 채 마음 깊은 곳에 그대로 묻혀 있곤 하던 기억이었다. 마치 책갈피가 꽂힌 책을 발견했을 때 자신이 그 책을 갖고 있었다는 사실조차 몰랐음을 깨달았을 때의 기분처럼 그렇게 떠오르는 기억이었다. 그녀의 성격에는 책갈피로 표시된 것처럼 분명한 부분도 있었지만 아직 들춰보지 않은 분량의 성격도 있었다. 그녀는 윌리엄이 체포되었을 때 이런 생각을 했었다. 자신감 넘치는 백인 상류층 아이들 틈에서 방법을 제대로 알지도 못한 채 평온한 기분을 갖지 않았었던가, 라는 생각을. 그들과 더불어 그녀는 유색인종과 빈민의 권리 쟁취를 위해 투쟁했었다. 그리고 지난 겨울, 와일드무어에서 지낼 때 다시 그런 생각을 했었다. 신문 1면에서, 그리고 전국에 방영되는 TV뉴스에서 납치된 열아홉 살의 상류층 상속녀가 자신의 부를 포기하고 납치한 무리들에 합류했다는 내용을 접했을 때에도. 그 소녀의 조상에 얽힌 전설적인 일화와 조상이 지은 저택들, 그리고 기숙학교에서의 반항적인 행동들에 대한 소문 등 미지의 소녀에 관련된 모든 것들이 제니의 호기심을 끌었다. 무궁무진 쏟아져 나오던 그녀의 인물 사진들. 하얀 테니스복으로 차려 입은 모습, 첫 영성체 때 하얀 옷을 입은 모습, 티셔츠 차림으로 해변에 앉아 키득대는 모습, 그리고 부모와 함께 찍은 미소가 사라진 모습의 사진까지. 그녀의 2인승 자동차와, 기숙학교를 함께 다닌 친구가 묘사한 "평범해지고" 싶었던 그녀의 욕망이나 미궁처럼 복잡하게 얽힌 그녀의 돈 문제, 그리고 그녀의 높디높은 미국 혈통에 이르기까지 제니의 호기심을 자극하지 않는 것이란 없었다.

* * *

 체포되었을 때 그들은 서로 갈라졌다. 두 대의 다른 차에 각각 태워져서 각각의 방향으로 보내졌다. 폴린은 샌프란시스코의 중심가에 있는 연방정부 건물로 보내졌고 그녀를 태운 차 뒤로 카메라를 실은 신문, 방송사의 밴들과 기자들을 가득 태우고 택시들이 질주하며 따라갔다. 제니는 홀로 오클랜드의 중심가로, 늦여름날 베이를 가로지르는 익명의 차량들과 나란히 달리는 차에 실려 보내졌다. 그녀는 혼자였지만 혼자라는 기분이 들지 않았다. 여전히 폴린과 함께였다. 마치 만날 약속이라도 한 것처럼. 그들은 밤에 비밀편지를 쓰게 되리라. 망토를 걸치고, 혹은 머리에 스카프를 두르고 교도소의 독방에서 살며시 빠져나와서. 어느 철도역의 여자 화장실에서 은밀히 만나게 되리라. 양륙 선착장에서. 길게 이어진 한적한 길이 끝나는 지점에서. 둘은 다섯 시간, 혹은 오 분을 함께하리라. 서로의 손을 꼭 붙잡고 작별의 말을 나누리라. 그리고는 각각 다른 방향으로 떠나는 다른 기차에 오르리라.
 제니는 폴린의 변호사가 자신을 찾아왔을 때 놀라지 않았다. 오히려 기다려왔던 전령처럼 여겨졌다. 그는 폴린 사건을 맡은 변호인단 가운데 가장 나이 어린 변호사였다. 개인적인 스타일 때문에 지금의 위치에 오른 그런 사람이었다. 좌파 성향 때문이라는 평판은 별로 정확한 게 못되었다. 그는 폴린이 신뢰한 사촌들의 충고에 따라 폴린의 부모가 의뢰한 변호사였다. 폴린이 의지한 사촌들은 자의든 아니든 폴린이 그동안 살아왔던 정치적 풍토에 대해 가족들이 어느 정도 여유를 보여주어야 한다고 믿었다. 이 변호사는 자신이 주위 사람들보다 자유로운 성향을 지녔다고 느끼는 류의 태도를 보이는 사람이었다. 그는 제니에게 자신이 폴린과 맨 처음 이야기를 나눈 사람이었노라고 말했다. 폴린은 부모와 형제 자매들, 몇몇 사촌들을 만나 보았지만 이러한 대면에서는 거의 아무런 교류가 일어나지 않았다. 가족들 쪽에서는 눈물을 흘렸고 말없는 요구도 했지만 폴린 쪽에서는 말 그대로 침묵을 견지했다. 그녀의 변호사가 묘사한 시나리오 속에서 폴린은 한 점 조각상이었다. 폴린, 그녀는 생기발랄하고 짜증 잘 내고 덜렁대고 야위었고 설거지는 결코 하는 법이 없고 고무 샌달로 바닥을 탁탁 치고 흉한 선글라스를 사고 그녀와 제니가 드디어—드디어!—『제2의 성』을 다 읽고 난 뒤로 자신의 절벽 가슴을 보란 듯이 과시하고 그러면서도 헤어스타일을 이리저리 바꾸어 보는 존재, 요거트를 좋아하겠다고 다짐하지만 그건 세상에 나온 온갖 상표의 요거트를 다 사보고 냉장고의 도표에다 그 등급을 정하고 난 뒤라야 하는 존재, 조각상과는 그다지 닮지 않은 존재였다. 폴린의 부재를 넌지시 바라보고 있기라도 한 것처럼 제니에게는 그녀가 너무나 가까이 있는 것 같았다. 마치 별무리의 어느 한쪽을 바라보면 아주 희미하게 몇몇 별들이 떠오르는 것처럼. 그러나 이내 그녀는 텅 빈 의자를 똑바로 바라보았다. 그 빈 공간을. 이제는 의자마저도 없었다. 그녀는 갑자기 폭발이 일어나는 이야기를 생각해 보았다. 남편과 아내가 손을 잡고 주택의 지붕으로 올라가 있는 동안 감지하지 못하는 사이에 누출된 가스가 집안의 방마다 가득 찬다. 가스에 불이 붙자 집 건물이 폭삭 내려앉고 남편은 그대로 매몰된다. 아내는 어찌어찌하여 폭발한 집의 돌무더기를 뚫고 아래로 내려오지만 여전히 자신의 손에 남은 남편 손의 체온을 느낀다는 그런 이야기. 혹은 1차 세계대전 때 강마을에 사는 어느 가족 이야기. 아버지는 거실에서 신문을 읽고 있고 좀 떨어진 곳에서 딸아이는 피아노를 치고 있다. 엄마는 부엌에서 점심 식사 준비를 하고 아들은 계단을 막 내려오는 참이다. 항구에 정박한 탄약무기 적재 군함이 불길에 휩싸인다. 이 배가 폭발한 위력이 넓은 벌채용 칼날처럼 번쩍거리며 어느 곳은 휩쓸고 지나가고 또 어느 곳은 살짝 비껴가고 이 가족의 집은 반쯤 허물어뜨린다. 어머니와 딸은 불길에 타서 죽고 어찌어찌하여 아버지와 아들은 살아남는다는 그런 이야기. 예전의 그녀는 이런 이야깃거리를 부적이라도 되는 양 수집했었다. 되는 대로 이런 이야기를 모으게 되면 자신에게 예방주사와 같은 효과를 내기라도 하는 것처럼. 무엇을 막아주는 예방주사였을까? 충분히 숙고한 후에 시도한 행동이 엉뚱하게 끔찍한 결과로 치닫는 걸 막아보려던 조치였을까? 이제 와서 생각해 보면 그것은 상실감을 예방하고자 한 몸짓이었다.

  이 변호사는 제니에게 자신을 이름으로 불러달라고 간청했다. 그는 그녀에게 내밀한 얘기를 털어놓았다. 마치 그녀와는 직계가족 사이이고 폴린의 부모와 형제자매, 그리고 사촌들과는 이보다 덜 가깝기라도 한 듯이. "아주 예전부터 쌓여온 기대와 실망, 오해와 좌절 같은 게 너무 많습니다. 이 일을 처음 시작할 때부터 그런 건 아니었지요." 그는 팔을 흔들며 설명했는데, 이야기의 크기에 맞추어 길다란 손가락들을 능숙하게 오므렸다 폈다 했다. "혈연관계라는 건 자신을 옭아매는 족쇄 같지요." 그가 생각에 잠긴 듯한 표정을 지었다. 제니는 이 변호사가 맘에 들지 않았다. 그녀가 그를 좋아하지 않은 건 당연한 일이었다. 자신이 폴린에게 다가간 걸 과시하듯 말하는 태도나 폴린의 신뢰를 얻었다고 주장하며 보이는 느끼하고 점잔빼는 태도가 싫었다. 그러나 제니는 그가 찾아오기 전에 이미 그가 원하는 대로 해주리라 마음먹고 있었다. 경찰이 손바닥으로 그녀의 머리를 내리눌렀던 그 순간부터 그녀는 마음의 준비를 해왔다. 어찌된 셈인지 그녀에게 이 모든 상황을 실감나게 해준 것은 총도, 수갑도, 혹은 미친 듯이 자전거의 페달을 밟으며 지나가는 동네 아이들도, 창문이나 대문을 벌컥 열어젖히면서 "돌아가라!"고 소리치는 사람들도 아니었다. 바로 그녀의 머리를 세게 누르던 그 손, 그녀가 순순히 받아들였던 그 손의 촉감이었다. 자동차 창문 너머로 그녀는 폴린의 머리를 보았다. 그녀의 머리도 누군가의 손에 의해, 그리고 바로 옆 자동차에 의해 꼼짝 못하게 된 모습이었다. 잠시 후 두 사람의 머리는 꾹꾹 눌려졌고 그녀는 뒷좌석에 홀로 앉게 되었다. 그녀가 보인 반응은 마치 정책 서류처럼 제대로 된 형식을 갖추어 온전한 형태로 그녀의 마음속에 이미 자리잡은 것이었다. 그리고 그녀는 폴린과 자신이 언젠가는 체포되리라는 예상을 늘 하고 있었다는 걸 깨달았다. 일 년 남짓한 기간 동안 그녀와 폴린은 그 문제를 의논한 적이 한 번도 없었다. 마치 나쁜 생각이 자신들의 불운을 부채질할까봐 저어하듯이. 그렇지만 그녀의 마음 저 밑바닥에서는 그런 경우를 예비해 두어야 한다는 결정을 내렸던 것이다.

그녀는 폴린의 보석 신청을 위한 진술서를 변호사의 협조 아래 작성했다. 그러나 혼자서라도 쉽게 쓸 수 있었을 것이다. 진술서를 쓰는 동안 그녀는 자신이 어디에 있는지 잊을 뻔했다. 감옥에 갇혀 있는 처지를 잊을 뻔했다. 깊은 그늘 속에 파묻혀서 태양을 찾으려는 사람처럼 한 줄 한 줄 진술서의 페이지를 채워 나갔다. 법률 언어로는 폴린에게 무슨 일이 일어났는지 설명할 수 없었다. 그녀는 법률적 용어로 아주 유사하게 표현한다는 게 어쩌면 거짓말보다도 더 나쁠 수 있다는 걸 깨달았다. 그래서 그녀는 스스로에게 거짓말을 하게 되었다. 가슴을 바늘로 찌르는 듯했지만 굴하지 않기로 했다. 그녀는 폴린이 언제나 납치된 자의 신분이었다고, 나아가 자신도 그녀를 납치한 무리들 가운데 하나였다고 썼다. 그러므로 폴린이 가담한 모든 범죄행위는 그녀의 자유 의지에 어긋나는 것이었음이 당연하다고도 썼다.

　두번째로 신청한 보석도 기각되었다. 그 즈음에는 후안과 이본느도 체포되었다. 제니와 폴린의 경우처럼 그들이 알고 지낸 인간관계망을 치밀하게 추적한 결과였다. 제니와 샌디와 탐의 가벼운 접촉, 샌디와 탐과 프레이저의 접촉, 프레이저와 후안과 이본느의 접촉을 따져보면서 수사요원들은 신문에 묻은 제니의 지문을 시작으로 점차 매듭을 지어나갔다. 기사의 내용과 그녀의 이름, 그리고 드러난 그녀의 혐의를 바탕으로 감옥에 갇혀 있는 윌리엄과 그를 면회한 사람들 명단을 차근차근 추적해 들어갔다. 거기서부터 샌디와 탐에게로 나아갔다. 여기서 길은 두 갈래로 갈라졌다. 하나는 제니와 폴린에게로 이르렀고 또 다른 하나는 프레이저에게로 이르렀다. 방심한 탓에 자신을 감시하고 미행하던 자들을 데일리 시에 있는 아파트, 자신의 도움으로 후안과 이본느가 살고 있는 아파트로 인도하게 된 프레이저는 샌디나 탐과 마찬가지로 혐의를 벗게 될 것이었다. 후안과 이본느, 그리고 폴린이 어렵사리 쓴 원고의 모든 것이랄 수 있는 휘갈겨 쓴 노트 몇 장과 두서없이 지껄인 녹음 테이프도 이 아파트에 보관되어 있었다. 테이프와 손으로 쓴 노트에는 투표에 의해 혁명요원의 일원으로 받아들여진 데 대한 폴린의 기쁨이 장황하게 담겨 있었다. 제니는 이런 서류들이 판사의 마음 속에 검게 탄 얼굴로 텔레비전에 나와 "무찌르리라!"고 소리치던 폴린의 모습과 나란히 정리되어 있을 거라는 사실을 알았다. 판사는 제니의 진술서를 기각했다. 폴린측 변호인단이 고안해낸 가중스러운 책략이라고 판단했던 것이다.

그러나 이런 뒤에도 제니는 싸움에 나설 태세가 되었다는 기분이 들었다. 다음번 싸움에서는 그들이 이길 거라는 기분도 들었다. 얼마 후에 제니를 맡은 변호사인 조지 엘슨이 찾아왔다. 제니는 자신의 생각들이 담긴, 폴린에게 보내는 첫번째 편지를 막 끝낸 참이었다. 엘슨은 접이식 의자를 끌어다 앉았다. 여자 교도관이 그들만 남겨두고 자리를 뜨자 그는 조심스럽게 몸의 균형을 유지하며 의자에 앉아 무릎 위에 올려놓은 자신의 손가락 끝을 유심히 살펴보았다. 그녀는 편지의 끝부분을 다시 읽는 데 몰두해 있었다. 그녀가 쓴 내용 중에는 보석 진술서에서 이미 썼던 거짓말 중 하나로 이런 것이 있었다. "어느 날 후안이 '사실이라 해도 정황상 요점을 부각시키는 데 하등 도움이 되지 않는 것들이 있다'고 말했지. 내가 지금 그의 말을 인용하고 있다니 믿어져? 하지만 만일 후안이 한 말에 진실이 한 알갱이도 담겨 있지 않았더라면 너에게 아무런 영향을 주지 않았을 거야." 편지는 열다섯 페이지나 될 만큼 길었다. 그녀는 "나는 지금 너를 편집자로 곁에 두고 있지 않구나."라고 썼다. 그녀는 폴린에게 보석 신청이 거부된 데 대해 지나치게 염려하지 말라고 했다. 보석 신청을 기각하면서 판사가 정신분석 감정을 지시했으므로 제니는 이것이 종국에는 이롭게 작용할 거라고 생각했다. "그건 네가 미쳤다는 뜻이 아니야. 그러니까 당황하지 말고 그들이 반드시 알아야 하는 일들에 대해 발설하지 마." 그녀는 사랑이라고 끝 인사말을 달았다. 그리고는 진술서 다발을 세 겹으로 접어서 봉투에 우겨넣기 시작했다. 엘슨이 헛기침을 했다. "제니…" 그가 입을 열었다.

"이것 좀 부쳐주실래요?" 그녀가 그에게 부탁했다. "폴린이 우편물을 받아볼 수 있는 거죠?"

"제니, 난 당신이 지금 내가 말하려는 데 대해 아무 대답도 하지 않길 바랍니다. 폴린은 당신을 뉴욕 몬티첼로의 식품점 주인 살해사건의 종범으로 지목했어요."

잠깐 동안, 그의 말을 한 마디도 남김없이 다 들었는데도 그 말들이 해독되지 않은 채로 허공에 떠도는 듯했다. "난 그거 안 믿어요." 제니가 말했다.

엘슨은 자신의 낡은 서류 가방을 열어 그날의 서류를 꺼냈다. 그리고는 몸을 앞으로 숙여 그녀의 간이침대 위에 그 서류를 조심스럽게 올려놓았다. 아직 봉함되지 않은 그녀의 편지 옆에다. 그녀에 관한 내용에는 그가 이미 동그라미를 쳐놓았다. 후안과 이본느의 이름도, 총의 종류도 적혀 있었다. 서류를 뚫어질 듯 내려다보면서 그녀는 자신에게로 향한 그의 시선을 느꼈다. 그녀의 얼굴이 타오르는 듯했다. 수치심이나 충격으로 얼굴이 붉어진 탓이 아니었다. 용광로 불길처럼 세차게 타오르는 이 열기는 그 어떤 감정과도 무관한 것이었다. 비로소 편지가 지나치게 두꺼워서 값싼 편지봉투 밖으로 비어져 나올 것 같다는 게 눈에 들어왔다.

"다른 말 마세요." 엘슨이 말했다. "당신이 고소를 당할 때까지, 그리고 당신이 고소를 당하는 일이 없다면 우린 이 문제를 더 이상 거론하지 않는 겁니다. 나는 혐의가 성립될 거라고 생각하지 않는다고 말하겠습니다. 적어도 가까운 시일 안에는 말이죠. 그들은 폴린이 말한 것 외에는 아무것도 확보한 게 없고 그것만으로는 충분하지 않을 겁니다. 그녀의 말에는 신빙성이 없으니까요."

잠시 후 그녀는 그가 서류가방을 닫는 소리를 들었다. 그리고 앉았던 의자를 조심스럽게 접을 때 삐걱거리는 소리도 들었다. "당신 아버지가 아직도 당신을 만나려고 기다리고 있습니다." 그가 말했다. "진술서를 끝낼 때까지 기다리기 바란다는 당신의 말을 아버지께 전했거든요. 부디 날 거짓말쟁이로 만들지 마십시오." 그녀 자신은 물론 엘슨도 알고 있었다. 그녀가 진술서에 대해 아버지가 처음 나타났던 그날보다 지금 더 많이 생각하고 있는 게 아니라는 걸. 엘슨이 그녀에게 가져다준 횡선쾌지첩과 새 펜 한 상자는 폴린의 보석 신청에 쓰였었고 이제는 그녀의 간이침대 위에 놓인 편지를 쓰는 데 쓰였다. 그녀는 여전히 엘슨에게 눈길을 주지 않은 채로 고개를 흔들었다. 결국 그는 그녀의 독방에서 용무를 마쳤다고 교도관을 불렀다.

이날은 언제나 요란한 천둥이 친 것처럼 갑작스러운 날로 여겨졌다. 그러나 나중에 되돌아보았을 때는 그지없이 고요하기만 했던 날로 생각되었다. 언덕 위에서 폴린과 매와 함께한 날, 폴린이 위험한 처지에 놓여 있다고 믿기로 결정한 날—그냥 믿었던 게 아니라 믿기로 결정했던 날, 구원이라고 여겨지는 것을 향해 정말이지 맹목적으로 달려가기로 결정한 날. 그것은 자신이 뒤에 남겨지는 걸 원하지 않았기 때문이라고, 그녀는 추측했다. 그리고 다른 것은 몰랐더라도, 폴린 역시 뒤에 남겨지는 걸 원하지 않았다는 걸 감지했기 때문이라고, 추측했다. 폴린은 그녀에게 손을 내밀었고 그녀는 그 손을 잡았다. 이제야 알게 되었지만 그때 자신은 포기하는 기분, 포기가 가져다주는 안도감을 느꼈었다. 폴린이 말했듯이 선택의 여지를 완전히 없앰으로써 도망가고 싶은 유혹을 완전히 떨쳐버리고 느꼈던 안도감, 등 위에 매달린 이겨내기 어려운 장애물을 떨어뜨림으로써 느꼈던 안도감을 느꼈다. 그녀는 투쟁을 중단했다. 그리고 자신을 납치한 사람들에 합류했을 때 폴린이 분명 깨달았듯이, 그녀 또한 모든 결속에는 그 고유의 위대한 구원적 요소가 있다는 걸 깨달았다. 나머지 방식이 아무리 터무니없다 하더라도. 그때 그녀는 폴린에게, 폴린의 격렬한 운명에 스스로를 묶었다.

물론 조지 엘슨과 처음 면담을 끝냈을 때 그녀는 이렇게 생각하지 않았다. 그가 떠나자 그녀는 기뻤다. 엄격하고 그녀보다 더 잘 안다는 듯한 동정어린 그의 태도도 그와 함께 떠났기 때문이다. 그리하여 믿는 걸 거부하는 건 그녀의 자유가 되었다. 그럴 수 있는 한 그녀는 폴린이 자신을 배신했다는 걸 그냥 믿고 싶지 않았다. 날마다 신문에는 폴린이 도주 중에 함께 지낸 다른 누군가를 배신했다는 내용이 실렸지만 그녀는 믿으려 들지 않았다. 비록 그 정보가 처음 흘러나왔을 후안과 이본느가 살인이 일어난 그때 뉴욕 북부지역에 있었다는 걸 부정했음에도, 제니를 안다는 것마저 부정했음에도, 폴린이 그동안 궁지에 몰렸었고 다른 선택의 여지가 없었다는 제니의 논리를 뒷받침할 만한 게 아무것도 없었음에도, 그리고 그녀가 폴린에게 쓴 편지, 어렵사리 보낸 그 편지의 답장을 영영 받지 못했음에도.

슬픔에 젖은 채 감방에 홀로 남겨지자 그녀는 무중력 상태로 떠 있는 기이한 기분이 들었다. 시간과 행위에 대해 아무런 강제력도 없고 지금-그걸-극복하고-앞으로-나아간다는 식의 의무감도 없는 상태였다. 침대 끝에 몸을 공처럼 둥글게 말고 앉아 있는 일밖에는 아무것도 할 게 없었다. 등을 깔고 제대로 누우면 바닥으로 가라앉아 버릴 것 같았다. 그녀는 반드시 자고 깨고 변을 보아야 했다. 자신에게 할당된 음식을 처리하고 드나드는 담당 변호사와 대처하며 규칙적으로 반복되는 일들, 무뚝뚝하게 끼어드는 일들을 겪게 되자 사생활이 전혀 없는 자신의 처지가 실감났다. 그녀의 고통은 오롯이 그녀만의 것처럼 보였다. 그녀는 마침내 화가 났다. 폴린에게 너무나 화가 났다. 그래서 폴린을 간절히 보고 싶어하는 자신의 열망은 단지 그녀에게 심한 상처를 주기 위해서라고 생각하기로 마음먹었다. 폴린에게 쓴 편지, 애정어린 열다섯 장의 편지는 그녀에게 굴욕감과 억울함, 상처로 돌아왔다. 그리하여 그녀는 긴 편지를 거친 비난과 책망, 너에 대한 그들의 생각이 옳았어! 라는 말로 가려보려고 애를 썼다. 그러나 생각이 그렇게 멀리까지 치달을 때면 그녀는 늘 공포에 휩싸였다. 흡사 미칠 듯 발작을 일으킨 뒤에 자신의 피 묻은 양손을 내려다보는 것 같은 심정이 되었다. 그러면 어느새 추도사 테이프에 담긴 후안의 신랄한 비난의 목소리가 폴린이 흥얼거리던 나지막한 노래 소리에 무너지고 기가 꺾이던 일이 떠오르곤 했다. 그녀가 쥐고 있던 펜이 폴린이 부르던 노래 가락처럼 고요한 톤으로 바뀌어지곤 했다. 그녀는 자신이 오래 전에 품었던 감정들—부드러움, 질투, 좌절감—을 그녀의 보살핌 아래 폴린이 활짝 꽃피우게 되었을지라도 그 뿌리는 언제나 다른 세계에 내리게 될 것이라는 사실을 인정했다. 그러면 이내 감미롭던 휴지기는 다시금 끊어져 버리곤 했다. 이 편지들 중 보내진 건 하나도 없었다.

폴린에 대한 복수를 그리는 꿈 속에서, 그것은 정말로 가슴 아팠는데—그녀가 살아오는 동안 처음으로 겪은 진정한 상심이라고 말할 수 있으리라—그녀는 차츰 자신이 몇 년 동안 마음에 품어왔던 또 하나의 변형된 분노와 이 복수심이 밀접한 관계가 있다고 느끼게 되었다. 그녀를 충동질하여 반전시위에 당당히 나서게 만든 것은 걷잡을 수 없이 자신을 압도해온 분노였다. 그녀는 세계가 처한 상황에 대해 분노했지만 어쩌면 자기 자신에 대해 훨씬 더 크게 분노했었던 것이리라. 너무나 우스꽝스럽고 왜소하고 아무도 진지하게 받아들여주지 않는 평균적인 미국 계집애인 자기 자신에 대해. 대통령이나 육군 참모총장이나 다우 케미칼의 회장에 대해 분노한 게 아니었다. 만일 그녀가 승인을 보류한다면 권력을 가진 자들이 그녀를 만족시키기 위해 앞다투어 몰려들지 않으리라. 가난한 이들에게 먹을 것을 제공하지 않으리라. 탱크가 철수되지 않으리라. 혹은 사죄가 이루어지지 않으리라. 그녀는 사죄를 바랐었다. 그녀는 그렇게 가공할 파괴 행위를 자행한 권력자들이 회한을 느끼게 되기를 바랐었다. 그런데 지금 윌리엄이 체포되었을 때의 고통—윌리엄이 자신을 떠난 게 아니라 붙잡혀간 것이고 자신은 변함없이 그의 사랑이라는 걸 알고 있었기에—보다 훨씬 더 끔찍한 고통으로 들끓는 자신을 보면서 그녀는 자신이 했던 가장 주도면밀하고 이성적인 행위조차도 이 분노에서 촉발되었다는 생각이 불현듯 들었다. 그녀는 언제나 윌리엄이 없더라도 그와 함께일 때와 똑같은 일을 했을 거라고 느껴왔었다. 설령 서로 떨어져서 개별적인 삶을 영위한다 하더라도 영혼의 동반자로서 같은 방식으로 생각하고 같은 방식으로 행동해야 한다고 믿었었다. 그러나 윌리엄에게 스스로를 맡기면서 혜택을 받았다는 기분이 들었던 것 역시 부인할 수 없는 사실이었다. 그녀의 분노를 유용한 행동으로 이끌어주고 전환시켜 준 윌리엄에게 고마움을 느꼈었다. 두 사람이 이룬 세상은 너무나 폐쇄적이었다. 그래서 둘은 자신들을 자극하고 부채질했던 엄청난 분노의 실체를 쉽사리 무시해버렸었다. 정의를 위해 투쟁하고 있다고 생각했었던 것만큼 그녀가 원했던 것은 복수였다. 아마도 복수보다는 정의를 덜 원했었을 것이다. 왜냐하면 정의는 눈에는 눈이 아니었으므로, 폭력행위에 맞서는 폭력행위가 아니었으므로. 설령 폭력이 밤 늦은 시각, 길다란 복도를 어슬렁거리는 청소부조차 한 사람 없는 시각에 발생하도록 계획된 것이라 할지라도. 설령 그 폭력이 상징적인 행위로 계획되고 실행되었다 할지라도. 그녀는 한 번도 폭력을 자극이나 도발의 수단으로, 국민을 억압하는 정부를 자극하여 혁명을 선동하는 수단으로 믿었던 적이 없었다. 그리고 그녀는 자신이 알고 지낸 몇몇 동지들처럼 암살에 대해 신념을 품었던 적이 없었다. 그럼에도 불구하고 그녀는 폭력을 믿었다. 사람들의 관심을 사로잡을 수 있는 단 하나의 수단으로, 계몽을 향한 수단으로, 그리고 어쩌면 복수를 가하는 방법으로 믿을 만한 수단이 폭력이라고 믿었었다. 그녀는 이제 자신의 이런 면이 두려웠다. 감방 안에서 소용돌이치듯 들끓는 이 마음이.

그녀는 몇 년 전 뉴스에서 보았던 승려, 자신의 몸을 제물로 바친 승려를 생각했다. 그것은 생애를 통틀어 그 무엇보다도 자신을 경악하게 했을 뿐 아니라 변모시켜버린 광경이었다. 이제 생각해 보면 그녀는 윌리엄과 함께 보낸 세월 동안 유례없는 충격적인 방법으로 현실의 실체를 사람들에게 강요하고 싶었던 것이다. 불기둥에 휩싸인 그 승려를 보던 자신에게 저항할 수 없도록 밀려오던 그 충격처럼. 그녀는 무슨 일이 있더라도 다른 사람들이 보도록 강요하고 싶었었다. 그리고 이것이 바로 그 승려가 추구했던 것이라고 느꼈었다. 그러나 어쩌면 그녀가 틀렸던 것이리라. 어쩌면 그 무시무시한 생각, 즉 그녀가 승려를 보았을 때 처음 마음을 스쳤던 그 생각, 그 다음에 허겁지겁 그녀가 거부하려고 애썼던 그 생각, 정의를 이루려는 열정만으로는 결코 충분하지 않다는 생각, 사람들의 모든 시도는 무익하고 헛되리라는 생각이 그 승려가 전하고자 한 뜻이었으리라. 그래서 결국 세상에 저항하는 단 하나의 방법이란 세상으로부터 자신을 없애버리는 것이라는 생각.

다른 방법이 전혀 해악을 끼치지 않는다고 보장할 수 없기 때문이었을까? 그녀와 윌리엄은 자신들의 신중한 행위에 대해 상당한 긍지를 품었었다. 그러나 사실 그들은 스스로 인정하고 싶었던 것보다 더 많이 행운의 신세를 졌다. 그저 침묵뿐인 행운, 폴린과 함께했던 그 시간 동안 그녀가 그토록 노예처럼 헌신적으로 섬겼던 행운의 신에게 은혜를 입었었다. 그런데도 줄곧 그들을 지탱해온 것은 정당성이지 행운은 아니라고 믿어왔었다. 윌리엄과 함께한 세월 동안 확신했었던 것처럼 그녀가 폭파했던 빌딩들이 그녀가 의도한 대로 늘 빈 채로 남아 있었던 것은 절대로 단순한 운은 아니라고 믿었었다. "반드시" 비어 있는 건물을 폭파시키는 일은 "반드시" 적들만 남아 있고 민간인은 한 사람도 없는 마을을 폭파시키는 일과 그 규모는 현격히 다를지라도 그 형태는 그다지 다르지 않았다. 그렇지만 제니가 표적으로 삼은 빌딩에는 늘 민간인이 있었다. 그런데 자정이 넘은 시간에 놓고 간 코트를 찾으러 되돌아온 건물의 직원은 한 사람도 없었다. 그것은 제니의 행동이 정의로웠기 때문이었을까? 아니면 그저 그녀가 운이 좋았기 때문이었을까? 그녀가 구원하고 구제하려고 노력하는 동안 사람을 죽이지 않도록 막아준 것은 행운이었다. 그렇다면 모든 씨를 죽인 것은 불운이었지 후안의 불순한 동기는 아니었다. 그녀는 그렇게 믿고 싶었다.

　과거에, 윌리엄과 함께할 때, 훌륭한 의도라면 폭력을 행사할 권한을 부여받는다고 믿었었다. 그것은 그녀가 그토록 혐오했던 정부가 휘두른 폭력, 그리고 목표가 충분히 순수하지 않았던 다른 동료들이 보여준 폭력과 같은 폭력이었다. 그러나 아무리 고매하거나 사소하다 하더라도 중요한 것은 의도가 아니었다. 결과가 어떻게 나오느냐가 중요한 것이었다. 그녀가 한 행위들을 낱낱이 빛에 비추어보게 되자 더 이상 폭파 행위는 그렇게 고귀한 행위가 아닌 듯했다. 고귀한 의도 속에 이루어진 행위가 한 차례도 치명적인 결과를 낳지 않은 것은 단지 행운 덕택이었으리라. 구원도 절대로 아니었다. 오로지 들불처럼 번져가는 분노였을 뿐. 즉 권력을 남용하는 국가에 대한 제니 자신의 분노. 자신과 같은 파괴분자, 불온세력에 대해 애국심에 불타는 미국인의 분노. 목숨을 걸고 전쟁터에서 싸우다가 고향으로 돌아와 동료들에게 매질당한 청년의 분노. 미국내에서 분노와 혼동에 휩싸인 베트남 사람들의 심정을 헤아리기 어렵다 하더라도 그들이 "화났다"고 표현하는 게 가장 합당하다고 한다면 베트남 사람들의 분노라고 할 수 있었다. 그들에 대해서 아무것도 구체적으로 알기 어려웠음에도 그녀는 이 사람들에게 서약을 한 기분이 들었었다. 그들은 그녀에게 하나의 추상이었다. 물론 지금은 참을 수 없을 만큼 명료하게 보이지만 그동안은 추상으로 자리해왔던 모튼 씨처럼. 그녀는 화창한 여름날 식품점 밖으로 나와 자신이 아끼는 직원 이름을 큰 소리로 부르는 모튼 씨를 떠올린다. 안경을 콧잔등 위로 올리면서 문 밖으로 나와 눈을 가늘게 뜨고 조심스럽게 뒤돌아보는 그의 모습을. 안경의 처방전을 받아야 할 때가 이미 몇 년이나 지났던 것이다. 모튼 씨는 모든 걸 가급적 늘려보려고 애를 쓴다. 세상을 희미하게 드러내는 안경을 쓰고 있었던 탓에 아리따운 금발머리 아가씨가 자신의 이름을 부르며 팔을 잡을 때 그녀가 내미는 게 총이라는 걸 알아채는 데 한참이 걸린다.

제니가 언덕에서의 그날로 되돌아가는 것은 이때이다. 공중에는 매가 날았고 그녀 곁의 폴린이 이상하게 긴장했던 그날로. 아득했던 떨림이 점점 더 강한 전율로 육박해 온다. 제니는 폴린의 거짓말을 용서했다. 왜냐하면 그 거짓말 속에는 드물게 폴린의 열망을 말해주는 진실이 드러났기 때문이다. 그리고 동료와의 진실한 결속이야말로 자신이 무엇보다 간절하게 바란 것임을 알았기 때문이다. 그것은 한동안 그녀가 느꼈었던, 지금까지도 얼마간 가라앉아 보이지 않는 완고한 느낌이었다. 핵심요원들이 살았던 익살 광대극과는 다른 완벽한 동지애. 심지어 윌리엄과 살았던 제니의 지난 삶과도 다른 무엇. 윌리엄과 함께하는 동안 그녀는 자신이 그에게 지속적으로 인정받기 위해 안간힘을 쓴다는 기분이 들었었다. 그리고 그가 그녀에게 관심을 가져주는 데 대해 늘 놀라워했었다. 폴린과 함께한 시간 동안 그녀는 한 번도 그런 기분에 젖은 적이 없었다. 그 대신 과오를 함께 범했고 후회도 함께 나눈다는 기분이 들었다. 이제 그녀는 그 모든 것을 새롭게 혼자서 대면할 준비가 되었다.

폴린의 공판 전 신문들에는, 수없이 실시된 정신분석 테스트들, 그리고 공판 결과를 두고 그녀 가족들의 낙관적인 태도에 어린 불안과 동요 등등이 낱낱이 어디에서나 지속적으로 뉴스가 되었다. 전체적으로 제니는 손가락으로 꼽을 만큼만 언급되었다. 언제나 바람처럼 지나가듯 잠시 잠깐 거론되었다. 그런데도 노골적으로 등장한 그녀의 이름은 상당히 다양한 지역에서 다양한 사람들의 기억 속에 새겨졌다. 그리하여 처음에는 조용한 웅얼거림이었던 것이 차츰 뚜렷한 웅성거림으로 변해갔다. 그러는 과정에서 이들 중 몇몇 사람들이 제니와 비록 마음 상태는 비슷하지 않을지라도 배경은 비슷한 사람들과 접촉해 나갔다. 이 웅성거림에 합류한 사람들은 대개 살아오는 동안 정치를 멀리하거나 피해온 사람들이었다. 또다른 말썽이 생기는 걸 바라지 않았기 때문이다. 이들은 바깥사람들에게 "아주 조용하고 자기 안에 갇혀 있는 내성적인 이들"로 불린 사람들이었다. 한번도 넉넉하게 돈을 만져보지 못한 사람들이었다. 이 사람들이 자발적으로 천천히, 그러나 꾸준히 오클랜드에 있는 조지 엘슨의 작은 법률 사무소를 찾아오기 시작했다. 그곳에 온 이들은 대기실에 앉아 엘슨과 한 마디라도 나누려고 기다렸다. 누가 찾아다니지도, 기대하지도 않았던 사람들이, 처음에는 한 사람, 그 다음에는 다섯 사람이 왔고, 또 그 다음에는 교회의 신도들이 함께 찾아왔다. 이들은 모두 필리핀계, 혹은 중국계, 혹은 한국계, 혹은 일본계의 캘리포니아 출신 미국인이었다. 정치에는 무관심한 시판용 채소를 가꾸는 농군도 있었고 소자본으로 사업을 하는 자영업자도 있었다. 그들 중에 정치적으로 좌파 성향의 대학생들은 극소수였다. 일본계 유니테리언파 목사도 한 사람 끼어 있었다. 모두들 관심과 우려를 보였고 나름의 제안을 했다. 몇몇 이들은 불평을 하기도 했다. 모두들 돈을 기부하겠다는 강한 의사를 표명했다. 어느새 이들은 조지 엘슨에게 주야로 전화를 걸어 제니를 돕기 위해 그가 반드시 해야 할 바에 대해 자신들의 의견을 말하게 되었다. 그리고 지금까지 엘슨의 비서가 이들에게서 기부금으로 받은 돈이 9천 달러에 가까웠다. 9천 달러의 돈이 초대받지도 않은 문으로 걸어 들어왔던 것이다. 좌파 대학생들과 유니테리언파 목사가 함께 기금 모집 캠페인을 벌이니 이제 무슨 일이 생길지 상상해 보라! "거기에 대해 당신은 어떻게 생각합니까?" 엘슨이 어느 날 제니에게 물었다. "이 사람들은 당신을 자신의 누이나 손녀딸인 것처럼 행동하고 있어요. 그들은 나를 비수처럼 노려봅니다. 내가 아시아계가 아니기 때문이에요. 그러나 적어도 우리가 승소한다면 이 사람들은 기뻐할 겁니다. 당신과는 달라요. 지난번 내가 당신을 만나러 온 이후로 뭐라도 먹었습니까?" 엘슨은 그녀의 점심식사가 담긴 쟁반을 발끝으로 툭툭 건드렸다. "뭐라고 말 좀 하면 안 됩니까?"

"고마워요, 조지." 그녀가 나직하게 말했다.

"당신 여위어 보여요." 그의 음성에 날이 서 있었다. "당신 아버지는 아직도 당신을 보려고 기다리고 있습니다. 이쯤 해둬요, 제니. 그러겠다고 말해줘요."

그녀는 자신이 엘슨에게 필요한 진술서를 반드시 써야 한다는 걸 알았다. 그리고 이따금 간이침대 위에 올라가 무릎을 턱밑까지 당긴 채로 앉아 있다가 뱃속에서 둔중한 통증이 익숙해진 질병처럼 느껴져 올 때면 자신의 인생에 대해 한가롭게 계획을 세워보곤 했다. 그 계획들이 문장을 이루고 몇 년으로 나아가며 기이한 형태를 이루도록 가만히 내버려두곤 했다. 인접한 감방의 딱딱한 벽을 타고 오르내리는 욕설이나 빠른 말소리를 듣긴 했으나 정말로 들은 것은 아니었다. 열쇠가 딸랑거리는 소리, 육중한 문들이 끼익, 하며 여닫히는 소리. 때로는 그 계획들이 마음에서 모두 빠져나가 버리고 텅 빈 공허감 속에서 해결책이 얼핏 보이기도 했다. 찰나였지만 전체 구조와 결단력, 연관성, 가지 않은 길, 자신이 일을 벌인 교차로들, 일을 벌이고 난 뒤에야 비로소 중차대한 일이었음이 입증된 교차로들이 보이곤 했다. 마치 그녀의 삶은 하나의 미로 같았다. 때로 어떤 손길이 그 미로 속에 갇힌 그녀를 들어올려 주기도 했지만 그리 오래는 아니었다. 그녀는 그 순간의 비전에 헉, 하고 놀라 그 모든 걸 받아들이려 했다. 그리고는 또다시 바닥으로 떨어지곤 했다.

그녀와 폴린은 각기 다른 대가를 치르기로 운명지어진 사람들이었다. 그 대가가 얼마나 다른지 그녀가 선명하게 볼 수 있기까지는 오랜 시간이 걸렸다. 왜냐하면 그것은 그들에게 부과된 혐의나 그들이 받은 공판, 법률적으로 개량하여 처리된 그들의 처벌과는 그다지 상관이 없었기 때문이다. 그들이 치른 대가에는 사법 체계에서 열심히 들인 노력이 제대로 반영되지 않았다. 폴린은 서류에서 보란듯이 밝힌 대로 "그녀에게 과해진 중형을 받게" 될 것이었다. 그리하여 원칙에는 그 어떤 예외도 없다는 걸 입증하게 될 것이다. 드디어 그녀는 스스로 아무런 행동을 하지 않았음에도 만인은 평등하게 태어났다는 것을 증명하는 좋은 본보기가 될 것이다. 그러나 어쨌든 그녀는 다시 회복된 모습으로 등장할 것이다. 모험을 겪었기 때문에 한층 더 흥미로운 존재로서, 결국은 한때 자신이 경멸하고 배척하는 듯 보였던 그 특권을 강화하는 존재로서. 폴린은 다른 무엇보다도 자기가 속한 계급은 불변하다는 사실을 상징하게 될 것이다. 그녀는 더러운 쓰레기 속을 지나온 듯 보이겠지만 다시 깨끗해진 모습으로 나타날 것이다. 심지어 장차 은행강도 혐의로 유죄 판결을 받게 될 피고일지라도 이런 이미지는 강화될 것이다. 그녀를 맡은 변호인단이 변변히 역할을 해내지 못한다 하더라도 그녀는 순전히 희생자로 비쳐졌으므로 감형을 받기도 전에 자기 형량에서 2년도 다 채우지 않을 것이다. 그리고 감옥이라는 낙인과 불명예는 그녀에게 달라붙지 않을 것이다. 그녀가 견뎌내야 할 바는 품위가 손상되는 일이 없는 다른 무엇이 될 것이다.

이와 대조적으로, 제니는 "가벼운 처벌을 받고 끝나게" 될 것이다. 심지어 그녀가 원하는 것보다 더 가벼운 벌을 받고 풀려날 것이다. 그녀는 징병 선발 센터 폭발 사건에 가담한 죄목에 대한 처벌로 최소한의 형량을 선고받게 될 것이다. 일 년이 지나면 그녀는 착실한 생활 태도를 보인 데 대한 보상으로 노동석방(work-release, 복역자가 낮에는 교도소

바깥에서 일할 수 있게 한 갱생제도 : 옮긴이) 프로그램으로 옮겨질 것이다. 그러나 그녀는 새로운 수치심, 아마도 지울 수 없는 수치심을 느낄 것이다. 그 전에는 한 번도 밖으로 드러낸 적이 없었던 기분, 그럭저럭 지내고 고마워하고픈 충동, 아부와 타협하고픈 충동을 느낄 것이다. 마치 자신이 자비로운 권력이 이례적으로 베푼 관용의 대상으로 뽑힌 행운의 수혜자라도 되는 것처럼. 마치 자신은 그냥 복역하고 있는 게 아니라 표현 그대로 '가벼운 벌을 받고 끝나는' 것처럼. 재미난 주방 업무가 주어지는 것, 무한히 놀라는 어조 속에 "착실하다"는 꼬리표가 달리는 것. 그녀는 생애 처음으로 하나의 표상이 된 것 같았다. "소수층의 모범," 덜 소중한 나머지 동족들에게 자신의 특권을 베풀어준 모범적인 존재. 그녀는 토머스 생각을 다시금 했다. 정직하고 신실하고 개방적이었던 토머스. 세상이 그를 괴롭히고 쓰라리게 하고 파멸시키지 않는다면 그 아이는 아마 평생 동안 기대보다 더 잘한다고 보상을 받으리라. '전형적인 흑인' 같지 않다는 이유로. 감옥은 제니로 하여금 경멸당하는 부류의 일원처럼 느끼게 만들었다. 매번 눈에 띄게 행실이 좋다는 칭찬을 받을 때마다 그녀의 이런 기분은 훨씬 더 짙어져 갔다. 그래서 자신과 폴린 사이에 벌어졌다고 느꼈던 틈이 처음에는 전적으로 내밀하고 독립적인 두 개인 사이의 틈인 듯 보였지만 점점 더 사회적이고 불가피하며 운명지어진 틈으로 보여져 갔다. 폴린은 '그녀에게 과해진 중형을 받게 될' 것이지만 어쨌든 명예와 권리를 다시 회복하게 될 것이다. 아니 차라리 그 어떤 류의 회복도 필요한 게 아닌 것처럼 보일 것이다. 이에 반해 제니는 그녀와 같은 누군가를 위해 '가벼운 처벌을 받고 끝나게' 될 것이다.

그리고 그녀와 폴린은 재판을 받고 유죄 선고를 받고 판결을 받을 것이다. 그들이 서로 만나기 전에 저질렀던 행위에 관해서만. 그리하여 그들이 함께한 시간이 더욱더 희미해져 갈 테고, 아니 기록으로조차 남지 않게 될 터이다. 아무도 모튼 씨의 살해 혐의로 고소당하는 일은 없을 것이다. 처벌이 범죄와 전혀 부합하지 않는 듯이 보이는 이 이상한 방식, 모든 게 어긋나고 서로 맞지 않아서 혼란과 고통의 무게만 남아 떠돌뿐 명확하지는 않은 이상한 방식이 제니에게는 적어도 반가운 방식으로 보일 것이다. 이제부터 무한한 교정이 가능해진 것이니까. 그들의 우정이 절정에 이르렀을 때조차도 제니는 어쩌면 자신이 그렇게 교정될 것으로 운명지어진 존재라는 걸 알았을지 몰랐다. 폴린에 의해 "내가 만난 대부분의 사람보다 좋은 사람이었지만—그러나 내가 두려워하며 살았던 테러분자"로 묘사될 운명이라는 걸 알았을지 몰랐다.

그래도 가끔씩, 제니는 이 모든 것을 하나도 믿지 않았다. 또다시 진짜 포로가 된 폴린을 상상했다. 자신의 자백서와 자신이 이름을 댄 것, 자신이 손가락질한 것들의 끝과 끝을 침대 시트처럼 이어서 묶어보려고 필사적으로 애쓰는 모습을. 폴린은 자신이 가졌던 모든 것을 떨쳐버렸을지 모른다. 예전에 그랬듯이, 마이크 소사라는 이름을, 샌디, 조안, 레나, 탐, 캐럴, 프레이저의 이름을 댔을지 모른다. 모든 것을 포기하고 이제 다시는 땅을 밟지 않고 살아가게 될 것이다. 다시는 자신의 탈출에 영향을 줄 만큼 긴 밧줄을 엮지 않게 될 것이다. 다시 한 번 그녀에게는 주어진 상황을 최대한으로 활용하는 것 외에는 선택의 여지가 없어질 것이다. 그녀는 집안의 가혹한 게임 규칙들을 배우고 또 배우게 될 것이다. 혈족관계의 빛이 새롭게 다시 솟아오를 때까지 부싯돌을 쉼없이 비벼댈 것이다. 제니는 폴린이 자신을 명백히 배신했지만 그 안에는 자신과 협력한 요소가 있다는 걸 인정해야 했다. 제니는 거짓말을 했고 스스로 납치범이자 잔혹한 간수였다고 자칭했다. 그것은 폴린을 위해서였다. 그리고 자신이 지어낸 소설에 폴린은 썩 잘 부합하는 반응을 보였던 것이다. 도끼가 떨어져서 그들을 갈라놓을망정 두 사람은 조화롭게 거짓말의 종소리를 울렸다. 폴린은 성공하는 데 필요한 조건을 어떻게 활용해야 하는지 알았다. 그녀는 살아남았다. 비록 섬약해 보일지라도 그렇게 하도록 키워졌으니까.

 제니는 자신도 역시 살아남을 거라는 걸 알았다. 비록 어마어마한 것을 잃어버렸다 해도 당연히 살아남게 될 것이다. 윌리엄의 상실은 그녀에게 고통을 주었다. 그것은 그를 배신한 것이 다름아닌 자기 자신이라는 자각 때문이었다. 그리고 그 배신을 의식도 하지 못한 채 무심결에 저질렀다는 것이 그녀를 고통스럽게 했다. 윌리엄은 계속 그녀의 편지에 답장을 보냈다. 그녀가 형을 선고받고 감옥에 들어가 있는 동안 그는 자기가 갇힌 감옥의 법률 도서관의 도움을 받아 열렬하게 조언을 해주었다. 그녀의 기운을 북돋워주는 너그러운 말들을 적어 보냈고 용기를 내라는 간곡한 충고를 적어 보냈으며 이것저것 하라는 훈계도 적어 보냈다. 달리 말하면 그녀를 마치 자기 감방의 동지 가운데 한 사람인 양 대했다. 값진 대의를 품었다가 복잡한 정황에 얽히는 바람에 몰락하게 된 고결한 사람인 양 대했다. 심지가 굳고 의지가 강한 그녀를 일으켜세우기 위해서는 그 점을 환기시켜 주기만 하면 되는 양 대했다. 그녀의 역할이 아니었던 한 가지는 그의 연인이었다. 이타적으로 그리고 이성적으로, 투쟁의 과업이 마음이 겪는 시련보다 더 중요하다는 걸 언제나 명심하며 지내온 윌리엄은 자신이 감방에 갇힌 상

미국 여자 · 2 299

황에서 줄 수 있는 모든 것을 그녀에게 제공했다. 그가 예전에 보여주었던 사랑만 제외하고. 그녀는 그가 인류 전체에 베푸는 것과 같은 사랑을 받았다. 그는 자신을 떠났다고 그녀를 한 번도 나무라지 않았다. 이러한 그의 이성적인 태도는 가장 한 것이든 아니든 또 하나의 충격적인 상실이었다. 물론 그녀는 더 이상 사랑하지 않게 된 남자가 자신을 계속 애타게 그리워해 주기를 바란다면 그것은 너무나 이기적인 마음이라는 걸 알고 있었다. 마침내 그는 조용히 그녀를 보내주었다. 그녀가 보냈던 편지에 대한 답장이 없이 석 달이 흘러가자 그녀는 또다시 편지를 쓰는 일을 그만두어야 한다는 걸 깨달았다.

그녀의 이십대, 자유를 잃어버린 이 시기는 자신이 내렸던 선택에 대한 확신의 상실 외에는 아무것도 아니게 막을 내렸다. 그러는 동안 세상은 치유되지 않았다. 만일 세상에 대해 어떤 느낌이 있다면 그것은 예전보다 더 나빠졌다는 것이다. 이제는 집중적으로 반대하고 논의해야 할 전쟁이 없었고 만져질 듯 명백하고 식별 가능한 악, 손가락질할 만한 악도 없었기 때문이다. 늘 그래왔듯이 불공평하게 비틀거리는 치명적인 세상이었다. 그 세상도 게임의 규칙이 행사되는 데 있어서 예외가 아니라는 사실을 그녀는 이제 깨달았다. 게임의 규칙은 다름 아닌 일이 돌아가게 만드는 엔진이었던 것이다. 그녀는 전쟁이 치러지던 예전보다 더 무기력해졌다. 이런 무력감은 문제가 점점 더 산발적으로 변해갔기 때문만이 아니라 아무런 해결책도 남지 않았다는 데서 비롯되었다. 그녀에게서 가장 큰 부분, 그녀 삶의 거의 대부분을 망가뜨린 것은 바로 이 근원적인 환멸이었다. 그녀는 이제 해결되지 않은 이 문제를 안고 나아가야 하리라. 앞으로 남은 인생을 살아가야 하리라. 이러한 인식과 더불어 자신이 후안이나 이본느보다 나을 게 없다는 생각도 들었다. 그녀의 자긍심에 상처를 입힌 것은 바로 이 부분이었다. 자신이 그들보다 현명하지도 않았고 멍청하고 이기적인 행동을 덜한 것도 아니라는 것. 공판 날짜를 남겨두고 몇 달 동안 그녀는 그밖에 자신이 무얼 아는지 신문하듯 자문해 보았다. 그리고 피크스킬의 그 변호사를, 그가 한 경고의 말을 떠올렸다. 그녀가 아는 바를 말하지 않는 게 힘들 거라고 했던 그의 말을. 그의 말대로 그러기는 힘들었다. 점수를 따고 싶다는 유혹을 느꼈기 때문은 아니었다. 그녀는 자신이 쉽게 속아 넘어가는 봉이 되고 싶어하지는 않는다는 걸 항상 인식했으니까. 그녀에게는 아직 자기만의 엄격한 도덕률이 간직되어 있었으니까. 하지만 후안과 이본느에게 충성을 다한 그녀의 행동은, 결국은, 그 도덕률이 자신의 기대를 완전히 저버렸다는 걸 스스로 인정한 격이었다. 즉 그녀의 도덕률은 그들보다 나을 게 없었고 차라리 같거나 결함이 있었던 것이다. 그녀는 더할 수 없는 패배자였다.

*　*　*

조심스럽게, 그녀는 쓰려고 노력했다. 그녀는 삶이란 어쩌면 빛처럼 찼다가 이울었다 하는 것일 거라고, 그 삶이 무엇보다 그립다고 썼다. 어쩌면 해가 지기 전, 빛이 하루치의 변화를 한꺼번에 드러내는 듯한 이 시간이야말로 빛이 자신을 인식하는 방식일 거라고 썼다. 그 빛과 같은 방식으로 그녀는 용광로 속의 자기 삶과 더불어 자신에 대해 알고자 노력한다고 썼다. 그녀는 언젠가 읽었던 책 한 권을 떠올렸다. 그 책 속의 화자는 나이에 따라 셋으로 나뉘어져 있었다. 즉 처음에는 어린아이였다가 스무 살 즈음이 되었고 그런 뒤로는 여러 장을 넘어가면서도 여전히 스물두 살이었다가 돌연 마흔이 되었다. 그녀는 자신을 돌아보더라도 그것은 말이 된다고 생각했다. 즉 그녀는 자기 삶의 과정을 산발적으로만 붙잡을 수 있었으므로. 인생에서 방향의 변화를 스치듯 포착하는 희귀한 순간을 기대하며 기다릴 수밖에 없었으므로. 지금부터 몇십 년이 흐른 뒤에 그녀는 지금 이때를 군데군데 끊어진 삽화처럼, 서로 연관성이 없는 단속적인 방식으로 기억하게 될 것이다. 그렇지만 구체적인 형태를 띠고 일어나는 큰 변화는 뚜렷할 것이다. 마치 겹쳐놓은 세포가 갈라지고 갈라지다가 시간이 흘러 마침내 주변에 놓여진 모든 것을 삼켜버리는 것처럼. 그 변화가 일어나는 동안 그녀는 서로 멀리 떨어진 두 지점 사이의 철사줄에 걸린 듯 매달려 있을 것이다. 감방에 홀로 앉아 글을 쓰며 그녀는 자신을 글 속에 담아낼 수 있다는 사실에 놀라고 감탄했다.

 그녀가 자기 자신에 대해서 폴린에게 말하지 않은 것들은 아주 많았다. 그녀 삶에서 잃어버린 대륙, 혹은 그저 기묘한 순간들, 여운을 남기는 관계 속에서 그녀는 자신을 온전히 찾았다. 어쨌거나 자신이 그것들을 지금껏 간직해 왔기 때문이었다. 그들 사이에 형성된 친밀감은 실제로 시작되던 그 순간부터 너무나 완전해 보였기 때문에 혹여라도 그들 중 한 사람이 그런 과거의 유물 같은 기억들을 꺼내어 말하기 시작한다면 중상과 비방, 의혹 같은 떨림이 생길 거라고 여겼다. 그들은 함께한 그 짧은 시간의 틀 안에서 열정적으로 지칠 정도로 이야기를 나누었다. 납치에 대해, 혁명요원에 대해, 후안과 이본느, 탐 밀너와 샌디, 프레이저에 대해, 여성을 위한 권력과 그들의 밀린 집세에 대해, 그리고 그날 아침 신문에 실린 뉴스에 대해. 심지어 윌리엄에 대해서도 이야기를 나누었다. 그러나 두 사람은 서로가 상대방의 지나온 이

력에 대해 이러쿵저러쿵 훈수를 두지 않으려고 각별히 조심했다. 모든 것이 짐작되는 바이고 서로가 상대방의 과거를 다 알고 있다는 느낌이 들었다. 이렇게 하지 않고 다른 식을 제안하게 된다면 두 사람 사이의 결속감이 산산조각 날 거라는 기분이었다.

 그들이 헤어지고 난 뒤 한동안 그녀는 그와는 정반대되는 기분이었다. 그녀가 말하지 말아야 했던 건 아무것도 없었던 듯했다. 그리고 자기 자신을 전달하는 데 실패한 것이 그들의 우정이 막을 내린 이유임에 틀림없다는 생각이 들었다. 그렇게 갈망의 끝자락은 여전히 남아 있었던 것이다. 상심한 자신을 희생의 제물로 바치는 그들 나름의 사랑의 방식. 어쩌면 이것이 그녀가 마침내 횡선괘지를 빼곡히 채울 수 있었던 이유였으리라. 자기 자신을 위해서가 아니라 폴린을 위해서. 그러나 그 과정을 거치면서 그녀는 서서히 회복되었다. 상당히 오랫동안 터널 속을 지나왔으므로 지상 위로 되돌아왔을 때는 그녀가 예전에 존재했던 그 자리에서 아주 멀리 떨어져 있었다. 그녀는 이제 폴린이 자신의 모험이 끝났음을 깨달았다는 걸 이해하게 되었다. 폴린은 세상 속에 자기 자리가 보장되어 있다는 걸 알았던 것이다. 그녀로서는 그 확실한 자리를 받아들일 결단만 내리면 되었다. 그리고 두려움 때문에 혹은 망설임 때문에 혹은 견고한 실용주의 때문에, 그게 아니라면 아마 그들 두 사람을 위해서 청춘은 마침내 끝이 났다는 걸 알았던 것이다! 그들에게는 딸린 자식도, 연로하여 병든 부모도 없었고 마음속에 책임감, 세상의 고뇌와 비애에 비할 때 한없이 하찮고 사소한 책임감마저도 남지 않았다. 설령 제니가 폴린에 대해 잘못 생각했다 하더라도, 폴린이 현명해진 게 아니라 그저 용기를 잃은 것뿐이라 하더라도 제니는 자신의 청춘이 끝났다는 걸 알았다.

폴린의 공판이 있은 뒤 몇 달이 지난 다음 시작된 제니의 공판은 짧았고 언론에 외면당했다. 그러나 날마다 법정에는 일본인, 필리핀인, 한국인, 그리고 중국인들의 얼굴로 가득 찼다. 그녀의 아버지가 늘 피하며 살아왔던 결속력이 강한 사람들이 모여들었다. 그들은 결의에 찬 표정으로 제니의 아버지 주위로 모여들었고 집으로 식사 초대를 했고 그가 초대를 거절하면 냄비에 찜요리를 담아다 주었다. 그들은 제니라는 철자가 씌어진 단추가 달린 옷을 입었다. 이런 성원을 얻기 위해서건 유지하기 위해서건 제니가 한 일이 아무것도 없는데도 이들은 마르지 않는 지지를 보내주었다. 그녀는 너무 놀라 아무 말도 하지 못한 채 그들이 내민 도움과 마음을 받을 따름이었다. 마치 기적을 받아들이듯이. 판사는 그녀에게 최소한의 형량을 부과한 것도 이들의 성원 때문이라고 언급했다. 그녀에게 무슨 남다른 가치가 있어서가 아니었다.

이 기간이 끝나갈 무렵, 그녀는 지독하게 상투적인 줄은 알았지만, 폴린이 꿈 속에 나타났다. 꿈 속에서 폴린은 제니가 횡선괘지에 쓴 글을 읽었다. 입에다 펜을 물고 깡마른 한쪽 다리를 접고서. 제니는 그 글을 더할 나위 없이 자연스러운 태도로 폴린에게 건넸다. 폴린이 읽고, 그 모습을 제니가 바라보는 고요하고 긴 침묵의 시간이 흐른 뒤에야 그녀는 자신이 무슨 일을 했는지 불현듯 떠올랐다. 그녀는 읽는 내용이 전부 자기에 대한 이야기라는 걸 폴린이 알기 전에 어떻게 하면 그 횡선괘지를 되돌려 받을 수 있을까 조바심이 났다. 페이지마다 그녀에 대한 생각이 짓이기듯 생생하게 새겨져 있었다. 페이지마다 다듬지 않은 폴린에 대한 그녀의 생각들이 천둥 소리처럼, 쿵쾅거리는 발자국 소리처럼 울려나왔다. 제니의 심장이 두근거렸고 손바닥에는 땀이 났다. 그녀는 폴린이 차분하게 읽는 모습을 쳐다보았다. 폴린은 한 페이지를 뒤로 넘겼고 또 다음 페이지를 뒤로 넘겼으며, 이따금씩 능숙하게 획획 넘겨지던 페이지들이 횡선괘지의 겉장 너머로 전부 넘겨졌다. 그 모습이 길어진 머리카락이 귀에서 흘러내릴 때 천천히 매만져서는 귀 뒤로 능숙하게 넘기는 것 같았다. 제니는 옆으로 살며시 걸어가서 폴린 밑에 수북이 쌓인 횡선괘지 더미를 슬쩍 바깥쪽으로 밀어냈다. 그래도 분명 폴린은 눈치채지 못했다. 그것은 결국 꿈이었으니까. 그녀가 무슨 말을 했던가? 그녀를 사랑한다고 했나? 혐오한다고 했나? 이런 순간에도 그녀 꿈을 꾸다니? 어찌 되었건 그녀는 자신의 전존재를 내맡기고 포기해 버렸었다. 그것은 절대로 하지 않겠노라고 스스로 맹세했던 바였다. 그리고 나서, 폴린이 알아채고 화를 내리라고 예상하고 있을 때 폴린이 마침내 그녀 쪽으로 얼굴을 돌렸다. 비난의 기색이 서린 굳은 표정이었다. 폴린은 고개를 들고 약간 당혹스러워하며 말했다. "제니, 왜 당신은 늘 '돈' 얘기를 하는 거죠? 우리는 절대로 그걸 그렇게 부른 적이 없었어요. 기억 안 나요? 우린 늘 돈을 '빵'이라 불렀어요. 우리가 썼던 단어는 그거잖아요."

* * *

2년 뒤, 버클리 집으로 돌아온 그녀는 자신이 동부를 그리워한다는 사실에 문득 문득 놀라곤 했다. 동부의 무성한 초목과 그 고요를. 물론 동부에 대한 기억은 아직도 과거의 타락한 자아, 무책임한 자유를 열망했던 자아와 더불어 연상되었다. 그녀는 정치적 신념 때문에 스스로를 희생시킨 일이 죄책감으로 다가올 수 있다는 걸 깨달았다. 정치는 자신의 잘못된 방향전환과 잃어버린 시간을 정당화시켜주는 유일한 대상이 되어왔다. 그래서 그녀는 그것들을 소중히 간직했다. 그것 때문에 자신을 정당화하기가 한층 더 어려워질 때조차도 그랬다. 아니, 정치적 신념 때문에, 강렬하고도 사소한 욕망, 가령 근사한 방을 갖고 싶다는 것조차 정당화하기가 어려웠다. 그녀는 자신을 위해 무엇을 원한다는 게 두려웠다. 자신이 그럴 자격이 있는 존재라고 생각되지 않았다.

그러나 얼마 지나지 않아 그녀는 버클리에서 룸메이트를 구하는 광고를 보고 전화를 걸게 되었다. 그리고 그 집에서 그녀의 방을 찾았다. 아직 그녀의 것도 아니었고 심지어 제대로 된 방도 아니었지만 식당방으로 세 면이 막혀 있고 큼직한 퇴창이 달린 부엌 쪽이 터져 있는 공간이었다. 그래도 그녀는 그 창문이 퍽 마음에 들었다. 창문 밖의 마당에는 로즈메리 관목이 보였고 그 너머로는 라임나무도 보였다. 그들이 애초에 그녀에게 내놓으려던 방은 이층의 제대로 모양새를 갖춘 침실이었다. 사방이 벽으로 둘러싸였고 문이 하나 달린 방. 그러나 처마 바로 밑인 데다가 이웃집 지붕이 바라다보이는 그 방은 어두웠다. 초록색이라곤 하나도 보이지 않았다. 그녀 마음속의 무언가가 그 퇴창을 가져야겠다는 결심을 하게 만들었다. 그리고 나자 그녀 마음속의 무언가가 또다시 다른 것들도 원하게 되었다. 소박했지만 분명한 열망이었다. 어느새 그녀는 자기 생애에서 이 시기가 어떻게 기억될까를 생각하고 있었다. 그녀는 이곳이 임시정류장이라는 걸 알았다. 물론 모든 정류장이 잠시 머무는 장소이긴 하지만 어떤 정류장의 경우에는 처음부터 이런 느낌이 강하게 들기도 한다. 그 집에서 사는 이들은 그녀의 얼굴을 보았고, 그녀가 퇴창이 있는 식당방에서 맴도는 걸 보았고, 그녀가 침실방은 건성으로 슬쩍 보고 마는 걸 보았다. 그 집 사람들은 그

식당방에 다 함께 모이는 걸, 큼직한 나무 테이블 주위에 둘러앉아 차나 와인을 마시는 걸 좋아했다. 그러나 그녀가 떠난 후 그들은 집안 회의를 거쳐 투표를 했다. 그녀를 들이고 싶다는 투표 결과가 나왔다. 그녀에게서는 영웅적인 자질을 가진 이의 품위와 신중하고 은은한 분위기가 배어나왔다. 그녀가 그걸 얼핏이라도 느꼈더라면 그런 기색을 없애려고 애를 썼을 것이다. 그 집에 사는 이들은 모두 그녀보다 어렸다. 그녀는 이제 스물아홉이었다. 그리고 일상적인 삶으로의 이행이 거의 완결되었다는 심정이었다. 그녀는 줄곧 넋이 나간 듯이, 습관적으로 자신이 얼마나 아이를 갖고 싶어하는지에 대해 생각하고 있었다. 이제 아이가 바라보는 세상에서 최고가 될 만한 지식과 능력을 쌓아가고 있는 한 사람으로서의 자신을 은밀히 바라보게 되었다. 그녀는 한 번도 연애나 결혼, 혹은 가정생활을 생각해 보지 않았다. 오직 한 아이의 동반자로서의 자기 모습만 그려볼 뿐이었다. 아마도 이것은 진심에서 모성 쪽으로 경도된 것은 아니었으리라. 아마도 나중에는 다른 일들, 기분을 즐겁게 해주는 전통적인 일들이 중요해지리라. 그러나 그녀는 그렇게 생각하지 않았다. 그래서 당분간 지낼 자신의 거처를 골랐을 때 그저 준비일 뿐이라고 가볍게 생각했다. 그녀는 자기 자신과 좀더 많은 시간을 보내고 난 다음에 아이를 가지리라 생각했다. 이상하게도 아이가 올 거라는 이상한 믿음이 생겼다. 저절로 올 거라고, 상상했다.

이런 평온한 마음이 그녀의 얼굴에 고스란히 드러났음에 틀림없었다. 그리고 그것은 그 집에 기거하는 젊은이들에게 매력적으로 다가왔다. 그들은 스물한 살에서 스물세 살까지의 젊은이로, 대학원생이거나 연구원들이었다. 그들이 불과 몇 년만 더 일찍 태어났더라도 지금과는 판이하게 다른 시각으로 세상을 만났을 거라고, 아무런 망설임이나 주저도 없이 행동했을 거라고, 지금 눈에 띄게 달라진 그들이 사는 세상이 거칠고 힘겹고 경악스럽게 보였을 거라고 그녀는 상상해 보았다. 그들은 마이크 소사나 샌디, 탐 같은 사람들이었다. 심지어는 폴린과 같은 아이도 있었다. 메인 주 출신으로 캘리포니아의 빈민촌에 잠시 머물고 있는 아름답고 도도하고 발랄한 여자애였다. 그러나 그들의 세계는 달랐다. 공동생활을 하고 스테이플러를 갈색 종이봉투에 넣어 구입하고, 돼지에게 퇴비를 던져주는 것이 그들의 저항 방식이었다. 그들은 아버지 집에 머물고 있던 그녀에게 전화를 걸어 자신들과 더불어, 식당방에서 살기를 바란다고 말했다. 그들이 칸막이를 치는 걸 도와주겠다고도 했다. "우린 정말 당신이 그 공간에서 지내는 건 상상할 수 있지만 다른 곳에서 지내는 건 상상할 수가 없어요." 그들의 대변인 격인 제레미가 말했다. "우리는 위층 방을 일종의 도서관처럼 꾸미고 싶다는 생각을 했어요. 있잖아요, 조용하게 책을 읽을 수 있는 공간으로 서로 어울려 놀긴 해도 침대를 두고 눕지는 않는 곳으로, 어때요? 모두가 그 생각을 맘에 들어했거든요." 그녀는 그에게 고맙다고, 좋다고, 가고 싶다고 말했다.

그녀가 주스 바에 일자리를 얻은 것은 한 집에 살게 된 이 사람들을 통해서였다. 또 하나의 공동체, 그런데 뜻밖에도 오래 지속되어온 느낌이 드는 집단이었다. 그녀는 자신이 일정한 일자리를 절실하게 그리워했었다는 걸 깨달았고 사는 집에서 분리된 다른 공간으로 나와 일하게 된 것이 좋았다. 자기 집과는 확연히 구분되는 작지만 사회적 질서를 갖춘 곳으로. 손을 쓰는 일을 하지만 마음은 한가롭게 이리저리 배회할 수 있는 곳으로. 물론 이 일이 놀랍거나 당황할 정도로 의미심장한 건 아니었다. 그러나 그녀는 이 일의 세속성, 즉 이 일에 함축되어 있는 단순하고 기본적인 속성이 맘에 들었다. 땅에서 난 과일을 재료로 개운하고 향기로운 액체를 만드는 일. 이 주스 바는 하나의 풍경을 이루었다. 젊고—심지어 그녀가 함께 사는 젊은이들보다 더 어리고—정열이 넘쳐흐르며 무사태평하고 속없이 유쾌한 아이들이 만들어내는 풍경. 간혹, 그녀는 주스를 주문한 사람이 자신이 누구인지 알아챈 걸 느낄 때도 있었다. 그녀를 소수계층의 유명인사인 양 여기는 사람들이 그녀를 보러 주스 바에 들렀다. 그들은 겸연쩍은 태도를 보이면서 그녀가 자신들의 내심을 헤아려주기를 기대했다. 그녀와 눈이 마주칠 때 보인 쓴웃음, 혹은 기대에 찬 미소는 그녀를 안다고, 이해한다고, 그녀와 함께라고 보내는 신호 같았다. 그녀는 이런 이들을 무시하지도, 그렇다고 인정하지도 않았다. 그저 늘 짓는 미소를 지어 보였고 늘 묻는 질문을 물었고 늘 만드는 주스를 만들어 주었다. 그녀는 소수집단의 유명인사라는 자신의 신분이 다른 류의 새로운 격리감을 느끼게 한다는 걸 느꼈다. 자신의 존재가 사람들 눈에 잘 띈다는 것은 낯선 사람들이 그녀 앞에서 주뼛주뼛한다는 뜻이었다. 아무 반응 없이 잠자코 있으면 그들에게 불쾌감을 줄지도 몰랐다. 그녀는 절대로 그들이 아는 것을 알아챈 기색을 보이지 않았다. 그들은 천천히 주스 바를 나가다가 얼른 뒤를 돌아보곤 했다. 그녀는 그 누구도 특별히 바라보지 않는 것처럼 굴었다. 그러나 그녀는 분명 자기 삶에서 결정적인 분기점에 표시를 했다. 그리고 그 분기점을 넘어선 뒤 바라본 세상은 달랐다. 윌리엄이 마침내 가석방되었다. 윌리엄은 그녀도 이미 가석방으로 풀려났다는 걸 몰랐다 하더라도 원래의 석방 날짜는 기억했을 것이다. 이 날이 지나자 그녀는 기다렸다. 희망을 품고서였는지 두려운 마음으로

였는지는 확실하지 않았다. 그러나 그는 영영 오지 않았다. 폴린이 석방되었을 때 제니는 반쯤 기대하는 심정으로 그녀가 몸을 구부리고 문 안으로 쑥 들어오리라 생각했다. 물론 그렇게는 걸어 들어오지 않았을 테지만. 이것은 제니가 그것을 명확하게 알지 못한다는 뜻은 아니었다. 폴린은 예의 구부정한 자세로 걷겠지만 자신이 사람들 눈에 띄지 않았다는 걸—혹은 띄었다는 걸—확인하기 위해 반쯤은 위협적으로, 반쯤은 오만한 표정으로 주변을 돌아보는 습관을 숨길 수는 없었을 것이므로. 그녀는 청바지와 두껍고 헐렁한 스웨터를 입고, 챙이 넓은 모자를 쓰고 커다란 양산을 들고 나타나리라. 굽이 낮고 부드러운 가죽 스니커즈를 신고 오리라. 아주, 아주 부유한 이들의 고혹적인 허름한 차림새로. 그녀의 긴 머리는 고무줄로 묶여 있으리라.

결국 제니를 찾은 이는 다름 아닌 프레이저였다. 저 문을 열고 들어오리라고는 그녀가 한 번도 생각해 본 적이 없는 사람이었다. 그녀는 손님의 주문을 받고 있던 중이었다. 그래서 그녀의 동료가 그를 맞으며 무얼 주문하겠느냐고 물었다. 그는 주스 종류를 뚫어질 듯 쳐다보았다. 자신이 여기에 온 것은 주스 때문이 아니라는 걸 전하려는 듯 몹시 호전적인 표정으로. 그러더니 마침내 당근과 생강 주스를 골랐다. 당근을 준비하려면 시간이 꽤 걸렸고 그가 주문한 주스가 나오기 전에 손이 비게 된 제니는 카운터 쪽으로 왔다. 바로 그때 그가 카운터 잎으로 몸을 수그리고 그녀를 자기 쪽으로 당겨 키스를 하자 깜짝 놀랐다. "오늘은 네게 운수 사나운 날이야." 그가 말했다. "작은 새가 말해주더군. 여기 오면 널 찾을 수 있다고."

"새가 어떻게 알지?" 그녀가 그의 감촉이 남은 입으로 물었다. 그것은 마치 그녀의 입술에 찍힌 낙인 같았다.

프레이저는 어깨를 으쓱했다. "작은 새들은 이런 거 듣고 다니거든. 그래도 널 본 적은 없지. 넌 누가 보는 걸 원치 않았을 테니까 말이지."

"맞아, 솔직히 말하면 난 원하지 않아. 그렇지만 당신이 와서 기뻐."

그는 당황해 하며 어색한 미소를 흘렸다. 그러면서 가볍게 응수할 만한 그럴듯한 대답을 찾느라 궁리했다. 행복하게 대답거리를 찾는다는 걸 그녀는 알아챘다. 결국 적절한 응답이 떠오르지 않은 모양이었다. 대답 대신 진지하게 물어왔다. "넌 대체로, 행복해?"

그녀가 고개를 젖히며 그를 바라보았다. 놀란 표정으로. 그가 던지는 종류의 질문이 아니었으므로.

"행복해." 그녀가 대답했다. "당신은?"

"나…… 아니, 그렇지 못하지. 캐럴과 이혼하게 될 거야. 이런 젠장. 내 얘길 하자고 여기 온 건 아닌데. 네가 믿어줄지 모르겠지만. 난 그저 네가 어떤지 보려고 온 거야."

"좋아. 난 정말 행복해."

"기쁘다." 그가 말했다.

그들은 카운터를 사이에 두고 인색하지 않게 오랫동안 서로를 바라보았다. 그녀와 함께 일하는 동료가 다가와서 그에게 당근과 생강 주스를 건넸다. 그는 그녀에게 고맙다고 말하고 주스 값을 치른 다음 다시 제니를 바라보았다. 그런데 서로가 너무 오랫동안 강렬한 눈길을 주고받게 되자 두 사람의 얼굴이 동시에 붉어졌다. 왜 그랬는지 그녀는 그 이유를 몰랐다. 프레이저가 예전에 습관처럼 자세히 설명하려고 했던, 말없는 진실의 순간 같은 것이었을까? 그는 이렇게 말하곤 했다. 네가 반드시 해야 할 한 가지는, 언제나 널 안전하게 지켜줄 그 한 가지는 네 몸이 하는 말에 귀를 기울이라는 거야. 몸이 뭐라고 말하는

지 알아야 해. 몸이 지시하는 대로 따라봐. 그녀의 몸이 뜨거워지고 충만해지고 기뻐하고 있었다. 몸이 전하는 메시지는 명확하지 않았다.

"보러 올게." 프레이저가 말했다. 두 사람은 카운터를 사이에 두고 다시 껴안았다. 두 사람 사이에 가로놓인 목판의 폭만큼이나 어색하게. 그리고 나자 그녀가 지켜보는 동안 그가 떠났다.

그녀가 폴린을 다시는 한 번도 보지 못한 건 아니었다. 어느 봄날 저녁, 소파 위에 웅크리고 앉아 저녁식사를 하면서 뉴스를 보다가 제니는 폴린이 결혼했다는 사실을 알게 되었다. 신랑은 폴린이 출옥했을 때 그녀의 부모가 고용한 24시간 경호선발대원 중 한 사람이었다. 눈이 내리는 것처럼 뿌연 작은 텔레비전 화면 속에 웅장한 대리석 교회 밖으로 나서는 폴린이, 한껏 부풀린 얇은 천으로 만든 옷으로 가려져 알아보기 힘든 모습의 소녀가 보였다. 교회에서 나오자 그녀는 양손으로 드레스 자락을 움켜쥐고 계단을 달려 내려가 자동차가 세워진 쪽으로 갔다. 떼지어 몰려든 기자들 틈에 아직도 예전의 그녀가 숨어 있는 것처럼, 아니, 지금 자신의 모습 그대로이고 싶은 소녀가 예전의 그녀를 뒤에 남겨두고 떠나가는 것처럼 달려갔다.

유명인사라는 건 이상하다고, 제니는 생각했다. 가까이 있다는 착각을 불러일으키지만 정작 사람 같지가 않았다. 차라리 넓게 퍼져 흐르는 빛이 한순간 스크린 속에 포착해 놓은, 영화 같았다. 설령 유명인사가 자신의 삶 속에 등장한 적이 있다고 해도, 작고 단단하며 불안하게, 자기 자리를 찾아가는 동안 화면 위에 오점을 던져놓을 뿐 동시에 한 공간에 존재하는 일이란 결코 없어서 다른 이미지는 유지될 수 없을 것이다. 그녀는 폴린과 함께 날마다 저녁 어스름에 베란다에 나와 앉아 왜 새들이 보금자리에서 솟아올랐다가 다시 내려앉고, 또 솟아올랐다가 또다시 내려앉는지―편안해지려고 애쓰는 것일까?―궁금해 하던 일을 또렷이 기억했다. 그러나 그녀의 삶에서 현실로 살았던 그 시간들과 지금 텔레비전에서 본 이미지의 그 사람을 나란히 놓을 수가 없었다. 그녀의 마음속에는 또다른 환영들과 흔적들이 가득 차 있었다. 그들이 밟고 다녔던 목초지 사이의 타원형 트랙, 후안이 든 총이 바람을 가르며 내던 소리, 그리고 비틀 자동차 좌석에 묻은, 그들이 살해한 그 남자의 피, 나달나달해진 헝겊조각과 소음과 흔적이 그녀의 마음속에 생생히 살아 있었다. 사라진 지 오래인 것은 폴린뿐이었다.

제니가 자동차를 구입한 것은 이번 봄이었다. 합법적으로 운전을 한다는 건 굉장히 근사한 일이었다. 아니, 자기 차량 등록증과 면허증을 갖추고 운전하는 것은 제한 속도를 지키며 달리지 않더라도 놀라운 경험이었다. 어느 토요일 아침, 그녀는 속도를 내어 스톡턴까지 차를 몰았다. 스톡턴에 도착하자 질주하는 자동차를 타고 선글라스를 끼고 유년을 보낸 집으로 되돌아왔다는, 달콤하고 영화 같고 조금쯤 숭고한 기분까지 느껴졌다. 그리고 언제나 그랬듯이 집과 온실이 시야에 들어오자 주춤했다. 아마도 집이나 온실은 그녀가 아이적부터 지금까지 한 번도 페인트칠을 한 적이 없었을 것이다. 최근에 그녀는 아버지에게 일을 그만두고 은퇴할 때가 되었다는 말을 해왔다. 그러면 아버지는 "퍽이나 좋겠구나. 네가 날 꽤나 잘 돌봐줄 테니 말이지. 네 공동 생활촌에서 살 수 있을 테고 데친 두부를 먹으며 지낼 테고. 고맙지만 사양할란다."라고 응수하곤 했다.

그녀가 도착했을 때 벌써 옷을 차려 입은 아버지를 보자 그녀는 놀랐다. 아버지는 현관문 앞 작은 벤치에 양 손을 무릎 위에 올려놓고 앉아 있었다. 마치 그곳이 자기 집이 아닌 것처럼, 집 주인이 오기를 기다리고 있는 것처럼. 추운 날씨도 아니었는데 아버지는 털로 짠 테 없는 모자를 귀가 덮일 만큼 눌러 썼고 목도리까지 둘렀다. 목에는 큼직한 손수건도 감겨져 있었다. 제니가 차에서 내리자 그는 또다른 큼직한 손수건 한 장을 그녀에게 내밀었다. 그러나 벤치에서 일어나지는 않았다. 그녀의 눈에 집과 온실 문이 모두 잠긴 것이 들어왔다. 아버지는 내색은 하지 않았지만 이미 떠날 채비를 마쳤던 것이다. 그녀는 아침 일곱시에 올 거라고 아버지에게 말해 두었었다. 여덟시까지는 아버지를 차에 태울 수 없으리라 예상했기 때문이다. "난 이거 하고 싶지 않다." 아버지가 짜증스럽게 큰 손수건을 그녀를 향해 흔들며 큰 소리로 말했다. 그녀는 손수건을 받아들었다.

"이건 뭐에 쓰라구요?"

"모래바람이 불면 얼굴을 가리거라. 모래가 귓속까지 채울 테니. 모자는 안 썼냐? 네가 지금 날 끌고 가려는 데는 정말 끔찍한 곳이다. 난 이러고 싶지 않아."

"그러지 마세요." 그녀가 말했다.

"이러고 싶지 않아." 벤치에서 일어나 자동차 안으로 들어가며 아버지가 같은 말을 되뇌었다. 그들이 120번 도로로 다시 내려갔을 때 그가 한 마디 덧붙였다. "시에라 산맥에는 눈보라가 칠 거다. 108번 도로는 막혔을지도 모르고. 게다가 이렇게 이른 때는 요세미티 도로가 개방되지 않아. 지나가지도 못할 거야."

"걱정 마세요." 그녀가 말을 받았다. "지금은 사월이에요."

"그 위에서는 칠월에도 눈보라가 쳐. 일기예보 안내에 전화 걸어봤냐? 길을 개방했는지 정확하게 알자면 전화를 걸어봤어야지. 거기 가기에는 무모한 때야. 비가 안 오면 바람이 불지. 그러면 모래가 귀에 그득 찰 거다."

"길은 개방됐어요." 그녀가 말했다. "만일 개방하지 않았다면 차를 돌려 다시 오면 되죠."

트웨인 하트에서 그들은 계곡의 기슭을 벗어나 산 속으로 올라가기 시작했다. 소나무 숲이 양쪽으로 마치 음울한 대성당처럼 솟아 있었다. 농가에서 지내던 날들이 떠올랐다. 언덕배기의 저수탱크 안에 누워서 고개를 젖히고 나무들을 뚫어질 듯 올려다보던 때를. 아니었다. 그때 그 나무들은 전혀 이런 나무들이 아니었다. 서부를 동부로 혼동할 수는 없었다. 마치 근처에 물이 흐르는 것처럼 그들을 감싸던 공기가 빠르게 서늘해졌다. 그러나 물은 없었고 둥근 천장처럼 하늘을 가리는 나무숲뿐이었다. 길은 어느덧 좁아졌고 얼마 전에 내린 장대비 탓에 검은 잿빛이었다. 눈은 볼 수 없었다. 그녀는 숲으로 통하는 산길의 맨끝, 다다넬에서 자동차를 세우고 거대한 기둥처럼 우람한 버팀목 사이로 장난감처럼 보이는 통나무집 숙소에 들어가 날씨를 물어보았다. "아주 맑습니다." 남자가 말했다. 그렇지만 그들은 산길을 기어가듯 느릿느릿 지나갔다. 아버지는 아무 말 없이 창밖을 응시하고 있었다. 머리 위로 나무들이 드리워진 길을 지나 급물살에 거품을 일으키며 흐르는 강물을 따라 한참 지나왔다. 그녀는 이렇게 오랜 세월 동안 이토록 어마어마한 산림에서 한 시간 남짓 떨어진 곳에서 살아왔구나, 하는 생각을 했다. 그녀의 아버지도 이 숲을 몇 번 보았을 뿐이다. 그것도 이렇게 차 안에서 지나치며. 그는 산을 사랑했다. 그들이 일본에 도착했을 때에도 그들이 살던 소읍에서 벗어나 산림이 빽빽하게 우거진 깊은 산속에 들어가야 마음이 편안해지곤 했었다.

산길을 벗어나 내려오자 395번 도로에 이르렀다. 여기서부터는 깊은 숲을 통과하는 한결 정연한 차도가 이어졌다. 숲의 서편에 거대한 덩어리가 있다는 걸 알았지만 뭐라 형언할 수 없는 슬픔으로 목이 메어오지는 않았다. "시장하세요?" 그녀가 물었다. "샌드위치를 가져왔어요."

"난 거기 가면 음식이 있을 거라고 생각했다."

"물론 있어요. 히바치(일본식 화로 : 옮긴이)에 구운 버거도 나올 거예요. 전 그냥 아버지가 지금쯤 시장하실지 모른다고 생각한 거예요."

"버거라." 그의 얼굴이 어두워졌다. 그리고 갑자기 의자에 몸을 깊숙이 파묻더니 의자 아래 지렛대를 낚아채듯 잡아당겨 자리를 한껏 넓혔다. 그리고는 동시에 오른쪽 발목을 왼쪽 무릎 위로 휙 치켜 올렸다. 이것은 그녀가 익숙하게 보아온, 반감과 역겨움을 표시하는 아버지의 방식이었다. 그런데 아버지가 그런 내색을 하는 걸 차 안에서 본 적이 있었는지는 확실하지 않았다. 대개는 식탁 앞에서 보아왔으니까. 아버지는 뒤로 몸을 젖히고는 냉담하고 도도한 자세를 취하곤 했다. 그녀는 아버지의 그런 태도를 자동차 안에서는 한 번도 보지 못했다는 걸 깨달았다. 그것은 그녀가 지금껏 운전석에 앉거나, 아버지가 조수석에 앉은 적이 한 번도 없기 때문이라는 것을 깨달았다. "그 사람들 이걸 뭐 야외 요리 파티쯤으로 생각하나?" 그가 내뱉었다. "그러니까 우리가 죽 둘러앉아서 버거를 먹는다?"

"그러니까 샌드위치 드세요." 그녀가 짤막하게 대꾸했다.

"샌드위치라. 그렇담 우라질 샌드버거가 되겠구만."

"하, 하." 그녀가 웃었다. 그러나 대답으로 돌아온 것은 침묵이었다. 비숍 남쪽에서 길은 갑자기 사막지역으로 변했다. 이렇게 돌연 위치가 바뀌는 경우가 그렇듯 그녀는 언제 그렇게 되었는지, 검고 짙은 초록빛과 눈처럼 흰빛의 땅이 어느새 이렇게 연못물 같은 갈색으로 변해버렸는지 이해할 수 없었다. 숲은 사라져버렸고 헐벗은 갈색 언덕이 펼쳐졌다. 언덕에 드문드문 세이지 관목이 멀리 성벽 같은 하얀 산자락이 보이는 데까지 파도처럼 너울거렸다. 아직도 시에라 산맥이었다. 시에라 산맥이 이제 등뼈를 드러내며 남쪽으로 힘차게 뻗어나가고 있었다. 오웬 강은 그들 맞은편 쪽 길을 따라 흘렀다. 그녀는 마치 캘리포니아를 떠나 아주 먼 미개척지, 혹은 아득한 과거 속에 와 있는 듯한 기분이 들었다. "오, 세상에." 아버지가 꼬고 앉았던 다리를 풀며 말했다. "완전히 똑같아 보이는구나."

"기억나시는 거 있어요?"

"내게 기억하라고 요구하지 마라." 그러나 몇 분이 지나고 그들 곁으로 두루마리를 천천히 펼치는 것처럼 끝도 없이 회갈색 언덕과 세이지 관목이 지나가고 멀리서 하얀 벽이 나타나자 그가 말했다. "이런 풍경을 제대로 감상하려면 엄격한 마음가짐이 필요하지. 이 풍경에는 준엄함이 깃들어 있으니까. 대개 사람들은 이곳을 너무 외롭다고 본다. 이렇게 흉한 언덕들, 넌 저 높이가 얼마나 될 거라고 생각하니?"

"가늠이 안 돼요. 자그마한 야산이나 둔덕 같기도 하고 작은 산만큼 클 것 같기도 하구요. 저는 시에라 산맥도 얼마나 멀리 떨어져 있는지 판단하기 어려운 걸요."

"가깝게 있어. 가깝지. 밤에 여기 나와 보면 시에라에서 내려온 공기를 느낄 수가 있다. 마치 냉동고 밖으로 나온 공기 같지. 네가 이 언덕들 높이를 가늠하기 어려운 건 그 규모를 가늠할 만한 단서가 아무것도 없기 때문이다. 정말로 놀라운 건 바로 그거야. 저 언덕들은 기껏해야 몇십 미터밖에 되지 않거든. 그러나……." 그는 마치 연극 대사를 읊조리듯 호흡을 멈추었다. "그렇지만, 저 언덕 가운데 한 곳에 올라가 보면 마치 산 위에 올라간 느낌이 들지. 왜겠니?"

"투명한 대기 때문이겠죠." 그녀가 대답했다.

"바로 그거다. 그건 영원하니까."

"그러니까 아버진 여기 밖에 나와서 정말 괜찮은 시간을 보내셨네요." 이 말이 분위기를 망쳐버리고 말았다. 그녀는 이렇게 경박한 말을 내뱉자마자 후회했다.

"괜찮은 시간이라 했냐? 저들은 한때 우리가 하이킹을 가게 내버려뒀지. 감시를 붙이고 그 우라질 소총을 겨누고서 말이다."

그 말을 하고 나서 아버지는 내내 아무 말이 없었다.

그녀가 처음으로 그것을 흘긋 보았을 때는 마치 사막 한가운데 기이한 헝겊조각이 살아 움직이는 것 같았다. 넝마처럼 나달나달해진 초록 조각이불 같은 풀과 잡초들이 무성했다. 그녀는 그것이 수용소에서 농작물을 재배하기 위해 이곳의 물길을 딴 데로 돌렸기 때문이라는 걸 알았다. 이 자리에는 과실나무들이 지금도 싱싱하게 자라고 있어야 마땅했다. 길은 갑자기 방향을 틀었고 이제 다시금 시에라 산맥과 아주 가까워졌다. 평원에서 불쑥 솟아오른, 다이아몬드를 깎아놓은 듯한 놀라운 광경이 보였다. 그녀는 불가사의하고 무시무시하고 전율 같은 공포에 사로잡혔다. 먼지 나는 오솔길은 395번 도로까지 이어져 있었다. 거기서 차를 돌리자 잡초더미 사이로 자그마한 팻말이 보였다. 팻말에는 〈만자나르 친목회, 앞으로 직진〉이라고 적혀 있었다. 그러나 팻말을 세워둘 필요가 전혀 없었다. 여기 서서도 1.5킬로미터쯤은 훤히 보였으니까. 그리고 시에라 산맥이 용솟음치듯 솟구쳐 올라온 곳으로 1.5킬로미터쯤 더 가까이 다가가자 덤불숲이 뒤덮인 땅 위에 이리저리 흩어져 주차해 놓은 자동차들이 보였고 거대한 산봉우리 밑의 편평한 사막에서 사람들이 저마다 무얼 하느라 오가는 모습이 조그맣게 보였다. 그들은 조야한 무대를 세우고 음식을 차려낼 긴 이동식 테이블을 펼치고 모든 게 바람에 날려가지 않도록 눌러놓을 큼직한 돌을 찾아 돌아다녔다. 그녀는 먼지 날리는 오솔길을 따라 덜컹거리며 천천히 차를 몰아 낡은 학교버스 옆에 차를 세웠다. 버스 뒤에는 스프레이로 뿌린 〈만자나르 아니면 꺼져!〉라는 글귀가 보였다.

 제니가 자동차 시동을 끄자 그들 귓가에 기운차게 두드리는 망치소리가 들려왔다. 그 요란한 소리는 몇 킬로미터 밖에까지 메아리처럼 울려 퍼지는 것 같았다. 바람 소리와 사람들의 소리도 그 소리가 낚아채 버렸다. 대지는 콘크리트 흙처럼 옅은 회색이었고 우툴두툴했다. 바람이 그 흙을 한줌 들어올렸다가 다시 비처럼 아래로 쏟아 부었다. 그녀는 주머니에 넣어두었던 큰 손수건을 꺼내어 아버지가 말한 대로 모래바람을 막으려고 목에 두른 뒤 매듭을 지어 묶었다. "이거 고마워요." 그녀가 말했다. 그러나 아버지는 어느새 자동차 밖으로 나와서 주위를 유심히 살펴보고 있었다.

 한 젊은이가 그들 옆을 지나갔다. 그는 맥주통처럼 생긴 타이코 드럼을 가슴에 꽉 끌어안고 있었다. "환영합니다!" 그가 외쳤다. "이제 막 시작했습니다. 원하시면 도와주시고 아니면 그냥 멋진 경관을 즐기십시오." 그러나 아버지는 이 젊은이를 보지 못한 모양이었다. 그녀는 문득 이 젊은이가 아버지가 강제로 이곳에 끌려왔을 때와 비슷한 나이일 거라는 생각이 들었다.

 "봐라." 아버지가 말했다. "내가 여기서 살았다."

"그래요." 그녀가 대답했다.

"가서 저 사람들 준비하는 거 도와주자꾸나." 아버지가 몸을 돌려 성큼성큼 걸어갔다.

잠시 후, 그녀가 그 뒤를 따랐다.